DE SEL ET DE SANG

Denise Mina est née en 1966 à Glasgow. Après divers petits boulots, elle reprend des études de droit à vingt et un ans et commence une thèse sur les maladies mentales chez les femmes criminelles. C'est durant cette période qu'elle écrit son premier roman, *Garnethill*, qui remporte le prix John Creasy. Auteur prolifique, Denise Mina s'essaie à de nombreux genres littéraires : pièces de théâtre, comics mais aussi scénarios pour la télévision. *La Fin de la saison des guêpes* a reçu outre-Manche le Theakstons Old Peculier en 2012, prestigieux prix du meilleur roman policier, et a été classé par le *New York Times* parmi les 10 meilleurs polars en 2011.

Paru au Livre de Poche :

DES DIEUX ET DES BÊTES

LA FIN DE LA SAISON DES GUÊPES

LA NUIT OÙ DIANA EST MORTE

LE SILENCE DE MINUIT

DENISE MINA

De sel et de sang

TRADUIT DE L'ANGLAIS (ÉCOSSE)
PAR NATHALIE BRU

ÉDITIONS DU MASQUE

Titre original :
BLOOD SALT WATER
Publié par Orion Books (Royaume-Uni).

ISBN : 978-2-253-23734-1 – 1re publication LGF

À Luke, Liam et Wolfie

Nous avons tous dans nos veines exactement le même pourcentage de sel que dans l'océan et nous avons par conséquent du sel dans notre sang, dans notre sueur, dans nos larmes. Nous sommes liés à l'océan. Si bien que lorsque nous y retournons – que ce soit pour y faire de la voile ou pour le contempler – nous retournons à nos origines.

John F. KENNEDY

1

Ça faisait deux jours qu'elle était avec eux et qu'elle se montrait aussi docile qu'une génisse. Quand ils étaient allés la chercher en camionnette, elle les avait suivis sans se faire prier. Et pendant qu'ils attendaient que Petit Paul leur dise s'il fallait la tuer ou la relâcher, pas une fois elle n'avait imploré leur pitié.

Au début, Iain était content de la voir si passive. Il n'avait jamais eu à malmener une femme jusqu'ici. Puis il avait commencé à se demander pourquoi. Elle n'avait pas du tout l'air effrayée, il lui arrivait même de sourire. Elle n'avait ouvert la bouche qu'une fois, pour poser une question : il y en a encore pour combien de temps ? Alors, peu à peu, ils avaient réalisé qu'elle n'avait pas du tout pris la mesure de ce qui se passait.

Quand Tommy avait fini par piger, il s'était foutu d'elle avec un sourire suffisant, adressant des signes de tête à Iain derrière son dos. Iain ne trouvait pas ça drôle. Plus le temps passait, plus il s'en voulait. C'était ignoble, mais il ne pouvait ni la prévenir ni la laisser partir. La duper comme ça le mettait tellement mal à l'aise qu'une ou deux fois, la nuit dernière, il avait failli se barrer. Mais c'était impossible. Il avait une dette, il devait aller jusqu'au bout. Se ressaisir, ne pas flancher.

Depuis que Petit Paul les avait appelés ce matin pour leur faire part de la décision, Iain n'arrivait plus à poser le regard sur elle. Ils la chargèrent de nouveau dans la camionnette et quittèrent Helensburgh pour Loch Lomond.

Ils étaient dehors, maintenant, sous un ciel chargé de pluie. Un plafond bas de nuages gris estompait toute la couleur des montagnes. Ils avançaient en file indienne à travers les hautes dunes de sable, Tommy devant, puis elle, et Iain qui fermait la marche sur un sentier sinueux menant aux berges du loch.

Les dunes, très hautes et d'un jaune lumineux, recouvraient une décharge industrielle enfouie sous le sable, là où on avait créé un terrain de golf. Quand elle se retourna, Iain vit un léger sourire souligner sa pommette. À quoi pensait-elle ? À des vacances au soleil sur des plages de sable jaune, peut-être. À des mers d'eau turquoise. Des peaux hâlées. Elle ne se doutait toujours de rien. Glissant la main dans sa poche, Iain effleura la matraque. Il n'abîmerait pas son visage, elle avait un joli visage. Il ferait ça vite.

Quand elle posa le pied sur la berge, un vent froid venu du loch lui arracha un tressaillement. Puis elle leva les yeux. En voyant le bateau, elle vacilla. Ses genoux flanchèrent et elle bascula la tête vers l'arrière, avant de pousser un cri à la fois rauque et perçant, qui déchirait les tympans tellement il était proche.

Tommy fit volte-face. Il voulut lui plaquer la main sur la bouche pour la faire taire, mais elle battit des bras, en gémissant de petits « NON ! » essoufflés. Ça les surprit de la voir soudain si combative. Se retournant brusquement, elle donna des coups d'épaule à Tommy jusqu'à ce qu'il perde l'équilibre. Elle essayait de passer devant. Tommy bascula, sans la lâcher, sa main glissa sur la hanche de la femme et il tomba à genoux.

En deux grands pas, elle le contourna et se mit à courir le long de l'embarcadère, vers la dense rangée d'arbres.

Iain était costaud. Il profita du fait qu'elle était encore à sa portée pour la saisir par le haut du bras et, la matraque dans l'autre main, la fit se retourner vers lui. Il abattit l'arme sur sa mâchoire, de toutes ses forces.

La tête chavira d'un coup. Les yeux roulèrent dans leurs orbites. Elle s'effondra comme un sac de sable. Et resta là sur l'embarcadère, une jambe délicatement repliée sous elle.

Un vieux truc de taulard. On peut frapper fort, mais si on frappe mal, le type peut se retourner, en rage, prêt à rendre les coups. Pour faire mouche, il fallait imprimer à la tête un mouvement fulgurant. Envoyer le cerveau cogner contre le crâne. Si la tête tournait assez vite, la chute était presque garantie.

Debout à côté d'elle, Iain et Tommy la regardaient. Tommy était hors d'haleine, effrayé. Ça surprenait Iain qu'il n'arrive pas à mieux le cacher. Ils ne se connaissaient pas vraiment, c'était la première fois qu'ils travaillaient ensemble. Ils cherchaient encore leurs marques. Tommy jurait sans arrêt, grommelait, comme un méchant de série télé. Quant à Iain, il jouait au taulard patibulaire, le genre de dur à cuire au visage de marbre qui vous saute à la gorge sans prévenir.

Le regard posé sur la femme inconsciente, Iain songeait à ces hommes. Il les avait enviés. Ils avaient l'air de ne jamais rien ressentir. Aujourd'hui, il se demandait si leur regard vide ne dissimulait pas en réalité un désespoir à couper le souffle. Si le dégoût d'eux-mêmes ne pesait pas comme une brique sur leurs tripes. Mais non, probablement pas.

Une bosse de la forme d'un œuf gonfla sur la mâchoire de la femme. Sa poitrine se soulevait en mouvements irréguliers. Ses yeux tremblaient derrière ses paupières. Inconsciente, mais pas morte. Le plan était de l'emmener jusqu'ici, au bateau, peut-être même jusqu'au milieu du loch, avant de la tuer.

— La laisse pas comme ça, putain, grogna Tommy. Achève-la.

Il avait raison. Elle risquait de se réveiller et ce serait plus cruel encore, parce qu'il faudrait quand même le faire, sauf qu'elle saurait.

D'un mouvement, Iain se baissa. Une erreur due à la compassion. Une pointe dans ses vertèbres inférieures lui arracha un cri. Il se redressa. Essaya de nouveau, le dos droit, un genou à terre comme pour le sacre d'un chevalier. Il fit de petits mouvements du bassin de l'avant vers l'arrière pour voir jusqu'où il pouvait aller. Son mal de dos était nouveau, il en découvrait les douleurs imprévisibles, pas encore cartographiées.

Serrant les dents, il brandit la matraque au-dessus de sa tête et l'abattit sur elle plusieurs fois, comme il faisait pour tuer les poissons quand il était gosse. Il frappait au sommet du crâne, à travers les cheveux, pour ne pas abîmer ses traits. Le seul acte de commisération qu'il pouvait lui accorder. Quoi qu'elle ait fait et peu importe à quel point il avait besoin de ce boulot, elle méritait de garder son visage.

Tommy détourna le regard vers le bateau, jouant l'indifférence. Il désigna l'embarcation à la peinture écaillée qui battait contre le quai au gré des clapotis du loch gris. Le *Sea Jay II* ne ressemblait pas à grand-chose.

— Putain, vise un peu l'état du machin, dit-il, exagérant l'intérêt qu'il lui portait parce qu'il était incapable de regarder. La peinture part complètement en couille.

Tommy ne connaissait rien aux bateaux. Celui-ci était en bon état.

C'était fait. La tête de la femme se nimbait maintenant d'un halo écarlate. Iain se rendit compte qu'il haletait, et son genou lui faisait atrocement mal. Tout son poids appuyait dessus sur le ciment inégal.

Pour se redresser, il se pencha au-dessus du corps de la femme, comme s'il lui dressait un paravent. Il jeta un regard sur son visage, si proche qu'il pouvait occulter la mâchoire gonflée et la blessure ensanglantée sur son crâne. Alors il la vit soudain comme une femme. Peut-être une femme qu'il avait connue, ou aimée, il n'aurait pas trop su dire, mais ça faisait d'elle une personne, ce qu'elle n'avait pas été jusqu'ici. Jusqu'ici, elle n'avait été qu'une sale corvée. Un de ces trucs qu'on faisait contraint et forcé, sans se résoudre à y penser.

Quand il s'appuya sur sa main et plia le coude pour se redresser, il se retrouva encore plus près d'elle. Sentit la chaleur de ses joues. Une douce rosée venue de son haleine se déposa sur ses paupières. Il avait l'oreille à quelques centimètres à peine de sa bouche. Sans ça, il ne l'aurait pas entendue. Un son jaillit du tréfonds de son être : *Sheila*. Le prénom de sa mère.

Surpris, il eut un mouvement de recul. La bouche au niveau de celle de la femme, il avala dans un hoquet ce dernier soupir humide et tiède. Le pompa jusqu'au fond de ses poumons.

Maladroitement, il se remit debout. Recula, les mains levées en signe de reddition. Non. C'était idiot. *Ché-la.* Pas le prénom de sa mère. Juste des sons. S'échappant d'un corps. Pas Sheila ; *ché-la.* Pas la réalité. Mais il avait les lèvres humides de l'haleine de la femme, les oreilles pleines de son cri.

Le loch s'accrochait à l'embarcadère. Loin au-dessus de leurs têtes, les mouettes entonnaient un chant lugubre et indigné. Du sable battait contre son visage, soulevé par le vent gémissant.

— T'as fini ?

Tommy avait toujours les yeux sur le bateau.

— C'est plié ?

Iain faillit répondre mais il se ravisa. Il préférait se taire car il ne savait pas ce qui sortirait de sa bouche. Tout ce qui restait à cette femme de combativité, tout ce qui lui restait tout court, s'était insinué en lui. Son âme avait quitté le corps dans un sursaut et il l'avait avalée.

Elle était piégée à l'intérieur de lui, maintenant. Elle se tortillait dans tous les sens, rageait, s'agitait, et elle allait lui brûler les tripes.

2

Le téléphone d'Alex Morrow sonna sur le siège passager. Une sonnerie stridente et agressive.

— Roxanna a disparu, madame, lui annonça McGrain, un de ses agents. On a perdu sa trace devant l'école hier et on ne l'a plus retrouvée. Un appel anonyme vient de nous annoncer sa disparition.

— Quoi ? Qui a appelé ?

— On ne sait pas. Un enfant, vu la voix. Avec un accent anglais.

— Un des siens ? brailla Morrow au téléphone qu'elle tenait contre le volant.

Elle faisait quelque chose d'interdit par la loi, mais ce n'était pas pour ça qu'elle criait. Le sort de Roxanna Fuentecilla lui tenait à cœur.

— Il l'a fait, pas vrai ? Merde. Le petit copain, putain.

— Ben, on ne sait pas qui a appelé. Un des enfants, on dirait bien, oui.

— J'arrive dans dix minutes.

Elle raccrocha et se fraya un passage dans la circulation du milieu de la matinée pour rejoindre au plus vite le poste de police de London Road.

Le parking était plein, mais elle avait sa place attitrée. Elle sortit et verrouilla la portière, avant de gagner la porte de derrière d'un pas pressé, tout à son monologue intérieur. Elle ferait bien de se calmer. Elle n'avait jamais rencontré Fuentecilla. Ce qu'elle admirait chez cette femme n'était basé sur rien de concret. Elle avait visionné beaucoup de séquences la concernant, mais ça ne voulait pas dire qu'elle savait tout sur elle. C'était une criminelle. Elle ne devait pas oublier ça. Il y avait eux et il y avait nous.

Morrow longea le comptoir puis l'entrée des cellules, saluant au passage le sergent de garde d'un bref signe de tête. Dans les vestiaires, elle pressa le pas et traversa le hall. Ouvrant la porte de son bureau, elle jeta son sac à l'intérieur et revint sur ses pas pour rejoindre McGrain en salle des opérations. Affalé devant un bureau, McGrain buvait une tasse de thé à petites gorgées en écoutant l'agent Thankless, un chauve musclé que Morrow trouvait exaspérant. Elle ne l'aimait pas.

— Eh ben !

McGrain se leva d'un bond en l'apercevant.

— C'était rapide.

— Venez par là.

McGrain la suivit dans son bureau et ferma la porte derrière lui.

— On n'est pas dans un café, fit-elle, les yeux posés sur la tasse de thé qu'il tenait à la main

Gêné, il retourna la poser sur la première table à sa portée dans la salle des opérations.

— Pardon, madame.

— Asseyez-vous, dit-elle en désignant la chaise. Et maintenant, expliquez-moi.

Alors il lui expliqua : ils avaient perdu la trace de Roxanna Fuentecilla la veille, après qu'elle eut déposé ses enfants à l'école. Elle rentrait toujours du bureau à heure fixe mais hier soir, personne ne l'avait vue passer la porte de chez elle. Rien de suspect, cependant : les lumières s'étaient allumées comme d'habitude au salon, dans la cuisine, dans sa chambre. Sa voiture non plus n'était pas là, mais on savait qu'il lui arrivait de se garer dans une autre rue lorsqu'elle ne trouvait pas de place.

Ils la surveillaient depuis trois semaines. Il leur arrivait de temps en temps de la perdre, si bien qu'ils n'en avaient pas pensé grand-chose. Lui filer physiquement le train aurait coûté trop cher. Depuis les réductions de budget, ils archivaient eux-mêmes leurs dossiers et rationnaient les stylos-billes, alors c'était la vidéosurveillance qui faisait le boulot. Ils visionnaient des kilomètres d'enregistrements provenant des caméras installées dans les rues. Fuentecilla ne représentait pas un risque de fuite en raison de ses enfants. Ils avaient quatorze et douze ans, fréquentaient un bon collège, étaient propres, bien nourris, éclatants de santé. Clairement, elle les adorait.

On avait passé la nuit à visionner les séquences de toutes les caméras habituelles. Pas une seule image de Fuentecilla hier. Puis, à sept heures ce matin, un appel, anonyme, passé d'une cabine de la gare Central Station. Une petite voix, jeune, leur apprenant que Fuentecilla avait disparu depuis la veille. Quand l'opératrice avait demandé à la voix si elle avait une idée de l'endroit où Roxanna aurait pu se trouver, la voix avait répondu : « Je ne sais pas où ils l'ont emmenée. » Ce qui suggérait que plus d'une personne était en cause, pas seulement le petit copain pris d'un accès de rage incontrôlé. Puis on avait brusquement raccroché.

— Un de ses gosses, commenta Morrow.

— Ouais. L'accent anglais avait l'air snob, un peu traînant. Ça doit pas être bien fréquent dans le coin.

— La vidéosurveillance de la cabine de Central Station ?

— On l'a demandée, elle est en route.

— Bien. Envoyez-moi l'enregistrement audio de la conversation téléphonique. Prévenez le bureau du patron. Ils organiseront une réunion.

— Bien, madame.

Et McGrain disparut.

Morrow ferma la porte et alluma son ordinateur, qui démarra lentement. Elle sentit en elle la même petite poussée de sérotonine que tous les matins, à l'idée de suivre Roxanna Fuentecilla, mais corrigea aussitôt sa chimie intérieure : pas d'image aujourd'hui. Roxanna n'était plus là. C'était comme si on venait de déprogrammer son émission préférée.

Le dossier était devenu un feuilleton, une histoire où l'argent coulait à flots, où beaux gosses et belles plantes s'amusaient et se disputaient. Fuentecilla elle-même était si querelleuse que c'en était hilarant. Elle était madrilène, issue d'une riche famille qui avait dilapidé sa fortune. Pour plusieurs raisons, dont certaines qu'elle ne maîtrisait pas, Fuentecilla avait fini sans le sou et essayait visiblement de mettre sur pied une arnaque mystérieuse impliquant sept millions de livres sortis de la poche de quelqu'un d'autre. Elle était censée faire profil bas mais cassait sans arrêt des bocaux dans des magasins sur un coup de sang, engueulait son petit copain dans les supermarchés, ou invectivait en espagnol d'autres parents qui, selon elle, s'étaient mal garés devant le collège. Sa relation avec l'homme qui vivait chez elle était orageuse, pas encore violente visiblement, mais elle finirait par le devenir. La résolution des conflits n'était pas le fort de Fuentecilla. Sept millions, cela dit, c'était une belle somme, qui suggérait qu'elle œuvrait avec de gros bonnets. Morrow ne pouvait pas se permettre de la trouver sympathique.

L'ordinateur était enfin allumé. Elle jeta un regard triste sur les derniers dossiers des caméras de surveillance. C'étaient eux qu'elle ouvrait en premier d'habitude, mais aujourd'hui, c'était inutile. Se rabattant sur ses mails, elle vit que l'enregistrement de l'appel passé au numéro d'urgence était déjà là. Chaussant ses écouteurs, elle cliqua sur l'icône et écouta.

C'était une voix d'enfant, un accent anglais des beaux quartiers. D'abord calme, presque noyée dans le brouhaha de la gare. À la demande de l'opératrice, la voix épela avec aisance le nom de Roxanna Fuentecilla puis donna l'adresse et le code postal sans hésitation.

— Elle a disparu depuis hier matin, disait l'enfant. J'ai peur qu'on l'ait tuée ou quelque chose.

À ces mots, sa voix faiblit, et il ne parvint pas à reprendre son souffle avant la fin de la conversation.

L'opératrice demanda s'il avait une idée de l'endroit où Fuentecilla aurait pu aller.

— Je ne sais pas… je ne sais pas où ils l'ont emmenée.

L'opératrice réitéra alors sa question :

— Puis-je avoir vos nom et adresse ?

Puis plus rien. L'enfant avait raccroché.

Un des gamins de Roxanna, Morrow en était sûre. L'incident à la boulangerie lui revint en mémoire. Pas le garçon, non, pas ce petit garçon.

La police écossaise était arrivée trop tard sur les lieux, on avait déjà emmené Fuentecilla aux urgences en ambulance. On craignait une cheville cassée, mais ce n'était finalement qu'une mauvaise foulure. Morrow et son équipe avaient visionné plusieurs fois l'enregistrement de la caméra de vidéosurveillance installée derrière le comptoir, juste histoire de s'amuser : la mère et le fils entrent, la mère est furieuse, le fils affiche un air de chien battu, visiblement coupable d'une très grosse bêtise. Roxanna achète un *sponge cake*, le sort de la boîte et le lui écrase sur la figure. Puis la mère et le fils se regardent en riant, tandis que des morceaux de gâteau dégoulinant de ses joues vont s'écraser sur le carrelage. Attrapant un gros morceau encore collé à sa joue, le garçon le lance à sa mère qui se met à rire si fort qu'elle glisse sur le sol sale, tombe et se blesse. Morrow se souvenait encore de la tête du petit, couverte de crème, de confiture et de larmes de joie. Pas ce petit garçon, se dit-elle, non, pitié, pas ce petit garçon.

McGrain était à la porte de son bureau.

— On a le film de Central Station. Je ne peux pas vous l'envoyer sans le compresser, vous voulez plutôt venir le voir ?

— J'arrive.

Pas très au point question jargon technologique, Morrow ne savait pas ce que voulait dire compresser. Inquiète de voir son autorité sapée si elle l'avouait, elle préféra suivre McGrain dans son bureau.

3

Boyd Fraser hachait de la menthe fraîche avec un gros mezzaluna à double lame. En Italie, les mezzalunas étaient les couteaux des chefs de seconde zone qui ne savaient pas couper, mais personne ici n'était au courant. À Helensburgh, petit village au charme désuet de la côte écossaise, le mezzaluna était une nouveauté du plus grand chic.

Comme il se sentait observé par une cliente du café en particulier, Boyd hacha plus longtemps que nécessaire, se laissant prendre par le rythme de balancier de l'outil, imprégnant d'huile verte le bois d'olivier de sa planche à découper. Il voulait lever la tête pour vérifier si la cliente en question regardait vraiment, mais se retint. Peut-être qu'elle ne regardait pas, peut-être qu'elle avait simplement la tête tournée dans sa direction. De toute façon, il n'avait pas besoin de sa putain d'approbation pour terminer son bol de taboulé.

Il savait que beaucoup venaient manger ici, malgré les prix exorbitants, pour l'image que le Paddle Café véhiculait. Des produits locaux, bio, artisanaux. Anti-gaspi. De saison. Tous ces mots creux, tellement importants pour lui dans le temps. Quand Boyd s'était lancé, le bio était un mouvement *underground*. À une époque, il y croyait aussi dur que son père pasteur à sa religion. L'hérésie du passé, disait souvent ce dernier, était l'orthodoxie du présent : malgré eux, les révolutionnaires de la cuisine étaient devenus les grands prêtres d'un nouveau consensus mou.

Un jour, bourrée comme un coing au mariage d'un ami, juste avant de vomir dans un buisson de rhododendrons plus vieux que sa grand-mère, sa femme Lucy avait décrété que c'étaient des foutaises pour un café d'afficher une profession de foi. Ce soir-là, Boyd l'avait adorée. Pas simplement aimée, il l'aimait en permanence, mais adorée vraiment, profondément. S'ils s'étaient rencontrés pour la première fois ce soir-là, il serait tombé amoureux sur-le-champ.

La profession de foi en question était imprimée sur les menus du Paddle. Même sur le menu à emporter. Cuisiner des œufs bio, blablabla. Soutenir notre agriculture locale, blablabla. Et leur marge, il le savait, dépendait de tout ce blabla.

Boyd risqua un regard vers la salle. La cliente avait toujours les yeux posés sur lui à travers la vitrine réfrigérée. Une femme âgée, mais tout le monde dans ce bled était vieux. Des cheveux grisonnants parfaitement coiffés, des yeux bleu barbeau, un coûteux pull-over moutarde en cachemire. Elle avait un très long nez grec, pincé à son extrémité. Au cou, un foulard bleu retenu par une broche victorienne, opales et diamants, un héritage. Elle lui souriait, haussant les sourcils comme si elle le connaissait. Sans rien lui dire.

Prenant leur bref échange de regards pour une invitation, elle se leva et contourna une cagette de tomates locales de saison.

— Boyd. Susan Grierson, tu te souviens ?

Au son de sa voix, il fut pris d'un léger vertige.

— Mademoiselle Grierson ? Mon dieu…

Il contourna le comptoir maladroitement, de nouveau dans la peau d'un petit garçon, ravi de revoir son ancienne Akela des scouts, sa toute première monitrice de voile. Il prit sa main entre les siennes, il voulait la serrer dans ses bras mais savait que ça aurait été exagéré.

— Vous êtes revenue !

— Oui, répondit-elle, avec un sourire aussi chaleureux que le sien. Je viens de perdre ma mère.

Boyd n'était pas au courant. Pourtant d'habitude il savait ce genre de choses : toutes les nouvelles passaient par le café.

— Oh, toutes mes condoléances, dit-il. Moi aussi. Mon père.

— Ton père ? Eh bien, il devait y avoir foule à l'enterrement.

Elle voulait dire des paroissiens, pas des amis, et encore moins la famille. En fait, pas grand monde ne s'était déplacé. La plupart étaient très âgés.

— Celui de ma mère faisait pitié.

Mlle Grierson baissa les yeux, au bord des larmes, un peu tremblante, comme si sa mère avait fini vieille et seule par sa faute, parce qu'elle était partie vivre sa vie. Nombreux étaient ceux qui revenaient dans le coin après un décès. Si tout le monde vivait son chagrin différemment, la culpabilité était omniprésente. Toujours on se sentait triste et coupable. Inutilement.

Boyd voulut l'aider.

— Alors, vous étiez partie où ?

— Aux États-Unis. J'ai passé vingt ans dans les Hamptons.

— C'était comment ?

— Pas bien différent d'Helensburgh, en fait. Des gens charmants, de bonne naissance. Ça a beaucoup changé, cela dit.

Elle avait toujours l'air triste, mais sa voix s'était animée, comme si elle essayait de retrouver sa bonne humeur.

— Puis j'ai vécu à Londres pendant quelque temps.

La tristesse s'accrochait et, par-dessus, une forme d'angoisse voilée de larmes.

— Donc…

— Tiens, moi aussi j'étais à Londres, l'interrompit Boyd avec douceur. Pendant quinze ans. Contente d'en être partie ?

Il lui offrait la possibilité de dénigrer la capitale, comme le faisaient beaucoup de ceux qui en partaient. D'habitude, ça leur remontait le moral, mais elle ne saisit pas la perche qu'il lui tendait.

— Tu habitais où à Londres, Boyd ?

— Crouch End.

— J'en étais sûre !

Elle promena le regard sur le restaurant en souriant.

— Hamble and Hamble ?

— Ah !

Le visage de Boyd se fendit d'un grand sourire impertinent.

— Vous m'avez démasqué !

— Je le savais ! J'habitais juste à côté, à Highgate. Dès que je suis entrée, j'ai su que c'était une copie. À cause du serment d'allégeance aux produits locaux sur les menus.

— Je vous imagine à Hamble.

— Vous avez même utilisé la même nuance de peinture de chez Farrow and Ball.

Elle désigna les murs d'un signe de tête.

— Ils s'en fichent ?

— En fait…

Il posa les yeux sur les bidons d'huile d'olive rétro alignés sur les étagères en bois, sur le panier déglingué plein de miches de pain de seigle et sur le chapelet de sacs en papier kraft suspendu à un simple clou planté dans le mur.

— Ils n'en savent rien. Ils s'en apercevraient s'ils venaient, mais ils ne viendront pas.

Parce que personne ne venait – en tout cas personne de vraiment intéressant aux yeux de Boyd.

— Je suis tellement contente d'être de retour maintenant, à temps pour le référendum sur l'indépendance…

Boyd comprit qu'elle venait tout juste de rentrer. À trois semaines du vote, personne d'autre ne pouvait être content. Les indépendantistes rongeaient leur frein et les autres voulaient juste qu'on en finisse. Mlle Grierson haussa les sourcils, attendant qu'il lui dise s'il était pro ou anti. Boyd n'en fit rien. Il avait un commerce, bordel, il ne pouvait pas se permettre d'exprimer ouvertement son opinion en public au risque de perdre une partie de sa clientèle. Il haussa les sourcils à son tour et elle changea de sujet :

— Et j'étais également contente de voir que vous faisiez du pain sans gluten…

Elle eut alors ce regard affligé que Boyd connaissait trop bien, annonciateur de la biographie complète d'une allergie. Il n'écoutait les détails que d'une oreille, mais elle semblait insister sur les points-clés.

— … s'est aperçu que je n'étais pas vraiment cœliaque, mais que je faisais une forte réaction à…

Boyd décrocha de nouveau. Il songeait en fait à laisser tomber la gamme sans gluten. Un grand supermarché Waitrose qui venait d'ouvrir non loin de là en proposait une à un meilleur prix. Et il n'avait plus envie d'entendre cette complainte-là trois fois par jour. « Ces connards d'allergiques », c'était comme ça qu'il les appelait à part lui ou quand il s'adressait à Lucy. « Ces connards d'allergiques ont acheté tout le pain aujourd'hui », lui disait-il le soir, devant la télé. Ou « je n'ai pas eu assez de connards d'allergiques aujourd'hui et j'ai dû jeter tout le sans gluten ». Des gens visiblement incapables de juste acheter leur miche sans lui raconter dans les moindres détails tout leur chemin de Damas. Ce n'était pas parce qu'il avait flairé un marché porteur qu'il voulait tenir la comptabilité de leur transit intestinal.

Mlle Grierson ne disait plus rien. Elle avait senti qu'il avait décroché et le dévisageait d'un air interrogateur.

— Alors, fit-il. Vous êtes rentrée il y a combien de temps, mademoiselle Grierson ?

Elle hésita, comme si elle s'apprêtait à lui demander de l'appeler Susan avant de se raviser, pour une raison ou pour une autre.

— Récemment – je fais du tri dans ses affaires.

— Triste ?

Elle avait l'air triste.

— Non. Elle était très âgée. Beaucoup à faire dans la maison, cela dit. Le jardin est une jungle.

Le jardin des Grierson était une immense parcelle de trois mille mètres carrés en plein centre-ville. Un petit domaine à vrai dire. Il passait régulièrement devant lors de ses excursions estivales d'adolescent. D'immenses pins écossais aux troncs couleur pain d'épice. Une pelouse de trente mètres de long et, dans le fond, un grand potager clôturé. Il y était repassé récemment, quand il allait courir ou promener Jimbo, mais les murs étaient hauts et même les haies étaient devenues trop touffues. On ne voyait plus rien.

— Eh bien, fit-il, la plupart de ces grands jardins ont été découpés en parcelles et vendus pour de nouvelles constructions, vous savez. Pensez-y quand vous vendrez…

— Oh, je ne vais pas vendre, le coupa-t-elle. Je reviens m'installer.

Boyd sourit.

— Moi aussi, c'est ce que j'ai fait.

— C'est ce qu'on fait tous, pas vrai ? Les vieux du coin.

— On dirait bien. Je vois pas mal de visages connus par ici.

Elle lui toucha le coude d'un air de camaraderie.

— À notre âge…

Il n'avait pourtant que trente-cinq ans, soit bien quinze de moins qu'elle.

Prenant soudain conscience de tout ce qui restait à faire avant le déjeuner, Boyd recula d'un pas pour retourner derrière le comptoir.

— Vous faites toujours de la voile ?

— Non, notre hangar à bateaux est vide maintenant. Ma mère les a vendus quand je suis partie vivre aux États-Unis.

— On a un bateau, nous, si ça vous dit de sortir.

À peine l'avait-il proposé qu'il le regretta. Il vit Susan écarquiller les yeux, soupeser la proposition, puis ranger l'invitation dans un coin de sa tête, peut-être pour plus tard. Boyd ne faisait pas de la voile pour avoir de la compagnie. Il appréhendait le jour où ses fils seraient assez grands pour venir avec lui.

— Peut-être une autre fois, dit-elle. Merci Boyd, c'est gentil de ta part.

Il voulut changer de sujet.

— Vous étiez aussi Akela aux États-Unis ?

— Non, dit-elle. J'ai laissé tomber les scouts quand j'ai déménagé. Cela dit, j'adorais ça quand je le faisais. Ça m'a beaucoup donné confiance en moi.

— Chef de meute, hein ?

— Je n'ai pas vraiment l'âme d'un chef, mais, tu sais…

Le souvenir lui réchauffa le cœur.

— Ça me donnait tellement de courage de me montrer simplement active. C'est un super truc pour une jeune femme, cette confiance en soi. Ça me faisait du bien. Ma mère m'y avait incitée parce que je n'étais pas allée à l'université avec mes amies. « Fais quelque chose, Susan ! »

Mlle Grierson se lança dans un fade souvenir de sa mère lui prodiguant des conseils, de bons conseils apparemment, mais Boyd n'écoutait plus. Il reprit vaguement son mezzaluna d'une main. Un signal qu'il était temps de se dire au revoir, mais elle parlait sans se soucier de son auditoire, déroulait son histoire pour son propre plaisir, comme le faisaient les vieux.

Boyd souleva lentement le mezzaluna, attendant la fin de l'histoire. Elle termina, posa les yeux sur le couteau puis sur la salle.

— Bon, dit-elle vaguement, tu n'aurais pas un peu de boulot pour moi ?

Très américain. Direct et sans gêne. Plutôt déplaisant.

— Vous n'avez quand même pas besoin d'argent ?

Posant le regard sur les serveuses adolescentes dans la salle, il baissa la voix.

— Mademoiselle Grierson, murmura-t-il, je paie des clopinettes.

Elle sourit.

— Appelle-moi Susan, s'il te plaît. Non, je n'ai pas besoin d'argent, mais j'ai besoin de m'occuper. Je ne supporte pas l'idée de travailler dans la boutique d'une œuvre de charité. Les gens là-bas ont tous mon âge. J'aime bien le mélange.

Boyd lui sourit : une boutique sur deux en ville appartenait à une association caritative. Toutes tenues par des retraités qui y travaillaient quelques heures par semaine. La plus grande partie de leur stock provenait des dons que les gens faisaient quand ils vidaient les maisons après des décès, ou bien des nombreuses maisons de retraite autour de la ville, et consistait en bibelots et effets personnels dont les familles ne voulaient plus s'encombrer.

Il se pencha et murmura :

— Les demi-morts qui vendent le bric-à-brac des morts aux presque morts.

Tous les deux gloussèrent, elle parce qu'elle était choquée par sa méchanceté, lui parce qu'il était gêné. Il disait ça souvent, mais aurait préféré ne pas l'avoir dit cette fois. C'était plutôt désobligeant, et elle était quelqu'un de bien, alors ça comptait.

— C'est comme ça qu'on dit, en tout cas, par ici.

Il mentait. La phrase était de lui.

Elle avait l'air mal à l'aise.

— Ce n'est pas très gentil !

Boyd fit mine de considérer la question pour la première fois.

— C'est vrai, vous avez raison. J'aurais bien besoin d'un coup de main demain soir, si vous êtes disponible…

Elle parut déconcertée et balaya le café du regard.

— Vous êtes ouverts le soir ?

— Non. On fait traiteur pour un dîner dansant aux Victoria Halls. Une soirée de charité. Au profit d'un hôpital pour enfants. J'ai besoin de quelqu'un pour tenir le compte des tables servies au fur et à mesure, avec une planche à pince. Pour être sûr que personne n'attendra trop longtemps entre deux plats. C'est dans vos cordes, vous croyez ?

Il vit ses doigts se refermer sur le bord d'une planche imaginaire.

— Oui, dit-elle. Je crois que c'est à ma portée, oui.

— Marché conclu, dans ce cas, mademoiselle Grierson. Je vous attends à 17 h 30. Et en noir.

— S'il te plaît, Boyd, appelle-moi Susan.

— Non, dit-il fermement. J'aime bien mademoiselle Grierson.

4

Dans la fourgonnette, sur le chemin du retour.

Laissant derrière eux la nature sauvage, Tommy et Iain retournaient à Helensburgh par une route qui traversait une Écosse aux nuances de boîte de chocolats. Dans les hauteurs, des lambeaux de brume s'accrochaient aux lacs nichés entre les collines, et la pluie noircissait la pierre des falaises.

Iain avait comme une pointe dans la gorge. La fille, la fille morte, son haleine était coincée là, comme une toux sur le point d'éclater. Pourquoi avait-elle accepté de les suivre ? À quoi s'attendait-elle ? La griffure dans sa gorge le lançait, se tendait, comme si la fille essayait de lui expliquer. Il tenta de se raisonner pour changer d'humeur. C'est une bonne chose, se dit-il. C'est fait maintenant, la dette est payée. Mais tout au fond de lui, il restait contaminé.

— T'es bien silencieux.

Tommy accéléra dans un virage serré, faisant gronder le châssis de la vieille camionnette.

— Ça t'a retourné le cerveau ?

Il avait un sourire en coin.

Jouer les gangsters l'excitait, mais il n'en était pas un. Il n'avait jamais fait de prison. Iain savait quel genre de taulard il aurait été : recroquevillé dans sa cellule au moment des sorties, lavant à la main les caleçons d'un voyou pour obtenir sa protection.

Iain était resté longtemps à l'ombre. Il avait toujours été l'homme de main d'une plus grosse légume et avait purgé sa peine avec dignité. Ça faisait huit mois qu'il était dehors, mais il avait encore la tête d'un passeur. Passeur : un prisonnier de confiance chargé de distribuer au compte-gouttes stylos et produits ménagers. Le passeur était à mi-chemin entre matons et détenus. Le compromis moral qui assurait la stabilité du système, le garant mal-aimé de l'ordre social. Tout le monde se sentait supérieur aux passeurs, Iain le savait, mais tout le monde laissait faire parce que tout le monde y trouvait son compte.

Maintenir l'ordre n'incluait pas le meurtre d'une femme. Ça, c'était différent.

— Alors ? insista Tommy. Ça t'a foutu en rogne ?

Iain secoua la tête.

— Eh, elle va pas aller s'échouer sur la plage à côté des manèges pour gamins de Loch Lomond Shore, au moins ?

Non, ça n'arriverait pas. Loch Lomond était profond de plus d'un kilomètre et demi par endroits. Il n'y avait nulle part où aller sinon vers le fond. Nageurs, navigateurs sans gilet de sauvetage ou canoéistes du week-end emportés par les remous se retrouvaient paralysés par l'eau glacée des profondeurs. Les corps ne remontaient pas avant plusieurs semaines. Parfois même jamais.

Iain contempla ses mains. Il avait du sang délavé de la fille sur les poignets, sous les ongles. Une des rares mises en garde concrètes que Sheila lui avait données, et il l'avait oubliée au moment où elle comptait. L'eau salée enlève le sang, seulement l'eau salée. Et c'était un lac d'eau douce.

Après l'avoir envoyée par-dessus bord, Iain avait considéré ses mains ensanglantées. Il les avait plongées dans l'eau parce qu'il voulait être propre. Il s'attendait à sentir une douce chaleur, la même sensation qu'on éprouve quand on glisse les mains sous un duvet un froid matin d'hiver, mais l'eau était glaciale à en brûler les doigts. Alors il les avait vite sorties, contractées comme des griffes, et il était resté là, le souffle coupé, de l'eau rosie gouttant de ses avant-bras. Il ne les reconnaissait plus, comme si elles appartenaient à quelqu'un d'autre. Et là, dans la chaleur de la camionnette, ses poignets séchaient et devenaient croûteux.

Ils doublèrent un camion de livraison des supermarchés Waitrose.

— J'y suis allé à ce Waitrose. Chais pas pourquoi on en fait tout un plat.

Tommy était déterminé à taper la causette.

— Tu viens au dîner dansant ?

Iain le dévisagea.

— Demain soir ?

Tommy se lécha le coin de la bouche, sans quitter la route des yeux.

— T'as ton ticket ?

Iain fit signe que oui.

Le dîner dansant de l'hôpital pour enfants. Ça lui était sorti de la tête. Il avait bien un billet. Tout le monde en avait un. Mark Barratt avait été clair : ils devaient tous y aller. Il voulait les y voir au complet parce que sa nièce n'allait pas bien, et pour la bonne cause. Petit Paul, le bras droit de Mark, ne les avait pas lâchés jusqu'à ce qu'ils prouvent qu'ils avaient bien tous un ticket. Ils faisaient tout ce que Mark voulait. Mark, lui, n'y serait pas. Il était parti à Barcelone, le temps qu'on s'occupe de cette femme. Pour l'alibi. Le privilège des chefs, disait-il.

— Eh, t'as pensé au « oui » ou pas encore ? « Des bébés pas des bombes », hein ? T'y as pensé à ça ?

Tommy essayait sans arrêt de remettre le référendum pour l'indépendance sur le tapis, poussant pour le oui. La proximité de la base navale signifiait qu'il y avait des ogives nucléaires à moins de deux kilomètres le long de la côte. Les indépendantistes avaient promis de s'en débarrasser et de consacrer tous les fonds aux écoles maternelles, ou un truc comme ça.

— C'est ça qui compte. L'avenir. L'espoir. Pas vrai ?

Iain acquiesça d'un signe. Il était d'accord avec tout le monde. Il n'avait jamais voté. Il n'était pas inscrit. Mark disait qu'il fallait tous voter contre. Il soutenait que l'indépendance ferait du tort à ses affaires en Europe.

— Tu dis rien, mon gars ?

Iain ne répondit pas. Il était tellement au fond du trou qu'il n'était pas sûr de pouvoir parler.

— Bon, bah, t'es peut-être juste fatigué.

Juste fatigué. C'était bizarre que Tommy ait dit ça comme ça, comme Sheila dans le temps. Iain n'était pas exactement en train de penser à elle, mais il avait la sensation qu'il était sur le point de le faire. C'était con, ce qu'il avait cru entendre la femme murmurer, mais c'était comme si Sheila était déterminée à revenir dans ses pensées, à travers Tommy cette fois.

Juste fatigué.

Quand Iain était jeune, s'il revenait avec les poings en sang, des traces de coups sur la figure, ou un sac de quelque chose qui n'avait rien à faire entre ses mains mais pour lequel il refusait de s'expliquer, sa mère lui disait toujours qu'il était peut-être « juste fatigué », avant de lui préparer une petite tasse de thé.

Sheila était morte si jeune qu'il n'avait pas eu le temps de la voir autrement que comme sa mère. La seule fois où il avait pensé à elle en tant que personne, avec sa propre vie, indépendamment de lui, c'était à sa crémation. Un type parlait de Jésus. Pas un prêtre, même si c'était ce qu'elle aurait voulu. Derrière des rideaux rouges, une roue grinçait, indice de la descente du cercueil. Iain s'était demandé ce qu'il allait advenir des plaques en métal dans son crâne. À quelle température ils allaient brûler le corps. Est-ce que ça ferait fondre le métal ou juste brûler tout ce qui se trouvait autour ? Il s'imaginait le crâne se liquéfiant comme du beurre dans une poêle et les plaques s'effondrant l'une vers l'autre, comme les murs fatigués d'une maison. Juste fatigués.

Des plaques en métal dans la tête et dans la mâchoire. Le type qui la battait n'était pas le père de Iain, c'était juste un type. Tôt dans la vie, Sheila s'était décrétée malchanceuse en amour et avait enchaîné les salauds.

Chaque fois qu'un nouveau débarquait, même s'il avait l'air gentil ou lui donnait des bonbons, Iain savait que ce serait un salaud. Une fois, un type avait essayé de le toucher, Iain n'avait pas les mots pour l'expliquer, mais Sheila avait réglé la question. Elle en avait parlé aux brutes du coin, qui s'étaient chargées de lui casser les bras et les chevilles. Le type n'était jamais revenu en ville. Aux yeux de Iain, les brutes étaient des héros. L'ordre et la justice. Les Passeurs du Dehors.

Iain avait eu le droit d'aller la voir à l'hôpital quand les plaques avaient été posées. Elle avait la tête bandée, la mâchoire maintenue fermée par des fils d'acier. Assise dans le lit, elle était incapable de parler. Iain avait exactement sept ans et trois mois à l'époque. Il en était certain parce qu'un avocat, bien plus tard, en avait fait mention pour plaider des circonstances atténuantes – « blessures graves à la tête ». Sept ans et trois mois quand l'assistante sociale l'avait amené au pavillon de soins intensifs et était restée sur le pas de la porte pour s'assurer qu'il allait bien, qu'il n'était pas trop effrayé par les machines, les pansements ou les fils d'acier de la mâchoire de Sheila. Ça ne posait pas de problème à Iain. Il n'était venu que pour faire le malin auprès des autres gamins du foyer. Lui, il avait une mère qui voulait le voir, et pas besoin de surveiller ses visites. Sa mère ne cherchait pas à le frapper. Sa mère l'aimait vraiment, elle lui préparait à manger, lavait ses affaires et tout ça. Les autres, au foyer, en bavaient d'envie.

Les yeux de Sheila brillèrent de joie quand elle le vit, et Iain courut à son chevet. Elle ne pouvait pas parler. Elle leva une main, pour lui faire signe de ne pas toucher son visage ou sa tête. Elle roula des yeux pour lui montrer qu'elle avait mal : ouuuh ! Elle fit un bruit avec la gorge parce qu'elle ne pouvait bouger ni les lèvres ni la langue. Puis elle sourit avec les yeux pour lui montrer que ce n'était rien. Iain enroula les bras autour de ses orteils, pour rester aussi loin que possible de sa tête. Il les serra fort entre ses doigts et déposa des baisers dessus à travers les couvertures rêches de l'hôpital tandis que Sheila le regardait faire en plissant des yeux pour lui montrer qu'elle aimait ça. Puis, d'un regard, elle l'avait invité à venir se blottir à côté d'elle pour regarder la télé. Il avait posé la tête sur son ventre, et elle lui avait caressé mollement les cheveux tandis qu'il écoutait les gargouillis de son ventre en même temps que les informations à la télé.

Plus tard, quand on avait retiré les fils, Sheila n'avait pas dit grand-chose de plus. Elle avait haussé les épaules : qu'est-ce qu'il y avait à dire ? Elle n'avait pas tort.

Iain tourna la tête vers la portière et contempla les collines massives, coiffées de neige et voilées de brume, le gargouillis du ventre de sa mère dans une oreille et la respiration nasale de Tommy dans l'autre.

— Je vais mettre un peu de musique, alors, fit Tommy, un peu vexé que Iain ne veuille pas causer.

Il appuya sur le bouton. *I'm Supposed to Die Tonight* de 50 Cent envahit l'habitacle. Les basses firent trembler les vitres branlantes. De la tête, Tommy battait la mesure.

Iain savait que ce n'était pas nouveau. Il avait déjà ressenti ça, cette distance avec le monde. Ça lui rappelait Andrew Cole. Parce qu'il avait été là pour lui, à ce moment-là. Iain et Andrew partageaient une cellule, ils n'avaient rien en commun. Andrew était un snob qui passait ses journées à lire mais il lui avait dit un truc sympa à un moment où ça comptait. Tout ira bien. Essaie d'avoir l'air normal, c'est tout. De la gentillesse au cœur du désespoir. Les mots et la tendresse lui étaient restés, comme un tatouage de prison, de l'encre dans une déchirure.

Aie l'air normal, c'est tout. Il entendait la musique, essayait de suivre la mélodie, mais il n'était pas en rythme, secouait la tête en décalé, comme s'il se préparait à se fracasser le crâne contre le tableau de bord. Il s'arrêta, distrait par un changement minuscule : la pointe dans sa gorge avait disparu. La fille était descendue, tout au fond dans l'obscurité. Il n'y avait nulle part où aller sinon couler. Mais elle n'était pas paralysée par le froid. Il la sentait bouger, se dérouler dans l'ombre.

Tournant la tête vers la vitre pour que Tommy ne puisse pas voir, Iain, au bord des larmes, ferma les yeux et haussa une épaule, résigné. Elle allait lui grignoter la poitrine pour s'échapper. Elle signerait sa mort, mais il s'en fichait. La dette était payée et lui était épuisé. Ça lui éviterait de devoir s'en charger lui-même.

5

Le commissariat central avait envoyé deux dossiers de films de vidéosurveillance, chacun long d'une heure et demie. McGrain les avait rapidement visionnés tous les deux jusqu'à 7 h 03 mn 22 s, soit dix secondes avant que l'appel leur parvienne. Il enclencha le premier. Un plan très large du hall et des cinq quais, la rangée de cabines téléphoniques dans le coin droit en bas de l'écran. Au premier plan, masquant la vue, se dressait une forêt floue de ce qui ressemblait à des cure-pipes. Morrow plissa les yeux pour mieux voir.

— Qu'est-ce que c'est que ça ?

McGrain posa un doigt sur l'écran.

— Pas de chance. Des herses antipigeons. Pour les empêcher de se poser. Elles sont couvertes de poussière de la gare.

— On voit mieux sur l'autre ?

— Elle pointe dans la mauvaise direction.

— J'espère vraiment que ce n'est pas le petit de l'histoire du gâteau, commenta-t-elle doucement.

McGrain approuva vigoureusement de la tête.

— Mon Dieu, moi aussi.

Les yeux toujours tournés vers l'écran, ils se turent un instant avec un sourire triste, se souvenant tous les deux de la mère, de l'enfant, du gâteau et du fou rire silencieux qui les avait gagnés eux aussi. Morrow fut la première à se reprendre. Elle désigna l'écran.

— Allez, montrez voir.

McGrain appuya sur le bouton Play.

On distinguait dans le grain des traînées indistinctes indiquant du mouvement, des gens qui marchaient, d'autres debout devant le gigantesque écran d'information. L'image était grise, mises à part les lueurs des gyrophares orange d'un chariot électrique quelque part dans le fond. La caméra était installée à l'entrée d'un magasin.

Une frêle silhouette en anorak vert foncé, la tête sous une capuche bordée de fourrure, apparut en bas à droite. Elle se dirigea droit vers la cabine, attrapa le combiné et glissa une pièce dans la fente. Celui ou celle qu'ils cherchaient avait composé le numéro d'urgence, alors Morrow n'était pas sûre. Mais la silhouette glissa un doigt dans la fente de retour de monnaie tout en parlant.

— Un adolescent, commenta Morrow en regardant le jean skinny gris sous la parka baggy.

— Un garçon, compléta McGrain en désignant les poches arrière qui tombaient au milieu des cuisses.

La silhouette devenait nerveuse, jetait des regards sur sa gauche, se balançait d'un pied sur l'autre. Elle raccrocha brusquement, à 7 h 04 mn 09 s, pile à la seconde où l'enregistrement audio se terminait. Elle hésita, la main toujours sur le combiné avant de se hâter vers la sortie, la tête basse sous la capuche, comme si elle pleurait.

McGrain appuya sur Pause et tous les deux scrutèrent l'écran. Difficile de dire si c'était le garçon ou pas. Ils ne savaient pas vraiment quelle taille il faisait et ils n'avaient jamais entendu sa voix. Ça ressemblait davantage à celle d'une fille, mais le jean faisait penser à un garçon.

Le deuxième film montrait la même chose, mais en plus flou.

— Vous avez demandé les autres caméras ? dit Morrow. Peut-être qu'on peut avoir le visage.

— Je connais un des types qui bossent là-bas, il a vérifié les trois sorties dans cette direction. Il l'a vu sortir, la tête toujours sous la capuche. Il est monté dans un taxi qui attendait, mais on ne peut pas lire la plaque.

— Pourquoi ça ?

— Le pare-soleil de la caméra est cassé. Il pend devant l'objectif.

Morrow hocha la tête.

— Classique.

C'était forcément le garçon de la pâtisserie. Ses traits étaient cachés mais Roxanna avait un fils adolescent et c'était un adolescent qui les avait appelés. L'idéal serait d'aller parler aux gamins sur-le-champ, mais ils ne pouvaient pas. Ils ne pouvaient rien faire. Ils avaient besoin d'un accord.

— DMBR, commenta McGrain.

Morrow acquiesça d'un signe de tête.

— Putain de DMBR.

Elle retourna dans son bureau attendre les instructions, si quelqu'un du bureau du superintendant voulait bien prendre la peine de l'appeler. Elle avait le moral dans les chaussettes, elle voulait de nouveau visionner la surveillance, tout en sachant que Roxanna n'était pas dessus. Qu'est-ce qui la liait à ce point à cette femme ?

Roxanna occupait-elle dans sa tête la place que Danny y tenait d'habitude ?

Danny McGrath était le demi-frère de Morrow. Un gangster de Glasgow qui avait pignon sur rue jusqu'au jour où il avait écopé de huit ans de prison pour assassinat en bande organisée. Morrow ne le trouvait ni drôle, ni adorable, ni digne de cette étrange forme d'admiration qu'elle éprouvait pour Fuentecilla, mais il lui occupait l'esprit à peu près autant. Danny lui venait en tête une ou deux fois dans la journée et, peu à peu, Fuentecilla le remplaçait. Elle s'aperçut qu'il y avait entre les deux un point commun de taille : son sentiment d'impuissance. Elle n'était même pas autorisée à rendre compte de la disparition de la femme à l'équipe DMBR avant d'avoir obtenu l'autorisation de tout en haut. En attendant, elle s'occupait comme elle pouvait avec de la paperasse et des dossiers d'antécédents sur d'autres affaires.

L'affaire DMBR avait commencé six mois plus tôt et à plus de six cents kilomètres, par une perquisition. La police de Londres surveillait une vente aux enchères bien arrosée de Park Lane, organisée au profit d'une œuvre de bienfaisance, sur laquelle pesaient des soupçons de blanchiment d'argent. C'était l'endroit idéal pour les dépenses ostentatoires : des riches qui faisaient les coqs devant d'autres riches dans un lieu où l'alcool coulait à flots. La curiosité de la police avait été piquée quand un barman et sa petite amie au chômage s'étaient portés acquéreurs du *vaisselier – une pièce emblématique de chez Larkin and Son's*. Une photo de l'objet était affichée dans la salle des opérations de la DMBR. Selon la description du catalogue, le meuble, réalisé par des maîtres ébénistes, était en bois de rose, incrusté de marqueterie en ébène et noyer. Soixante-quatre mille livres de laideur selon Morrow.

Londres avait lancé une enquête minimale sur le couple. Ils avaient découvert que le petit ami, Robin Walker, était barman dans un club privé du quartier de Belgravia. Roxanna Fuentecilla n'avait pas de revenu. Ni d'héritage. Elle n'avait jamais travaillé.

Robin Walker n'était pas le père des enfants. Il s'était mis en ménage avec Roxanna Fuentecilla un peu plus d'un an auparavant, après une aventure torride. Leur père biologique, Miguel Vicente, était issu d'une richissime famille équatorienne. Trois ans plus tôt, il avait déserté la maison familiale avec un sac de voyage pour seul bagage et était rentré au pays. Un mois plus tard, il épousait une autre Équatorienne richissime avec un nez refait en forme de rampe de saut à ski et un zoo dans son jardin. Sur les photos d'un magazine people en ligne, le couple avait une allure étrange pour un œil écossais : tous les deux avaient les sourcils épilés, la peau luisante et lisse, et on aurait dit qu'ils avaient volé leurs dents à un enfant. Vicente avait cessé de subvenir aux besoins de Roxanna et des petits un mois après son départ.

Robin Walker était un beau mec approchant la trentaine, sans but précis dans l'existence. Il vivait avec sa nouvelle famille dans une résidence de services de Belgravia. Malgré ses moyens limités, le couple passait ses vacances à Sainte-Lucie. Les enfants de Roxanna étaient toujours scolarisés avec les fils et les filles d'ambassadeurs dans une école hispanophone du centre de Londres. La police avait flairé l'argent, l'enquête avait grossi.

Le couple sans revenus avait été aperçu en compagnie d'un attaché d'ambassade colombien et de sa femme. Après vérification, on avait appris que Maria et Juan Pinzón Arias avaient réservé à leurs frais une table pour dix à la vente de charité et que Robin et Roxanna figuraient parmi leurs invités. Le couple fortuné, en revanche, n'avait participé en son nom propre à aucune enchère.

Les enfants des Arias fréquentaient le même collège que ceux de Roxanna. Tous les quatre étaient dans des classes différentes, mais on savait qu'ils étaient copains. Maria et Roxanna étaient devenues très proches en très peu de temps. Roxanna voyageait souvent avec Maria Arias, d'ordinaire pour des allers-retours de deux jours à Barcelone, plaque tournante bien connue pour la cocaïne. On les soupçonnait de trafic. Lors du troisième voyage, les enquêteurs avaient comparé le poids des bagages de Roxanna à l'aller – vingt-trois kilos – et au retour – dix de plus. La différence était d'une précision suspecte.

La valise diplomatique de Maria Arias ne pouvait être ni pesée ni fouillée. L'enquête s'était intensifiée, les implications diplomatiques la rendaient à présent délicate.

Comme Roxanna, Juan Pinzón Arias avait de l'argent provenant de sources inexpliquées. Il achetait des voitures cash ; s'était porté acquéreur de trois appartements au centre de Londres au nom de sa mère, tous dans la même zone d'investissements immobiliers internationaux. La police posait ses marques, pressée de tomber sur un filon d'argent sale. Ils garderaient un pourcentage de ce qu'ils trouveraient. Toutes les services avaient besoin de ce genre de revenu. On misait sur cinquante à soixante millions net, selon l'estimation basée sur la partie émergée de l'iceberg.

Puis, brusquement, en milieu d'année scolaire, Robin et Roxanna avaient fait leurs valises et déménagé à Glasgow. Sans capital, Roxanna s'était offert une société d'assurances viable pour une somme modique. Le montant nominal suggérait qu'une somme avait été versée sous le manteau. Elle était arrivée avec sept millions de livres d'argent frais, provenant d'un chapelet de sociétés basées aux îles Cayman. Il faudrait des mois pour en remonter la trace et en prouver la légalité, mais le compte d'origine était au nom de Maria Arias.

La police écossaise, qui avait pris le relais dans la surveillance, commençait à convoiter la part Fuentecilla du gâteau.

Les enquêteurs londoniens de la Met soupçonnaient de fraude la compagnie d'assurances, mais Morrow n'imaginait pas Fuentecilla passer d'un supposé trafic de cocaïne à Londres à une fraude à l'assurance dans une ville inconnue. Une décision de criminel de carrière, et elle n'était certainement pas ça. Selon la théorie de Londres, Arias et sa femme essayaient d'éloigner Roxanna parce que quelque chose avait mal tourné. Morrow ne croyait pas non plus à cette explication-là, mais personne ne voulait son avis.

Paul Tailor, le nouveau chef de Police Scotland, la toute nouvelle police nationale écossaise, était un ancien de la Met. Il s'était personnellement investi dans le dossier. Tous les progrès dans l'enquête devaient être transmis directement à son bras droit, le directeur adjoint de la police, Hughes. Hughes était la voix de son maître. Il avait bien enfoncé le clou : quoi qu'il arrive, il ne voulait pas les voir tout foirer devant ses vieux camarades. L'inspecteur en chef de Morrow avait pris le message à cœur : personne n'aurait l'initiative sur ce dossier, mais, le cas échéant, ils paieraient les pots cassés. À Police Scotland, le fin mot de l'affaire n'avait échappé à personne : ils étaient tous ses machinistes, mais pas son public. Entre eux, les agents s'étaient mis à appeler l'enquête DMBR. « T'es sur le dossier DMBR ? » « Envoie ça à l'équipe DMBR. » Acronyme qui signifiait : Donne-moi le beau rôle.

Un mois après l'installation à Glasgow de Walker et Fuentecilla, l'instinct de Morrow s'était vérifié : le couple Arias n'essayait pas de prendre ses distances. Juan Pinzón Arias, petit homme terne, et son épouse Maria, un petit bout de femme pimpant comme une libellule, se présentèrent à l'aéroport de Glasgow International en jet privé de location et passèrent la nuit dans un hôtel très chic du Loch Lomond, à une vingtaine de kilomètres au nord de la ville. Walker et Fuentecilla les rejoignirent en voiture, sur leur trente-et-un. Les flics du coin rendirent compte d'un dîner pour quatre dans le salon privé d'un restaurant. La note des consommations frôla les trois mille livres. Quelqu'un aimait son whisky vieux et hors de prix.

Quand elle découvrit la facture, Morrow sut qu'elle avait vu juste : les Colombiens ne mettaient pas Fuentecilla et Walker sur la touche. Roxanna avait été envoyée à Glasgow pour remplir une mission. La question était maintenant de savoir laquelle.

Le téléphone de son bureau sonna. Elle le regarda un instant, égrenant mentalement un long chapelet de jurons.

La secrétaire du directeur adjoint Hughes exigeait sa présence à Pitt Street sur-le-champ. Le directeur national adjoint tenait une conférence sur une femme disparue.

DMBR.

6

Tommy gara la camionnette sur l'esplanade et tira sur le frein à main.

— On se voit demain au dîner alors ?

Iain contemplait d'un regard vague une péninsule de faible hauteur qui se dressait au-dessus de la petite houle au fond de l'estuaire gris. Un bataillon d'arbres identiques s'y tenait au garde-à-vous, tous de même taille, de même forme, plantés en même temps et battus par les mêmes vents. Le Bois noir, l'appelait-on dans le coin. Le feuillage était vert sombre, chaleureux.

— Eh oh Iain ? Tu descends ou quoi ?

Bouger. Iain poussa la portière contre le vent. Il se laissa tomber sur le bitume, les pieds à plat. Tout en lui était lourd et las.

— Eh mon gars, ça v… ?

Iain claqua la portière avant que Tommy ait eu le temps de finir sa phrase et resta immobile, tournant le dos à la camionnette jusqu'à ce qu'elle démarre et s'éloigne vers Rhu, sur la longue route côtière.

Il se sentait mort. Le vent déposait du sel sur ses lèvres. Il n'était plus qu'une écale pesante, hypnotisé par le Bois noir au-delà des flots, par les arbres qui se découpaient sur le ciel s'éclaircissant. Le bois avait l'air propre, moelleux comme un lit. Iain fit un pas vers la mer.

Non.

C'était elle qui lui soufflait ça. Il ne pouvait pas marcher sur l'eau pour rejoindre le bois. Même s'il allait mourir, il fallait qu'il fasse gaffe. Il attirerait l'attention sur lui, s'il s'avançait dans la mer. Ça risquait de remettre en cause le paiement de la dette, c'était sur ça qu'il devait se concentrer. De toute façon, entre l'esplanade et l'eau, il y avait un à-pic de trois mètres puis une bonne cinquantaine de mètres encore avant d'atteindre le rivage. Quelqu'un le verrait. Ça ferait des histoires et Mark serait en rogne.

Il resta là quand même, le regard sur les flots, hésitant. Peut-être qu'elle voulait qu'il avance dans l'eau salée pour se laver du sang.

— Iain Fraser ?

Il entendit à peine la voix de la femme.

— Iain Fraser ? C'est bien toi ?

Il se retourna. Elle était grande. Le vent faisait voler les mèches blanches de sa coupe au carré, comme sous l'effet de l'électricité dans un dessin animé. Elle avait une peau de riche. Des joues douces et un long nez grec.

Quand il planta son regard dans le sien, il vit qu'elle avait peur. C'était lui qui lui faisait peur ? D'un clignement de paupières, elle chassa l'expression et la masqua d'un sourire chaleureux.

— Iain, tu es si grand ! C'est moi, Susan Grierson. Tu ne te souviens pas de moi ?

Susan Grierson, des scouts Adventure. Il ne voulait pas lui faire peur. Elle était gentille. Elle avait essayé de le convaincre de rejoindre les scouts, dans le temps, mais il y avait trop de choses dans sa vie. Elle l'avait emmené faire de la voile.

Assis dans un bateau de Long Loch, Susan Grierson et les louveteaux s'étaient chargés de tout. Iain, au milieu d'eux, accroché au bastingage, regardait l'eau. C'était très tôt le matin. Pourquoi est-ce qu'ils sortaient si tôt ? Il faisait encore nuit. De l'air froid remontait de l'eau grise et profonde. L'embarcation était petite, assez basse pour entendre le bruissement sifflant des flots se brisant à la proue. Elle avait épargné à Iain de participer parce qu'il s'était passé un sale truc, un truc honteux. Il ne se rappelait plus lequel cette fois-là.

Il avait regardé les gerbes d'eau se soulevant doucement, régulièrement. Inlassablement, l'eau enflait puis se fendait, un coup de couteau dans un sac de sable. Elle se soulevait puis se fendait et retombait alors qu'ils longeaient la côte à l'herbe verdoyante. Iain avait trouvé de l'espoir et du réconfort dans le rythme régulier du bateau. Une vague cassait puis une autre se formait, tout était éphémère. L'image lui semblait différente aujourd'hui : empreinte de mort. Il y avait un rythme dans la mort, un mécanisme sans fin. Toutes les morts étaient identiques tant qu'on était suffisamment loin.

Le sourire de Susan Grierson était chaleureux. Elle était plus grande que lui, la dernière fois qu'ils s'étaient vus.

— Tu te souviens de moi ?

Il prit une grande inspiration et essaya d'articuler quelques mots, parce que c'était elle et qu'elle était gentille.

— Je me souvenais. Vous, là-bas. Dans un bateau ?

Elle fronça légèrement les sourcils, perplexe, scrutant du regard un point situé entre son nez et sa bouche.

— Pardon ?

Iain secoua la tête. Non. Il ne fallait pas répéter. Ça ne voulait rien dire.

— Iain ? Tout va bien ?

Elle penchait la tête de côté, l'air inquiet mais pas que. Il y avait autre chose aussi. Un truc joyeux. Elle aimait aider les gens. Comme beaucoup de nantis.

— Tout va bien ?

C'était une question grave. Iain détourna le regard vers l'eau, offrant ses yeux à la brûlure du vent. Depuis la dernière fois qu'il avait vu Susan Grierson, il avait doublé de taille. Ils étaient partis, tous ceux de l'époque, partis s'installer ailleurs avant de revenir, certains pour de bon, d'autres pour le cimetière, et d'autres encore pour afficher leur réussite. Un va-et-vient, l'eau dans l'estuaire. Et comme la mer, ils étaient en apparence identiques, mais en apparence seulement. Iain n'était plus le même en rentrant de prison. Ils se comportaient tous comme s'ils étaient les mêmes, comme si rien n'avait changé, comme s'ils pouvaient tous se faire confiance.

Susan aimait aider. Elle restait là, à côté de lui, son gilet bien serré contre elle. Ils ne bougèrent pas pendant un bon moment.

— C'est beau, hein ? fit-elle, pour remplir le vide entre eux. Tellement beau…

Elle continua, enchaînant les clichés insipides comme s'il s'agissait d'observations. Qu'elle aille se faire foutre, qu'elle lui fiche la paix. Il n'avait pas besoin d'aide.

Il voulait une cigarette.

Il n'avait pas fumé depuis six ans. Il ne se souvenait plus depuis quand il n'avait pas eu envie comme ça d'en griller une, mais il en voulait une maintenant. Il allait filer s'acheter du tabac. Et quand il fumerait, elle disparaîtrait, cette chose en lui, cette femme.

— Quand on prend le temps de s'arrêter pour regarder, disait Susan, c'est hypnotisant, n'est-ce pas ? Comme des flammes.

Elle avait un accent étrange. Quelque chose la concernant lui revint vaguement à l'esprit.

— Vous n'êtes pas partie vivre en Amérique ?

— Si.

Elle reposa son regard sur l'eau.

— J'ai habité longtemps aux États-Unis.

Elle s'exprimait d'une voix douce, apaisante.

— Chicago ?

Non, sans doute pas, mais il voulait qu'elle parle de nouveau.

Elle leva les yeux vers lui.

— Non, pas Chicago. Nassau County en fait …

— C'est près de Chicago ?

Il avalait les mots.

— C'est à Long Island.

Un instant, personne ne dit rien, mais sa voix caressante lui manquait.

— À Long Island ? fit-il. En Amérique ?

Ses traits tressaillirent légèrement et elle recula d'un pas. Iain ne s'en formalisa pas. Il ne disait pas ce qu'il fallait, il le savait, mais ça ne l'empêchait pas d'être fier de lui. Aussi bizarre qu'il parût de l'extérieur, ce n'était rien comparé à sa déroute intérieure.

— Long Island, dit-elle lentement, est à côté de Manhattan. À côté de New York. Tu connais les Hamptons ?

On aurait dit qu'elle venait brusquement de changer de sujet.

— Ils habitent là-bas ?

Ils étaient tous les deux déconcertés à présent. Iain sentait bien quc ça n'était pas que lui. La conversation avait pris un tour déroutant.

Ils parlèrent en même temps :

— Je veux du tabac, dit-il.

Et Susan :

— Viens donc chez moi.

Elle avait l'air enthousiaste.

Iain remonta le fil de leur conversation. D'où est-ce que ça sortait ? Rien de ce qu'ils avaient dit ne semblait devoir mener à ça.

Susan le dévisageait. Elle respirait le désespoir maintenant. Elle voulait vraiment qu'il la suive chez elle. Était-elle religieuse ? Elle eut alors un plus grand sourire, plus chaleureux. Voulait-elle qu'ils fassent l'amour ? Iain trouvait ça légèrement angoissant. Ce qui ne rendait pas pour autant la chose absolument rebutante. Ça ajoutait du piment. Ce n'était pas une inconnue, plutôt comme une prof de quand il était jeune, peut-être qu'il l'avait imaginée nue, à l'époque, et qu'il devait ça au jeune qu'il avait été. Mais peut-être pas, peut-être que c'était risqué. La matinée lui avait déjà assez retourné le cerveau.

— Hum, je ne…

— Allez !

Du bras, elle désigna le haut de la colline.

— Je ne suis pas loin du tout ! Juste là, dans Sutherland Crescent.

Iain n'était jamais entré dans une villa de Sutherland Crescent. C'étaient les premières, là où la ville avait commencé, les maisons les plus anciennes d'Helensburgh. Sans fioritures, mais dignes d'intérêt. Il en avait entendu parler toute sa vie.

Non. Il devait faire attention. Quelque chose en lui changea. Quelque chose dans sa cage thoracique, qui annonçait un point de côté. Entre quatre murs, seul avec une femme, il se disait qu'un truc grave risquait de se passer.

— Je vais juste acheter du tabac.

Du pouce, il désigna le bord de mer. Il résistait.

Le regard toujours planté dans le sien, elle avança vers lui.

— Il y a un bureau de tabac sur le chemin. On peut s'arrêter prendre ce que tu veux.

Et puis, sans qu'il sache trop comment ni pourquoi, les voilà qui traversaient l'esplanade ensemble, en direction du trottoir d'en face, du front de mer. Ils marchaient à distance l'un de l'autre sur la route déserte et elle souriait. Iain ne savait pas interpréter ce sourire. Peut-être qu'elle pensait que Iain et Tommy la laisseraient partir, ou peut-être qu'elle pensait à la plage, au bronzage et à ce bois qu'elle arriverait peut-être à atteindre. Non. Les yeux sur le bitume, il secoua la tête. Non, rien à voir avec Susan Grierson.

Mais Susan aussi était docile comme une génisse. Il avait peur pour elle, peur de la confiance qu'elle lui montrait.

Ils tournèrent dans une rue calme et le vent tomba brusquement. Ils entendaient le bruit des pas de l'autre, sa respiration, le froufrou des vêtements. C'était un tête-à-tête maintenant, sans le vent pour les chaperonner. Elle s'approcha de lui, se cala sur son pas. Iain sentait qu'il aurait pu lui prendre la main. Peau contre peau pour un échange de chaleur et tout irait bien. Elle dégageait un truc. Une tristesse qui lui était familière, peut-être un lien. Elle aussi était un peu perdue.

Ils marchèrent jusqu'à ce qu'elle s'arrête devant une vitrine.

Des annonces rédigées à la main scotchées de l'autre côté du verre. Chiots à adopter, événements à venir, cours de zumba, timbres en vente ici. Iain les parcourut, cherchant des réponses à des questions qu'il ne parvenait pas à formuler.

Elle le dévisageait. Il scruta son visage, à la recherche d'indices. Elle finit par désigner la boutique du menton.

— Cigarettes ?

Tout d'un coup, ça lui revint. Il poussa la porte, déclenchant une sonnerie stridente, et entra.

Il n'était jamais venu là. L'endroit était à moitié vide. Sur une étagère près de la porte, trois grosses miches de pain. Le thé était vendu par petits paquets, les sacs de sucre étaient minuscules. Un magasin pour dépanner les clients des supermarchés, pour les vieilles dames ou ceux qui n'avaient pas de voiture.

Derrière le comptoir, téléphone portable coincé contre l'épaule, un employé organisait machinalement des bocaux de bonbons à l'unité en bavardant dans une langue étrangère.

Il salua Iain d'un haussement de sourcil, lui faisant comprendre qu'il pouvait l'aider quand même.

Iain avança vers le fond de la boutique. Il avait besoin d'un instant. Il ne s'était pas senti engourdi à ce point depuis longtemps. Est-ce qu'il avait une touche ? Elle était très belle. Les femmes gentilles avaient souvent voulu le sauver, et ce n'était pas une junkie à moitié dingue. Elle n'avait même pas l'air d'avoir de marmots, parce qu'elle avait le regard franc. Les mères, elles, regardaient toujours par-dessus votre épaule. Elles étaient toujours aux aguets.

Est-ce qu'il avait une touche ? Iain regarda à l'intérieur d'une armoire réfrigérée, où une lumière bleue tressautait au-dessus des packs de lait, et surprit son reflet dans la paroi de métal du fond. Un pêcheur taciturne. Des épaules larges, une masse épaisse de cheveux blonds. Mais sale. Le devant de sa veste de jogging, tout comme les poignets, était maculé de traces marron. Susan Grierson ne pouvait pas vouloir d'un homme si sale, mais bon, elle avait vécu longtemps en Amérique. Les gens changent. Certaines femmes avaient un faible pour les dingues. Sheila par exemple. S'il couchait avec Susan Grierson, est-ce qu'elle voudrait qu'il la malmène ? Iain n'aimait pas ce genre de truc.

Il s'avança vers le comptoir, désigna d'un mouvement de tête les paquets de tabac derrière l'employé.

— Du Golden Virginia. Un Rizla vert et puis aussi un de vos briquets.

L'employé attrapa des briquets en plastique jaune et les montra à Iain. Jaune clair, jaune fluo, jaune sable.

— Trois pour une livre ?

Iain n'avait pas besoin de trois briquets mais ça paraissait plus simple de répondre oui.

— *Aye*, acquiesça-t-il.

Trois briquets jaunes.

Il y avait d'autres couleurs dans la boîte, des verts, des bleus, des rouges, des violets, mais le type lui en avait pris trois jaunes.

— Ça fera neuf livres.

Iain considéra le paquet de tabac qui brillait dans son enveloppe de cellophane. La dernière fois qu'il avait fumé, c'était avec elle, à Glasgow, une femme mince.

Le type sourit et dit :

— Pas fumé depuis longtemps, c'est ça ? Et là, l'envie est trop forte, pas vrai ?

Mais Iain était parti à Glasgow, avec la femme mince, qui lui avait demandé de faire semblant de l'étrangler pendant qu'ils faisaient l'amour. Iain avait peur d'elle et de ce qu'elle risquait de lui demander. Ses cheveux sentaient le renfermé. Elle avait une tache sur son chemisier, verte, délavée, comme si elle avait vomi de la bile et n'avait pas réussi à la nettoyer complètement. Il avait essayé de s'éloigner d'elle mais elle l'avait suivi jusqu'au pub. *T'as une tête de star de ciné.*

— Chef ? Ça fera neuf livres, fit l'employé du bureau de tabac.

Iain fixait le comptoir, concentré sur un petit vaisseau rouge qui zébrait le blanc de ses yeux. Le souvenir fit remonter à la surface une bulle de tristesse. Pourquoi les avait-elle suivis sur le bateau ? Si elle avait crié dans la maison, quelqu'un aurait pu appeler les flics et arrêter tout ça. Mais la dette n'aurait pas été payée, alors il ne savait pas quoi espérer…

— Eh l'ami ?

Le voyant perdu, l'employé lui tendit tendrement le bras.

— Tout va bien ?

Iain avait honte. Il se cacha les yeux de sa main, frotta fort. Posant un billet de dix livres sur le comptoir, il ramassa les produits qu'il fourra dans différentes poches, le paquet de tabac, le papier et les briquets jaune, jaune et jaune.

La monnaie si serrée dans sa main que les pièces s'enfonçaient dans sa paume, Iain se dirigea vers la porte. Susan Grierson attendait toujours sur le trottoir, avec le même espoir dans les yeux qu'une adolescente têtue devant un débit de boissons. Lorsqu'il apparut, elle scruta son visage et soupira.

— Ça alors, Iain, fit-elle, tu ressemblais tellement à ta mère, à l'instant.

Il posa lourdement les deux pieds dans la rue. Ce n'était donc pas du cul qu'elle cherchait. Il s'était trompé. Ça le soulageait à moitié. Il s'était déjà passé trop de choses aujourd'hui. Sa poitrine se serra.

Ils reprirent leur route, elle un demi-pas devant lui, ouvrant la marche.

— Alors Sheila est décédée ? dit-elle avec un hochement de tête. Ma mère m'a dit.

Sheila. Sheila. Sheila. Sheila. Sheila. Sheila. Sheila. Aujourd'hui, un mur de Sheila se dressait devant lui.

— *Aye*, il y a un moment, dit-il. Huit ou neuf ans…

— Ben dis donc.

Elle eut un soupir de consternation. La politesse.

— Je suis désolée. Une hémorragie cérébrale, bien sûr. Elle vivait quotidiennement avec ce danger.

Susan s'exprimait avec une voix d'église, comme si elle lisait un texte à l'enterrement de Sheila, ou quelque chose du genre.

— Elle était incroyablement courageuse, de vivre une vie indépendante avec de telles lésions au cerveau. Je crois que les médecins n'en revenaient même pas qu'elle puisse marcher.

Iain s'arrêta net. Lésions au *cerveau* ? Les mots s'entrechoquaient dans sa tête. Sheila avait des lésions au cerveau ?

Susan Grierson le regardait comme s'il était le seul au monde à ne pas avoir su. Iain l'apprenait. C'était une évidence, maintenant qu'il y pensait. Sheila avait une aide ménagère et elle était sous curatelle. Il avait toujours cru qu'elle avait besoin d'aide à cause des soucis qu'il lui causait. Il croyait qu'elle allait au centre de soins le week-end pour se reposer loin de lui.

Il regarda Susan.

— Sheila avait des lésions au cerveau ?

Elle confirma d'un signe de tête. Elle ne semblait pas étonnée qu'il n'en sache rien.

— Ils ne t'avaient rien dit ?

Le lui avaient-ils dit ? Sa réticence à parler et ses sautes d'humeur inexpliquées. Personne ne le lui avait dit, non. Ou peut-être que si ? De manière détournée, avec des pincettes, et il n'avait pas compris.

Mlle Grierson continua : Sheila à l'école, Sheila si douée pour la voile, et tous ces bals auxquels elles allaient, dans les belles maisons, quand elles étaient jeunes.

Ils longeaient une grande haie quand elle en vint à sa naissance.

— ... jeune quand elle t'a eu. Je n'ai jamais eu d'enfants.

Elle lui adressa un regard en coin, sec comme un coup de poing, une demande de pitié.

Il n'avait aucune raison d'avoir pitié d'elle pour ça. Elle-même ne l'aurait pas vu sous cet angle si elle était restée et avait vu ce que Iain avait fait subir à Sheila. La honte et les soucis. Les parloirs de prison, les audiences. Les petits coucous qu'il lui adressait depuis les docks.

Il regarda Susan, vit dans ses yeux qu'elle s'apitoyait sur son sort et ça le dégoûta. Il sentit les écailles d'une queue qui s'agitait dans sa cage thoracique.

— Susan, écoutez.

Il s'arrêta brusquement. Elle l'avait distancé et dut se retourner pour l'entendre.

— Je vais rentrer chez moi, dit-il.

— Je t'en prie, non !

Elle lui saisit l'avant-bras. La supplication était trop intense. Elle ne le lâchait pas des yeux.

— Je ne peux pas rentrer seule chez moi.

— Comment ça ? Il y a quelqu'un là-bas ?

— Je ne sais pas.

Elle battit plusieurs fois des paupières, le regard errant sur le trottoir.

Pas de petit ami violent. Dans un tel cas, elle le lui aurait dit. Qu'est-ce qu'elle refusait de lui dire ? La silhouette de sa mère ? Une voix dans sa tête ? Elle était incapable d'expliquer mais elle le suppliait de ne pas la laisser seule. Un besoin veule. Il connaissait ce sentiment. Il n'eut pas la force de la quitter maintenant.

S'avançant vers elle, il passa un bras autour de ses épaules et lui dit qu'elle n'avait plus besoin de supplier, qu'il comprenait. Reconnaissante, elle se laissa tomber contre son torse un instant, puis s'écarta.

— Tout va bien, dit-il doucement, comme si c'était Sheila. Tout va bien, je viens.

Susan Grierson sourit sans lever les yeux, avant de désigner la colline d'un signe de tête, et ils avancèrent ensemble vers sa maison.

7

Morrow était assise contre le mur, observatrice tranquille dans un blizzard de panique moite. On avait fait appel, pour la réunion, à trois des représentants les plus puissants et les mieux payés de Police Scotland. La grosse artillerie. L'un après l'autre, ils livraient leur monologue, recensant pour les autres les erreurs à ne pas commettre, les risques qu'ils couraient, comme s'ils étaient là pour justifier leur poste. Un seul jour de leur salaire aurait pu couvrir pendant une semaine entière les frais de fonctionnement d'une de ces antennes rurales qu'ils s'employaient partout à fermer. Morrow avait si peu de pouvoir par rapport au reste de l'assistance qu'elle avait le sentiment qu'elle aurait pu arriver en petite culotte sans que personne la remarque. La plupart des inspecteurs auraient donné la moitié de leur retraite pour assister à cette réunion au sommet. Mais Morrow était assez perspicace pour se rendre compte que sa présence ne faisait guère de différence.

Sans piper mot, elle écoutait le directeur adjoint Hughes poser des questions à Nolly Dent, son inspecteur principal. Nolly avait un nom ridicule, mais c'était un type bien, beau gosse, petit et futé. Trop occupé à imaginer ce que son chef allait en penser, Hughes n'écoutait les réponses de Nolly que d'une oreille. Il menait la réunion calmement, exposait en quoi Police Scotland pourrait prétendre à une portion des sept millions quand ils seraient retrouvés. L'affaire était écossaise. L'enquête avait commencé ailleurs, mais le rachat de la société d'assurances avait déplacé le curseur, en permettant l'ouverture de nouvelles poursuites. L'argument n'était pas de lui mais de son chef. Et il tenait extrêmement bien la route. À cause de la DMBR, elle avait toujours vu en Hughes un type médiocre et vaniteux, mais à présent, elle était prête à revoir son jugement.

Quand ce fut à son tour de prendre la parole, Morrow insista sur le fait qu'il était crucial de ne pas se laisser aveugler par l'argent et de s'en tenir au protocole. Fuentecilla avait été tuée par son compagnon lors d'une dispute domestique, c'était de loin l'explication la plus plausible. Ce qui ne voulait pas dire qu'ils devaient se priver de cette nouvelle opportunité d'accéder aux dossiers de la société pour en savoir plus sur ce qui s'y passait.

Fuentecilla aimait les disputes, expliqua-t-elle. Elle se prenait le bec avec tout le monde. Il y avait peu de chances que son couple ait été épargné. Et c'était probablement son fils, de surcroît, qui avait appelé pour signaler sa disparition. Une fuite était à exclure, car elle ne serait jamais partie sans les enfants.

Le superintendant Saunders lui adressa un sourire narquois.

— Vous n'êtes pas un peu tendre avec elle ? C'est quoi ? Le syndicat des mamans ?

Morrow ne répondit rien, regrettant simplement de ne pas avoir de *sponge cake* à portée de main. Mais son expression en disait long.

Hughes reprit la main. La pauvre Roxanna Fuentecilla se trouva oblitérée par les statistiques, les questions de compétence, les suggestions de stratégies pour l'interrogatoire de témoins hostiles et autres considérations légales liées à l'attribution des primes. Morrow n'aurait même pas dû le remarquer. La police avait pour mission d'assurer le maintien de l'ordre en ville, pas de secourir les belles éplorées. Mais aujourd'hui, elle percevait tout comme si elle était de la famille de la victime. Plus elle y pensait, plus elle se disait que la raison, c'était son frère. Roxanna, c'était Danny mais sans la honte et le ressentiment. Danny et Roxanna étaient si différents, en réalité, qu'elle s'était laissé prendre au piège. En plus d'être une femme, Roxanna était espagnole et riche, mais elle avait la même audace que Danny, la même insolente conviction que tout lui était dû. Si bien que, secrètement, Morrow l'admirait.

La réunion s'éternisait, stérile. Même Hughes semblait trouver que les monologues étaient trop longs. Il se leva pour partir avant la fin, et fit signe à son assistante de prendre le relais pour conclure par les platitudes d'usage. Pas besoin de rester, les décisions sur la conduite à tenir avaient été prises : Morrow et un agent de son choix se rendraient au domicile de la disparue en se faisant passer pour des flics lambda répondant simplement à un signalement de disparition.

Ils suivraient la procédure habituelle, enregistreraient tout pour le transcrire ensuite. Ils insisteraient pour qu'on leur autorise l'accès aux bureaux de la société d'assurances, en prétextant être à la recherche d'éventuelles dettes cachées. Ils rassembleraient toutes les informations qu'ils pourraient trouver sur l'entreprise.

On avait réuni trois des éléments les mieux payés de Police Scotland pour en arriver à cette conclusion stratégique éminemment complexe : aller voir sur place.

Après le départ de Hughes, la réunion perdit son énergie. Au moment de la déclaration de clôture, tout le monde était déjà en train de rassembler ses affaires. En deux temps trois mouvements, ce fut plié.

Morrow se retrouva sur le palier devant l'ascenseur avec le superintendant Saunders. Un homme gras, un homme important, mais qu'elle ne connaissait guère. Il savait qu'il l'avait froissée et s'en voulait. Croisant son regard, il lui adressa un signe de tête et sourit, comme pour l'inciter à dire quelque chose. Mais elle ne savait pas quoi. Elle lui rendit son sourire, son signe de tête. Elle s'apprêtait à le féliciter quand il dit :

— C'est le chaos dehors depuis que votre frère est sous les verrous.

Morrow se renfrogna. Ils entrèrent dans l'ascenseur qui venait d'arriver et la porte se referma derrière eux.

— Ouaip, continua-t-il. Il maintenait le calme, c'est ce que je veux dire, quand il menait ses affaires. Ces gens…

Il lui sourit de nouveau, de toutes ses dents, puis sentant l'atmosphère se tendre, il se tourna vers la porte sans cesser de sourire. Morrow sentit tout son corps se raidir, comme si une araignée, trop grosse pour être écrasée, lui courait le long de l'échine. Réflexe d'adaptation. Personne dans la police ne le disait jamais, mais tous savaient que l'économie parallèle était indispensable. Vingt pour cent du PIB reposait sur des hommes tels que Danny. Si justice était faite et qu'ils finissaient tous derrière les barreaux, l'économie mondiale mordrait la poussière. Ce serait la fin de certaines civilisations.

— Oui, monsieur, acquiesça-t-elle, en espérant que se montrer agréable viendrait clore le sujet.

— Eh oui.

Il avait pris sa réponse comme un encouragement.

— Ils s'écharpent dans une guerre de territoire, maintenant. Quelques rues à peine, la plupart du temps. À en croire les statistiques des meurtres à l'arme blanche pour le dernier trimestre, on dirait bien qu'une guerre civile a éclaté.

L'ascenseur arrivait au rez-de-chaussée, les portes s'ouvrirent. Elle aurait dû le laisser sortir d'abord, par respect pour son rang, mais elle se glissa dehors la première.

— Ça faisait des années que c'était calme, à cause de votre frère… lança-t-il encore dans son dos.

— C'est mon demi-frère, corrigea-t-elle calmement. Juste mon demi-frère, monsieur.

Elle s'éloigna sans attendre son autorisation : la petite vengeance du sous-fifre.

McGrain l'attendait dans le hall. Ils gagnèrent le parking en silence. Faute de parvenir à décrypter son humeur, McGrain se tenait sur ses gardes. À la voiture, il lui demanda ce qu'elle avait pensé du chef, persuadé qu'elle avait eu droit à un savon. Il est pro, répondit-elle en s'asseyant côté passager. McGrain monta à son tour et démarra.

Danny menait ses affaires par procuration depuis sa cellule. Pour lui, pas de grands changements, finalement, mais il avait cessé de jouer les médiateurs entre les factions de la ville. Alors dans les rues, c'était le chaos. Il avait autant intérêt que tout le monde à maintenir le calme mais il ne le ferait plus, juste pour leur mettre le nez dans leur propre merde. En gros, des gens mouraient parce que Danny McGrath était en rogne.

8

Iain et Susan remontèrent l'allée envahie par les herbes folles. Le jardin à l'abandon sentait la paille. La maison, en revanche, avait l'air bien entretenue. Une villa miniature : une fenêtre de chaque côté de la porte et quelques marches menant à un perron couvert bordé de piliers.

Susan tourna la clé dans la serrure mais n'ouvrit que lorsque Iain fut arrivé à sa hauteur. La lourde porte verte donnait sur un grand vestibule à la moquette et au papier peint bleu et jaune délavés. Un rai de lumière filtrait de la cuisine au fond du couloir. Iain crut voir de la brume, mais ça n'était que de la poussière soulevée par le courant d'air que leur arrivée avait créé.

Susan regarda autour d'elle comme si elle découvrait l'endroit. Faisant signe à Iain de la suivre, elle referma tranquillement derrière eux et se dirigea à pas de velours sur la gauche, vers ce qui ressemblait à une salle à manger.

L'odeur de moisi prenait à la gorge. Une commode à côté de la porte était couverte d'une épaisse couche de poussière, si épaisse qu'elle avait l'air collante, comme comprimée par le passage du temps.

Iain entra dans la pièce à son tour. Un verre de whisky sale était posé sur un coin dépoussiéré de la table vernie.

Sans doute celui de Susan, car elle n'y accorda aucune attention. Iain remarqua qu'elle marchait sur la pointe des pieds.

— Il y a quelqu'un dans la maison, Susan ?

Ignorant la question, elle jeta un nouveau regard vers le vestibule avant de se retourner pour lui murmurer :

— Il faut que je voie Mark Barratt.

Iain posa les yeux sur sa bouche. *Mark Barratt ?* Comment pouvait-elle avoir entendu parler de lui ?

— Mark est à Barcelone.

— Tu veux bien l'appeler ?

— Je peux pas.

Elle ne le connaissait pas, c'était clair. En voyage, Mark était injoignable. Tout le monde savait ça. Il laissait son portable chez lui quand il partait à Barcelone. Et une fois de retour, il lui arrivait de repartir aussi sec.

Iain se demanda soudain si Susan n'était pas flic. Elle était fine, sportive : elle avait l'air d'un flic. Mais elle était sensible, et elle l'avait emmené chez lui. Et ça, ce n'était pas un truc de flic.

— Pourquoi vous voulez voir Mark ?

— Tu sais qui pourrait avoir son numéro ?

Elle s'engagea dans le couloir qui menait à la cuisine, jetant des regards alentour comme si elle cherchait quelqu'un.

Iain lui emboîta le pas. Il s'apprêtait à demander ce qui se passait, si elle avait été cambriolée, mais l'état de la cuisine le coupa dans son élan.

C'était une pièce immense, presque à l'abandon. Les grandes fenêtres donnant sur le jardin étaient couvertes de toiles d'araignées. Une partie du plafond s'était effondrée et le plan de travail était jonché de débris. Au fond, un passage voûté donnait sur une véranda crasseuse qui baignait la pièce dans une lumière lourde de reproches.

Elle entra dans un garde-manger, vérifia que tout était en ordre.

— Vous habitez ici, Susan ?

— Non. Je ne suis là que depuis un jour ou deux. Ma mère est morte.

Iain pensait que la vieille Mme Grierson était morte deux ans auparavant. Il croyait avoir entendu ça pendant l'une de ses sorties en semi-liberté. La maison était si sale qu'elle semblait inoccupée depuis plusieurs années. En même temps, Susan venait d'arriver. Quand elle réapparut, elle semblait soulagée de voir qu'il était toujours là.

— Un thé ! annonça-t-elle, soudain plus légère.

Fouillant dans les placards, elle dénicha une bouilloire électrique sous l'évier et souffla dessus pour la dépoussiérer. Iain n'était pas à cheval sur la propreté mais il ne se voyait pas boire quoi que ce soit sortant de là. Dans un cliquètement de tuyaux, elle ouvrit l'eau pour la remplir puis la brancha, visiblement surprise de voir qu'elle fonctionnait.

— Je vais chercher des tasses, dit-elle en disparaissant.

Iain ne comprenait rien à ce qui se passait. Il voulait une cigarette. Rien d'autre. Et puis partir. Il se laissa choir dans un fauteuil à l'entrée du passage voûté, soulevant un nuage de poussière autour de lui. À cause d'un trou percé dans le sol de la véranda, sous le mur extérieur, l'endroit était plein de courants d'air, mais au moins, ça éloignait la poussière.

Il sortit une feuille à rouler et ouvrit le paquet de tabac pour en prélever une pincée à l'odeur chocolatée qu'il étala sur le papier. Ses gestes étaient maladroits, il ne se rappelait pas que c'était si difficile. Mais la pureté du mouvement, l'odeur et les sons lui firent monter les larmes aux yeux, éloignant les souvenirs de ses scrupules de la nuit, de la jetée ensanglantée, des sorties de voile avec Susan. Salivant d'avance, il lécha le papier. Ça faisait longtemps qu'il n'avait pas fumé mais il se souvenait de tout le rituel. Et de tout ce qu'il signifiait pour lui : un changement d'humeur, un projet solide, une récompense, une compensation. Il n'attendait rien de tout ça aujourd'hui, cependant. Aujourd'hui, il voulait juste s'emplir les poumons et étouffer le souffle de la femme.

Coinçant la cigarette entre ses lèvres, il tâta sa poche et en sortit un briquet jaune sable. Il l'alluma, prêta l'oreille au crépitement du papier et savoura les toxines tièdes qui lui envahissaient la bouche.

Lorsqu'il inhala, une vague âpre, râpeuse comme des galets, lui arracha la gorge. La marée de nicotine courait à présent dans son océan intérieur. Elle bouillonnait le long d'estuaires et de rivières, de torrents et de ruisseaux, pour aller souiller la moindre parcelle vibrante de côtes et de rives.

La fumée imprima à son cœur un rythme irrégulier de bossa-nova. C'était un poing massif qui battait dans sa gorge, comme si l'organe avait bougé pour faire de la place à celle qui squattait sa poitrine.

Il la sentit refluer. Ça marchait. Il essaya de retenir sa respiration mais un mouvement convulsif du diaphragme lui fit expulser la fumée dans une violente quinte de toux pleine de postillons.

— Et voilà ! lança Susan d'une voix chantante en posant le plateau du service à thé sur une table d'appoint.

Avançant une chaise, elle s'installa à côté de lui.

Ils regardaient tous les deux vers la véranda la lumière qui filtrait à travers les carreaux verts et sales. Ça n'était pas une véranda moderne, pleine de canapés ni rien, juste une vieille serre collée à l'arrière de la maison. Une bande de ruban adhésif jaune courait sur la fissure d'une vitre. Des étagères en verre vides étaient fixées au mur. Pour creuser le trou à côté de la grille de ventilation, on avait poussé sur le côté une table de culture dont le bois était devenu gris sous l'effet de la lumière.

— Je te sers ?

Susan Grierson lui souriait affectueusement. Le service à thé était poisseux.

— D'accord, dit-il, comme elle attendait la réponse, la main sur la théière.

Elle ne voyait donc pas la crasse ? se demanda Iain.

Il n'avait pas entendu la bouilloire. Il aurait voulu qu'elle lui explique, mais elle n'avait pas l'air plus dans son assiette que lui. Il avait merdé, il n'aurait pas dû venir. Ils n'allaient rien pouvoir faire l'un pour l'autre. Dans une minute, il allait partir.

Elle remplit deux petites tasses timides de thé léger et y saupoudra un peu de lait en poudre. Iain demanda trois sucres, qu'elle y ajouta aussi, avant de touiller avec une petite cuillère. Prenant la tasse qu'elle lui tendait, il la posa sur l'accoudoir de son fauteuil.

— Qu'est-ce qui s'est passé, là ?

Il désigna le trou récemment creusé dans la véranda.

— Un tuyau en plomb, dit-elle. Il fallait le changer. Ils ont remplacé toute la tuyauterie de la maison il y a des années mais cette section-là alimentait le jardin et la serre. C'était inquiétant en fait, parce que ma mère arrosait ses tomates et ses laitues avec de l'eau chargée en plomb.

— Ah oui, inquiétant, répéta-t-il, content de voir qu'ils échangeaient normalement.

— Le plomb s'accumule dans le corps. Je ne veux pas dire qu'elle est morte de saturnisme, hein, elle a fait une crise cardiaque. Mais c'est très mauvais pour la santé.

La forme de ce trou, long, profond et coincé dans un angle, lui évoquait de sales choses.

— À cet endroit-là, les tuyaux étaient plantés profondément dans le sol… (Elle se passa la main dans les cheveux, l'air accablé.) Il y a tant à faire dans cette maison. Tant de choses essentielles.

— C'est poussiéreux.

— Oui, il y a la poussière, et puis les taches d'humidité dans toutes les salles de bains, les tuyaux qui fuient. Et la décoration… hideuse. Tellement démodée. Oh… les biscuits !

D'un bond, elle se leva et retourna au plan de travail.

Iain l'entendait bouger derrière lui. Il espérait ne pas la voir revenir avec un rat mort qu'elle lui présenterait comme des biscuits. Elle était un peu fêlée. Il ressentit soudain une vive douleur dans le dos, comme si on le poignardait de l'intérieur. La femme cherchait à sortir.

Il tira en tremblant une autre bouffée de sa cigarette. La douleur retourna se tapir au fond de son être. Il retint sa respiration, encore, encore, les yeux fermés, concentré. Il tenait bon, malgré ses poumons qui le suppliaient, malgré la pulsation dans ses orbites.

Il la sentit se flétrir. Il la sentit disparaître.

Iain expira et se rendit compte qu'il ne pouvait pas se retenir. Il se mit à pleurer. Il n'avait pas vraiment pleuré depuis longtemps. Ses larmes avaient du mal à sortir, ça faisait mal au coin de ses yeux, et les gouttes de sel s'étalaient sur le devant de son T-shirt.

— Des génoises ?

Ses yeux s'ouvrirent. Susan tenait un sac à congélation bleu à quelques centimètres de son nez. Un sac plein de biscuits Pim's, la plupart en miettes. D'un brusque mouvement de la main, Iain voulut l'éloigner juste au moment où elle le lâchait, si bien que le sac tomba sur ses genoux. Il l'attrapa et le lui jeta violemment :

— Putain de…

Mais Susan ne lui voulait pas de mal, et elle non plus n'était pas dans son état normal.

— Écoutez, non merci, d'accord ? se corrigea-t-il. C'est juste que… je n'aime pas les biscuits.

Le sac battit en retraite et Susan s'éloigna.

Iain se pencha vers l'avant, la tête dans les mains. Il entendit la cigarette crépiter dans ses cheveux, l'odeur sulfureuse de roussi.

— … fâché ?

Elle avait dit quelque chose, il n'était pas certain de savoir quoi, mais quelque chose de nouveau. Et maintenant, elle ne disait plus rien. Elle s'était rassise. Une main chaude dessinait des cercles dans le dos de Iain.

La tristesse qui le paralysait était en train de s'envoler. Il se sécha les joues d'une main et se pinça le nez pour l'empêcher de couler avant de frotter sa paume contre son pantalon. La cigarette s'était éteinte. Peut-être qu'il lui en fallait une deuxième.

— Un peu plus de thé ? demanda-t-elle. Oh, tu n'as pas encore bu celui-là.

Iain leva brièvement les yeux vers elle. Elle était assise, les mains jointes sur ses cuisses et souriait poliment, déterminée à s'en tenir au script du thé, quoi qu'il advienne. Putain que c'était pénible de la voir insister comme ça avec son thé, ses biscuits et sa sous-tasse. Pour ce qu'elle en savait, Iain venait peut-être de perdre son meilleur ami. Peut-être qu'il ne pleurait pas parce qu'il était coupable d'un truc horrible. Elle n'en savait rien. Ça le mettait en rogne. Il détourna de nouveau le regard vers le trou dans le sol de la véranda.

Susan souriait. Un ange passa. Ils contemplaient la fumée qui se dissipait en volutes vers la véranda.

— Pourquoi vous m'avez demandé de venir ? Comment vous connaissez Mark ?

— Eh bien, Iain, dit-elle sur le ton de la confidence, pour être franche, je voulais te demander une petite faveur. Je ne connais personne ici, je voudrais un rail et j'ai entendu que Mark Barratt était celui à qui il fallait s'adresser…

— Vous voulez quoi ?

— Un deal. De poudre. De la coke. De la neige. De la blanche ? Je veux acheter. Tu peux m'aider ?

9

Robin Walker vint ouvrir la porte, l'air furieux. Les lèvres pincées, il laissa Morrow et McGrain lui montrer leur badge sans rien dire. C'était lui qu'ils avaient eu au téléphone ce matin ? Il y a une demi-heure ? Ils lui avaient demandé s'ils pouvaient venir discuter de sa compagne disparue, Roxanna Fuentecilla.

— Ah oui, entrez, ordonna-t-il en désignant la moquette de l'étroit vestibule d'un geste de karatéka, reniflant avec agacement quand ils se glissèrent à l'intérieur.

Quand on est flic, on passe une bonne partie de son temps en compagnie de gens en colère, et pas que des gens comme il faut. Morrow connaissait bien la colère, ses états d'âme et ses nuances. Elle avait remarqué que l'émotion n'était souvent qu'une peur déguisée. Alors Robin Walker avait-il peur parce que sa compagne avait disparu ? Ou bien parce que quelqu'un avait appelé la police ?

— Un appel anonyme, vous avez dit ? fit-il.

Mince, plus grand qu'eux d'une bonne tête, il évitait de croiser leur regard, ponctuant ses mots de petits hochements de tête secs et énervés.

— Oui, confirma Morrow, tout en enregistrant ses épais cheveux noirs et ses yeux bleu pâle.

Le grain sale des films de vidéosurveillance où il n'était qu'une silhouette lointaine ne lui rendait pas justice.

— Mlle Fuentecilla a-t-elle disparu ?

Walker retint sa respiration, baissa le menton contre sa poitrine avant de le relever aussitôt. Puis il répondit, la voix chargée d'émotion :

— Oui, elle a disparu.

— Et vous êtes… ?

— Robin Walker. Son compagnon. Son petit ami.

— On peut entrer. En discuter ?

Il leur désigna la porte du salon d'un geste impatient et les précéda.

Laissant McGrain passer devant, Morrow jeta un regard au portemanteau de l'étroit couloir et aperçut une parka verte à capuche bordée de fourrure.

Comme elle entrait dans le salon, son regard fut attiré vers la moquette. Elle était blanche et toute neuve. Morrow jeta un œil le long des plinthes pour essayer de repérer des fils de laine qui auraient indiqué qu'elle venait d'être posée. Elle ne trouva rien, ce qui la rassura : Robin n'avait probablement pas battu Roxanna à mort puis remplacé la moquette.

Par comparaison avec l'étroit couloir, le salon était une pièce majestueuse. Un lustre de la taille d'un chariot de supermarché était suspendu au plafond. Deux immenses fenêtres encadraient de grands arbres qui oscillaient doucement au-dessus de la rue. Le canapé et la table basse, la table de salle à manger et les chaises de Robin et Roxanna – mobilier parfait pour un petit appartement londonien – paraissaient nains sous le haut plafond du salon victorien. Comme si la famille avait élu domicile dans le tiers inférieur d'un aquarium. Morrow était si distraite par l'incompatibilité d'échelle qu'elle ne remarqua d'abord pas les enfants.

Martina et Hector Vicente : assis sur le canapé, immobiles, les chevilles croisées, les mains sur les genoux, le dos droit. Le miroir l'un de l'autre. Ils posaient sur Morrow et McGrain le même regard distant que les personnages sur les portraits de Gainsborough. Blonds comme leur mère, élancés et les lèvres charnues, ils ne laissaient rien paraître. Elle posa les yeux sur Hector. Le souvenir de lui avec sa mère à la pâtisserie faillit lui arracher un sourire, mais en le voyant baisser le regard, elle se ressaisit. Il portait le jean skinny gris.

S'approchant d'eux, elle leur donna son nom, leur expliqua qu'elle venait au sujet de leur mère puis ne bougea pas. Elle voulait qu'ils parlent. Elle avait dans la poche un dictaphone en marche. Les chefs, puis les chefs des chefs, pourraient ainsi avoir accès à l'intégralité de l'échange une fois qu'il serait retranscrit. L'enregistrement permettrait aussi de comparer leurs voix à celles de l'appel.

— Vous n'avez pas classe aujourd'hui ?

— Notre mère a disparu, répondit Martina. On s'est dit qu'il valait mieux qu'on reste à la maison.

— Je vois.

Elle voulait aussi un échantillon de la voix d'Hector. Elle hocha la tête dans sa direction.

— Et toi, mon garçon, tu n'as pas cours ?

— Si, mais ma sœur (il la désigna d'un geste très cérémonieux, l'anglais n'était de toute évidence pas sa langue maternelle) s'est dit que ce serait mieux si je restais à la maison aujourd'hui.

Morrow acquiesça d'un signe.

— Je vois. Merci.

Il avait douze ans mais c'était encore un enfant, il n'avait pas mué. Le coup de fil aurait pu provenir de l'un comme de l'autre, mais le jean de Martina était bleu.

Morrow eut le sentiment qu'il fallait qu'elle réagisse à la tension, palpable dans la pièce.

— Pardon, Robin, vous étiez en pleine discussion ici, avant qu'on arrive ?

Walker fusilla les enfants du regard. Hector faillit ouvrir la bouche mais quand il posa brièvement les yeux sur Martina, il comprit qu'il devait se taire. Tout le monde resta muet. Vingt secondes avaient suffi pour les mener à une impasse.

— Bon.

Frappant dans ses mains avec un enthousiasme feint, McGrain fit sursauter tout le monde.

— Voilà ce qu'on va faire : vous les enfants, vous allez aller jouer dans la pièce d'à côté pendant qu'on parle à votre père quelques minutes, d'accord ?

Panique intérieure générale. Avant qu'Hector ose un :

— Robin n'est pas notre…

— Hector, tais-toi, dit Martina en se levant, les yeux rivés sur McGrain. Ce monsieur nous a dit de sortir.

Faisant signe à Hector de la suivre, elle se dirigea vers la porte. Deux danseurs abattus traversant la scène immense après une mauvaise représentation. Walker, renfrogné, les suivit pour aller refermer derrière eux avant de revenir s'asseoir à leur place.

— Étiez-vous en train de parler aux enfants avant notre arrivée, monsieur Walker ?

— Oui. Après votre coup de fil, je leur ai posé la question et ils m'ont dit qu'Hector vous avait appelés. Au sujet de leur mère.

McGrain eut un sourire doux.

— Ça n'a pas l'air de vous enchanter.

S'animant soudain, Walker leva la tête.

— Ça me fout en rogne. Pourquoi est-ce qu'ils se sont crus obligés de me le cacher ? Je n'ai pas fermé l'œil de la nuit, je suis mort d'inquiétude. Il fallait juste qu'ils me le disent – c'est ça qui me met hors de moi.

Il haussa le ton en direction de la porte, poursuivant la dispute interrompue d'une voix pleine de reproches.

— C'est ça que je veux dire. Je ne vais pas les manger.

Ses yeux rougirent, pas sous l'effet de la broyeuse de l'inquiétude, pas à cause de la tristesse non plus, mais à cause de quelque chose de plus intense encore que la peur. On aurait dit de la panique. Il n'avait pas le comportement du type qui avait assassiné sa femme la veille et recevait aujourd'hui la police chez lui. Il n'essayait pas du tout de jouer les innocents.

Morrow détourna le regard, pour lui offrir un instant d'intimité. Sans le vouloir, elle venait de poser les yeux sur le vaisselier à soixante-quatre mille dollars. Plus petit mais aussi laid que sur la photo.

— Une pièce unique. Un Larkin and Sons, commenta Walker en prenant une grande inspiration. Emblématique, en fait. Réalisé par des maîtres ébénistes.

— Joli, commenta poliment McGrain.

Morrow hocha la tête et émit un son faussement approbateur.

— Vous voulez dire quoi par emblématique ? Je n'ai jamais vraiment compris.

Walker se lança dans une explication brouillonne. La conception était particulière. Très bien réussie, en quelque sorte. Un modèle que les autres copiaient, croyait-il. Il tenta un sourire charmeur. La bouche y parvint mais les yeux restèrent tristes et pleins de colère. Walker était dépassé. Il était jeune. Qu'il soit si beau ne le rendait pas moins sympathique.

Morrow se souvint du rôle qu'elle était censée jouer. Ouvrant sa mallette, elle en sortit le formulaire de déclaration de disparition et un stylo.

— Bon, monsieur Walker. Voyons si nous pouvons la retrouver, mettre un terme à vos soucis. Quand avez-vous vu Roxanna pour la dernière fois ?

Robin Walker laissa son regard se perdre dans le vague, les mains serrées l'une contre l'autre, avant de leur raconter que Roxanna était partie travailler la veille en déposant en chemin les enfants au collège. Depuis il n'avait eu aucune nouvelle d'elle. Ça n'était pas du tout son genre.

Morrow prenait des notes et McGrain hochait la tête en signe d'encouragement.

— Vous venez de vous installer ? demanda-t-elle.

— Il y a deux mois. On arrive de Londres.

— Et Glasgow vous plaît ?

— Super, répondit-il, avec un tremblement du menton qui semblait dire le contraire.

Morrow retint son sourire. Comme les fromages de caractère, Glasgow n'était pas du goût de tout le monde.

Roxanna était comment, hier matin ? Bien, normale. Elle avait déposé les enfants à la même heure que d'habitude mais ne s'était jamais présentée à son bureau, n'avait appelé personne, et n'était pas rentrée depuis. Aucun de ses vêtements ne manquait et son passeport était toujours là : il l'avait trouvé dans un tiroir de la chambre.

Elle lui demanda s'ils s'étaient disputés. La plupart des couples se disputent de temps à autre. Il sourit. On se dispute tout le temps. Mais non. Rien de spécial. Est-ce que vous en venez parfois aux mains ? Elle m'a frappé avec une pizza, une fois… Il se dépêcha de corriger :

— Mais c'était drôle, elle essayait de me faire rire parce qu'on s'était, comment dire, retrouvés dans une impasse.

Son sourire se détendit, ses mains se tordirent. McGrain lui sourit en retour.

Walker donnait une très mauvaise image de lui. Si Morrow n'avait rien su le concernant, elle aurait douté. L'histoire de la pizza sonnait juste. Si Walker avait assassiné sa copine, il ferait tout pour les égarer. Dirait qu'ils ne se disputaient jamais, échafauderait une théorie sur sa fuite. Et il aurait planqué son passeport.

— Pourquoi ne pas nous avoir appelés ?

Il croisa son regard et, sans ciller, répondit qu'il ne savait pas, qu'il ne savait tout simplement pas. Ça, par contre, ça n'était pas vrai : il savait. Il n'avait pas appelé parce qu'ils faisaient des trucs illégaux. Morrow nota son expression : le long regard immobile. Et il avait le tact de se tordre les mains quand il mentait.

Elle entreprit d'égrener les questions du formulaire : avait-il une photo récente ? Walker alla chercher une photo de Roxanna dans un cadre en argent sur le manteau de cheminée. Il la lui tendit. Un portrait : Roxanna souriant avec amour à l'objectif, nimbée d'une douce lumière de printemps. Elle était splendide : pommettes hautes, peau mate, lèvres écarlates. Ses épais cheveux blonds étaient remontés en un chignon lâche sur le dessus de sa tête et coiffés d'un bibi à plumes.

— C'était votre mariage ?

— Non. On n'est pas mariés. On était simplement invités.

— Mieux vaudrait quelque chose de plus classique, dit-elle en lui rendant la photo.

Quand les yeux de Walter se posèrent dessus, un désir ardent, spontané, s'empara de lui. Il se détourna pour la reposer sur le manteau de cheminéc.

— Je vais vous en chercher une autre.

Il quitta la pièce. Ils l'entendirent s'éloigner dans le couloir puis revenir, hésitant derrière la porte. Il portait un iPad première génération, abîmé et aux coins arrondis. S'asseyant à côté de Morrow, il l'alluma pour accéder au dossier photos.

McGrain tendit le cou : un damier de prises de vue, la plupart de Roxanna seule mais quelques-unes avec les enfants, toutes de l'année passée. C'était sans doute l'iPad de Walker car on n'y voyait quasiment qu'elle : Roxanna sur une plage de sable blanc, Roxanna dans une rue sombre de Londres et, sur toutes, Roxanna le regard planté dans celui de Walker, irradiant l'amour. Comme toujours avec les photos numériques, la même scène avait été capturée plusieurs fois, moins pour obtenir une photo parfaite que par enthousiasme du photographe pour l'instant qu'il était en train de vivre.

Une ou deux montrant le couple ensemble. Robin et Roxanna dans un parc, adressant un sourire crispé à l'inconnu qui avait gentiment accepté de prendre la photo. Sur quelques-unes, Robin et Roxanna étaient accompagnés de Martina ou d'Hector, l'autre enfant sans doute derrière l'objectif. Dans les photos de groupe où Martina jouait les photographes, la tête de Robin sortait invariablement du cadre. Elle avait un peu hérité du côté têtu de sa mère.

Morrow fit descendre le curseur jusqu'aux plus récentes, prises lors de leur arrivée à Glasgow. Roxanna dans la serre à orchidées du jardin botanique. Debout au premier plan, dans la lumière jaune du crépuscule. Derrière elle, à chaque extrémité d'un long banc, se trouvaient Martina et un homme que Morrow connaissait sous le nom de M. Y.

M. Y. était un personnage récurrent des dossiers de vidéosurveillance de l'enquête DMBR de Glasgow. L'un des premiers individus que Roxanna avait contactés à son arrivée. On l'avait vu entrant dans son bureau, sa maison, assis dans des voitures, toujours en compagnie de Roxanna. Mince, la soixantaine, il avait l'allure soignée et une moustache parfaitement taillée. Ça faisait des semaines qu'ils essayaient de l'identifier.

Sur la photo, Martina se tenait à l'écart, assise aussi loin que possible des autres, collée contre l'accoudoir du banc.

Morrow en demanda une impression. Lui prenant l'iPad, Robin tapota deux fois sur l'écran et une imprimante se lança quelque part dans le couloir.

Morrow revint à la liste des questions du formulaire : des amis ou des proches ?

Il lui répondit, non sans une certaine réticence : les parents de Roxanna étaient originaires de Madrid mais décédés depuis quelque temps. Elle avait une sœur qui habitait Boston. Elles s'appelaient une fois par semaine. Elles étaient proches. Morrow avait entendu les bandes de la police de Glasgow : des conversations empruntées entre une Roxanna chaleureuse et une insupportable garce. « Proches » relevait de l'exagération, mais ça n'en était pas pour autant un mensonge : les mythes sont le ciment de la plupart des familles. Il leur apprit que Roxanna ne s'était pas encore fait d'amis à Glasgow, mais n'avait contacté personne à Londres depuis sa disparition. Il avait appelé tout le monde le soir précédent.

Morrow posa la question qui figurait ensuite sur le formulaire : Roxanna souffrait-elle d'un problème médical qu'on devrait porter à leur connaissance ?

Non, elle était en pleine forme. Elle avait un souffle au cœur mais était suivie et en tenait compte quand elle faisait de l'exercice. Un état sous-jacent stable, dit-il, employant le jargon des assurances.

Obnubilée par le dictaphone dans sa poche, imaginant comment sa voix sonnerait à l'oreille de ses chefs, Morrow n'était pas très concentrée, si bien qu'elle posa la question suivante sans réfléchir : serait-il possible d'obtenir un échantillon ADN de Roxanna ?

Walker se raidit

Si Morrow avait vraiment été flic au service des disparitions, elle aurait été consciente de l'impact émotionnel de la question. Elle y serait allée avec des pincettes, aurait baissé le ton ou quelque chose. Elle rétropédala : c'était simplement pour pouvoir éliminer ceux qu'on risquait de trouver, pas parce qu'ils avaient la moindre raison de penser que, vous savez…

Walker répondit d'une voix rauque : et comment diable pourrait-il trouver un échantillon ADN, de toute façon ? McGrain suggéra une brosse à cheveux. Walker se leva lentement et quitta la pièce. Il revint, le regard étincelant, tenant avec révérence dans ses deux mains une brosse chauffante. Morrow la prit et le remercia. Chauffé, l'ADN était inutilisable, mais elle n'avait pas le cœur de le lui avouer. Elle pourrait toujours demander autre chose plus tard, si nécessaire.

Elle emballa l'objet inutile et le glissa dans sa mallette, tout en demandant les informations bancaires de Roxanna et les numéros de téléphone de toute la famille, s'ils avaient des portables.

Walker fit la grimace.

— Pourquoi avez-vous besoin de son numéro de compte ?

— Pour voir si elle a retiré de l'argent. Ça nous dira où elle se trouve et si elle est en sécurité. Nous avons aussi besoin de son numéro de téléphone à elle.

Pensif, il se mordit la lèvre, avant de leur adresser un sourire réticent.

— Pour tout vous dire, Rox ne m'a pas appelé.

McGrain expliqua que ça ne les aiderait pas simplement à pister ses communications. Allumé, le téléphone pourrait aussi leur permettre de suivre ses mouvements. Ce qui leur serait d'une grande utilité.

D'abord, Walker accepta de leur communiquer tout ce qu'ils demandaient, mais il sembla se raviser au moment où Morrow lui tendit le formulaire. Il tournait et retournait le stylo entre ses doigts, inscrivait les noms avec une application excessive. Malgré ses hésitations, il finit par leur confier les numéros de tout le monde : le sien, celui de Roxanna et ceux des enfants. Il se souciait visiblement assez du sort de sa compagne pour leur confier des informations potentiellement accablantes.

Quand Morrow voulut savoir si Roxanna avait déjà disparu par le passé, Walker parut indécis.

— Pas que je sache. On n'est ensemble que depuis un peu plus d'un an. Peut-être que ça s'est déjà produit. Il faudrait demander aux enfants.

— Ce ne sont pas vos enfants ?

— Non, leur père vit en Équateur.

— Vous connaissez son nom ?

— Miguel Vicente.

Il le lui épela et la regarda le noter. Quand elle demanda l'adresse, il lui répondit que l'homme en avait deux : une à Quito et celle d'une villa de bord de mer à Guayaquil. Les deux en Équateur.

— Roxanna aurait-elle pu le contacter ?

Walter grogna.

— Il y a peu de chances.

— Et pourquoi ça ?

Il lui raconta l'histoire, dans le désordre le plus total. Son ex, il, ben, c'était un vrai connard, du genre, vous voyez, parti sans laisser d'adresse et il en a épousé une autre la semaine suivante (le mois suivant, en réalité, Morrow était au courant), et maintenant, il voulait la garde des enfants, mais seulement parce que sa femme était stérile (elle avait deux enfants) alors que jamais jusqu'ici il ne s'était intéressé à eux (faux). Derrière l'amertume, Morrow devinait la voix de Roxanna. Elle connaissait la chanson. Vicente ne versait pas non plus un penny de pension alimentaire (vrai). Rox s'était adressée à un avocat mais ça n'avait rien changé…

— Bien sûr, fit Morrow, qui voulait épater ceux qui écouteraient l'enregistrement. Il n'existe pas d'accord bilatéral avec l'Équateur en la matière. On rencontre souvent ce genre de situation dans le service. Il n'est pas rare que les enfants soient enlevés et emmenés à l'étranger par un ex.

Elle imagina le directeur adjoint Hughes lisant ça, surpris et impressionné par son érudition.

Walker eut l'air décontenancé.

— Mais les enfants n'ont pas disparu. C'est elle qui a disparu.

Il avait raison. C'était hors de propos. Ça aussi, Hughes le lirait. La suffisance de Morrow céda le pas à un léger embarras. Elle se trompait d'auditoire.

— Les enfants ont-ils des contacts avec leur père ?

Pas qu'il sache. Rox s'énervait à l'évocation de son ex, raconta-t-il, avec un léger mouvement de recul. C'était peut-être Robin, en réalité, qui s'énervait, se dit Morrow. C'était l'inconvénient quand on tenait un discours sans concession sur son ex devant un nouveau compagnon : impossible de mettre de l'eau dans son vin une fois l'amertume partie.

Elle se renseigna sur l'entreprise.

— Assur' Acc6dents, dit-il.

Les horribles affiches étaient partout, dans le métro, aux arrêts de bus, du rouge criard sur fond jaune. Un minuscule bonhomme rouge tombant de la barre transversale du A.

— Les affiches ne sont pas d'elle. L'ancien propriétaire prenait sa retraite. Il essayait de développer l'activité. Je ne sais vraiment pas grand-chose des affaires de Rox.

Morrow dit en passant qu'ils jetteraient un coup d'œil aux comptes, pour voir s'il n'y avait pas de dettes cachées au moment de la vente, pour, de fil en aiguille, lui demander :

— Si vous pouviez aller me chercher les coordonnées du père des enfants pendant qu'on leur parle…

Elle se leva, McGrain aussi.

Robin se mit en travers de son chemin.

— Ça n'a rien à voir avec la garde des enfants, dit-il avec beaucoup de prudence. Comme je viens de le dire, les enfants sont toujours là.

— Je n'ai pas dit que c'était lié à la garde des enfants, monsieur Walker. Elle a pu essayer de contacter M. Vicente…

— Non, la coupa-t-il. Rien à voir avec ça.

Ils se dévisagèrent, Morrow avec douceur, Walker avec frayeur.

— Vous avez quelque chose à me dire, monsieur Walker ?

— Non.

— Vous êtes sûr ? Parce que j'ai l'impression qu'il y a quelque chose qui vous inquiète et que vous ne me dites pas.

— Non.

— Très bien.

De la tête, elle désigna la porte à McGrain.

— On va parler aux enfants.

Ils traversèrent le vestibule plongé dans la pénombre, puis s'engagèrent dans le couloir du fond, faisant une halte à hauteur d'une imprimante posée sur une table. Robin lui tendit une impression au format B5 du cliché pris au jardin botanique. Il était encore humide. Ils arrivèrent à hauteur de deux portes de chambre se faisant face.

Assis chacun à son bureau, Martina et Hector jouaient d'un air maussade à des jeux sur leur ordinateur portable, sans le son. Ils avaient écouté tout ce qui se disait dans le salon, mais faisaient maintenant mine d'être surpris de leur présence. Martina se leva.

— Je peux vous aider ? dit-elle.

Robin intervint :

— Ils veulent que tu leur parles de maman.

— Quoi maman ? cracha méchamment Martina en retour.

Il fit un pas dans la chambre d'un air menaçant, pointant un doigt sur elle comme s'il voulait la gifler.

— Elle t'a appelée ?

Martina brandit à son tour un doigt vers lui et cria :

— Pourquoi on aurait appelé la police, si elle nous avait téléphoné ?

— Depuis que vous avez appelé la police. Est-ce qu'elle t'a appelée depuis ?

Ça n'était manifestement pas une maison silencieuse. Morrow haussa le ton.

— S'il vous plaît, je vais m'entretenir seule avec les enfants, monsieur Walker.

— Marty ! Elle l'a fait ?

— Seule ! monsieur Walker.

Quand Walker recula, les traits de Martina s'illuminèrent d'une joie malveillante. Hector regardait depuis la porte de sa chambre, toujours avec son air de lapin traqué.

Morrow décida de commencer par lui. Faisant signe à McGrain de la suivre, elle entra dans sa chambre. Martina leur emboîta le pas.

— Retourne dans la tienne.

Martina essaya de croiser le regard de son frère. Morrow fit un pas pour lui bloquer la vue.

— On viendra te voir dans une minute.

Elle poussa la porte, sans la fermer. Elle savait que Martina écouterait. Ils entendirent la fillette s'éloigner et fermer la porte de sa chambre, mais ils sentaient qu'elle les écoutait.

Hector s'assit au bord de son lit, se tenant le ventre comme s'il avait mal. Il se balançait doucement d'avant en arrière.

— Bon, petit gars, on va juste te poser quelques questions…

— Dans la voiture, murmura-t-il, les yeux sur la porte. Ils se sont méchamment disputés. Sur le chemin du bahut. Hier.

— Hier matin ?

Il ne quittait pas la porte des yeux.

— Hier. Maman a pété un plomb parce que papa a appelé Martina.

— Il ne téléphone pas, d'habitude ?

— Des fois. Mais là, elle était hors d'elle.

— Pourquoi ?

— À cause d'un truc à propos de tante Maria. Ça a mis maman dans tous ses états.

— Qui est tante Maria ?

— Maria Arias. La copine de maman qui habite à Londres.

— C'était quoi ?

— Je ne sais pas. Je me suis dit que peut-être… papa avait eu beaucoup d'amoureuses. Papa et maman ne s'entendent pas.

Hector haussa les épaules.

— Je ne sais pas, continua-t-il. Marty m'a dit que c'était n'importe quoi.

— Hector, murmura Morrow, est-ce que tu as signalé sa disparition ce matin ? Tu nous as appelés ?

Il confirma d'un signe de tête.

— Marty attendait dans le taxi. Elle m'a dit qu'il y aurait des caméras, et si on y allait tous les deux ça serait… vous savez. Trop visible.

— Pourquoi ne pas simplement nous avoir appelés d'ici ?

Il tourna de nouveau le regard vers la porte.

— C'est à cause de Robin ?

Il fronça les sourcils, le regard posé sur le lit.

— Tu penses que Robin pourrait faire du mal à ta mère ?

Il haussa de nouveau les épaules.

— Je le connais pas vraiment. Qu'est-ce qu'il fiche là ?

— Ce n'est pas le petit ami de ta mère ?

Hector fit signe que si. Il voulait sans doute dire qu'il n'avait pas envie de voir Robin en ce moment, pas qu'il ne comprenait pas la raison de sa présence.

— Au téléphone, ce matin, tu as dit : on ne sait pas où ils l'ont emmenée. Que voulais-tu dire ?

— Je ne sais pas.

— Qu'est-ce qui te fait croire que quelqu'un l'a emmenée ? Et pas qu'elle est simplement partie ?

Il avait du mal à trouver ses mots mais finit par balayer la pièce de ses bras.

— Pourquoi on est là, à Glasgow ? Qu'est-ce qu'on fiche ici ?

La remarque était perspicace. Des officiers de police avec des années de bouteille se posaient la même question. Il se balançait d'avant en arrière, au bord des larmes. Il n'arrivait plus à parler, parvenait tout juste à reprendre son souffle. Morrow lui tapota le dessus de la main, elle avait très envie de lui mentir, de lui dire que tout allait bien se passer.

— Je vais aller voir ta sœur, lui poser des questions sur la dispute dans la voiture, d'accord ?

Il bafouilla un accord méfiant, les yeux sur la porte, sur ses gardes.

Morrow se leva, traversa le couloir et frappa à la porte d'en face, qu'elle ouvrit d'un même geste. Martina l'attendait debout à côté de son lit. L'air impérieux.

— Martina. Tu peux me dire ce que ton père a dit au téléphone qui a mis ta mère en colère à ce point ?

— Rien.

Sa voix était plate.

— Il n'a rien dit.

Elles se dévisagèrent un moment. Morrow finit par rompre le silence.

— Pourquoi nous avoir appelés si vous ne voulez pas qu'on vous aide ?

— Éloignez-nous de Walker…

Martina pleurait un peu maintenant, mais pas comme Hector. C'était contrôlé, comme si elle se forçait.

— Robin te fait peur ?

— Non !

— Tu crois qu'il est mêlé à la…

— Non !

— Tu ne penses pas qu'il a fait du mal à ta mère ?

Elle ne parvenait pas à répondre à ça. Elle s'effondra sur le lit, vaincue.

— Non.

— Que crois-tu qu'il s'est passé ?

— Elle appelle à 16 h 15, quand on rentre de l'école, d'habitude. Comme elle ne l'a pas fait, ça nous a inquiétés, mais peut-être qu'elle était au volant ?

— Pour aller où ?

— Je crois qu'elle est partie voir tante Maria à Londres. Je crois qu'elle lui a passé un putain de savon.

Morrow se tut quelques instants, le temps de bien comprendre les propos de l'adolescente.

— Elle était en colère contre elle ?

Martina secoua la tête.

— Elle n'était en colère contre *rien*. Littéralement *rien*. Ellc a pété un câble : « Qu'est-ce qu'il a dit ? Quoi exactement ? » Mais il n'avait rien dit du tout. « Tante Maria m'a dit que vous faisiez de la géométrie. » Aussi chiant que ça.

Martina était une enfant dont la mère avait disparu, abandonnée à un beau-père qu'elle ne portait pas dans son cœur, et pourtant on avait du mal à la plaindre, à la différence de son frère. Elle était belle, privilégiée, mais pleine d'amertume et de colère, comme si tout en ne manquant de rien, elle ne pouvait pas comprendre pourquoi elle n'en avait pas davantage

— Tu as demandé à ton frère de nous appeler. Pourquoi ne pas l'avoir fait toi-même ?

Elle haussa les épaules, comme si elle ne voyait pas l'intérêt de répondre, mais Hector, qui écoutait tout, cria depuis sa chambre :

— Elle pleurait tellement qu'elle ne pouvait pas parler.

Martina fusilla la porte du regard.

— Votre mère vous a déjà laissés seuls comme ça ?

— Jamais ! cracha-t-elle. Elle ne nous a jamais, *jamais* laissés. Maman nous adore, c'est pour ça que je sais qu'il y a quelque chose qui cloche, sinon elle nous aurait appelés.

— Eh bien, elle est partie et n'a pas appelé. Pour quelle raison, selon toi ?

Martina se mordit la joue, l'air épuisé.

— Je crois qu'elle a des problèmes, murmura-t-elle.

— Quel genre de problèmes ?

Mais le menton de Martina se mit à trembler. Elle baissa la tête pour ne pas le montrer. En fait, elle n'était ni méchante ni hautaine, c'était juste une enfant effrayée parce qu'elle ne savait pas où était sa mère. La peur cachée sous des oripeaux de colère.

— Des problèmes d'argent ?

Elle acquiesça très légèrement du menton, puis posa les yeux sur McGrain, les implorant de ne pas insister.

Morrow ne voulait pas insister. Des preuves compromettantes arrachées à des enfants étaient du plus mauvais effet, surtout si elles avaient été obtenues en l'absence d'un adulte. Ils pourraient lui demander de préciser tout ça plus tard, si nécessaire.

Morrow lui montra la photo prise au jardin botanique et désigna le mystérieux M. Y.

— Cet homme, c'est qui ?

— Frank Delahunt. C'est un avocat qui s'occupe des affaires de maman ici. Un connard qui file la chair de poule.

De retour dans la voiture avec McGrain, Morrow réfléchit aux dynamiques familiales.

— Vous en dites quoi ? Martina a l'air de vouloir fuir Walker à tout prix. Vous croyez que ça tombe sous le coup de la protection infantile ?

— Nan, répondit McGrain, qui voyait tout à fait ce qu'elle voulait dire. De toute façon, les patrons ne vous laisseraient pas faire. Ils ont trop investi là-dedans.

Il avait raison. Les beaux-pères maltraitants qui lorgnaient sur une enfant choisissaient généralement des familles chaotiques, mais d'habitude avec une mère qu'ils pouvaient contrôler. Roxanna n'était pas comme ça. La Met et Police Scotland avaient déjà dépensé de trop grosses sommes sur l'affaire pour laisser Morrow ficher tout en l'air avec une intervention infondée des services d'aide à l'enfance. La demande de visite ne quitterait jamais son bureau.

— Elle le déteste, dit McGrain. C'est son beau-père. Le problème, c'est que c'est lui-même un enfant et qu'il la déteste aussi.

Il démarra le moteur.

— Je suis beau-père moi aussi, de trois gosses.

— Ils vous détestent ?

Il s'arrêta au feu dans la circulation dense de Great Western Road.

— Ils me détestaient. Au début. Leur mère croyait que ça ne s'arrêterait jamais. Votre mission, dans ce cas-là, c'est de ne pas réagir. C'était facile dans mon cas. Les miens sont des perles.

Morrow tourna le regard vers la vitre alors que le feu passait au vert. Ils démarrèrent.

Elle ne croyait pas Roxanna Fuentecilla capable d'abandonner volontairement ses enfants. Mais elle devait tout de même envisager la chose : peut-être qu'elle ne la connaissait pas du tout, après tout. Peut-être que le positif n'était que l'espoir qu'elle projetait sur elle.

10

Iain descendit la colline, longeant de hautes haies entourant de vastes demeures. Il avait l'impression qu'on ne voyait que lui, imaginait les occupants des villas s'interrompant pour l'observer derrière leurs fenêtres dans le cadre de la surveillance du quartier. Il connaissait beaucoup de monde en ville, mais personne dans ce quartier. Les gens qui vivaient là venaient souvent d'ailleurs, ne se mélangeaient pas. Ils restaient au-dessus des autres, géographiquement, socialement, et même juchés dans leurs voitures à châssis haut. Iain n'avait de contacts avec eux que par leur personnel de ménage, leurs nounous, leurs jardiniers qu'il croisait parfois au pub. Ou lorsqu'ils cherchaient de la drogue. L'apparition de Susan Grierson n'était pas si étonnante, vu comme ça. Elle allait sans doute lui demander de lui recommander une femme de ménage, quand il reviendrait.

Il tourna vers l'est, vers chez la mère de Tommy. Ça lui remontait le moral, d'avoir quelque chose à faire. Même marcher lui permettait de rester concentré, le battement de ses semelles sur le ciment noyait les sensations physiques de la matinée. Il s'arrêta au bord d'un trottoir, un goéland criaillait au loin, la rudesse du quai contre son genou lui revint en mémoire, en même temps que la chaleur de l'haleine de la femme sur ses lèvres. Il traversa d'un pas vif la route déserte sans vraiment regarder, pressé de se sentir de nouveau en mouvement.

Cinq rues plus loin, il arriva devant le vieil immeuble où habitait la mère de Tommy. La peinture des fenêtres se décollait, quelqu'un avait vidé le cendrier de sa voiture dans le caniveau devant l'entrée. Une brique cassée maintenait entrouverte la porte du bâtiment. Il pénétra dans le passage en ciment, à l'odeur familière d'humidité et d'air marin.

Tommy vivait avec sa mère, Elaine Farmer, dans un appartement du rez-de-chaussée accessible aux handicapés. Lainey avait les genoux fragiles. Iain la connaissait depuis longtemps. Il fit claquer deux fois le rabat de la fente de la boîte aux lettres, le bruit métallique se répercutant contre les murs de pierre.

Il tendit l'oreille. Un bruit de pas. Le grincement d'une porte. Il imaginait Elaine immobile à l'intérieur, en train de se demander qui ça pouvait être.

— Qui est là ? finit-elle par lancer.

Iain se pencha vers la poutre au-dessus de la porte.

— C'est moi, Lainey.

Un silence.

— Iain Fraser, ajouta-t-il.

Iain entendit son pas traînant dans le vestibule et elle entrouvrit la porte juste assez pour couler un œil à l'extérieur.

— J'entendais partout que tu étais rentré.

Elle ouvrit la porte en grand pour le faire entrer.

Dieu qu'elle avait vieilli. Et grossi. Ce qu'on servait en prison avait au moins ça de bon : ça faisait difficilement grossir. Elle portait un T-shirt violet trop petit qui lui remontait au-dessus du ventre. Ses cheveux blonds et mous étaient emmêlés sur un côté de son crâne.

Elle n'avait pas changé de look. À vrai dire, il ne semblait plus adapté à son âge et à son gabarit, et elle se négligeait. L'ourlet de sa jupe grise avait un accroc. Elle avait les jambes nues et ses mollets étaient sillonnés de veines noires protubérantes, comme si elle était déjà pleine de vers. Elle portait des pantoufles en forme de ballon de football blanc et noir. Iain les fixa pour éviter d'avoir à la regarder elle.

— C'est des ballons, fit-elle. Elles te plaisent ? Tommy me les a offertes pour Noël. Elles sont bien confortables.

Elle baissa la voix en un murmure sensuel.

— Qu'est-ce que tu fiches ici, Iain ?

Iain et Lainey avaient passé une nuit ensemble longtemps auparavant. Un grand jour pour elle, un sale jour pour lui. Il n'allait pas lui montrer ce qu'il en pensait, cela dit. Elle n'avait jamais été très jolie, mais elle était gentille.

— Je cherche Tommy, Lainey, pour une dose.

Elle poussa une exclamation désapprobatrice.

— Pas pour toi, hein ?

Tout le monde savait que Iain ne consommait pas. À la différence des autres.

— Non, dit-il avec un sourire penaud, pour une amie.

— Oh.

Elle jeta un regard vers le passage en ciment.

— Tommy n'est pas là pour l'instant. Mais comme c'est toi, je peux m'en charger. T'en veux combien ?

— Trois grammes ?

Il sortit l'argent. Un montant plus que suffisant. Susan lui avait donné une fois et demie la somme nécessaire, le reste était pour lui, en tant qu'intermédiaire.

— Entre donc.

Iain n'avait pas envie de se trouver seul avec Lainey dans une maison vide. Il voulait continuer à marcher, en fait. Rester en mouvement, dehors. Mais faute d'une bonne excuse, il se faufila dans l'entrée et s'aplatit contre le mur à côté de la porte alors qu'elle refermait derrière lui.

— Iain Fraser, si je m'attendais !

Elle recula d'un pas pour mieux voir.

— T'es de plus en plus beau chaque fois que je te vois.

Quand elle tendit le bras vers sa poitrine, Iain recula imperceptiblement. On ne pouvait pas le toucher aujourd'hui, pas elle et pas ici. Elle était vexée. Il marmonna une excuse.

— Non, non, fit-elle en laissant retomber sa main. T'as le droit.

Elle baissa les yeux vers ses pantoufles, glissa une main dans ses cheveux en bataille. Il voyait qu'elle s'en voulait, qu'elle se reprochait son apparence.

— Lainey, je suis… j'ai eu une sale journée…

— Comme tu veux, Iain. Je disais juste ça comme ça.

Elle essaya de mettre de la chaleur dans son sourire, puis abandonna et tourna les talons, en jetant un regard effronté derrière elle.

— C'est juste que… je te mettrais pas dehors, si tu vois ce que je veux dire.

Iain ne bougea pas et la regarda s'éloigner d'un pas traînant dans le couloir. Les pantoufles ridicules donnaient l'impression qu'elle dribblait avec deux ballons. Les mains appuyées contre le mur derrière lui, il attendit. Il l'entendait fouiller dans un tiroir.

Le couloir était plus long dans son souvenir qu'en réalité. Il l'avait traversé en chaussettes avant l'aube, quand il avait essayé de partir sans la réveiller. Tommy était chez son père, la maison était vide, mais un claquement dans un tuyau l'avait fait sursauter. Alors qu'il se ruait vers la porte, il avait aperçu le cartable et les joggers de Tommy en tas près du buffet. Pour une raison ou pour une autre, il avait cru que c'étaient les siennes, ce qui l'avait coupé dans son élan. Lainey était apparue à la porte de sa chambre avant qu'il ait pu bouger de nouveau et elle l'avait ramené jusqu'au lit. Ils avaient réessayé, mais de nouveau il n'avait pas pu. Elle était trop rustre. Même en fermant les yeux, il voyait son visage, sa couperose, son sourire de poivrote. La deuxième fois qu'il s'était glissé dans le couloir, Lainey lui avait crié qu'elle n'en parlerait à personne, que ça ne regardait qu'eux, qu'il ne fallait pas avoir honte. Mais Iain n'avait pas honte. Il aurait bien aimé avoir davantage honte. Ça aurait signifié qu'il était aveugle au manque d'affection et aux mensonges qui formaient autour d'elle comme un brouillard toxique. Ce n'était pas ça qu'elle voulait, elle non plus. Ils appelaient ça du cul parce qu'ils n'avaient pas les mots pour décrire ce dont ils avaient besoin. Ils cherchaient en réalité tous les deux une main à tenir dans la nuit, un ami, une amarre de fortune.

Dans la pièce du fond, Elaine referma le tiroir d'un coup sec. Elle ressortit avec des boules de cellophane dans la main.

— Tommy les a pré-emballés, au gramme.

Iain lui donna les deux tiers de l'argent.

— Quelle efficacité, fit-il.

— *Aye*, approuva-t-elle. Petit entrepreneur de l'année et tout le bazar.

Iain ouvrit la porte. Elle savait qu'il voulait fuir. Il l'avait blessée, il aurait aimé que ce soit autrement mais faute de trouver comment se racheter, il partit.

— Iain ! lança-t-elle alors qu'il était dans le passage.

Il se retourna.

— Tu veux pas rester dîner ? Je prépare un truc pour Tommy, de toute façon.

Il ne voulait pas voir Tommy.

— Hachis parmentier ? fit-elle, comme si c'était le menu qui le faisait hésiter.

— Non, ça ira, Lainey, mais merci, ma belle.

Il s'éloigna.

— Iain ?

Il tourna de nouveau la tête vers elle, mais juste la tête.

— Iain, je suis pas aveugle…

Lainey fit glisser son doigt le long de sa joue. Elle savait qu'il avait pleuré. Elle cligna lentement des yeux. De la compassion. Le vain espoir de voir un lien se tisser. C'était pour ça qu'il l'avait suivie la première fois.

Iain secoua la tête.

— S'il te plaît, ne dis rien à Tommy.

Elle haussa une épaule.

— Promis.

Reconnaissant, Iain leva une main pour la saluer. Elle considéra ses doigts d'un air perplexe.

— Quoi ? fit Iain en contemplant sa main.

— C'est quoi ?

Sans quitter des yeux la main de Iain, elle toucha le bout de ses doigts à elle.

Du sang marron. Il cacha sa main derrière son dos. Il ne fallait pas qu'elle voie ça. Elle était gentille, Elaine, c'était quelqu'un de bien.

— Rien.

Il sortit du couloir à reculons.

— Iain, appela-t-elle encore. S'il y a quoi que ce soit, tu m'appelles, d'accord ?

— Promis, Lainey. T'es une star.

Iain n'avait pas de téléphone. Il en avait honte. Ce n'était pas qu'il n'avait pas les moyens, mais chaque fois qu'il sortait de prison, la technologie avait tellement évolué qu'il était largué.

Il partit vers l'ouest d'un pas vif, avant de ralentir, hors d'haleine à cause de la fumée qui pesait sur ses poumons. La route menant chez les riches était plus raide qu'elle n'en avait l'air. Il s'arrêta pour reprendre son souffle.

Il s'était passé trop de choses pour une seule journée. Tout avait été si calme, la veille. La femme était restée assise sans moufter là où ils l'avaient posée, sur le tabouret pivotant de la chambre de Iain. Ils s'étaient fait livrer un curry. Elle avait choisi « poulet au beurre » et l'avait mangé avec une cuillère en plastique. Parfois, quand Tommy parlait, Iain la voyait qui les regardait, en souriant, comme si elle participait à la conversation. À ses yeux, ils n'étaient pas une menace. Lorsqu'ils avaient traversé l'étendue de sable jaune qui menait au ponton, là où il avait remarqué sa pommette, ferme et ronde, elle souriait encore. Comme si elle s'en fichait. On aurait dit une martyre, une sainte.

Il se pencha en avant, les mains posées sur les genoux, et prit une profonde inspiration. Peut-être qu'en fait, elle s'en fichait vraiment. Se redressant, il posa les mains sur ses hanches et tourna le regard vers la mer. Si quelqu'un devait le tuer, là, tout de suite, ça lui serait sans doute égal. Peut-être que c'était ça qu'elle ressentait. L'idée le réconforta, jusqu'à ce que lui revienne le souvenir de ses cris, puis de la façon dont elle s'était débattue pour se mettre à courir vers le bosquet, manquant de leur échapper. Il reprit son chemin vers la villa crasseuse de Susan.

En se frayant un passage à travers la haie non entretenue qui bordait le jardin devant la maison, il aperçut Susan qui le guettait à travers une fenêtre en forme de meurtrière à côté de la porte. Baissant la tête, il s'avança vers le perron, en se demandant ce que Susan pouvait bien avoir dans le crâne, avant de se rendre compte qu'il s'en fichait. Ces femmes n'étaient pas son problème. Il ferait mieux de partir et d'être seul.

Elle le fit entrer, sans même lever la tête vers lui.

— Laisse-le là, dit-elle, la tête tournée vers le buffet.

Iain sortit les doses et obéit. Susan tenait toujours la poignée, attendant qu'il reparte.

Elle voulait de la coke, et rien d'autre. D'un signe de tête, elle lui désigna la sortie.

— Je suis désolée de te voir si morose. C'est parce que j'ai parlé de Sheila ?

Iain regarda ses pieds.

— Oui, fit-il. Sheila.

Attrapant le haut de son bras, elle le serra, comme une sorcière en train de s'assurer qu'il y avait assez de viande pour son ragoût.

— Quel courage, fit-elle, froide maintenant qu'elle avait eu ce qu'elle voulait.

Iain la dévisagea. Tout ce qui comptait pour elle à présent, c'était qu'il parte.

— Pourquoi c'est si sale ici ? demanda-t-il.

— Je te demande pardon ?

— Vous n'étiez pas là, si ? Elle est morte seule.

— Pardon ?

Il tourna le regard vers la cuisine douteuse.

— Regardez autour de vous, putain. Elle est morte ici, non ? Et vous venez de rentrer.

Susan était surprise, amusée même, comme si un chien qu'elle promenait venait de lever la tête pour se mettre à parler.

— Oh. Mais ma mère est morte, alors je fais du tri dans ses affaires…

— Seule, répéta-t-il, les lèvres pincées, mal à l'aise de se montrer si méchant. Elle est morte seule ici alors ne vous avisez pas de me parler comme si vous aviez affaire à un connard. Au moins, Sheila savait que je voulais être là.

Susan avait froncé les sourcils.

— Sauf que tu n'y étais pas, pas vrai ? Tu étais en prison.

Menton en avant, les yeux mi-clos, elle le provoquait.

— Putain, comment vous savez ça ? demanda Iain, surpris.

Soudain embarrassée, elle essaya de le pousser vers la porte.

— Allez, file.

Iain ne bougea pas.

— Comment vous savez que j'étais en prison ?

— Ma mère me l'a dit.

C'était possible. Sa mère pouvait lui avoir dit ça. Mais elle avait la tête de quelqu'un qu'on venait de prendre en défaut. Comme si elle s'était trahie.

— Vous me suivez ou quoi ?

— Va-t'en, maintenant.

En pinçait-elle pour lui ? Non, ce n'était pas ça. Mais comment pourrait-elle savoir, sans ça ?

— Vous êtes flic ? lança-t-il.

Elle ne réagit pas, ce n'était pas ça. Il regarda vers la cuisine. Elle cachait quelque chose dans la maison, c'était certain.

— Il y a quelqu'un ici ?

Elle le poussa.

— Va-t'en, je te dis.

Iain haussa le ton pour la contrarier.

— Il y a qui dans cette maison ?

Il ne vit rien venir. Tout en le poussant, elle envoya brusquement sa jambe en avant, lui prit le mollet et le déséquilibra, comme une judoka. Iain perdit l'équilibre sur le seuil et bascula vers le jardin. Elle lui claqua la porte au nez.

À travers la crasse de la petite fenêtre à côté de la porte, il la vit disparaître d'un pas vif dans le couloir qui menait à l'arrière de la maison.

Le temps de reprendre ses esprits, il resta immobile une minute face à la peinture écaillée de la porte, avant de s'écrier :

— Mais vous êtes qui, bordel ?

11

Ils étaient rassemblés autour de la même table, dans la même salle de réunion sans âme.

Morrow leur rendit son rapport, point par point : une retranscription intégrale de l'interrogatoire de Walker serait disponible le lendemain.

° Les enfants Fuentecilla ont appelé le service des disparitions ce matin.

° Contact a été pris avec la banque, qui va rechercher d'éventuels retraits sur les comptes de Roxanna Fuentecilla.

° Le traçage des téléphones portables est en cours.

° M. Y. est un certain Frank Delahunt. Avocat de la société selon les dires de la famille. On essaie de le localiser en ce moment même.

° Walker a autorisé l'accès au bureau. On cherche des agents diplômés en investigations financières et comptables qui seraient disponibles demain matin pour une visite des locaux de la société afin de collecter le maximum d'informations.

Elle continua :

° Selon Martina Fuentecilla, il est possible que Roxanna se soit rendue à Londres pour un face à face avec Maria Arias. Il a été vaguement suggéré que Maria avait peut-être eu une liaison avec leur père, Miguel Vicente.

En conclusion :

° Toujours pas localisée, toujours aucune raison de suspecter un meurtre.

Elle leva la tête. C'était à peu près tout.

L'œil un peu terne à l'écoute de ce compte-rendu, le superintendant Saunders fit glisser une feuille de papier jusqu'à elle. Une photo. Prise par la caméra de sécurité d'un distributeur de billets. La banque avait envoyé les jpeg avant l'arrivée de Morrow, alors qu'elle était encore dans sa voiture.

Roxanna Fuentecilla avait retiré cinquante livres hier à 14 h 20. Le distributeur se trouvait à Stone, dans le Staffordshire, à quatre heures de Glasgow par la M6. Pas de nouveau retrait depuis. D'habitude, elle retirait cette somme quotidiennement. Ce qui signifie donc, conclut le directeur adjoint Hughes, que Martina a raison : Roxanna partait vers le sud. On avait retrouvé la trace du GPS jusqu'à l'autoroute M1, qui menait à Londres. Juste après le retrait, Fuentecilla s'était garée dans un parking de Luton et le *tracker* avait été éteint manuellement.

Morrow considéra la photo. L'angle en contreplongée avec un objectif en *fish eye* était peu flatteur. On l'y voyait taper son code, la bouche ouverte. Elle avait les cheveux en bataille, les yeux gonflés.

Roxanna décevait Morrow. Même si elle était simplement partie à Londres passer un savon à une rivale, elle n'avait pas appelé ses enfants à 16 h 15 pour les rassurer. Elle aurait pu le faire. Elle n'avait pas appelé hier soir non plus. Morrow contempla de nouveau la photo. On aurait dit que Roxanna avait peur.

Saunders et Hughes parlaient toujours. L'inspecteur principal Nolly Dent acquiesçait obséquieusement à tout, comme à son habitude. Morrow avait dû retourner la photo pour cesser de la regarder. Elle faisait de son mieux pour écouter et prêter attention à ce qui se disait, mais elle sentait sa main posée sur le papier poreux de mauvaise qualité, et sa paume humide qui le gondolait.

Les chefs étaient en train de dire que Fuentecilla ne connaissant personne dans le Staffordshire, Manchester ou Birmingham, les plus grandes villes environnantes, elle était sans doute en route pour Londres. Il fallait que Morrow prévoie de prendre un vol le lendemain matin pour aller poser quelques questions à Maria Arias, avant que la Met n'ait vent de la visite de Roxanna. La Met et le bureau des fraudes resserraient leur étau sur l'argent de Juan Pinzón Arias. Le gel des comptes était imminent. Le chef ne voulait pas voir les sept millions de l'affaire Fuentecilla tomber dans l'escarcelle de la Met. Sur ce, il se leva et leur adressa à tous un sévère regard d'avertissement : trouvez l'argent avant la Met.

Une fois dehors, Morrow donna à McGrain ses ordres pour la matinée. Préparez-moi ci, trouvez-moi ça, n'oubliez pas votre passeport car on va sans doute devoir partir pour Londres. McGrain écoutait en secouant la tête, si imperceptiblement qu'on aurait dit qu'il s'adressait ce geste à lui-même.

— J'ai pris ma fin d'après-midi demain.

— Vous ne pouvez pas me changer ça ?

— Un rendez-vous à l'hôpital pour mon fils. Il a une hanche qui déconne.

Elle n'aimait pas ça.

— On sera de retour à temps, dit-elle, tout en sachant que ça ne serait sans doute pas le cas.

— Je ne peux pas prendre le risque, madame.

Il retint son souffle, très mal à l'aise mais déterminé à tenir bon.

— On attend ce rendez-vous depuis trois mois…

Elle pouvait insister. Elle le voulait. Elle se vit soudain dans la peau de l'un de ces enfoirés de chefs qui étaient aux manettes à l'époque où elle prenait du galon, et qui faisaient pression sur elle parce qu'ils pouvaient.

— D'accord. Dites à Thankless de prendre son passeport. J'irai avec lui.

Ça ne l'empêchait pas d'être en rogne : elle n'aimait pas Thankless.

12

Boyd Fraser était d'une humeur massacrante. Il voulait aller boire une pinte ou quelque chose, être seul une minute. C'était ça le problème quand on habitait dans un petit endroit : à peine avait-il fini de bosser qu'il était déjà devant chez lui. Il s'était habitué au rythme de Londres, une heure de trajet pour rentrer, du temps pour décompresser, lire ou écouter de la musique. Ici, sa vie semblait implacablement responsable et fastidieuse.

Il traversa la rue en pente raide qui menait à sa maison et contourna le pâté de maisons pour faire durer le retour. Le ciel était meurtri de traînées roses, le jour traînait vers sa fin et une brise légère soufflait de la mer. La chaleur du restaurant dont il était encore imprégné l'enveloppait comme l'odeur du pain frais.

Une nouvelle entreprise, des enfants en bas âge, il était vraiment sous pression. Il avait besoin de souffler, mais Lucy ne l'entendait pas de cette oreille. Elle le voulait à la maison, toujours. Ayant fait le tour du quartier, il arriva devant le portail de son jardin huit minutes après avoir fermé.

Il gravit les six marches qui menaient à la pelouse. Une jolie villa, un adorable jardin. Les pièces en façade étaient allumées.

C'était une construction modeste pour la ville, mais pas trop. Une maison de plain-pied avec quatre pièces de réception, quatre chambres, une petite cuisine avec son garde-manger d'origine et un office. Le jardin était ancien, bien tenu. Le toit en bon état. Le tout pittoresque : la façade dotée d'un porche couvert en bois offrait une vue panoramique sur la mer.

Le révérend Robert Fraser avait pris soin de la maison jusqu'à sa mort. Trop vieux pour entreprendre des rénovations, il n'avait pas cédé à la tentation d'une horrible véranda ni fait poser de fenêtres en plastique. Aucuns travaux n'étaient à prévoir, aucune modification discordante à défaire, et c'était tant mieux. Boyd était revenu en ville avec rien d'autre que deux fils et une femme. Ils avaient pris une nouvelle hypothèque sur la maison pour financer le café.

Hameau de la Reine.

Putain. Ça mettait Boyd en rogne de voir à quel point ça lui venait souvent à l'esprit quand il regardait la maison. Ça s'aggravait, d'ailleurs. Il y avait songé l'autre jour au café, quand quelqu'un, une femme entre deux âges, bien sûr, lui avait acheté des œufs de plein air bio, produits localement. C'était son expression qui l'avait dérangé, quand elle avait demandé s'ils étaient « locaux »

Hameau de la putain de Reine. Ça ne faisait même pas partie de leur itinéraire de vacances. Ils auraient pu le traverser, sans y prêter plus d'attention que ça, mais il se trouvait que leur guide parlait anglais.

Lucy et Boyd avaient parcouru l'Europe avant la naissance de William, dans un van Volkswagen avec un moteur neuf. Ils avaient visité la biennale de Venise, fait une halte dans les Alpes, mangé, bu, baisé et dansé aux quatre coins du continent. Le temps était parfait, le van retapé suscitait l'admiration partout où ils s'arrêtaient. Le voyage était magnifique. Ils étaient magnifiques. Ils étaient si fous l'un de l'autre qu'une grossesse était inévitable, comme une virgule dans une phrase longue et fluide. Mais ici, à Helensburgh, ce qui traînait toujours dans sa tête, c'était ce Hameau ridicule.

Marie-Antoinette l'avait fait construire à Versailles. Un bâtiment grotesque, qu'elle avait commandé pour échapper aux pressions de la vie à la cour. Un village paysan bidon, un endroit où elle pouvait jouer les filles de ferme. Elle venait y traire, avait raconté le guide, des brebis fraîchement lavées et parfumées, dans des seaux en porcelaine de Sèvres fabriqués tout spécialement pour ça. Mais le hameau ne servait pas qu'à ça. Grâce à lui, les habitants de Versailles avaient l'impression de vivre en pleine campagne et non dans une enceinte clôturée cernée de Français affamés et en colère.

Une jolie maison de plain-pied. Un adorable jardin. Il traversa la pelouse couverte de rosée pour gagner la porte située sur le côté.

Boyd leva les yeux, vit la lumière douce des fenêtres qui venait se répandre sur l'herbe humide. C'était idyllique. Il songea à prendre une photo pour l'envoyer à Sanjay. Mais il lui envoyait toujours des photos. De pull-overs et de bottes et d'enfants aux joues roses, de Lucy couverte d'embruns et ébouriffée, du chien. Les textos que Sanjay lui envoyait en réponse étaient de plus en plus courts à mesure que son intérêt s'émoussait. Les *sale veinard, moi je suis coincé dans une rame de la Circle Line* devinrent des *ça a l'air super* puis des *super*. La dernière fois, il avait même répondu en langage texto – *mdr* –, alors que tous les deux désapprouvaient. C'était comme s'il se fichait maintenant de savoir si Boyd le prendrait pour un connard, parce que Boyd était devenu un fantôme. S'ils s'étaient installés en Cornouailles, Sanjay serait venu les voir. Tous leurs amis seraient passés s'ils habitaient Norwich. D'Heathrow à Helensburgh, putain, il ne fallait que deux heures, mais personne ne venait.

En colère maintenant, au lieu de contourner la haie, il piétina la pelouse. À mi-chemin, il sentit son talon s'enfoncer dans l'herbe immaculée. Lucy, qui prenait grand soin du jardin, allait râler pendant un mois maintenant.

En contournant la maison jusqu'à la porte de la cuisine, il passa sous les spots à détecteurs de présence installés par son père dans un de ces accès de paranoïa propres aux retraités. Comme un reproche perpétuel adressé à son fils absent. S'ils n'avaient pas été aussi hauts sur le mur, Boyd les aurait arrachés.

Ouvrant la porte de derrière, qui alla claquer contre le mur, il entendit les enfants dans la cuisine se taire brusquement. Même le chien se tut l'espace d'un instant. La maison jaugeait son entrée pour deviner son humeur. Ça l'énerva. Il se déchaussa d'un coup de pied, envoyant l'une de ses chaussures heurter la porte.

Un reniflement et un grattement à la porte intérieure. Boyd se pencha et l'ouvrit. Jimbo, le cairn terrier noir, leva vers lui des yeux inquiets de vieille dame, sa langue rose figée sur ses babines.

Il fit délibérément mine de ne pas comprendre.

— Eh bien vas-y, dit-il en lui faisant signe de sortir dans le jardin, va faire tes besoins, petite merde incontinente.

Dans la cuisine, les garçons riaient aux éclats parce que leur père avait dit « merde » et parce que c'était Jimbo qui avait des ennuis et pas eux.

Jimbo se rua vers la rocaille plongée dans l'obscurité.

— Ne le laisse pas aller dans la rocaille, Boyd !

Lucy se tenait dans l'encadrement de la porte, une manique de cuisinier noircie dans la main droite. Un pantalon de jogging Isabel Marant pendait à ses hanches parfaites de yogi. Elle portait un T-shirt blanc en beau coton français. Une bande de peau affleurait à sa ceinture. Boyd voulait l'embrasser.

Surprenant son regard lascif, Lucy eut un sourire narquois.

— Je suis sérieuse, ne le laisse pas faire caca là-dedans. Je vais devoir ramasser.

Boyd garda les yeux sur ses hanches.

— Donne-moi dix minutes.

Lucy tourna la tête vers le four, puis de nouveau vers Boyd. Elle savait ce qu'il avait en tête.

— J'ai une moussaka dans le four, c'est l'heure de dîner pour les enfants. J'ai passé des heures…

— Non, objecta-t-il à son refus.

Une lueur de tristesse traversa le regard de Lucy qui, d'un clignement de cil, se mua en un sourire ironique.

— Va te faire voir, Boyd.

Elle retourna à son four.

Jimbo attendait à la porte la permission de rentrer. Passant un pied derrière le petit chien, il le poussa doucement dedans, en refermant la porte derrière lui.

Il s'avança dans la cuisine. Elle avait apporté le petit téléviseur à écran plat de la chambre, qu'elle avait posé sur le plan de travail. Ils regardaient un DVD des Looney Tunes. Elle occupait les yeux des enfants. Ça les excitait bien trop pour un début de soirée. Larry regardait en se balançant dangereusement sur sa chaise.

— Papa, fit William d'un air absent, sans détacher ses yeux de l'écran.

Lucy, lui tournant le dos, sur la défensive, hissait avec précaution le plat fumant sur les plaques. Ils avaient pourtant décidé de ne pas faire de la télé une baby-sitter. Elle savait que ce n'était pas bien.

Boyd s'avança vers le plan de travail.

— Éteins-moi cette putain de télé, Lucy !

Il appuya violemment sur le bouton, manquant de faire tomber l'écran.

Les deux garçons protestèrent en chœur. Jimbo donna à son tour de la voix, et Lucy l'injuria. Boyd sortit de la pièce.

— Ça ne leur fait pas du bien ! cria-t-il en filant dans la chambre prendre une douche, la porte claquant derrière lui.

Il entendit Lucy lui hurler à l'autre bout du couloir : Putain de connard ! Et les garçons se mirent à pleurer, parce qu'ils se disputaient de nouveau.

Boyd ne s'en voulait pas. Il était en colère, alors il voulait qu'elle le soit aussi.

Il se débarrassa de ses vêtements de travail sur le lit. Il détestait les meubles perchés sur des pieds grêles, la tête de lit matelassée, la coiffeuse à trois miroirs. Le choix de sa mère. Tout était vieux, marron et de si bonne qualité qu'ils ne pouvaient pas justifier de dépenser de l'argent, même chez Ikea, pour les remplacer.

Dans la salle de bains, il ouvrit l'eau de la douche et attendit qu'elle chauffe. Sa priorité quand ils auraient de l'argent : faire poser une douche italienne au lieu de ce truc installé après coup au-dessus de la baignoire.

Il était obligé de se recroqueviller sous le jet pour se mouiller plus d'une épaule à la fois. Réaliser ce qu'il venait de décider lui réchauffa le cœur. Baissant la tête, il laissa l'eau s'écouler sur lui en souriant.

Il allait se lâcher. Demain, après le dîner dansant, il péterait un câble, se bourrerait la gueule, danserait, ferait toutes les conneries qu'il voulait. Puis le lendemain, il serait désolé et reprendrait le cours de sa vie.

13

Alex et Brian étaient affalés sur le canapé dans un salon jonché de serviettes de toilette humides et de petits jouets, de sacs à langer à lien coulissant, d'assiettes pleines de miettes. Ils regardaient les informations d'un seul œil, l'oreille tendue vers les écoute-bébés des jumeaux.

Encore plus consciente de sa chance, comme tous ceux qui avaient connu autre chose, Morrow savourait le profond contentement qu'elle éprouvait en ce moment. Elle sentait la chaleur de l'homme adorable assis à côté d'elle, appréciait de savoir ses enfants en bonne santé. Elle avait même pris une tasse de thé et un biscuit. Elle trouvait plus difficile de se souvenir du bonheur la plupart du temps – le malheur était plus collant, incompréhensible, intense –, mais elle savait être heureuse dans l'instant.

Les jumeaux avaient treize mois à présent : dès le seuil franchi, et jusqu'à ce qu'elle parte, elle les portait, les nettoyait, les changeait ou les habillait. Elle mesurait chaque tâche au nombre distinct de mouvements exigés de ses mains. Forcés d'apprendre à donner le biberon tout en préparant un sandwich, Brian et Alex étaient presque devenus ambidextres. Mais là, tout de suite, elle avait les mains vides. Et elle était assise. Pour fêter cet instant, elle tendit paresseusement le bras sur le canapé, sans tout à fait atteindre Brian.

— Tu as passé une bonne journée ?

— Comme d'hab', répondit-il. Et toi ?

— Pareil. Mensonges et intrigues de couloirs.

— Oh, *aye*, fit Brian qui regardait toujours l'écran. J'ai passé quarante minutes ce matin à répondre à des mails pendant que le boss m'expliquait que les hommes ne pouvaient pas être multitâches.

L'écoute-bébé grésillait, le voyant au vert. Les jumeaux semblaient endormis, ce qui ne voulait pas dire qu'ils l'étaient. De vrais petits conspirateurs en herbe.

À la télévision, un type tout sourire annonçait que le temps allait se gâter. Fortes pluies, risques de glissement de terrain. La météo laissa place à un débat : public à cran et panel d'intervenants en costumes et tailleurs devisaient sur le référendum pour l'indépendance. Brian et Alex se ruèrent tous les deux sur la télécommande.

Brian la saisit le premier et changea de chaîne.

— Bon Dieu, fit-il. Je déteste ça. Le bureau à côté du mien distribue des tracts et organise des réunions à la cantine. Ils regardent le revers de ta veste avant de regarder ta tête.

Les plus fervents portaient désormais des badges affichant leur allégeance et placardaient des pancartes à leurs fenêtres et dans leurs voitures. Le vote était devenu un bruit de fond incessant, impossible à oublier.

— Ça devient dingue, commenta Morrow.

— C'est à ça que la Réforme devait ressembler, lança joyeusement Brian. Au début. Quand on ne rêvait que de résurrection.

— Vivement que tout ça se termine, en tout cas, maugréa-t-elle.

— La Réforme, tu veux dire ?

Alex laissa échapper un rire nasal.

— Ça aussi oui.

— C'est notre Réformendum, fit Brian avec un grand sourire.

— Un mot à coucher dehors, répondit Alex dont le téléphone venait de s'éclairer sur la table d'appoint.

Numéro masqué. Elle fronça les sourcils et décrocha.

— Alexandra Morrow ?

C'était la prison de Shotts. Elle était le membre de la famille à prévenir en cas d'urgence pour Daniel McGrath.

L'agent s'excusa de la déranger si tard mais son frère venait de se faire poignarder et avait été conduit à l'hôpital. On l'avait opéré. Il était dans un état stable. Si elle voulait lui rendre visite, elle pouvait prendre contact avec untel des services pénitentiaires écossais. Merci, encore désolé et bonne soirée. L'agent raccrocha.

Alex laissa retomber lourdement la main sur sa cuisse, sans lâcher le téléphone.

— Quoi ?

— Danny. Poignardé. À l'hôpital.

— Il va bien ?

— État stable.

La main de Brian avait trouvé la sienne de l'autre côté du canapé.

— Ça va ?

— *Aye*, fit-elle, mais trop vite, d'une voix trop aiguë pour être honnête.

Il serra ses doigts.

— Tu veux appeler l'hôpital ?
— Demain.

Ils étaient allongés dans le lit, épaule contre épaule. Des larmes parcsseuses coulaient comme de l'huile au coin des yeux d'Alex pour aller se nicher dans ses cheveux à hauteur de ses tempes.

L'écoute-bébé projetait dans la chambre une lueur vert varech. Un océan de sons ondulants emplissait la pièce, le flux et le reflux de la respiration de deux petits garçons. Brian attendit qu'une vague se brise avant de se mettre à parler.

— Tu pleures ?

Elle attendit la vague suivante et murmura :

— Un peu.

— Je suis sûr qu'il va bien.

Elle ne pleurait pas parce qu'elle s'inquiétait pour lui. Elle pleurait parce qu'une fois de plus, Danny l'avait privée de l'illusion de la noblesse.

Juste après avoir raccroché, avant que Brian ne lui prenne la main, Alex avait souhaité voir son frère mort avec une ferveur presque sexuelle. Pas parce que c'était un sale type. Elle ne voulait pas le voir mort pour le bien de l'humanité. Non, elle voulait qu'il meure parce qu'il était une obligation dont elle ne voulait pas. Il la mettait mal à l'aise. C'était un sentiment pâteux, malveillant, et elle n'avait pas envie de se savoir capable de ça.

Dans la pénombre verdâtre, Brian murmura :

— Ça ne finira jamais, pas vrai ?

Elle ne répondit rien.

Ils n'auraient pas dû avoir son numéro. Danny avait dû le leur communiquer. Elle voulut croire qu'il avait agi ainsi pour lui faire honte mais c'était un mensonge. Danny leur avait donné son numéro parce qu'il n'avait personne d'autre qu'Alex. Elle, elle avait Brian, les jumeaux, son boulot, tout. Mais pour Danny, elle était tout, et elle ne voulait pas de lui.

Allongée, immobile, elle écoutait le mouvement de la respiration des jumeaux. Ils essayaient de se synchroniser : quand l'un reniflait, l'autre trébuchait sur une expiration, se corrigeait, pour s'accorder aussi complètement qu'ils l'avaient été dans son ventre, mais sans y parvenir. Sans jamais y parvenir.

14

C'était un matin tendu. Obsédée par Danny, craignant un coup de fil à un mauvais moment si son état s'aggravait, Morrow céda et appela les services pénitentiaires. Ils lui apprirent que son frère était en réanimation post-opératoire au Southern General. Ils ne pouvaient rien lui dire de son état, elle devrait appeler l'hôpital. Ce qui signifiait sans doute qu'il n'était pas mort.

Elle chercha du réconfort dans son travail, mais n'en trouva pas. Le premier mail dans sa boîte concernait le traçage du portable de Fuentecilla. Un rapport préliminaire, qui ne couvrait que les premières quarante-huit heures.

Le téléphone avait pris l'autoroute en direction du sud, s'était arrêté à Stone, dans le Staffordshire, puis sur le parking de l'aéroport de Luton, avant d'arriver à Mayfair, quartier du centre de Londres, l'avant-veille en début de soirée. C'était là que Maria et Juan Pinzón Arias habitaient. Quatre heures plus tard, dans la nuit, le téléphone avait de nouveau été repéré sur l'autoroute M1, en direction de l'Écosse. Un trajet de six heures dans chaque sens. Ça faisait long pour une colère, se dit Morrow, même pour Roxanna. Laquelle n'avait même pas l'air en colère sur le cliché du distributeur de billets.

De retour à Glasgow, Fuentecilla avait évité sa maison, longé l'aéroport et franchi l'Erskine Bridge sur l'estuaire de la Clyde pour rejoindre Argyll. À cinq heures du matin, elle avait passé un appel depuis le flanc d'un coteau aux abords d'Helensburgh. Au domicile d'un certain Frank Delahunt, qui résidait dans la localité. Puis le téléphone avait été coupé.

Morrow localisa le lieu de l'appel sur une carte. Un champ le long de la route côtière, à un kilomètre et demi de la ville.

Le deuxième mail, envoyé par le superintendant Saunders, la prévenait que la Met avait été mise au courant du signalement de disparition. Ils avaient été mis en copie du message concernant le traçage du téléphone de Fuentecilla et avaient décidé de prendre eux-mêmes en charge le côté Arias. Pas de petite balade à Londres au frais de la princesse, donc.

Les agents de la Met se présenteraient au domicile de Maria Pinzón Arias et de son mari, à Mayfair, dans la matinée. Ils se verraient offrir du thé pour flics chic et choc et, très certainement, des biscuits. Pendant que Morrow irait jeter un coup d'œil à ce champ d'où Fuentecilla avait téléphoné. Elle allait patauger dans la pluie et la bouse de vache à la recherche d'un cadavre et – ou – de morceaux de téléphone portable, avant d'aller rendre une petite visite à Frank Delahunt.

Elle téléphona à l'agriculteur propriétaire du champ. David Halliday, un vieillard bourru à en juger à sa voix. Il habitait à côté du champ, lui dit-il, et travaillait seul. Il avait entendu quelque chose : hier matin, à cinq heures, il avait été réveillé par les aboiements de ses chiens. Quelqu'un traînait dans les parages, fait plutôt rare sur une route qui se terminait en cul-de-sac. Il s'était rendormi, mais les chiens avaient continué à aboyer par intermittence. Il avait vu des phares au plafond de sa chambre. Deux voitures, selon lui. Les chiens ne se taisaient toujours pas. Quand Morrow lui demanda ce que ça voulait dire, il répondit qu'il n'en savait rien, les chiens ne se confiaient jamais. M. Halliday avait apparemment de l'humour. Aller le voir égayerait peut-être un peu sa matinée cafardeuse.

Quand elle eut raccroché, Morrow alla trouver McGrain dans la salle des opérations pour savoir où il en était concernant le rendez-vous de son fils à l'hôpital. Pas question pour elle de passer la matinée à écouter les conneries de Thankless, elle avait déjà le moral assez bas comme ça. En entrant, elle parcourut la salle du regard, à la recherche d'un autre agent qui aurait pu être mis au courant de tout, mais il n'y avait que lui. Il lui adressa un regard plein d'espoir, il ne savait pas encore qu'il ne serait pas envoyé à Londres pour la journée. Bouche bée d'impatience, il la regardait parler à McGrain à l'autre bout de la pièce.

McGrain devait être de retour au poste au plus tard à 14 h 15. Maintenant qu'elle n'allait plus qu'à Helensburgh, l'emmener était jouable, mais il faudrait jouer serrer.

— Vous avez un appel, madame.

L'agent Kerrigan, une blonde à la dentition très inégale, lui tendit le téléphone.

— M. Halliday, de la ferme Lurbrax.

David Halliday était hors d'haleine.

— Écoutez ça, mon chou…

Il était sorti à l'instant et avait suivi son chien à l'arrière de la grande grange. Il y avait là une voiture. Une grosse berline, noire, personne à l'intérieur.

La voiture de Roxanna était noire.

Morrow lui demanda de ne toucher à rien, de garder les chiens à l'intérieur, elle serait là dans une demi-heure. La police technique et scientifique la rejoindrait s'ils trouvaient un cadavre. Il n'était plus possible que McGrain l'accompagne. Elle fit signe à Thankless de venir. Il se leva avec un sourire suffisant et sortit son passeport d'un tiroir.

— Non, on ne va pas à Londres, lui lança-t-elle, on va à Helensburgh. En voiture.

Sourire général dans la salle des opérations.

En un quart d'heure de voiture, elle sut pourquoi elle appréciait si peu Thankless : il était atrocement pompeux. Il lui arrivait parfois d'avoir raison, elle ne pouvait pas dire le contraire, mais c'était la façon dont il disait les choses.

Elle profita du trajet pour le mettre au courant des nouvelles informations du matin.

— C'est la Met qui va encaisser le pactole, déclara-t-il alors qu'ils franchissaient l'Erskine Bridge. Notre chef n'a pas le bras assez long.

Elle ne répondit rien. Fuentecilla avait été repérée à Londres…

— Elle s'est barrée avec un type.

Elle espéra que son silence suffirait à lui signifier son agacement, mais il ne se laissa pas décourager.

— Les femmes espagnoles sont dif…

— Putain mais fermez-la, l'interrompit-elle. Vous jacassez. C'est pas digne d'un bon flic. Attendez les faits, laissez les choses s'éclaircir. Gardez l'esprit ouvert, bordel !

Thankless haussa haut les sourcils et garda la pose.

Alex tourna la tête vers la vitre. Elle avait remis ça : un inconnu de plus dont elle s'était fait un ami. Elle avait décidément du mal à gérer sa colère. C'était son problème à elle, se dit-elle, pas celui de Thankless. Les gens avaient le droit d'être énervants.

Ils poursuivirent leur route en silence jusqu'à l'embranchement qui menait à la ferme Lurbrax, le long d'un coteau en pente raide qui surplombait le large estuaire de la Clyde, un kilomètre et demi avant Helensburgh.

— C'est là, fit Morrow, et ils s'engagèrent sur la petite route transversale.

Bordée de haies de chaque côté, la route cahoteuse menait à un groupe de bâtiments de ferme délabrés se dressant autour d'une maison. À l'intérieur de chaque grande fenêtre, des panneaux bleu pâle et blanc plaidant le « oui » au référendum étaient dressés contre les vitres.

Thankless les désigna du menton.

— Il a des couilles, déclara-t-il. Presque tout le monde est contre, dans le coin.

C'était son problème à elle, pas le sien à lui. Elle grogna, ce que Thankless prit pour un : Ah bon, vous pouvez développer vous qui êtes si intéressant et bien informé ? C'est donc ce qu'il fit :

— Les partisans du oui veulent fermer la base des sous-marins nucléaires. On dit que les prix de l'immobilier vont s'effondrer dans le coin. Ils sont gelés pour le moment.

Une Ford Fiesta, voiture urbaine, était garée plus haut. Sachant que la photographe judiciaire devait venir sur place, Morrow se dit que ça devait être elle. Le fait même qu'elle soit là renvoyait au dossier DMBR. On n'avait pas retrouvé le corps de Fuentecilla, juste sa voiture, elle n'avait *a priori* rien à faire ici. Quand Thankless se rangea derrière la Ford, Morrow fut choquée de voir un autocollant de campagne « Non merci » sur le pare-brise arrière. C'était un sujet controversé. La photographe aurait tout aussi bien pu porter les couleurs d'une équipe de football.

Descendant sous une averse de pluie tiède, Morrow se blottit dans son manteau et se dirigea d'un pas lourd vers la ferme.

Deux chiens saluèrent leur arrivée à grand renfort d'aboiements. Mais ils n'étaient pas menaçants. Le plus vieux, le poil gris, une cataracte à un œil, pointa le museau hors du hangar ouvert avant de disparaître à nouveau dans la pénombre. M. Halliday sortit, flanqué de son compagnon à l'œil laiteux.

— Ferme-la ! cria-t-il au plus jeune.

Il avait l'air encore plus vieux qu'au téléphone. Buriné, il devait avoir dans les soixante ou soixante-dix ans. La courbe de son ventre accentuait le motif du pull-over côtelé étriqué. Il considéra Morrow d'un œil impertinent.

— C'est vous ?

— *Aye*, confirma Morrow. Et vous, c'est vous ?

— Je crois bien que oui.

Il reporta son attention sur Thankless.

— Et celui-là, c'est qui ?

Thankless lui adressa un sourire charitable et lui tendit la main.

— Agent Thankless, de Police Scotland.

Halliday la prit en sortant ses dents noircies, un peu agressivement.

— Eh bien, fiston, moi, c'est Moi-d'ici-même.

Halliday se tourna ensuite vers Morrow.

— Je disais donc : j'étais endormi hier matin, c'est ma chambre là en haut (il désigna une petite fenêtre à l'étage du côté droit de la ferme), jusqu'à cinq heures environ. Et puis les chiens m'ont réveillé en aboyant. Ils ont ensuite remis ça deux ou trois fois.

— Mais vous ne vous êtes pas levé ?

Il posa la main sur la tête de son chien.

— Les chiens se réveillent toujours avant moi. Je m'étais couché tard, je regardais *Breaking Bad*, vous l'avez vu ?

— Non.

— Je vais vous dire un truc, dit-il avec un hochement de tête solennel, ça m'a clairement montré qu'il faut faire gaffe où on va fourrer son nez.

Le comté d'Argyll and Bute était l'un des coins les plus calmes du pays, mais elle pouvait imaginer M. Halliday sous ses couvertures, suivant des yeux la lueur des phares sur l'enduit décoratif de son plafond : Monsieur Craint-le-Crime.

— Non pas que j'aie des trucs à voler, figurez-vous.

— Je croyais tous les agriculteurs millionnaires.

M. Halliday pouffa.

— Ah bon, vraiment ? *Les Archers* sur BBC4, c'est qu'un feuilleton, on vit pas comme ça à la campagne. Je me faisais jamais de bile avant, mais vous savez comment c'est, en vieillissant, on prend peur.

— Je ne suis pas vieille, rétorqua Morrow, et pourtant j'ai tout le temps peur.

Il apprécia la réponse. Désignant les pancartes « oui » à sa fenêtre, il confia :

— Il y en a dans le coin qui vous dresseraient un bûcher pour ça.

Les esprits s'échauffaient, elle le savait, mais il y avait beaucoup de parano et d'un côté comme de l'autre, on se disputait le statut convoité de victime.

— Je croyais que tout le monde était pour le non par ici.

— Oh oui, c'est le cas.

Il jeta un regard par-dessus l'épaule de Morrow, comme si des assassins du non étaient tapis dans les buissons.

— À cause des prix de l'immobilier.

— Ça ne vous inquiète pas ?

Il lui lança un regard de défi.

— Non, j'ai pas peur. Mais beaucoup de gens par ici, oui. Ils se protègent. Vous le croiriez pas. Et ils sont pas tendres. Au conseil municipal, c'est qu'une bande de francs-maçons. Ils ont laissé la mafia du non installer un stand de campagne dans le square. Sans autorisation formelle. Sans rien.

Il semblait difficile d'objecter à quelque chose d'aussi étrangement digne d'une comédie.

— Avez-vous été menacé par quelqu'un en particulier ?

— Non, juste en général.

Il haussa les épaules et sourit.

— Je prends ma retraite. Je dirai ce qui me chante. Et je m'en fiche si ça me coûte. Si l'Écosse peut enfin…

— Non !

Morrow leva une main.

— Je vous en prie, non !

Elle n'aurait pas pu supporter un monologue de plus sur la politique. Tout le monde en Écosse en gardait un sous le coude.

M. Halliday comprit de travers et acquiesça.

— Je sais. Vous êtes de la police. Pas le droit de prendre parti.

Le laissant croire ça, elle lui montra la photo de Roxanna au pavillon des orchidées, agrandie et découpée pour qu'il n'y ait plus que son visage. Il ne la reconnut pas.

— Quel genre de voiture avez-vous vue partir ?

Il s'avança vers la route et désigna la voiture de la photographe.

— Vous voyez la rouge, là ? La même, mais gris métallisé.

Espérant qu'il ne voyait pas l'autocollant du pare-brise, elle revint sur ses pas pour y jeter un coup d'œil. Elle avait une bosselure caractéristique sur le côté, comme une ombre sous une pommette.

— Vous n'avez pas noté la plaque d'immatriculation, par hasard ?

— Je crains que non.

— Où est la voiture noire que vous avez trouvée ?

M. Halliday les conduisit à l'entrée d'un champ et ôta la chaîne de la barrière, qu'il poussa pour les laisser entrer. Ils longèrent la clôture jusqu'à l'arrière de la grange. L'Alfa Romeo 4C noire dont Morrow avait régulièrement vu des images depuis trois semaines occupait toute la largeur du chemin qui bordait le champ. Invisible de la ferme et de la route. Elle comprenait pourquoi il avait fallu vingt-quatre heures à Halliday avant de la trouver. L'endroit était si étroit que Roxanna aurait eu du mal à sortir par la portière côté conducteur. Ils s'approchèrent de la clôture pour jeter un œil à l'intérieur.

— Je vous laisse faire, dit Halliday en retournant à ses chiens.

Pas de sang, pas de sac à main, rien qui sorte de l'ordinaire. Morrow sortit un gant en latex et essaya la portière arrière. Ouverte.

La photographe venait vers eux, posant précautionneusement un pied devant l'autre dans le champ boueux. Elle avait déjà pris des photos dans l'habitacle, avant de monter un peu pour une vue d'ensemble, leur apprit-elle, mais son temps était compté, il fallait qu'elle parte à présent. Les chiffres, il n'y avait plus que ça maintenant.

— La voiture était ouverte quand vous l'avez trouvée ?

— Oui. Vous feriez peut-être bien de jeter aussi un coup d'œil dans la boîte à gants.

— D'accord.

Morrow la regarda s'éloigner avant de se rappeler :

— Eh, enlevez-moi cet autocollant pour le non. Vous représentez la police.

La photographe écarquilla les yeux.

— Je suis désolée. Ma voiture est en panne, c'est celle de mon père.

— Alors cachez l'autocollant quand vous vous en servez.

— Je suis pour le oui, de toute façon, répondit-elle.

— Ouais, ben je ne veux rien savoir de vos affaires. Cachez l'autocollant, c'est tout.

La photographe acquiesça d'un signe de tête et reprit sa route.

Morrow reporta son attention sur la voiture. Quelqu'un de Londres qui ne verrouillait pas sa voiture, ça signifiait sans doute que Roxanna était restée dans les parages. Et comptait revenir.

Morrow sentit soudain le froid l'envahir. Elle demanda à Thankless d'aller voir s'il ne trouvait pas un téléphone ou autre chose dans le champ. Une fois qu'il fut parti, soulevant son manteau, elle enjamba le grillage. Elle ouvrit la portière, et laissa tomber le battant de la boîte à gants.

Un sac à surgelés bleu de marque Waitrose. Fermé à l'aide d'une languette en métal, plein d'une certaine quantité de poudre blanche. Rien n'avait été coché dans la liste des contenus pré-imprimés sur le sac, mais elle devinait ce que c'était. Elle l'emballa dans un sachet de preuves avant de fouiller le plancher du regard pour s'assurer qu'il n'y avait rien d'autre. C'était étrange : Roxanna avait fait douze heures de route, de nuit, mais le sol était presque immaculé. Pas de cheveux blonds, pas de miettes de pâtisserie, pas un seul brin d'herbe traîné sous la semelle d'une chaussure. On avait passé l'aspirateur.

Morrow inspecta minutieusement le volant, à la recherche d'empreintes digitales ou de traces de paumes. Les deux avaient été effacées. Plissant les yeux, elle examina une trace sur la poignée de la portière : des lingettes désinfectantes. Des traces qu'elle avait appris à reconnaître parce qu'on utilisait les mêmes au poste après une arrestation, conscients des risques de transmission de l'hépatite C. À l'époque où elle bossait en uniforme, ils se désinfectaient les mains à longueur de temps et ça abîmait la peau. Morrow se souvenait encore de l'impression de sécheresse que ça lui laissait au bout des doigts.

Elle referma la portière avec précaution et appela le poste : envoyez une fourrière ici sur-le-champ, ainsi que McGrain et Kerrigan. Elle avait besoin d'hommes pour escorter les preuves jusqu'au poste. Les dossiers les mieux ficelés pouvaient capoter à cause d'une rupture dans la chaîne des preuves. Elle entendait d'ici l'avocat de la défense cuisinant M. Halliday : et la voiture est restée ouverte le long d'un champ combien de temps ?

Dans le champ, Thankless s'éloignait lentement, les yeux rivés sur le sol devant lui. Elle le rejoignit.

— Vous avez trouvé quelque chose ?

— Dieu merci, non.

Il était soulagé de n'être tombé sur rien de macabre. Morrow, pour ce qui la concernait, n'en était pas si sûre : les lingettes à alcool suggéraient la préméditation. C'était de mauvais augure. La plupart des gens auraient fait disparaître les empreintes du revers de leur manche.

En se redressant, elle découvrit la vue spectaculaire. Un chapelet de champs verdoyants qui descendaient jusqu'à l'eau étincelante. Sur la rive opposée, d'autres collines se dressaient, vertes de nouveau. Souriant, elle laissa courir son regard vers la droite le long de la côte et vit le quadrillage régulier des rues d'Helensburgh, le bitume humide brillant d'un éclat argenté sous le soleil.

— Il se trouve que je connais tout à fait bien Helensburgh.

Sa façon de lui glisser qu'il était un atout. Ne voulant pas l'encourager, elle détourna le regard.

— Ouais, c'est un vieux village.

— En fait non. Il n'a que trois cents ans. Destiné à devenir un lieu de villégiature pour les gens fortunés. Le fondateur lui a donné le nom de sa femme…

— Je sais, l'interrompit-elle.

Elle n'en savait rien mais il l'empêchait de réfléchir.

Il essaya de l'impressionner une fois encore :

— Vous saviez qu'un quart de tous les millionnaires de Grande-Bretagne y avaient leur résidence à un moment donné ?

C'était hors sujet, mais plutôt intéressant. Morrow ne répondit rien. Elle laissa courir son regard jusqu'aux limites du quadrillage, là où les grands arbres se mêlaient aux pelouses, sur les premiers coteaux des collines environnantes.

— Je suis très au courant parce que j'étais dans les Sea Cadets. On venait faire de la voile là-bas, au centre de loisirs de plein air.

Il désigna une futaie de mâts au loin.

Les Sea Cadets, l'association de jeunesse de la marine écossaise. Morrow acquiesça, les yeux tournés dans la bonne direction, l'esprit toujours aux lingettes. Regonflé par son absence d'hostilité, Thankless demanda :

— Vous aussi vous avez fait les Cadets ?

— Non, répondit Morrow.

— C'était génial, j'adorais.

Elle se demandait pourquoi ils bavardaient comme ça, échangeant des informations personnelles comme s'ils étaient amis. C'était le décor, sans doute. La proximité de l'eau donnait une impression de vacances.

— Vous connaissez ce coin d'Helensburgh en haut près du…

— Je n'y suis jamais allée.

Elle mit abruptement un terme à la camaraderie d'un : « Nous, c'était Largs » avant de se diriger vers la voiture. En se retournant, elle vit Thankless scruter piteusement la rive opposée en direction de Largs.

Les deux villes se faisaient face de part et d'autre du large estuaire, sans oser se regarder dans les yeux. Helensburgh, âgée de trois cents ans, était une jolie bourgade pleine de dignité. Largs avait mille ans et se fichait bien de savoir ce qu'on pensait d'elle. Elle avait vu les combats vikings et les bombardements allemands, la peste noire et la communauté européenne. C'était le paradis des vendeurs de glaces, des jeux d'arcades sans classe, des frites, des bonbons et des jouets à dix centimes. Une destination pour les ouvriers en goguette, quand Helensburgh jouait la carte du prestige.

Il la rejoignit à la voiture.

— Eh bien, moi, si je gagnais au loto, je m'installerais là-bas. Tout ce grand air…

— Je n'aime pas la campagne, l'interrompit Morrow.

— Pourquoi ?

Il lui souriait, surpris et condescendant, à deux doigts de lui expliquer pourquoi elle était complètement dans le faux et en quoi la campagne était si fantastique.

— Les magasins sont nazes, dit-elle. Enfin bref, finis les bavardages. Appelez le poste et assurez-vous que Kerrigan va envoyer l'équipe technique.

Il allait le faire, Morrow le savait. Elle voulait juste donner à Thankless de quoi s'occuper pour lui montrer qui commandait.

Elle s'éloigna, heureuse de l'avoir fait taire mais déçue de son propre comportement. C'était son problème à elle. Elle détestait les chefs qui s'étaient conduits comme ça avec elle. Elle les détestait encore aujourd'hui quand ils faisaient la même chose. Elle songea au directeur adjoint Hughes qui avait quitté la réunion avant que les gens aient fini de parler.

De retour au portail, Morrow contempla de nouveau la vue ravissante. Le vent venant de la mer souffla une ola dans un champ de colza.

Morrow sentit dans ses tripes que Roxanna était sans doute morte. Des lingettes désinfectantes et un aspirateur portatif pour le plancher de la voiture. C'était professionnel et c'était sérieux. Il n'y avait pas de tueur à gages professionnel à Helensburgh, juste de gros lards en survêtement qui poignardaient des rivaux pour une poignée de billets de cinquante. Un professionnel ne serait pas passé inaperçu dans une si petite ville.

Sortant son téléphone, elle appela l'inspecteur principal Nolly Dent.

15

Laissant derrière lui la grande affluence de l'heure du déjeuner, Boyd Fraser sortit du café et se mit à courir, pesamment. Il avait quarante minutes avant d'entamer les préparatifs pour le dîner dansant. Il accusa d'abord ses chaussures, puis se souvint que c'était toujours ce qu'il faisait, alors que, à la vérité, il n'aimait tout bonnement pas courir.

Évitant la route côtière, il partit vers l'ouest où les carrefours lui offriraient une excuse pour s'arrêter et souffler. Il sursauta quand une voiture électrique le doubla en silence, jetant des gerbes de gouttelettes sur l'asphalte noir luisant de pluie.

Il ne tirait aucun plaisir de sa course. Le vent l'agaçait. Voitures et piétons se mettaient sur son chemin, tout était pénible. Il pétait la forme, dans le temps, à l'époque où il courait le marathon de Londres. Il avait même fait trois minutes de moins que Sanjay, son partenaire d'entraînement, qui ne lui avait jamais vraiment pardonné. Et aujourd'hui encore, il prenait pour référence cette époque définitivement révolue. Mais il poursuivit laborieusement son jogging, longeant les maisons rustiques, les villas de bord de mer, le portail d'un château néo-gothique. Il sentait ses épaules voûtées par les heures passées au-dessus des plans de travail et des livres de comptes, à porter des enfants ou des caisses de lait.

Ça l'avait perturbé de revoir Mlle Grierson, hier. Ça avait tracé dans sa tête une ligne continue entre passé et présent, comme s'il avait toujours vécu ici, comme si Lucy et les enfants étaient apparus par magie dans la ville où il avait grandi, effaçant ses années à University College, les quinze ans passés à Londres, ses virées en camionnette et le surf en Cornouailles.

Quand il était à la fac ou en voyage, il se voyait malheureux à Helensburgh, prisonnier d'une bienséance oppressante, de la froideur de son père. Du catéchisme austère, des dessins au crayon de Jésus, du brouillard toxique de l'histoire familiale, et du poids des attentes qui pesaient sur lui. Ils étaient les bons Fraser, les élus vertueux. Sa mère était convaincue que Dieu avait voulu pour elle tout ce qui lui arrivait de bien. Le reste étant l'œuvre des catholiques et des anglicans.

Mais croiser Mlle Grierson l'avait ramené à cette époque, et lui avait rappelé que c'était en réalité plutôt agréable de grandir ici. Ses parents étaient de bonnes gens, bienveillants, bigots, un peu rigides mais bien intentionnés. L'envie de tout mettre en pièces, l'amertume, le mépris, tout ça venait de lui. Il regrettait d'avoir embauché Mlle Grierson pour la soirée. Il n'avait pas envie de la revoir.

Boyd avançait en soufflant, troublé de s'apercevoir que faute d'avoir vraiment souffert, il devrait être heureux. Pourtant, il ne l'était pas. Peu importe qui en était responsable, c'était un fait : il n'était pas heureux. Il s'apitoyait sur son sort. Perpétuellement en proie à la sensation qu'on le privait de quelque chose de vital, mais incapable de savoir quoi.

Alors qu'il arrivait à hauteur d'un carrefour, il secoua la tête pour penser à autre chose. Pourquoi se sentait-il si mal ? Il ne savait plus.

Il s'arrêta sur le bord du trottoir : Lucy. Lucy était tout le temps en colère. Et puis il y avait la pression du boulot, l'entreprise qui démarrait, le manque de sommeil à cause des enfants. C'était un de ces trucs-là. Soudain soulagé, comme si tout faisait sens à nouveau, il se remit à courir. La pression de la vie à la cour. Marie-Antoinette.

Il avait de nouveau en tête ce putain de Hameau. Agacé par cette pensée intrusive, par ses jambes qui ne tenaient pas la cadence, par ses kilos en trop, il bifurqua et descendit vers l'eau, s'arrêtant un instant pour laisser passer une camionnette de livraison Waitrose. Putain de Waitrose qui lui volait ses clients et tous ces connards d'allergiques, Waitrose qui faisait de la ville un village pour cadres de banque à la retraite.

Poussé par la colère, il courait plutôt vite à présent. Il repensa à Sanjay et à leur petite compétition en dents de scie. C'était ça qui lui manquait. Un aiguillon pour le pousser à donner le meilleur de lui-même. Des gens comme lui. Voilà ce qu'il lui fallait.

Comme si les étoiles l'avaient entendu, il aperçut en levant les yeux, à plusieurs centaines de mètres le long de la côte, un homme qu'il reconnaissait vaguement. Le type lui faisait face, adossé à un transformateur électrique. Le crâne rasé, le zip de son survêtement remonté sur son ventre : une petite frappe qui tirait sur sa clope comme un cowboy sans classe. Boyd connaissait sa tête, mais pas par le café, il l'avait juste croisé en ville. Il n'arrivait pas à le remettre.

Boyd se rendit compte qu'il avait accéléré dans sa direction. Le type pourrait lui fournir un peu de dope, ou saurait au moins où en trouver. Une aventure chimique. Peut-être que ça ferait l'affaire. Un petit festin.

Ralentissant le pas, il croisa le regard du voyou et s'arrêta pour reprendre son souffle et soulager un point de côté. Côte à côte maintenant, les deux hommes gardaient leurs distances. Ils se saluèrent d'un signe de tête.

— Ça va ? fit Boyd, hors d'haleine.

Le cowboy acquiesça du menton et décolla ses hanches du mur, puis le dos et les épaules avant de se redresser d'une poussée de la tête.

— On se connaît, non ? demanda Boyd.

Le type jeta sa cigarette qu'il écrasa du bout des orteils.

— Vous êtes qui ?

— Boyd Fraser.

Hors d'haleine, Boyd laissa passer le moment où il aurait pu lui retourner facilement la question.

— Fraser ?

Le cowboy afficha un sourire narquois, comme s'il avait du mal à le croire. Le nom des Fraser était connu en ville.

— *Aye*, répondit Boyd.

Il ne parlait jamais écossais d'habitude. Sa mère ne supportait pas.

— Je connais un Fraser, ouais.

Il s'approcha. L'espace d'un millième de seconde, Boyd crut qu'il allait le frapper. Mais le type s'arrêta, pencha la tête de côté et dit :

— C'est qui votre père ?

Boyd pivota d'un quart de tour pour lui faire face. Il était plus grand que le type, plus carré et en meilleure forme physique.

— Le révérend Robert Fraser.

— Ces Fraser-là ? Vous êtes le proprio du café ? Le Puddle, dans Sinclair Street ?

— Le Paddle, *aye*.

Le cowboy lui tendit la main d'un air grave.

— Tommy Farmer.

Nom anglais, accent transfrontalier mais silhouette grassouillette typique des Écossais : un gosse de la Navy.

Boyd lui prit la main.

— Comment va ?

Il ne savait pas trop comment amener sa question dans la conversation.

— Hé, tu ne connaîtrais pas par hasard…

Mais Tommy s'était retourné.

— Murray ! Murray Ray ! Si je m'attendais !

Boyd n'avait pas vraiment remarqué les deux personnes en train d'approcher le long de la route de la côte, mais l'homme et l'enfant avaient dû presser le pas pendant qu'il ne regardait pas. Ils étaient tout proches maintenant et l'homme s'était arrêté, l'air effrayé. Il tenait fermement la main de sa fille. Il portait un petit badge « aye » au revers de sa veste qu'il essayait de couvrir de sa main libre, en regardant toujours Tommy d'un œil inquiet.

Boyd comprit que c'était Tommy qui lui faisait peur. Il trouvait ça excitant. Il bascula imperceptiblement vers Tommy, pour donner l'impression qu'ils étaient ensemble, alors qu'ils ne l'étaient pas.

— Salut Murray.

— Salut Tommy.

Intimidé, Murray baissa le regard.

— Le badge – je sais que Mark ne…

— Laisse tomber, le coupa Tommy, je m'en fiche. Moi aussi je suis pour le oui.

Le badge n'était pas le problème manifestement, car la tension était toujours palpable.

— Vous êtes pour le oui, vous aussi, Boyd ?

Tommy le dévisagea. Boyd était catégoriquement pour le non, mais c'était difficile à avouer dans de telles circonstances. Il acquiesça vaguement du menton, puis les deux hommes se détournèrent de lui pour se dévisager de nouveau.

Boyd avait hâte que le père et sa fille reprennent leur route, il avait décidé comment il allait amener le sujet : « Tommy, vous ne sauriez pas par hasard où je pourrais trouver un peu de poudre ? » Il répétait mentalement sa phrase. Attendait une ouverture.

Mais Tommy et Murray se regardaient fixement dans les yeux, une conversation silencieuse pleine de hargne. Ils n'allaient pas se disputer devant la fillette, la ville était petite, assez petite pour que les enfants y soient vus comme une ressource collective. Les adultes cachaient leurs inimitiés pour les protéger et laissaient les situations s'envenimer. Mais si Boyd s'adressait à la fillette, pour l'occuper, les deux hommes pourraient se dire ce qu'ils avaient à se dire et Murray partirait.

Boyd l'observa. Dix ou onze ans sans doute, d'épaisses lunettes, une doudoune rose avec un bonnet de la même couleur visiblement inconfortable. Elle n'arrêtait pas de se gratter la tête par-dessus la laine.

— Tu t'appelles comment ? demanda-t-il.

— Lea-Anne Ray. Et vous ?

— Boyd Fraser.

— Oh, *aye*. Vous êtes des Fraser de Lawnmore ou de Colquin ?

Remarque stupéfiante de perspicacité sur l'histoire de sa famille. Une génération plus tôt, le frère et la sœur s'étaient fâchés : il y avait ceux qui habitaient Lawnmore et les autres, moins chanceux, qui avaient échoué dans les HLM de Colquin.

— Lawnmore, répondit-il.

— Oh *aye*. Très bien.

Elle se pinça les lèvres et détourna le regard. Elle ne semblait pas approuver complètement.

Murray intervint.

— Notre Lea-Anne est une vraie petite mémère, pas vrai ma puce ? Ce sont ses grands-mères qui l'élèvent.

Les deux hommes regardaient Boyd lui faire la conversation sans rien dire, sans profiter de l'opportunité qu'il leur offrait. Comprenant qu'il n'arriverait à rien, Boyd abandonna la partie.

Tommy désigna Murray, qui était au bord des larmes.

— Boyd et Murray, vous ne vous connaissez pas, si ?

Boyd, toujours un peu essoufflé, secoua la tête.

— Eh bien, camarades proprios, fit Tommy, avec un sourire un peu méchant. Voici Murray Ray. Le patron du Sailors' Rest, là, juste en bas.

Tournant le regard vers le front de mer derrière l'homme et la fillette, Boyd aperçut le petit pub. Des planches avaient été clouées sur les fenêtres. Trois grosses bennes trônaient derrière le bâtiment, telle une flotte de voitures d'entreprise.

— Alors Murray, on fait peau neuve ? Ça doit te coûter un bras.

Ce n'était pas vraiment une question et Murray, apparemment, n'avait pas l'énergie de répondre. Il acquiesça en tremblant.

— Un bras et même une jambe, intervint Lea-Anne à sa place. Il a repris une hypothèque sur la maison.

— Tu en sais des choses, ma poulette.

Tommy s'adressait à elle maintenant, sans méchanceté, sans l'air menaçant qu'il prenait avec son père.

— Boyd, ici présent, poursuivit-il comme s'ils étaient de vieux amis, est le proprio du Puddle, le café de Sinclair Street.

Lea-Anne hocha la tête, feignant un intérêt poli.

Murray retrouva brusquement l'usage de la parole.

— Vous prenez un sacré risque ! lança-t-il. Démarrer une affaire par les temps qui courent ! Vous ne savez pas qui vous allez fâcher…

— Du calme, Murray, le prévint Tommy.

Boyd voyait bien qu'en réalité, il se délectait de la scène. Il comprit que Tommy s'était caché derrière le transformateur électrique pour surveiller le pub. Il guettait Murray Ray.

— Vous ne savez pas qui vous allez fâcher !

Murray ne faisait même plus semblant de s'adresser à Boyd maintenant, il criait, juste sans se soucier de savoir si quelqu'un l'écoutait.

— Ni quelle saloperie va vous tomber sur le coin de la gueule !

Lea-Anne leva les yeux vers son père, la bouche en O, surprise par le juron. Serrant sa main plus fort, il lui marmonna une excuse. Elle accepta d'un petit signe de tête avant de se détourner pour murmurer « scandaleux », à part elle.

— Et Mark revient quand, d'abord ? demanda imprudemment Murray, l'œil hagard. Il est de nouveau en vacances, ou quoi ?

Se tournant vers Boyd pour le prendre à témoin, il laissa échapper un rire incertain et désespéré.

Tommy se pencha vers Murray et lui demanda de la boucler d'un air menaçant. Mais Murray continuait à jacasser.

— Boyd Fraser, vous étiez au *feu de joie* organisé au golf l'autre jour ?

Lea-Anne essaya de dégager sa main de celle de son père. Il serrait trop fort, ça lui faisait mal. Murray adressa un signe de tête à Boyd, le visage barré d'un rictus crispé.

— Ça a bien flambé. Et tout le monde disait : « Mark Barratt doit être en vacances ! »

Ça n'avait guère de sens. Boyd ne connaissait pas de Mark Barratt. Lea-Anne aussi avait l'air perdu et se gratta de nouveau le crâne à travers le bonnet. Boyd n'écoutait que d'une oreille. Il était perdu dans le souvenir agréable d'une soirée à Londres où il dansait encore à cinq heures du matin, grand, vif, en phase avec le moment. Cinquante soirées fusionnaient dans sa tête en un seul moment de certitude totale et absolue de son identité.

— Vous vous occupez du repas au dîner dansant de ce soir, pas vrai ?

Tommy s'adressait à Boyd.

— Ouais, répondit-il. On assure le service traiteur du dîner.

— Super, fit Tommy en se frottant les mains. J'en serai.

Boyd fut plus que ravi de l'apprendre. Il était soulagé. Tommy serait là, il aurait sans doute une dose sur lui, ou bien connaîtrait quelqu'un qui en aurait.

Se tournant vers le père et la fille, Tommy hocha la tête.

— Tu viens toi aussi, pas vrai, Murray ?

— *Aye*, fit Murray, plus calme maintenant, distrait.

— Et qui va s'occuper de toi, Lea-Anne ?

— Mamie Eunice.

— Pas ta mamie Annie ?

— Non. La jambe d'Eunice lui en fait voir de toutes les couleurs. Elle a le genou tout gonflé. Annie a un billet.

Elle haussa les épaules.

— Elle a bien envie de danser, même si avec sa vessie….

C'était un peu étrange d'entendre les mots d'une vieillarde dans la bouche d'une gamine. Tous la dévisagèrent un instant.

— Super, conclut Tommy, en insistant tellement sur le r qu'on aurait dit qu'il cherchait à mordre.

Le ciel s'assombrissait. Sur l'autre rive, des lumières tremblotantes s'allumaient. La pause de Boyd touchait à sa fin, et il ne comprenait rien à la dispute des deux hommes. Mieux valait partir.

— Bon ben, fit-il. On se voit plus tard de toute façon.

Il adressa à Tommy un signe de tête entendu.

Murray et Lea-Anne s'écartèrent pour le laisser passer et il reprit sa course, gagnant de la vitesse sur ses jambes fatiguées, réglant son souffle.

Il longea le pub fermé. L'endroit avait l'air plutôt miteux mais avec la base navale d'à côté, ce genre de bouge pouvait faire assez de chiffre le week-end pour encaisser les semaines creuses sans difficulté.

Boyd continua à courir encore cinq minutes environ, jusqu'aux limites de la ville, avant de faire demi-tour. Il n'était pas certain de l'heure. Il avait du mal à savoir combien de temps l'étrange conversation avec la vieille fillette et les deux énervés avait duré.

Sans ralentir, il remonta Sinclair Street en direction de Lawnmore. Une pente raide, un dernier effort.

Il ouvrit le portail du jardin et gravit les petites marches. S'arrêtant un instant, il promena le regard autour de lui comme s'il découvrait l'endroit pour la première fois.

Les Fraser de Lawnmore. Il se rendit compte qu'à Londres, il était anonyme et il avait aimé ça. Ici, dans la jolie petite bourgade d'Helensburgh, il était le jeune commerçant issu d'une vieille famille, un élément du tissu social de la ville. Il n'aimait pas savoir si exactement qui il était. Il n'aimait pas que les autres décident pour lui de son identité.

16

— Des lingettes désinfectantes ?

McGrain scrutait l'intérieur de la voiture par la vitre fermée. Il renifla l'extérieur de la portière. Par réflexe, il avança la main avant de s'interrompre. Il se tourna vers Kerrigan qui le regardait et sourit, choqué d'avoir failli toucher la poignée. Kerrigan lui rendit son sourire, laissant voir ses petites dents pointues.

McGrain se concentra de nouveau sur les traces du tableau de bord.

— Je ne sens rien mais c'est vrai que ça ressemble au genre de traînées que laissent les lingettes.

— D'accord, fit Morrow, qui espérait quelque chose d'un peu plus profond. On la monte sur la dépanneuse, de toute façon. Vous devez être à l'hôpital à 14 heures, c'est ça ?

— C'est annulé, répondit McGrain. Une urgence. Ils nous ont prévenus par texto.

— C'est contrariant, ça.

— Sans doute pas pour l'urgence en question, dit-il. Un pauvre vieux qui a cassé sa pipe, ou un truc dans ce genre.

— Accompagnez-moi à Helensburgh dans ce cas. Il y a des preuves à emporter au poste. Thankless ?

Entendant son nom, Thankless approcha.

— Je veux que vous apportiez tout ça au service des preuves.

Elle lui tendit le sac de congélation Waitrose qu'elle avait glissé sous plastique.

— Faites-le tester et qu'ils l'enregistrent. D'accord ?

Sur le plan procédural, moins nombreux étaient les agents qui manipulaient les preuves avant leur enregistrement, mieux c'était, mais Thankless avait l'impression d'être mis sur la touche, ça se voyait.

— Vous avez assuré aujourd'hui, mentit-elle. Merci pour votre aide.

Thankless, qui ne savait pas s'il devait se montrer perplexe ou ravi, prit le sac qu'elle lui tendait et s'éloigna vers la voiture.

— Avant qu'on parte, dit-elle à McGrain, voyez si Frank Delahunt est propriétaire d'une Ford Fiesta gris métallisé.

Alors qu'on chargeait le véhicule sur le camion, M. Halliday traînait dans la cour avec ses chiens. Il n'en perdait pas une miette mais tenait à ne pas empiéter.

— Monsieur Halliday, dit-elle en s'avançant vers lui. Juste pour que tout soit clair : combien de voitures pensez-vous qu'il y ait eu ? Deux ?

Son regard se perdit dans le vague, il réfléchissait.

— Peut-être trois.

— Pourquoi trois ?

Il baissa les yeux vers le sol.

— Hier matin, je n'ai pas vu les traces de celle-là.

Il désigna l'Alfa Romeo. Puis d'un geste vague, montra un carré de boue qui débordait sur la chaussée au ras de la cour terreuse.

— Des demi-tours en trois temps. Deux séries de traces. Du coup, je me demandais si y avait pas eu deux voitures qui étaient venues puis reparties. Mais j'avais tort. Y en avait trois.

Ils contemplèrent tous les deux la vague trace de boue, regrettant la pluie de la veille.

— Merci, monsieur Halliday.

Elle tendit la main, qu'il serra chaleureusement. Il la raccompagna jusqu'à la voiture.

— Et votre prochaine destination, alors, c'est quoi ?

— Helensburgh. Vous connaissez un endroit où on pourrait déjeuner ?

— Ça dépend de ce que vous voulez. Frites ? Soupe ?

— Un petit sandwich peut-être ?

— Greggs alors. C'est une valeur sûre.

McGrain l'attendait dans la voiture. Frank Delahunt n'avait pas de Ford Fiesta gris métallisé. Il avait une Jaguar.

Elle le mit au courant pour Halliday : trois voitures, un type bien. Avisant les pancartes pour le oui dans l'encadrement des fenêtres, McGrain remarqua que ça n'était pas terrible d'avoir ça dans le coin, et Morrow lui raconta la controverse au sujet du stand.

McGrain sourit.

— Bon Dieu, tout le monde perd la boule. Et le type a tort, va y avoir du grabuge une fois que ça sera passé.

Le chef avait annoncé à la presse qu'aucune présence policière renforcée n'avait été prévue, les agents n'auraient pas à faire d'heures supplémentaires. La campagne du référendum s'était déroulée sans heurts et on espérait que ça continuerait. Optimisme ou stupidité ? Personne ne parvenait à trancher.

— Il est du sud, par contre, non ? observa McGrain.

— *Aye.*

— Il ne sait pas jusqu'où certains sont prêts à aller pour une bonne baston par ici.

Vu les expressions qu'il utilisait, « du sud » ou « par ici » pour désigner l'Angleterre et l'Écosse, Morrow songea que McGrain était sans doute contre l'indépendance. Même au sein de la police, le référendum avait aggravé le sentiment ambiant de paranoïa et de méfiance, si bien qu'ils en étaient tous réduits à une vigilance extrême, contraints de décrypter comme ils pouvaient les moindres signaux de leur entourage.

Ils partirent vers le bourg, traversant de jolis villages côtiers ornés d'enseignes de salons de thé et de panneaux indicateurs des sites classés, longeant les petites épiceries et les vendeurs de journaux sérieux lus par la bonne société. Posant les yeux sur un vaste supermarché Waitrose avec son grand parking, Morrow songea au sac de congélation qu'elle avait trouvé dans la boîte à gants. Waitrose : c'était incroyablement chic pour un sachet de coke. Elle se demanda si ça vaudrait la peine de se renseigner sur les ventes de sacs de congélation de la grande surface, avant de réaliser que ça n'avait aucun sens. Ils devaient en écouler des tonnes.

McGrain lui raconta ce que leur comptable avait trouvé au bureau de la société d'assurances de Roxanna : pas grand-chose. Le nombre de demandes d'indemnités potentiellement frauduleuses était minime. Dès son arrivée, Fuentecilla s'était attelée à virer du monde, pour faire de l'entreprise une coquille vide. Il n'y avait plus d'employés. Toutes les factures avaient été réglées et la boîte devait fermer le vendredi suivant. C'était complètement inattendu.

— Elle va en faire autre chose ?

— Aucune trace de ça dans les livres, répondit McGrain. On dirait qu'elle met la clé sous la porte, c'est tout. On ne trouve aucun indice d'une activité nouvelle. Elle va juste laisser la société en sommeil.

— Elle se débarrasse de ses actifs matériels ?

— Ils n'en ont pas trouvé. Le bureau est loué, le mobilier sans valeur.

— Où sont passés les sept millions ?

— Ils ont disparu du compte en banque, mais rien n'a été retrouvé pour l'instant.

Ils n'avaient aucune raison de traîner là-bas plus longtemps. Morrow appela le bureau pour leur demander de prévenir le comptable : qu'il photographie tout et débarrasse le plancher sans attirer l'attention.

Elle raccrocha, ferma les yeux un instant, songeant aux lingettes désinfectantes. En se frottant le pouce du bout des doigts, elle se souvint de la sensation poisseuse et du grain fin. Un boulot de professionnel, réalisé par quelqu'un qui connaissait sa partie. Ils essayaient de se sauver. Elle rouvrit les yeux, se redressa et s'aperçut qu'elle souriait.

Ils arrivaient dans Helensburgh par une morne route à double sens qui longeait de vieux immeubles, des constructions neuves et des maisons de retraite à l'aspect d'usines. Après plusieurs stations-service et une citerne à pétrole, ils furent brusquement en ville.

Une longue rangée de boutiques et de maisons de style géorgien faisait face à l'estuaire. Morrow vit alors ce dont M. Halliday leur avait parlé : un panneau violet « non merci » était accroché à chaque réverbère. Bon nombre de boutiques avaient le même en vitrine.

L'esplanade qui longeait le rivage était impeccablement pavée mais déserte. Côté eau, il n'y avait que trois bâtiments, tous regroupés autour de la zone d'amarrage du ferry : une petite piscine municipale, un rectangle de béton sans attrait qui abritait un pub à la vitrine condamnée par des planches, et le petit guichet du ferry.

— Tournez à droite ici, fit Morrow.

McGrain s'engagea côté colline, dans une rue soudain animée. Ils longèrent une pharmacie, un marchand de journaux, une gare, une grande église. Au carrefour suivant, ils aperçurent un grand square au milieu duquel trônait une tente blanche couverte de pancartes qui clamaient : « Mieux ensemble. »

Le désignant du doigt, McGrain s'écria « le stand ! » d'une voix joyeuse, comme s'il s'agissait d'une course d'orientation.

Morrow lui demanda de se garer à hauteur d'un café. Il y faisait bon et le décor était à l'ancienne, des murs crème et un comptoir bleu foncé. Ils avaient passé commande quand Morrow se rendit compte que ça n'était pas un vieux café resté en l'état, mais un café récent copiant l'ancien. Les clients étaient surtout des clientes d'un certain âge vêtues de pull-overs d'un certain prix. Leurs sandwichs au bacon arrivèrent : six livres pièce.

De retour dans la voiture avec le sac chaud, ils mangèrent en silence, encore abasourdis.

— Six livres ? fit Morrow. C'est le prix de deux paquets de bacon.

McGrain considéra son déjeuner d'un œil accusateur.

— Et en plus on vient de passer devant un Greggs.

Morrow fit tourner la bouchée sur sa languc, guettant la petite saveur en plus. Rien. C'était juste du bacon. Peut-être que son palais n'était pas assez sophistiqué. Elle enfourna le dernier morceau, se débarrassa des miettes sur ses mains et lui désigna la villa de Delahunt.

Toutes les maisons faisaient face à la mer, pareilles à des supporters de football juchés sur des gradins. En regardant vers le haut, on voyait les belles pelouses en façade, tandis que vers le bas, tout n'était qu'un assortiment de garages, de poubelles et de murs aveugles. Les rues n'avaient pas de trottoir, juste des bordures herbues sillonnées de sentiers sauvages.

Ils s'engagèrent dans une rue à l'ombre de grands arbres dont les frondaisons avaient été géométriquement découpées à la tronçonneuse à hauteur de camion.

— Seigneur, commenta McGrain, c'est chicos par ici.

Elle était plus en phase avec lui qu'avec Thankless.

Ils se garèrent sur une bande d'herbe et sortirent. La maison de Delahunt se trouvait au-dessus, derrière un portail en fer forgé verrouillé. Morrow appuya sur le bouton d'un interphone design plutôt récent et attendit. De l'autre côté de la grille, des marches en pierre montaient à travers la pelouse.

Un silence.

Frank Delahunt était là et voulait savoir qui venait le trouver.

— Bonjour monsieur Delahunt, nous sommes de Police Scotland. Peut-on entrer vous parler, s'il vous plaît ?

Il hésita.

— C'est à quel sujet ?

— Peut-on entrer s'il vous plaît, monsieur ?

Un nouveau silence puis le portail s'ouvrit. Morrow le poussa et gravit les quatre marches. Une longue bande de pelouse immaculée menait à une maison en grès jaune.

Une porte-fenêtre donnant sur le jardin s'ouvrit et M. Y., le même que sur les photos, sortit à leur rencontre.

Delahunt était toujours vêtu d'un pantalon rouge ou rose avec une chemise. Le tout parfois assorti d'une veste en tweed jaune, ou d'un cardigan vert mousse à empiècements marron sur les coudes. Il ne portait aucun des deux ce jour-là mais avait soigneusement roulé les manches de sa chemise, comme s'il travaillait.

En levant les yeux vers lui, Morrow s'aperçut qu'elle était toujours partie du principe qu'il était gay à cause de toutes les couleurs qu'il portait, mais maintenant qu'il était là sous ses yeux, les deux pieds bien campés au sol, avec son regard noir de rugbyman énervé, elle se demanda s'il avait pu être l'amant de Roxanna. Le coup de fil de 17 heures passé en pleine crise aurait alors pris tout son sens.

Delahunt les regarda approcher. Il les salua de la main avec hésitation puis laissa retomber son bras le long de son flanc avant qu'ils aient parcouru la moitié du chemin.

— Bonjour monsieur Delahunt. Je suis l'inspectrice Alex…

— J'aurais vraiment préféré que vous empruntiez l'autre entrée, la coupa-t-il.

Il avait la voix harmonieuse, un accent au cordeau.

— Normalement ça n'est pas l'entrée de la propriété.

Se retournant pour suivre son regard, Morrow vit leurs empreintes de pas dans l'herbe mouillée. Apparemment, la pelouse était là pour être contemplée, pas pour être traversée.

— Je suis navrée, mais c'est l'adresse qu'on nous a communiquée.

Désignant la rue où ils s'étaient garés, elle découvrit la vue panoramique sur la mer, à peine gâchée par les toits des maisons en contrebas.

— Eh bien, le mal est fait à présent, dit-il, magnanime. Entrez donc inspectrice Alex, je vous en prie.

Le moment semblait mal choisi pour le corriger.

Il les fit entrer dans une bibliothèque aux murs couverts de livres. Au centre de la pièce trônait un grand bureau carré en bois sombre avec un plateau en cuir vert, chaque côté dédié à un poste de travail différent où livres ouverts et documents attendaient qu'on leur accorde de l'attention. Le fauteuil avait été poussé près de la porte, mais les marques laissées par les roulettes dans les poils du tapis d'Orient conduisaient au côté du bureau qui faisait directement face au jardin. Il y a une minute encore, c'était là qu'il se trouvait. Le téléphone portable de Delahunt était posé sur un livre pour le maintenir ouvert.

La pièce était splendide, de hauts murs jaunes bordés de moulures d'un blanc immaculé, mais Delahunt ne tenait pas à ce qu'ils traînent ici. Debout à côté de la porte, il leur indiqua promptement le vestibule, des deux mains, tel un guide empressé dans une demeure bourgeoise. Son insistance éveilla les soupçons de Morrow. McGrain suivit le chemin tracé par les bras de Delahunt, mais Morrow se faufila vers la droite pour contourner le bureau.

— Grands Dieux ! s'exclama McGrain avec un enthousiasme qui ne lui ressemblait pas, sacrée maison !

Il s'était arrêté, apparemment émerveillé par les motifs au plafond, détournant l'attention de Delahunt. Plutôt doué, ce McGrain.

— De quand date la maison ?

Delahunt leur indiquait toujours la sortie, mais il semblait ravi qu'on lui pose la question. Il suivit le regard de McGrain vers le plafond.

— 1822, dit-il. Ma famille l'occupe depuis quatre générations. Cette rue faisait partie d'un projet plus global de construction…

Il continua, racontant à McGrain l'histoire des lieux. McGrain était doué pour feindre l'intérêt, ou peut-être était-il sincère ? Morrow ne le connaissait pas bien, mais elle risqua un regard sur le livre sous le téléphone. Un intitulé : *Le corps…*

— Vous voulez bien nous suivre ? lui demanda Delahunt.

Elle leva les yeux. Maintenant que McGrain était à court d'inspiration, Delahunt ne la quittait plus du regard.

— Bien sûr, fit-elle en lui emboîtant le pas.

Comme Delahunt ouvrait la marche, elle jeta un regard au titre principal en haut de la page : *Succession : principes généraux.*

Un escalier en bois décapé puis verni à l'excès dominait le vestibule.

— Asseyons-nous ici, proposa-t-il en désignant un petit salon sous les marches.

McGrain et Morrow prirent place côte à côte sur un banc rembourré légèrement trop étroit. Delahunt approcha une chaise. Ils étaient là, dans un renfoncement exigu sous l'escalier, au cœur d'une vaste maison manifestement vide. Étrange impression. Qu'avait-il à cacher ? Roxanna était peut-être ligotée ici, ou bien elle se planquait. Morrow tendit l'oreille, à l'affût d'un bruit suspect.

Delahunt haussa les sourcils, attendant qu'ils prennent la parole, avant de sortir un étui à cigarettes et un fin briquet en or de la poche de son pantalon.

— Vous n'êtes pas de la police locale. Glasgow peut-être ?

Morrow confirma.

— Hum. Rien à voir avec des cambriolages en série alors ?

— Non.

Morrow le regarda allumer le briquet et attendit qu'il porte la flamme à sa cigarette.

— Roxanna Fuentecilla.

La main de Delahunt trembla, mais à peine. Il souffla une bouffée et haussa un sourcil.

— Je suis désolé. Que voulez-vous savoir ?

— Vous la connaissez.

Il acquiesça légèrement du menton.

— Elle a disparu.

Morrow croisa son regard.

— Personne ne sait où elle se trouve. Nous savons qu'elle vous a appelé hier.

Elle attendit qu'il parle. C'était plus long que prévu. Se penchant prudemment au-dessus d'une petite table, il attrapa un cendrier qu'il posa sur son genou. Il leva les yeux vers elle, comme s'il était surpris de la voir toujours là.

— Je ne comprends pas ce que vous voulez.

— Quand l'avez-vous vue pour la dernière fois ?

— Jeudi. À Glasgow, marmonna-t-il.

Ils s'étaient vus à Byres Road. C'était donc vrai, au moins en partie.

— Monsieur Delahunt, pour autant que nous sachions, vous êtes la dernière personne à avoir été en contact avec elle avant sa disparition. Que s'est-il passé hier matin ?

Delahunt tapota sa cigarette au-dessus du cendrier, accompagnant son geste d'un clignement de paupières.

— Un coup de fil, marmonna-t-il.

— Parlez plus fort, s'il vous plaît.

— J'ai reçu un coup de fil. D'elle.

— À quelle heure ?

— Cinq heures environ.

— Et ?

— Elle m'a demandé de passer la prendre.

Morrow attendit de nouveau. Delahunt aussi. McGrain bougea sur le banc. Si Delahunt était un escroc patenté, il aurait su comment combler les blancs, mais il ne savait pas. Il essaya de fumer, tapota de la cendre inexistante avant de lâcher :

— J'y suis allé. Mais elle n'y était pas. Alors je suis rentré.

— Qu'a-t-elle dit exactement au téléphone ?

— Je suis dans le champ d'Halliday. Viens me chercher.

— Et vous avez dit… ?

Sans la quitter des yeux, il leva une main vers le plafond.

— « Je viens te chercher. » Ce que j'ai fait mais elle n'était pas là, alors je suis rentré.

— Vous avez quel type de voiture ?

— Une Jaguar SX.

— De quelle couleur ?

— Bordeaux.

Morrow se rendait compte qu'elle ne portait pas du tout Frank Delahunt dans son cœur. Elle était aigrie, elle se sentait plus à l'aise avec les gens du peuple. Elle avait peur pour Danny. Elle venait de payer six livres un sandwich au bacon. Mais au-delà de tout ça, il y avait quelque chose dans la précision de ses manières et de sa tenue, dans la petitesse de ses gestes, qui lui hérissait le poil.

Elle essaya de comprendre. Ce n'était pas juste la rancune de classe qui la mettait en colère. C'était son dédain. Elle le vit examiner le manteau sans marque qu'elle portait et ses chaussures vernies, bordées de boue. Elle le vit poser un bref regard sur les ongles rongés de McGrain et les traces de fer à repasser sur son pantalon. Elle le vit penser qu'ils étaient bêtes et sans classe. Elle voulait lui prouver qu'il avait tort.

— Le champ d'Halliday, où est-ce que ça se trouve ?

— Sur la route de la côte, en direction de Glasgow.

— Elle faisait quoi, là-bas ?

— Je ne sais pas.

— Vous n'avez pas demandé ?

— Non.

— Mais vous saviez de quel endroit il s'agissait quand elle a mentionné le champ d'Halliday ? Pourquoi ?

— C'est juste… connu.

— Elle est espagnole. Elle a quitté Londres pour s'installer à Glasgow il y a deux mois. Ça doit être vraiment très connu.

Il haussa les épaules et tira sur sa cigarette, les jambes et les bras croisés, tellement sur la défensive que Morrow sut avec certitude qu'elle allait revenir avec un mandat.

— Vous lui avez demandé pourquoi elle appelait si tôt le matin ?

— Non.

Morrow parcourut le vestibule du regard : tout était bien rangé, symétrique. On avait retiré les étamines du bouquet de lys tigrés sur une table à côté de la porte d'entrée, pour éviter qu'elles frottent contre une manche et tachent une chemise. Tout ici avait une place précise, pas de tas de manteaux, de chaussures, rien qui ne soit dû au hasard. Frank Delahunt n'était pas le genre de type qu'on appelait quand il se produisait quelque chose d'inattendu à 5 heures du matin.

— Vous étiez amants ?

— Non.

Juste du calme. Pas même un désir réprimé.

— Après l'appel, qu'avez-vous fait ?

— Je me suis habillé.

Une pause pour tirer sur sa cigarette.

— Je suis descendu.

Il souffla la fumée.

— Je me suis chaussé.

Il tapota la cendre au-dessus du cendrier.

— J'ai pris ma voiture et j'y suis allé.

Il reposa les yeux sur elle et les plissa.

— Il était 5 heures du matin ?

Il confirma d'un signe de tête.

— Cinq heures trente. J'y suis allé mais elle était partie. Je l'ai appelée, mais elle avait éteint son téléphone.

— Est-ce qu'il y avait une autre voiture sur les lieux ?

Un tressautement dans l'œil droit.

— Non.

— Vous êtes certain ?

— Absolument, il n'y avait personne. Elle était juste partie.

Il n'avait pas vu la voiture de Roxanna.

— Où pensez-vous qu'elle est allée ?

Il était tout d'un coup affreusement immobile.

— Monsieur Delahunt ?

— J'ai cru qu'elle s'était enfuie.

— Pourquoi ferait-elle une chose pareille ?

— Je ne sais pas. Je ne suis pas au courant de ses affaires personnelles. Je travaille pour sa société.

— Vous faites quoi ?

— Du conseil juridique.

— On a retrouvé sa voiture à côté du champ ce matin. Elle a dû partir avec quelqu'un d'autre, dans une autre voiture. Qui cela aurait-il pu être ? Une idée ?

— Robin ? Son compagnon aurait pu venir la chercher. Il a une voiture, il me semble.

— Elle n'aurait pas laissé sa propre voiture, cachée derrière une grange et nettoyée de toutes ses empreintes, cela dit, si ?

Il était sous le choc.

— Peut-être que...

Il se tut. Morrow vit que son front était soudain légèrement teinté de sueur.

— Qu'alliez-vous dire ?

— Sa voiture était peut-être tombée en panne ? Mais ça n'explique pas...

— Non, répondit Morrow sur le ton de la confidence. Ça ne l'explique pas, en effet. Vous comprenez pourquoi nous sommes inquiets. Est-ce qu'elle connaît quelqu'un d'autre à Helensburgh ?

— Non.

Il semblait en être très sûr.

— Comment êtes-vous devenu son avocat ?

— Bob Ashe m'a recommandé.

— L'ancien propriétaire d'Assur' Acc6dents ?

— Oui.

— Où est-il à présent ?

— Il a pris sa retraite à Miami. Les petits-enfants.

Il eut un sourire méprisant.

Frank Delahunt ne détestait sans doute pas les petits-enfants. Il était choqué et un peu inquiet pour Roxanna, d'où ses étranges réactions.

— Où est-elle, Frank ?

Il tourna le regard vers la mer, au-delà de la pelouse, aspira une grande bouffée de sa cigarette, si grande que ses yeux se plissèrent.

— Je ne sais pas.

Morrow désigna la porte du bureau d'où ils venaient.

— Le manuel. Là-bas. Je peux y jeter un coup d'œil ?

Il laissa échapper un petit rire nerveux.

— Les manuels font partie du domaine public, non ?

Devançant les éventuelles objections, elle se leva et retourna dans le bureau. Delahunt s'empressa de la rejoindre.

La section intitulée « le corps » indiquait la procédure légale à suivre pour l'enlèvement d'un corps, mais en équilibre précaire sur le haut de la page, le téléphone portable permettait surtout de lire le paragraphe suivant. Elle posa un doigt sur le texte et leva les yeux vers lui.

— Ce n'est pas…, fit-il nerveusement. Ça n'a rien à voir avec elle… Je ne suis pas…

Delahunt était à court de blabla.

Morrow lut à McGrain, qui se tenait dans l'encadrement de la porte : « Dans le cas d'une disparition pure et simple, et en l'absence d'un corps… »

Delahunt ne pouvait pas soutenir son regard.

— Où est-elle, Frank ?

Rassemblant tout le mépris qu'il avait en lui, il la toisa, les yeux à demi fermés.

— Comme je vous l'ai dit, je suis le conseiller juridique de la société qui lui appartient. C'est mon travail de me tenir au courant des implications légales de toutes les situations et de les anticiper.

— Elle n'était pas là quand vous êtes allé à sa rencontre, et ça vous a poussé à vous renseigner sur la situation légale d'une propriété appartenant à une personne morte et disparue ? Vous avez le cœur sur la main, monsieur Delahunt.

Il regardait le sol.

— Juste pour savoir, monsieur Delahunt, juridiquement, que fait-on dans le cas d'une personne « simplement disparue » ?

Il haussa les épaules, comme si le sujet ne l'intéressait pas vraiment.

— Eh bien, c'est expliqué là.

— Qu'est-ce qui est expliqué ?

Il ne voulait pas le dire. Puis il se lança.

— Si, au-delà d'un délai de sept ans, la personne est toujours portée disparue, une déclaration de décès peut être établie.

— Ce livre traite des successions. Qu'en est-il des biens ?

— Juste… comme dans les autres cas. La famille en hérite. Procédure normale.

Il eut un sourire malheureux.

— Vous pouvez vous acheter le livre, dit-il, si ça vous intéresse à ce point. On le trouve partout.

Il sourit à McGrain. Il cherchait un allié. McGrain détourna le regard.

— Mais vous n'êtes pas l'avocat de la famille, monsieur Delahunt. Vous êtes l'avocat de la société. Qu'advient-il de la société ?

Ils connaissaient tous les deux la réponse. La société revenait aux investisseurs. Et s'il fallait sept ans avant que Roxanna soit déclarée morte, les fonds seraient gelés pendant sept ans, l'entreprise demeurerait insaisissable, inconfiscable jusqu'à la déclaration de décès. Sept ans, c'était long à l'échelle de la justice criminelle. Arias pourrait se voir tout confisquer sauf les plombages de ses dents, sans que ces sept millions lui reviennent, où qu'ils soient, parce qu'ils ne lui appartenaient pas. Pas encore.

— Je crains d'avoir rendez-vous avec un client bientôt, leur annonça Delahunt. Je vais devoir vous demander de partir.

17

Le grésillement de tue-mouches électrique de la sonnerie de l'interphone surprit Iain à tel point qu'il en vomit presque. Il n'était pas habitué au bruit, il avait peu de visiteurs, et il se sentait de toute façon nauséeux. Échoué seul sur son lit après une longue nuit d'un sommeil agité, il regardait des émissions de bricolage depuis 4 heures du matin, avalant pinte après pinte d'eau plate, écœuré par les cigarettes qu'il enchaînait, lui qui d'habitude ne fumait pas. Il lui tardait que le paquet de tabac se termine.

La sonnerie, de nouveau. Zzzb zzzb, deux fois. Deux mouches mortes. Merde, songea-t-il en roulant au bord du lit défait. Il attrapa la télécommande, éteignit la télé et se leva.

Il occupait un appartement sous les toits dans une vieille résidence. Sa tête frôlait le plafond. L'endroit n'avait été transformé en logement que lors de la rénovation du bâtiment par les services de l'habitat. La présence de lucarnes et l'isolation les avaient convaincus qu'il n'y avait aucune raison de laisser à l'abandon le corridor vide du dernier étage. Un peu de plâtre et des cloisons en avaient fait un minuscule studio facile à entretenir.

Mais les lucarnes dispensaient une lumière implacable. Iain se redressa dans un tourbillon de fumée visqueuse et suffocante.

Ses yeux le brûlaient. Quand il les ferma, il eut l'impression qu'il coulait et tourna de l'œil, se rattrapant de justesse avant de tomber.

Zzzzzzzzzb.

Merde merde merde.

Les mains tendues devant lui comme une momie de série B, il chancela jusqu'à la fenêtre et l'ouvrit. Le vent des collines s'engouffra dans la pièce, chassant la fumée dans les coins et l'avalant vers la fenêtre. Iain recula jusqu'à l'interphone à côté de la porte.

— Qui est là ?

— Iain ? C'est Murray.

— Murray qui ?

Un instant d'hésitation.

— Murray qui ? Quel putain de Murray tu crois que c'est, connard ?

Aye, bien sûr. Iain appuya sur le bouton et le laissa entrer. Il attendit à la porte pour éviter de devoir y revenir.

Murray. Elle était bien bonne.

Il était content que Murray ne soit pas passé hier, content que ce soit aujourd'hui. Murray n'aimerait pas la fumée, ça c'était certain, mais aujourd'hui, Iain serait capable de le regarder dans les yeux. Parce que avec la nuit, et les longues heures à enchaîner les cigarettes, il était arrivé à encaisser la vérité de ce qui s'était passé hier : il avait tué cette femme. Rien ne pouvait venir adoucir la chose, pas d'histoire passée à quoi se raccrocher en guise de justification. Quand il l'avait vue crier et se mettre à courir, il l'avait violemment frappée à la tête. Point.

Violemment frappée à la tête. Iain comprenait où il se situait dans cette histoire sans début ni fin, et il savait que c'était à cause de Sheila qu'il avait tant de mal à s'en remettre. Il était le méchant qui frappait les femmes à la tête, et son passé pitoyable n'arrangeait rien. Son enfance malheureuse et ce qu'il venait de faire : les pièces de deux puzzles différents. Nombreux étaient ceux qui avaient connu pire. Murray avait connu pire. Et cette douleur qu'il avait dans la poitrine, ce n'était pas elle. C'était lui qui refusait bec et ongles de tout admettre. Mais maintenant, il l'admettait, et il se sentait plus en paix. Peut-être qu'il n'était qu'une grosse merde, mais au moins la grosse merde ne mentait pas.

Une rafale de coups s'abattit contre la porte. Iain l'ouvrit. Moite et hors d'haleine après les six étages qu'il venait de monter, Murray bascula dans la pièce, agitant les mains et pestant contre la puanteur de l'air. Il alla ouvrir la fenêtre en grand.

— Putain de merde, ça schlingue ici !

Iain avait du mal à bouger, les muscles raidis par la nuit, les cigarettes, le manque de sommeil, mais voir Murray battre l'air le fit sourire.

Murray était l'ami d'enfance de Iain, et telle était son histoire : il avait couché avec une fille, laquelle était tombée enceinte, d'un bébé qu'elle avait prénommé Lea-Anne. Puis elle était partie pour Bristol vivre avec un homme rencontré sur internet, laissant la petite à Murray.

Lea-Anne avait été l'épreuve qui avait forgé leur caractère à tous.

Murray l'emmenait lorsqu'il allait rendre visite à Iain en prison quand elle était encore bébé, puis un peu plus tard, quand, toute petite et rondouillette, elle mâchouillait le côté de la table, et puis plus tard encore, avec ses robes à froufrous de fillette plus jolie qu'elle. Iain le bon à rien en était gaga, un tonton gâteau qui servait d'exemple à ne pas suivre. La mère de la mère, Eunice, et celle de Murray, Annie, étaient devenues copines comme cochons. Et à partir de ces lambeaux épars, Murray avait bâti une famille, un rempart autour de l'enfant. Lea-Anne grandissait sans avoir la moindre raison de douter qu'elle était le pivot absolu de toutes les existences autour d'elle. Ils œuvraient tous pour le même miracle, réparant l'indignité de leur propre enfance en s'assurant qu'elle ne manquait de rien.

Murray le dévisageait.

— Qu'est-ce que tu branles à fumer ?

Iain haussa les épaules.

— Je fume…

— Eh ben arrête, lui ordonna Murray.

Iain ne sut que répondre. Murray avait raison, si bien qu'il se contenta d'un :

— D'accord, j'arrête.

L'affaire réglée, Murray agita de nouveau la main devant lui, mais avec le vent, la pièce n'était plus si enfumée. Il cherchait simplement à se donner une contenance.

— Où t'étais passé hier ?

Iain ne voulait pas parler de la matinée.

— Tu te souviens de Susan Grierson ?

— Non.

Murray donna un petit coup de pied dans une assiette sale qui traînait par terre.

— C'est le boxon ici, fit-il.

— Celle qui faisait les scouts dans le temps. Elle était partie en Amérique ?

— Désolé, je vois pas.

— Ben elle est revenue. Je l'ai croisée.

— Ben, vu que je vois toujours pas de qui tu causes, je pige pas pourquoi tu me racontes cette histoire.

Il n'était pas de très bonne humeur.

— Qu'est-ce qui t'arrive ?

Murray se laissa tomber sur le bord du lit.

— Tommy Farmer est venu nous voir là-bas, l'enfoiré. Il traînait, il attendait qu'on sorte du Sailor's.

Quand il leva la tête, les yeux rougis, Iain eut l'impression que ses poumons se changeaient en pierre.

— T'es au jus ? risqua-t-il.

Iain cherchait le dégoût sur le visage de Murray. Il serait furieux d'apprendre que Tommy avait dit quelque chose, ou l'avait simplement suggéré. Mais il ne vit que la peur.

— Mark est en balade.

Le menton de Murray se tendit.

— Il est à Barcelone.

— Non, fit Iain en s'asseyant à côté de lui. Non, Murray, ça ne veut pas dire ça. C'est clair, mec. Ça n'arrivera pas.

— C'est comme si Tommy l'avait dit pourtant…

— Murray !

Iain posa la main sur la sienne. La peau contre la peau, une intimité gênante. Tous les deux reculèrent en grimaçant. Iain replia ses doigts dans sa paume.

— Non, non, non, fit-il, apaisant, rassurant. C'est… j'ai réglé la dette avec Mark. C'est bon. Tout est arrangé.

Murray devait cinq mille livres à Mark. Il aurait déjà dû tout rembourser. Il avait prévu de reprendre une hypothèque sur le pub, quand il aurait rouvert, mais les travaux n'en finissaient plus. Murray avait eu droit à un ultime avertissement, mais Iain avait liquidé la dette. Murray était tiré d'affaire.

Connaissant Mark, connaissant Iain, Murray eut l'air effaré.

— Quoi ? fit-il.

Iain émit un petit bruit entre ses dents.

— Rien, mec, rien.

— Iain, qu'est-ce que t'as fait ?

Voix aiguë, air coupable.

— Rien.

Mais Murray n'était pas né de la dernière pluie et cinq mille livres, c'était une putain de somme. Il savait que Iain avait fait quelque chose, quelque chose qui valait cinq mille. Murray était bouleversé, effrayé pour Iain, à deux doigts de pleurer, il bafouilla :

— Iain ? T'as fait quoi, putain ?

— J'ai rien fait.

Il avait dit ça d'une voix si stridente et étranglée que ça rappelait les petits garçons peureux qu'ils avaient été, ceux qui se cachaient dans les fossés boueux pour échapper aux plus grands, aux garçons qui avaient des pères et des frères, aux garçons qui avaient de quoi manger sur la table du dîner et des draps dans leur lit.

Le vent âpre des collines qui tournoyait au-dessus de leur tête leur fit courber le dos.

Murray se mordit violemment la lèvre pour s'empêcher de pleurer. Iain lui avait arrangé le coup, il l'avait mis hors de danger, et les mots lui manquaient pour exprimer ce qu'il ressentait. Iain comprenait. Depuis toujours il comprenait Murray. Dans leur famille en lambeaux, Iain avait les muscles et le courage, et Murray le grand cœur. Iain savait ce qu'il ressentait.

Il hocha la tête, encourageant.

— Ça va ?

— Oh mec…

— Tu sais bien ? Pour la poulette.

Murray secoua la tête. Il était triste, il ne voulait pas que ça se passe comme ça, la sécurité financière pour Lea-Anne, l'équitation pour Lea-Anne, peut-être un collège privé quand le temps serait venu. Il murmura :

— T'as foutu le feu quelque part pour lui, Iain ? Ne fais pas ça. Ils te foutront à Carstairs pour ça, mec.

Iain se leva d'un bond, réveillant la douleur dans son dos qui l'obligea à se pencher sur le côté, un œil fermé.

— Wow, bon Dieu de merde. Non. Pas de feu, mon pote. Juste… Putain, je morfle.

Murray se leva.

— Tu t'es fait mal au dos ?

— Je sais pas comment je m'y suis pris.

Il désigna la porte à Murray.

— Fiche-moi le camp maintenant, d'accord ? J'irai m'assurer que tout est réglé avec Petit Paul.

Murray ouvrit la porte et resta là, les yeux sur Iain. Il voulait parler, dire merci ou autre chose, mais aucun des mots qui lui venaient n'était assez fort.

— J'avais un badge pour le oui quand Tommy m'a vu.

— T'en fais pas pour ça. Tommy aussi est pour le oui.

Murray acquiesça.

— Je sais, mais tu crois qu'il nous balancera à Mark ?

— Non, répondit Iain. Il a trop peur que Mark apprenne pour lui.

— T'es inscrit ?

— *Aye*, mentit Iain.

— T'es un oui ?

— Évidemment.

— C'est pour les mômes. Pour leur avenir.

— D'accord.

— D'accord.

En s'éloignant vers la porte, Murray pointa le doigt vers le nez de Iain.

— Et ne fume pas.

— Je fumerai plus.

— T'es un type bien, Iain, fit Murray.

Il ne lui avait jamais dit quelque chose comme ça. Iain eut envie de pleurer.

— Non, je suis pas un type bien. Allez, file.

Refermant la porte derrière Murray, Iain écouta ses pas qui s'éloignaient. La douleur dans son dos était lancinante. Il ferma les yeux et vit Murray devant un banc d'église aux obsèques de Sheila, deux rangs derrière, son petit signe de la main. Iain n'était pas un type bien. Il ne méritait rien dans cette vie.

Ils avaient fait rouler son corps par-dessus bord. L'eau s'était repliée doucement autour d'elle et ils avaient regardé, incapables de voir quoi que ce soit à plus de quinze centimètres de la surface. Iain l'avait imaginée tombant dans le noir vers les profondeurs du loch pour aller tenir compagnie aux débris de bateaux vieux de mille ans, aux canettes de bières et aux langoustines.

La peau de sa main était sèche et tendue, tachée d'eau ensanglantée. Pour ôter le sang sur un tissu : du sel, de l'eau froide et on laisse tremper. Un conseil que Sheila lui avait donné alors qu'il était en train de basculer vers l'âge adulte sans savoir qu'en faire : quand une fille devient femme, disait-elle, comme si Iain était une fille, la première chose qu'elle apprend, c'est à se débarrasser du sang sur ses vêtements.

Une bassine d'eau par terre dans leur vieille salle de bains. Du carrelage vert, de ce même vert que la mer après l'orage. Il y avait une couche blanchâtre à la surface, des cristaux de sel s'agglutinant en nuages mouvants qui cherchaient à tâtons les bordures. Le tissu gonflé d'eau des sous-vêtements de Sheila. Le sel dissout le sang. Il avait eu un léger mouvement de recul. Il ne comprenait pas pourquoi elle avait du sang dans son pantalon. Il l'avait appris plus tard, bien sûr, mais pas à ce moment-là. Il se posait la question maintenant : avec un traumatisme crânien, aurait-elle été capable de se rappeler comment se débarrasser du sang ? Il n'en savait rien. Mais donner à son fils des conseils concernant les règles, ça suggérait en un sens qu'elle avait un truc au cerveau. De fil en aiguille, il en revint à Susan Grierson.

Quand Susan Grierson avait voulu lui apprendre à manœuvrer une voile, il n'avait même pas essayé. Elle lui avait pris le bras : ne t'en fais pas, tu as d'autres soucis, profite juste de l'eau. Susan voulait qu'il la trouve gentille et bonne. Mais Iain regimbait parce qu'elle essayait trop. C'était le seul pouvoir qu'il avait à l'époque : dire non.

Il songea à Susan Grierson maintenant, partie outre-Atlantique pendant vingt ans et à nouveau échouée ici comme du bois flotté desséché par le sel. Où était-elle passée pendant tout ce temps ? Pas à Chicago, ça au moins ils en étaient sûrs. Dans le temps, Iain se fichait de savoir qui elle était, et il n'en savait pas plus sur elle aujourd'hui, mais il savait qu'elle avait changé. La Susan Grierson de l'époque n'aurait pas acheté d'un coup trois grammes de cocaïne. Elle n'aurait pas habité une maison poussiéreuse, ni attendu devant un marchand de journaux. Elle n'aurait pas non plus sorti un sac en plastique plein de biscuits. Tout dans son comportement était bizarre. Peut-être que celui de Iain ne valait pas mieux. Peut-être que c'était juste l'effet que le temps avait sur les gens, le temps passé dans l'eau.

Il se sentait plus léger quand il ouvrit les yeux, affaibli physiquement mais les idées claires. Il allait se rendre chez Mark Barratt et demander à Petit Paul de lui confirmer, pour Murray et le Sailors's. Juste pour être sûr.

18

Pas facile pour Morrow et McGrain de rencontrer les flics du coin. Le poste de police était fermé à clé. Ils frappèrent énergiquement contre la porte afin qu'on vienne leur ouvrir, mais personne ne répondit. Le numéro qu'ils avaient donnait directement sur un répondeur. Ils finirent par appeler le poste de London Road pour qu'ils demandent, *via* la ligne intérieure, qu'on les laisse entrer. Un peu partout dans le pays, les postes de police fermaient pour faire des économies. L'accueil du public était de plus en plus rare. Des guichets avaient été installés aux urgences des hôpitaux, dans les supermarchés ouverts vingt-quatre heures sur vingt-quatre, des unités mobiles étaient garées près des rues animées le soir aux heures de fermeture des bars. Mais, pour Morrow, tout ça n'avait rien à voir avec un vrai travail de police. Pour maintenir l'ordre, il fallait faire partie de la communauté.

Un type grincheux en uniforme vint enfin leur ouvrir, se déridant à la vue de leurs badges et quand ils demandèrent à voir l'officier responsable. Il les fit patienter devant le comptoir de réception.

C'était un petit poste à l'ancienne. Tout à la fois pratique et pièce de musée, comme le reste de la ville.

Un comptoir haut en bois sombre faisait barrière entre les bureaux et la salle d'attente. Les murs étaient couverts des mêmes affiches qu'ils avaient à Glasgow. Alcoolisme. Cambriolages. Protégez-vous contre le vol ! Voisins vigilants. Pas de portraits robots ici, néanmoins, pas d'appel à la mobilisation du public, parce que le bureau n'était pas ouvert au public.

On avait prévenu Morrow du ratissage dans le comté d'Argyll and Bute. Six agents couvraient par roulement une très grande zone géographique, supervisés par un seul inspecteur, et équipés de deux voitures.

Le jeune homme en uniforme réapparut. Il les conduisit dans le bureau et les fit asseoir le temps de trouver sa supérieure, l'inspectrice Simmons.

La pièce était petite et encombrée. Trois bureaux disparaissaient sous des piles de feuilles, de formulaires, de fiches de congés et de dossiers en cours. Des cartons de documents étaient empilés contre un mur sous la fenêtre. Il n'y avait visiblement personne d'autre dans le bâtiment. Sur l'écran d'un ordinateur, au fond, une partie de solitaire attendait qu'on vienne la finir. Juste à côté : un tas de paperasse. Discipline douteuse.

L'agent en uniforme revint, sa supérieure derrière lui.

L'inspectrice Simmons était une femme au visage alerte. Cheveux courts, coupe stricte, lèvres pincées. Sa jupe et son chemisier privilégiaient à tel point le côté pratique qu'on aurait dit qu'elle rêvait d'un uniforme. Elle vint à leur rencontre avec un grand soupir théâtral.

Morrow se leva, se servant encore une fois de sa taille pour impressionner, et tendit la main. Simmons la serra, trop fort.

— Que puis-je pour vous ? lança-t-elle, comme s'ils lui avaient déjà fait perdre beaucoup trop de temps.

— Nous aimerions vous poser quelques questions sur les environs, vous pouvez peut-être nous aider dans une affaire de disparition.

— Pourquoi ?

— La personne disparue a appelé un habitant d'ici depuis le champ d'Halliday.

Simmons fronça les sourcils.

— Et ça se trouve où ?

— Peut-on parler dans votre bureau ?

Une petite pièce, ordonnée, des cartons empilés comme des briques sous la fenêtre. Simmons expliqua à Morrow qu'une fuite à l'étage les avait contraints à n'utiliser pour l'instant que la moitié de la surface des locaux. Elle s'exprimait comme un bleu à son premier témoignage devant la cour : précise, verbeuse, débit boiteux.

Morrow laissa tomber son sac à main ouvert à côté d'elle, manquant de le renverser, consciente que Simmons n'approuverait pas – Protégez-vous contre le vol ! –, et s'avança vers une carte de la région punaisée au mur.

— Nous sommes à la recherche d'une femme qui a disparu.

Elle lui tendit la photo de Roxanna au jardin botanique.

— La dernière fois qu'elle a décroché son téléphone, elle se trouvait sur cette colline-ci, à côté de la ferme Lurbrax. Une Ford Fiesta gris métallisé a été vue à proximité.

Elle pointa le doigt sur la carte.

— Le bureau du directeur est sur l'affaire et nous avons besoin d'un peu plus d'informations sur cet endroit. Vous connaissez un certain Frank Delahunt ?

Simmons contempla la carte et eut un long battement de paupières.

— Le directeur ?

Morrow n'avait pas ce genre de temps à perdre. Le directeur de Police Scotland était désormais le supérieur de tout le monde, mais les vieilles habitudes, divisions, factions et ressentiments locaux, avaient la vie dure. Personne n'était content, personne n'aimait changer. Des gens bien avaient été virés, des cons avaient été promus et tous le reprochaient au directeur, surtout ceux qui ne l'avaient jamais vu.

Morrow se pencha vers elle, agressivement.

— On peut avancer ?

Simmons était un gros poisson dans le coin et elle n'appréciait pas qu'on lui tienne tête. Elle recula, sur la défensive.

— « Police Glasgow », on l'appelle par ici.

— *Aye*, bon, moi j'appelle juste ça mon boulot, Simmons, et c'est ce que je fais en ce moment : je bosse. On peut avancer ?

Quand Simmons s'assit, Morrow sentit la vague odeur âcre d'une tache blanche sur le côté de sa jupe. Simmons, qui l'avait sentie aussi, posa la main dessus. Son visage se durcit.

— Le directeur est un connard.

Morrow était sincèrement choquée.

— Eh oh, gaffe à ce que vous dites, là !

Simmons fut surprise de sa réaction de défi.

— Ben, c'est ce qu'on pensc tous, non ?

— Ce n'est pas ce que je pense moi.

— Vous l'avez rencontré ?

— Oui.

— Et vous n'avez pas pensé que c'était un connard ?

— Je viens juste de vous rencontrer et je pense que vous, vous êtes une sacrée connasse.

Elles se mesurèrent du regard.

De temps à autre, les agents assistaient à des formations sur des sujets particuliers. Souvent, on leur projetait de petits films où des comédiens leur montraient les choses à ne pas faire. Si on s'en tenait aux vidéos de formation sur la coopération inter-services, Morrow avait faux sur toute la ligne, elle en était tout à fait consciente. En se plaçant moralement au-dessus du lot, elle s'était jetée dans le vide, la tête la première. Scrutant le regard de Simmons, elle la vit réfléchir à la meilleure façon de remplir le formulaire de réclamation.

— Navrée d'avoir dit ça.

Simmons eut un minuscule mouvement de la cuisse qui attira son attention. Elle tapotait son genou du bout de son index, d'un geste lent et régulier. Morrow sourit malgré elle. Un tapotement destiné à éloigner du cœur une émotion de colère. Un exercice appris lors d'une formation en gestion de la colère à laquelle les agents étaient tenus d'assister s'ils avaient été mêlés à un certain type d'incident.

— Qu'est-ce qu'il y a de si drôle, putain ? demanda Simmons.

Morrow désigna sa main du menton.

— « Travailler en pleine conscience. » Ça vous aide ?

Simmons posa un regard accusateur sur sa main maintenant immobile.

— Parfois. Comment vous êtes au courant ?

— J'ai assisté à cette formation deux fois.

Simmons regarda la main de Morrow.

— Vous ne pratiquez pas le tapotement ?

— Non. Ça me fait bouillir. Je suis désolée. J'ai du mal à gérer ma colère. C'est mon problème…

— *… pas le vôtre et je m'excuse pour mon comportement à votre égard.*

Simmons termina le mantra du cours à sa place.

Elles se détendirent toutes les deux.

Simmons désigna la tache à l'odeur âcre sur sa jupe.

— Ma mère…

— Elle ne va pas bien ?

Simmons eut un léger haussement d'épaules.

— J'ai des jumeaux, confia Morrow. Treize mois.

Simmons l'examina de pied en cap pour en trouver des indices, sans rien voir. Laissant tomber son manteau dans son dos pour découvrir ses épaules, Morrow se tourna pour lui montrer une balafre de vomi laiteux sur son épaule.

Simmons sourit et se radoucit.

— Bon, de quoi avez-vous besoin ?

Morrow pointa un doigt sur la carte.

— De quelles informations disposez-vous sur cet endroit ?

— Aucune.

— On ne le connaît pas sous le nom de champ d'Halliday ?

— Pas que je sache.

— Et vous êtes ici depuis combien de temps ?

— Huit ans. Que vous faut-il d'autre ?

— Un avocat du nom de Delahunt…

Simmons détourna la tête.

— Frank Delahunt. Un avocat qui n'exerce plus. Une vieille fortune de la région. Il sert de couverture au truand du coin. Crée des sociétés bidon et les liquide.

— Il les liquide ?

— Vous savez, pour brouiller les pistes quant à l'origine de l'argent.

— Je vois.

Morrow nota dans un coin de sa tête de s'intéresser plus tard au mode opératoire de Delahunt.

— Et qui est le truand du coin ?

— Mark Barratt. Un ancien tapissier en ameublement qui tout d'un coup s'est mis à rouler sur l'or ; mais il fait profil bas. Que demande le peuple, hein ?

Morrow songea à Danny pour la première fois depuis des heures. Réalisant qu'il était peut-être mort entre-temps, elle en ressentit une étincelle d'espoir. Elle se détesta aussitôt.

— Comment Barratt s'y prend-il pour rester discret ?

— Il s'arrange pour que tout le monde y trouve son compte. Ne met pas vraiment les mains dans le cambouis. S'il se trame quelque chose, il s'en va. Oh…

Une idée lui était venue à l'esprit.

— Quoi ?

— Barratt est justement parti.

— Alors il se pourrait que sa clique soit impliquée ?

— Peut-être.

Morrow désigna de nouveau la carte.

— Elle est originaire de Madrid, vit à Londres, est soupçonnée de trafic de cocaïne depuis Barcelone…

Simmons leva la main pour l'interrompre

— C'est…, fit-elle en acquiesçant d'un signe de tête. Barratt. C'est la connexion. Il est tout le temps fourré là-bas. Beaucoup d'argent. On sait que ça vient de lui, mais on ne peut encore rien prouver.

— D'accord. C'est peut-être comme ça qu'ils se connaissent. Elle vient de s'installer en Écosse et connaît apparemment ce champ sous le nom de champ d'Halliday, mais personne d'autre n'en a entendu parler. Et la Ford Fiesta ?

Simmons eut l'air sceptique.

— Gris métallisé ? Pas d'immatriculation ?

— Non, je sais, fit Morrow d'une voix désespérée, il y en a des millions. Gardez un œil ouvert, cela dit.

Le téléphone de Simmons sonna. Elle regarda Morrow avant de décrocher. Dit bonjour, écouta, acquiesça en silence et pâlit. Elle annonça qu'elle serait là dans vingt minutes et raccrocha.

— Inspectrice Morrow, fit-elle d'une voix formelle en se levant, et, comme si elle lui faisait un rapport, elle annonça : Le corps d'une femme vient d'être repêché dans le loch Lomond. Elle n'y a pas passé beaucoup de temps.

19

Iain avançait dans la rue, tête baissée, longeant les murs à l'arrière des maisons. Sa poitrine pesait quand il respirait. Comme alourdie par des pierres. Il entendait presque ses côtes qui se tendaient et s'écartaient pour gonfler ses poumons. Une voiture passa lentement à sa hauteur, un 4 × 4, noir, vieux, carré. Il se gratta le front pour se couvrir le visage. Mark n'aimait pas qu'on vienne chez lui, mais Iain n'avait pas le choix.

Il approchait du portail. Un grand portail en acier dans lequel se découpait une porte plus petite. Il se savait observé. Chacune des deux caméras de surveillance rondes juchées sur les murs d'enceinte du jardin offrait une vue à 180 degrés de la rue. Les deux fois où il était venu, Mark avait fait tout un cirque pour démontrer à quel point la maison était impénétrable. Il montrait probablement la salle de surveillance vidéo et les détecteurs de présence à tout le monde, histoire que ça se sache.

À son approche, la petite porte se détendit sur ses gonds. Iain la poussa et entra.

Une cour pavée avec triple garage sur la gauche, de petites annexes sur la droite. Dont une salle pleine d'équipements de musculation. Mark ne faisait pas de musculation. Peut-être qu'il en avait eu l'intention quand il avait fait aménager la pièce, Iain ne savait pas. En tout cas, il aimait la montrer à ses gars, en même temps que le sauna. Un grand sauna pour huit personnes. Qui n'avait visiblement jamais servi. Le bois du banc avait l'air encore râpeux.

Petit Paul sortit de la remise au fond du terrain.

— Qu'est-ce que tu fiches là ?

Il avait la voix si flûtée que c'en était comique, mais personne ne se moquait, parce que Petit Paul était un chic type et qu'il était apparemment plutôt doué de ses poings. C'était sa réputation en tout cas, même si Iain ne l'avait jamais vu frapper personne.

En s'avançant vers lui, Iain avisa le bracelet « oui » à son poignet.

— Qu'est-ce que tu fous avec ce machin ? fit-il.

Paul haussa les épaules et sourit.

— Mark est pas là, si ?

Ils entrèrent. La pièce était petite, récemment rénovée mais presque vide. Juste une chaise et une table équipée d'un grand écran d'ordinateur diffusant les images de toutes les caméras installées sur la propriété. Sur un autre écran, les détecteurs de présence dessinaient un quadrillage de lignes rouges continues.

Il faisait très froid. Les murs de ces vieux bâtiments faisaient parfois trente centimètres d'épaisseur. Le froid s'insinuait à travers le placo et le carrelage noir verni.

Refermant la porte derrière eux d'un geste ferme, Paul se retourna vers Iain. D'un geste du menton vers sa poitrine, il voulut savoir s'il portait un micro.

Agacé, Iain ôta à contrecœur son pull-over et son T-shirt qu'il lança sur la table, avant de défaire sa ceinture et sa braguette pour laisser tomber son jean sur ses chevilles. Il leva ensuite les bras, afin que Paul puisse bien tout voir.

— Portable ?

— Je l'ai laissé chez moi.

Paul le dévisagea d'un air sceptique. Ça faisait un peu gay d'être là, comme ça, en calcif sous le regard scrutateur de Paul. Peut-être parce qu'ils étaient presque collés l'un à l'autre, à cause de la taille de la pièce. Ou parce que Petit Paul n'arrivait qu'aux tétons de Iain, ou bien parce qu'ils étaient seuls. En tout cas, ça faisait un peu gay. Alors ils furent bien contents d'en finir. D'un signe de tête, Paul indiqua à Iain qu'il pouvait se rhabiller. Son pantalon remonté, Iain récupéra son T-shirt et son pull qu'il enfila, content d'en sentir encore la chaleur contre sa peau.

— Alors ? fit Paul.

Iain se pinça le nez.

— J'ai réglé ce truc.

— On sait, dit Paul. Pas besoin de venir ici pour me l'annoncer.

— Écoute, fit Iain, c'est moi qui l'ai réglé.

Il désigna la maison du pouce.

— Il a dit que Murray n'aurait plus de soucis si je le faisais, ajouta-t-il. Et je l'ai fait.

Partant toujours du principe qu'ils étaient écoutés par quelqu'un quelque part, Paul ne dit rien et haussa les épaules, l'incitant simplement d'un grommellement à développer.

— Murray a rencontré un ami à nous hier. Il est *inquiet*. Mais tout est réglé, fit Iain.

Paul acquiesça une première fois en regardant le sol. Puis une deuxième fois en regardant l'écran. Il se tourna vers Iain.

— On s'occupera de tout ça, dit-il en désignant la maison, ce qui voulait dire : au retour de Mark.

« S'occuper de tout ça » signifiait que Mark allait devoir intervenir. « S'occuper de tout ça » signifiait qu'on n'avait pas encore décidé si Murray était tiré d'affaire.

— T.

Iain jeta des regards paranoïaques autour de la pièce. Il n'aurait pas dû dire ça. Paul le fusilla du regard. Iain acquiesça d'un signe. Il savait qu'il venait d'enfreindre une règle. Il tendit les mains devant lui, écartées d'un mètre environ comme s'il mesurait Tommy.

— T. faisait le planton devant le Sailor's, finit-il tout de même par dire.

Paul fit semblant de ne pas comprendre où il voulait en venir.

— La ville est petite. Les gens se croisent.

— C'était pas un hasard, insista Iain, désespérément.

— Bon..., fit Paul en haussant les épaules.

Il n'avait pas envie de poursuivre. Iain savait que Paul pouvait sentir qu'il était à bout, fatigué et paumé. Paul ébaucha un sourire et c'était parti.

Sans se soucier de leur auditoire invisible, Iain saisit Petit Paul par le col de son sweat-shirt à capuche et le hissa sur la pointe des pieds.

— J'ai réglé la chose, lui murmura-t-il à l'oreille. C'est fait, tout est réglé.

Il se détendit et reposa lentement Petit Paul sur ses deux pieds.

Le hic, c'était que Petit Paul adorait jouer les durs à cuire. Il n'avait rien d'autre, en fait. Il n'était pas beau gosse comme Iain, ni malin comme Tommy, et il n'avait pas les talents de tapissier de Mark. Il était petit, il avait une voix de fillette et il n'était même pas bon au football ou au billard. Il n'avait rien à afficher sinon son statut. Alors l'insulte d'avoir été soulevé du sol par un grand type patibulaire le vexa plus que ça aurait vexé un type plus grand. Il en perdit les pédales.

Se dressant sur la pointe des pieds, conscient du côté humiliant de la posture, il murmura à l'oreille de Iain :

— T. dit que c'est lui qui a tout fait.

Reculant d'un pas, il guetta la réaction de Iain. Iain secoua la tête.

— C'est faux.

Paul leva les bras et hocha la tête. Ça n'était plus de son ressort. Il allait falloir attendre le retour de Mark.

— C'est faux, insista Iain.

Paul haussa de nouveau les épaules, les mains devant lui. C'était sa façon de demander à Iain ce qu'il attendait de lui. La parole d'un homme contre celle d'un autre. Comment il pouvait trancher, hein ?

Iain désigna le sol à un endroit où il était vide, comme s'il y avait un troisième larron.

— Il ment.

Il pointa le doigt vers lui.

— C'est réglé.

Il ferma le poing et le brandit vers Petit Paul.

— S'il se passe quoi que ce soit avant…

Petit Paul considéra le mur de phalanges devant lui. Il avait peur, ça se voyait.

— Règle ça, fit Iain.

Paul désigna de nouveau la maison. Ils s'en occuperaient au retour de Mark.

— Après-demain.

— Sept heures quinze ?

— Bien sûr. Il n'y a qu'un vol par jour. Tu y vas toujours ce soir ?

— Où ça ?

— Au dîner dansant. Aux Victoria Halls.

Mark leur avait donné l'ordre de s'y rendre. Paul était en train de demander à Iain s'il faisait ou pas partie de l'équipe de Mark.

— Ouais, j'y vais. Bien sûr que j'y vais.

— Tu ferais bien de rentrer te faire beau, alors. Ça commence dans deux heures.

— *Aye*.

Iain avait le souffle court de nouveau. Il fallait sans doute qu'il réponde quelque chose.

— Tu te prépares ?

— *Aye*, fit Petit Paul. Je vais pas tarder. On se voit là-bas.

— Paul, mon gars, à ta place, j'oublierais le bracelet.

Paul baissa le regard.

— Tout le monde est au courant de toute façon.

— Sauf Mark.

Paul haussa les épaules et lui fit signe de dégager.

Iain franchit la petite porte découpée dans le portail et repartit par le même chemin qu'il avait emprunté à l'aller. Tommy avait dû croiser Paul, peut-être dans la rue, plus probablement à la salle de billard Snooker Q. Il avait dû le croiser et lui affirmer sans ciller que c'était lui, Tommy, qui avait tout réglé. À moins qu'il se soit montré plus subtil. Qu'il l'ait juste suggéré. Qu'il ait laissé planer le doute. De toute façon, c'était scandaleux.

Iain se doutait que Tommy était peut-être un peu un enfoiré, mais il ne le croyait quand même pas capable de tirer la couverture à lui comme ça. C'était abject. Il lui en glisserait deux mots au dîner dansant, devant Petit Paul, comme ça tout le monde saurait. Sale con.

20

On aurait dit l'entrée d'une prison de haute sécurité à Brigadoon, ce village de fiction dans les Highlands qui n'apparaissait qu'un jour par an. Le portail du golf, en forme de croix de Saint-André, était flanqué de piliers en grès couronnés de chardons sculptés. Il y avait un interphone poteau à côté d'une petite guérite grise et des caméras partout.

Derrière toute cette sécurité, cependant, à l'abri des regards indiscrets, on apercevait de charmantes petites maisons victoriennes à travers les arbres impeccablement entretenus.

Le soleil descendait sur le loch Lomond, une douce lumière rosée se posant sur la neige des sommets. En bonne citadine plus habituée aux montagnes écossaises sur les boîtes à biscuits, Morrow eut envie de caramels.

McGrain s'arrêta au portail derrière Simmons. Baissant la vitre de sa portière, l'inspectrice s'annonça dans l'interphone et montra son badge. Les battants du portail s'ouvrirent dans un ronronnement. Les deux voitures avancèrent au pas le long d'une allée droite bordée de grands arbres.

Au bout, un portier en blazer empêchait l'accès au parking devant le club-house. Il fit signe à Simmons, lui dit quelques mots et lui indiqua de poursuivre sa route d'un geste agressif. La vitre remonta, la voiture obliqua vers la droite et le téléphone de Morrow sonna. C'était Simmons.

— Suivez-moi. C'est par ici.

Le portier leur désigna la voiture de Simmons avec un regard mauvais.

— Ce monsieur ne semble pas particulièrement reconnaissant pour notre aide.

Mais Simmons ignora le sous-entendu plein de camaraderie policière.

— Il ne veut pas qu'on nous voie. Ils ont été obligés de fermer le golf, dit-elle.

Elle raccrocha. Elle avait d'autres appels à prendre.

Ils roulaient sur une route goudronnée impeccable, croisant çà et là des voies secondaires. C'était un golf de réputation internationale, même Morrow en avait entendu parler. L'argent ici coulait à flots, c'était certain. Aucun brin d'herbe ne dépassait de la pelouse d'un vert uniforme, les arbres étaient taillés et symétriques. Même les poubelles étaient entourées de haies parfaites. La voiture de Simmons tourna en direction d'un bois. Morrow et McGrain la suivirent jusqu'à une clairière où des monticules de sable jaune de trois mètres bloquaient la vue côté loch.

Simmons était descendue de voiture et les attendait.

— Qu'est-ce qui se passe ? demanda Morrow avec un signe de tête.

Simmons avait hâte de rentrer chez elle, Morrow reconnaissait ce genre de nervosité. Elle ne finissait pas ses phrases, comme si ça allait leur permettre de déguerpir plus vite. Un jardinier du domaine, parti en bateau nettoyer le loch le long du terrain de golf. Deux pieds coincés dans une branche. Des flics du coin sortis en bateau pneumatique. Périmètre bouclé. Jardinier raccompagné. Il habite là-bas. Elle désigna une petite maison coquette derrière un magnolia. La Scientifique et les types du labo de Glasgow sont en route.

— Le jardinier a donné l'alerte il y a combien de temps ?

Simmons consulta sa montre.

— Une heure environ. Il est sous le choc. Il a essayé de l'attraper au crochet, il croyait que c'était un mannequin en cire. La tête est salement abîmée. Les flics disent qu'elle a le visage ici.

Elle fit glisser la main sur son épaule puis, comme rebutée par l'idée, tourna les talons et s'éloigna.

Morrow lui emboîta le pas sur un sentier sinueux tracé par les marcheurs entre les dunes, qui débouchait sur un petit embarcadère. Lequel servait visiblement peu souvent.

— Ça sert à quoi tout ce sable ?

— C'est pour les bunkers. Sur le golf. Et le truc gris qu'on voit derrière, c'est pour des travaux. Ils sont toujours en train de construire des conneries pour les touristes, par ici. J'ai entendu dire que maintenant ils installaient des douches-hammams et des jacuzzi dans des cabanes sans fenêtres qui servaient de porcherie.

Simmons désigna le bout de la jetée.

— C'est son bateau là-bas.

Une petite embarcation dansait sur l'eau. Une potence de treuil était installée à l'arrière, équipée d'une pince métallique pendue à une chaîne. La cabine était aussi étroite qu'un cercueil planté à la verticale. Vieux, défraîchi et fier, le *Sea Jay II* aurait pu servir d'inspiration à un dessin animé pour enfants.

Un bateau pneumatique gris de la police amarré derrière lui attendait Morrow et Simmons. Un agent qui se tenait sur la jetée leur tendit à chacune un gilet de sauvetage orange. Imitant Simmons, Morrow l'enfila, le boucla et monta à bord, en se calant sur tous les mouvements de sa collègue.

Elles s'assirent côte à côte sur un banc à l'arrière, les deux agents devant pour assurer une bonne répartition du poids. Le bateau démarra et s'avança doucement vers le milieu du loch avant d'obliquer vers la gauche.

C'était la première fois que Morrow montait à bord d'un bateau autre qu'un ferry. Le Zodiac avançait avec majesté sur le loch, lentement, pour limiter les remous créés par le moteur. Il ne fallait pas risquer de déloger une preuve.

Au loin, le crépuscule enveloppait les montagnes qui s'estompaient dans des lambeaux de brume, pareilles à des peintures sur un décor de théâtre. Longeant d'abord une grappe d'îlots près de la berge, tous d'une rondeur presque magique, ils arrivèrent ensuite dans la vaste étendue d'eau au large du loch. Lorsqu'ils tournèrent doucement vers la gauche, le bateau gîta légèrement. Morrow se raidit, une main sur le bord, droite comme une reine tenant le bras solide et caoutchouteux d'un courtisan. C'était si charmant, si victorien, qu'elle entendait presque le bruissement léger de la crinoline dans l'air.

Ils ralentirent à l'approche d'une petite île. À travers les arbres, elle aperçut un cygne aux plumes sales assis dans son nid. La berge était en briques de tourbe noire. Surprise, elle comprit que l'île était un décor artificiel.

— Ce n'est pas une vraie île ? demanda-t-elle à Simmons.

— Ici, rien n'est vrai. Il y a trop d'argent pour que quelque chose reste vrai.

Contournant lentement l'île, Morrow vit ce qu'elle était censée protéger. Le terrain de golf de Loch Lomond s'étendait devant eux sur une longue péninsule immaculée. Des hectares de velours vert aux ondulations parfaites, piqués de cratères de sable jaune. Les arbres au bord de l'eau étaient tous de hauteur identique.

Une fois le moteur coupé, ils se laissèrent d'abord flotter vers la berge. Puis les agents firent tourner le bateau à la rame, pour le placer parallèlement au rivage.

Simmons se leva, une main sur l'épaule de Morrow pour lui indiquer de rester assise. Toutes les deux tournèrent le regard vers la rangée d'arbres.

La morte était presque entièrement cachée, prise dans un enchevêtrement de racines et de branches souterraines qui plongeaient dans l'eau claire et glacée. Elle était sur le dos, bras en croix, jambes écartées, détendue comme si elle prenait un bain. Une blessure à la tête infligée par un instrument contondant. Sa tête avait pivoté sur le côté mais l'eau donnait presque l'impression que la distorsion était de la lumière réfractée. Pas de sang dans l'eau. Il pouvait s'être dilué, mais elle avait probablement été tuée ailleurs, ce qui était embêtant. Car cela voulait dire qu'ils n'avaient pas de scène de crime, et beaucoup moins à se mettre sous la dent.

Les doigts de Simmons tremblaient. Ses genoux flanchèrent légèrement et elle se rassit à côté de Morrow pour cacher sa détresse. Croisant les mains, elle détourna la tête pour que personne ne voie à quel point elle trouvait la scène insoutenable. Morrow apprécia, la compassion viscérale était rare à leur niveau.

Morrow se leva à son tour. La morte était rondouillette. Elle portait un jean de maman. Elle était déchaussée mais Morrow remarqua la couture d'un collant sur le dessus de ses orteils. L'eau avait fait virer au gris transparent le T-shirt en coton blanc. Elle portait en dessous un soutien-gorge blanc tout-terrain à bretelles industrielles. Trop petite, trop boulotte. Ça n'était pas Roxanna.

— Ce n'est pas la mienne, dit-elle.

D'une tape dans le dos, Simmons lui fit signe de se rasseoir pour la laisser se lever de nouveau. Mais au même instant, l'arrière du bateau dériva le long du corps. Ça dépassait de la poche avant du jean. Un ruban. Une boucle jaune avec des lettres rouges.

— Non, fit Morrow en repoussant la main insistante de Simmons.

Elle se tourna vers les agents à la manœuvre.

— Faites demi-tour. Ramenez-moi vers elle.

S'aidant de la rame, les agents firent pivoter le bateau.

Le ruban dans sa poche était en fait un cordon, de ceux qu'on porte autour du cou pour tenir un badge d'identification. Un ruban jaune imprimé de minuscules échelles rouges. Assur' Acc6dents.

— C'est elle ? s'enquit Simmons.

— Non, répondit Morrow, mais c'est lié, je crois.

Elle adressa un signe de tête à l'agent qui tenait la rame.

— Vous pourriez dire à quel endroit elle a coulé ?

— Tout dépend du temps qu'elle a passé dans l'eau.

Morrow examina la couleur de sa peau. Elle n'avait même pas encore gonflé et ses genoux n'étaient pas raides.

— Je dirais pas plus d'une journée ?

Il scruta de nouveau le corps, l'enchevêtrement des racines sous l'eau. Puis se tourna vers le loch.

— Eh bien, c'est une journée tranquille, pas beaucoup de bateaux, pas beaucoup de houle. À vue de nez, je dirais là-bas, dit-il en désignant l'étendue d'eau immobile.

— Pas loin alors ?

— Non, dit-il. Vraiment pas loin. Si ça avait été un week-end ou avec le passage du ferry, ça aurait été différent. L'eau aurait été beaucoup plus agitée. C'est très profond par endroits mais là-bas seulement.

Il pointa alors le doigt vers les montagnes.

Celui qui avait fait ça l'avait abandonnée pile au mauvais endroit. Ça ressemblait davantage à une bourde qu'à une tentative volontaire d'exposition du corps. L'endroit était plutôt perdu.

— Qui l'a trouvée là, m'avez-vous dit ? demanda-t-elle.

— Un jardinier du domaine.

Simmons se rassit et baissa la voix.

— Il sort de prison.

— Condamné pour quoi ?

— Détention de stupéfiants. Il est toujours en conditionnelle. Mais c'est un brave type. Tout le monde en ville connaît sa mère et l'apprécie. Elle est au comité du festival des Fleurs. Mme Cole.

« Brave type » était sans doute synonyme de « classe moyenne », à Helensburgh.

Le Zodiac repartit avec la même atroce lenteur. Après avoir contourné l'île où nichait le cygne, ils prirent un peu de vitesse et approchèrent de l'embarcadère d'où ils étaient venus.

Un des agents attendait dans une clairière avec le jardinier qui avait découvert le corps. Il devait avoir dans les quarante ans, casquette de base-ball rouge, salopette cirée jaune et pull-over en tricot vert.

À l'autre bout de l'embarcadère, près des dunes, McGrain guettait son arrivée.

— Madame, lui cria-t-il en désignant les dunes. J'ai trouvé la scène du crime !

— Putain de bon Dieu, merci ! marmonna Morrow. Simmons, vous pouvez m'attendre ici et indiquer le chemin aux gens de la Scientifique et du labo ? Je veux parler au jardinier.

— Bien sûr.

— Et qu'on prenne des photos de tout.

Morrow sauta lestement sur la jetée, avant de se débarrasser de son gilet de sauvetage, qu'elle lança dans le bateau. Elle fit signe à McGrain de la rejoindre.

Andrew Cole, le jardinier, était anéanti. Il posa sur Morrow un regard terne et languissant : l'état de choc se manifestait parfois d'étrange façon. Il porta une main à sa joue pour se gratter, avec la lenteur tantrique d'un homme incapable d'intégrer ce qu'il venait de voir.

— Monsieur Cole, dit Morrow d'une voix douce en s'approchant, pouvons-nous aller chez vous ? J'aimerais vous poser quelques questions.

— Oui, murmura-t-il, la tête basse, les yeux masqués par la visière de sa casquette. Bien sûr.

Morrow et McGrain l'accompagnèrent d'un pas prudent le long de l'embarcadère. Il avançait lentement, traînait les pieds, le dos voûté.

Contournant un arbre, ils arrivèrent devant une minuscule villa de style géorgien aux murs jaunes, à la porte encadrée de colonnes doriques courtaudes, surmontées d'un toit en saillie. Plongeant la main sous son bleu de travail et dans la poche du pantalon qu'il portait en dessous, il en sortit une seule clé et ouvrit. Morrow ne connaissait pas les environs, mais elle trouva étrange qu'il verrouille sa porte.

Cole s'engagea dans un long couloir qui menait au salon, se laissa choir dans l'unique fauteuil et alluma une cigarette. Sans avoir à regarder, il tendit la main vers la cheminée et attrapa un cendrier vide qu'il posa sur ses genoux. Il aspira une grande bouffée et souffla la fumée par le nez.

— Vous la vouliez cette cigarette, hein ? fit McGrain.

Cole sursauta légèrement, comme s'il avait oublié qu'ils étaient là.

— Oh, fit-il doucement. Nous n'avons pas le droit de fumer sur le domaine. Ça peut conduire à un licenciement.

— Depuis quand habitez-vous ici, monsieur Cole ?

Il battit plusieurs fois des paupières avant de répondre.

— Cinq mois.

— Le logement est fourni avec le poste, ou vous êtes propriétaire ?

— C'est un logement de fonction.

Il ôta sa casquette, découvrant la marque rouge qu'elle avait laissée sur son front, et passa une main dans ses cheveux roux clairsemés. Posant la casquette sur un genou, il tira de nouveau sur sa cigarette. Le peu qu'il avait dit jusqu'ici suffit à Morrow pour sentir que Cole venait d'un milieu bien plus huppé que le sien.

Pendant qu'il fumait en silence, elle parcourut la pièce du regard. La pagaille n'était pas récente. Il n'avait pas apporté beaucoup de meubles : un fauteuil, une télé, une table d'appoint et des cendriers.

Il suffisait de regarder la pièce pour reconstituer la journée de Cole : un mug de thé au lait encore à moitié plein était posé par terre à côté de son fauteuil, un nuage crémeux coagulant à sa surface. Il traînait là depuis un moment. Par terre également gisaient deux assiettes empilées l'une sur l'autre, séparées par une demi-tranche de pain grillé. Une bouchée de sandwich était posée dans celle du dessus. La mayonnaise était encore opaque, alors qu'il faisait bon dans la maison. Sans doute son repas de midi.

Le fauteuil, installé face à un petit téléviseur de supermarché à écran plat, semblait être le centre des opérations. L'ordinateur portable, bas de gamme et bruyant, était par terre, lui aussi à portée de main.

Manifestement, Cole était célibataire. Il passait visiblement son temps libre dans son fauteuil, à regarder la télévision, à fumer et à manger, pas par plaisir mais pour calmer sa faim. Par une journée normale en tout cas. Avant de tomber sur le cadavre d'une femme en sortant sur le loch.

— Vous avez appelé du bateau, monsieur Cole ?

— Appelé ?

— Vous nous avez appelés, quand vous avez trouvé la femme ?

— Dans le bateau ? Je travaille pour le golf.

Il pointa vaguement un doigt vers la berge.

— Appelé.

Ce qu'il disait n'avait aucun sens. Il baissa la tête, battit plusieurs fois des paupières. Gros fumeur, mauvaises habitudes alimentaires, et puis ce choc terrible : il faisait peut-être une attaque. Le cerveau de Morrow s'emballa : il était jeune, mais il pouvait souffrir d'une malformation congénitale. Elle passa en revue les symptômes. Engourdissement du visage : non. Raideur d'un membre : non. Se frotte une épaule douloureuse…

Cole laissa échapper un grand soupir et se pencha vers l'avant, ce qui pouvait signifier qu'il avait mal quelque part. Morrow posa sa main sur son téléphone dans sa poche, prête à appeler une ambulance, mais Cole se redressa, ferma les yeux et tira une autre longue bouffée paresseuse sur sa cigarette.

— Cole, prenez-vous des médicaments ?

Il secoua la tête.

— Des statines ou autre chose ?

— Non. Pas de cachets, non.

Il fixait maintenant le mur derrière elle avec un sourire incertain.

Soudain, elle comprit. Il avait été condamné pour détention de stupéfiants. Elle se mit à rire, et McGrain fit de même. Cole leva les yeux vers eux, son visage se fendit d'un sourire qui semblait leur dire « aimez-moi s'il vous plaît ».

— J'ai cru qu'il faisait une attaque, avoua Morrow.

Mais Cole ne faisait pas plus une attaque qu'il n'était sous le choc. Il avait plutôt fumé une quantité astronomique de marijuana ce matin.

McGrain s'avança vers lui et se pencha comme s'il s'adressait à un enfant qui aurait perdu son chemin.

— Cole ?

Il lui souriait avec douceur.

— Vous êtes toujours en conditionnelle, pas vrai ? Est-ce qu'on se trompe en vous disant que, selon nous, vous avez fumé certaines substances ce matin ?

Cole prit un air indigné.

— Pourquoi me dites-vous ça ?

Morrow et McGrain se regardèrent en gloussant. Comprenant qu'ils se moquaient de lui, Cole se leva d'un bond. Chancelant, il s'appuya contre le manteau de cheminée, une main sur la poitrine, prenant sans s'en rendre compte la pose d'un acteur victorien dans un mélodrame.

— Si je peux me permettre d'être franc, messieurs dames, je dois dire que la remarque me blesse un peu.

Morrow et McGrain n'en rirent que plus. Ce n'était pas juste la blague intemporelle de l'ivrogne en déni, c'était drôle parce que c'était snob et sincère. C'était mignon de le voir si sincère.

— On l'embarque, dit-elle à McGrain. On lui parlera plus tard.

— On s'en lasse pas, hein ? gloussa McGrain.

Les yeux sur la moquette, Cole avoua tristement :

— Je suis vraiment froissé maintenant.

McGrain s'avança, prit fermement Cole par le bras et le fit pivoter vers la porte.

— Nous allons vous emmener au poste, monsieur Cole, et voir si nous pourrons discuter plus efficacement là-bas.

— Non.

Cole s'adressait directement à la main de McGrain qui le tenait.

— C'est… ces éclats de rire me vexent.

— Eh bien, monsieur, vous m'en voyez désolé.

Cole s'interrompit, son humeur venait de changer : il leur adressa à tous les deux un sourire béat.

— Vous savez quoi ? Ce n'est pas grave.

— Oh, sourit McGrain. Vous êtes très aimable.

— Où va-t-on ? s'enquit Cole.

— Eh bien, cher monsieur, on file au poste.

McGrain ouvrit la porte.

— On va vous garder là-bas, le temps pour vous de redescendre sur terre.

Ils partirent et Morrow se retrouva seule dans la pièce. Cole n'était pas autorisé à fumer dans l'enceinte du golf. Il avait dû fumer son joint avant de sortir. Jetant un regard par terre, elle se rendit compte qu'il n'y avait de trace de cannabis nulle part. Pas de pipe, ni de papier à rouler déchiré, pas de papier du tout. Pas de mégot de joint dans le cendrier.

Les détritus de sa journée perdue traînaient partout dans la pièce, mais avant de sortir sur le loch, Cole avait eu assez de présence d'esprit pour dissimuler les preuves d'une violation de conditionnelle.

Adorable et inoffensif M. Cole qui savait pertinemment que la police allait venir le trouver…

21

Toutes les tables du Paddle Café avaient été regroupées en trois postes distincts : les entrées, les desserts et les deux plats principaux. De petites assiettes de saumon poché froid étaient disposées sur de grands plateaux traiteur recouverts de papier d'aluminium. Le dessert était une tarte au citron, les plats principaux du poulet ou de la quiche. Il n'y aurait plus qu'à rajouter sur place les ingrédients frais, juste avant de servir. Pour Boyd, c'était un aspect imprévu, mais tout à fait agréable, du rôle de traiteur dans un dîner de charité : il ne se sentait pas tenu de proposer un choix. Ce qu'il servait était à prendre ou à laisser.

Il demanda à Helen, la plus jeune serveuse, de soulever les feuilles d'aluminium le temps de saupoudrer l'aneth sur les tranches rosées dans chaque assiette. Helen avait raté ses examens, il se souvenait au moins de ça. Pas d'université pour elle cette année, elle suivait des cours de rattrapage dans une boîte privée pour remonter ses notes. Assistante de Boyd le magicien, elle reposait les feuilles d'aluminium en souriant comme pour faire disparaître une montre :

— Hop, vu. Et hop, disparu !

Helen était plutôt jolie, mince, le teint mat, de grands yeux, mais elle avait trop d'assurance. Le genre à raconter à tout le monde qu'on lui avait demandé où se procurer de la coke.

Il y avait une autre fille dans la cuisine, Katie, qui vidait des tubes de crème fraîche dans d'énormes bols en faïence. Mais Katie était timide. Elle ne saurait pas. Le mieux était d'attendre l'arrivée de Tommy Farmer.

Puisqu'il avait décidé de complètement se lâcher ce soir, Boyd s'octroya le luxe d'imaginer avec laquelle des deux filles il aimerait coucher et s'arrêta sur Helen : Helen farouche, Helen nue, Helen courbée au-dessus du lit.

— En quoi puis-je me rendre utile ?

Mlle Grierson venait d'apparaître dans son champ de vision, le visage sans expression. Elle parlait du service, bien sûr, mais les deux idées se chevauchant le mirent mal à l'aise.

— Bon, fit Boyd en haussant le ton de façon à ce que tout le monde puisse l'entendre. Susan va mettre en place une équipe chargée d'apporter les entrées dans la salle. On aura besoin de filles pour s'occuper des plateaux et d'une ou deux autres avec elles, au cas où elles flancheraient ou pour ne pas perdre l'aluminium en route.

Mlle Grierson acquiesça d'un geste sec. Un instant plus tard, elle avait rassemblé tout le monde, même Simone, la paresseuse à mi-temps, qui partirait se tapir derrière les poubelles quand le temps serait venu de mettre les bouchées doubles. Susan Grierson et Helen tendirent un plateau à chacune des filles. Puis Susan ouvrit la porte, Helen lui emboîta le pas et toutes sortirent dans l'air doux vespéral, armées de cent portions de saumon poché. Boyd les regarda passer en file indienne devant la vitrine.

Elle était douée, Mlle Grierson. Compétente. Il se sentait plutôt calme, prêt à relever le défi de la soirée. Les Victoria Halls se trouvaient un peu plus haut, à seulement deux rues de distance. Sortant sur le pas de la porte, il suivit des yeux sa petite congrégation.

Elle avançait la tête haute et les bras chargés, vers la promesse d'un engagement tenu avec les honneurs. Boyd ressentait combien tout était à sa place, intemporel. En ce lieu bien ordonné, un tel événement devait se tenir.

Tommy traînassait dans le salon, glissant un paquet de clopes et de la petite monnaie dans sa veste de costume. Elaine entra d'un pas pressé avec une tasse de thé et un paquet de biscuits. Les posant sur la table d'appoint, elle mit *Cowboy Builders* – « Les Cowboys de la rénovation » – à la télé avant de s'affaler dans le fauteuil à dossier inclinable. Poussant sur ses bras posés sur les accoudoirs, elle souleva son poids du fauteuil, le temps de sortir le repose-pieds, et s'installa pour la soirée. Tommy la regarda tirer la couverture sur ses genoux, s'assurer que son thé et ses biscuits étaient à portée de main et qu'elle avait bien la télécommande : une pilote procédant aux dernières vérifications de sécurité.

— Si tu ne pars pas maintenant, tu vas être en retard, dit-elle à son fils. Et n'hésite pas à leur dire que c'est moi qui ai vendu les tickets de loterie.

— Bien sûr que je vais leur dire, bien sûr.

Il avait mis trop d'emphase dans sa réponse. Elaine le fusilla du regard.

Tommy sourit.

— D'accord, je leur dirai.

— *Aye*, fit-elle en reportant son attention sur la télé. Je vérifierai, fiston.

Tommy eut le sourire idiot du gamin pris la main dans le sac et sortit jeter un coup d'œil à son allure dans le miroir du vestibule. Il se concentrait sur les détails. Le col du polo : bien droit. Les cheveux : bien lisses. En évitant de croiser son regard.

— Bonne soirée, Lainey, lança-t-il en ouvrant la porte d'entrée.

— Bonne soirée, mon grand ! répondit Lainey d'une voix chantante juste avant qu'il ne ferme la porte.

Un froid humide imprégnait les murs du couloir. Tommy s'assura qu'aucun voisin ne se trouvait dans les environs. Personne. Il claqua bruyamment la porte qui donnait sur la rue de façon à ce que Lainey l'entende. Avant de la rouvrir en silence pour se glisser dehors après avoir coincé un bout de brique dans l'entrebâillement. Les mains dans les poches et la tête droite, il longea la fenêtre du salon afin que Lainey le voie partir.

Aussitôt après, il fit demi-tour, se baissant de façon à ne pas être vu. Poussant la brique du bout du pied, il retourna dans l'immeuble et se dirigea vers le jardin de derrière.

L'herbe était fine et le sol inégal, mais il restait dans l'obscurité, à distance de l'allée éclairée qui menait aux poubelles. Par endroits, la clôture grillagée était soulevée, ce qui facilitait l'accès à la ruelle boueuse. Il se glissa dessous, en prenant soin de ne pas faire d'accroc à son seul pantalon présentable, et poursuivit son chemin vers les garages à l'abandon.

L'avant-dernier était équipé d'une porte à bascule rouge dont la peinture se décollait. Plus personne ne garait de voiture ici, maintenant, plus depuis que les bâtiments s'étaient tous effondrés, mais Tommy y rangeait encore des affaires de temps en temps. Il savait que l'endroit était sûr. La porte ne s'ouvrait qu'à hauteur de genou. Il s'accroupit pour la soulever, cherchant à tâtons la poignée en plastique.

Il en sortit le jerrican d'essence et se redressa, passant mentalement en revue les étapes de sa mission. Il allait devoir faire attention à ne pas tacher ses vêtements. L'odeur le trahirait, sans compter qu'il pourrait prendre feu. Dans un espace confiné, les vapeurs pouvaient imprégner ses vêtements. Mieux valait se servir du bec verseur, par une fenêtre, mettre sa veste de côté et rouler les manches de sa chemise. Se tenir à bonne distance du produit. Dos au vent. Il craignait qu'on remarque le feu avant qu'il ne prenne vraiment, et qu'on y voie un geste insignifiant, pas sérieux. Pour que ça marche, il ne fallait pas se tromper de fenêtre.

Il ne pouvait pas se présenter au dîner avec de la boue sur ses belles chaussures. Alors, plutôt que de gagner la rue par la ruelle en terre, il revint sur ses pas. Se glissa sous le grillage et retraversa la cour de l'immeuble.

Dans sa tête, il était déjà au Sailor's, le vent derrière lui, sa veste roulée en boule, déjà prêt à craquer l'allumette, si bien qu'il ne vit pas Elaine avant qu'il soit trop tard. Elle était debout devant l'évier de la cuisine, face à la fenêtre.

Tommy s'arrêta dans la flaque de lumière qui provenait de la pièce. L'espace d'un instant, leurs regards se croisèrent. Elle faisait semblant de ne pas l'avoir vu mais il était là, debout sous ses yeux, avec sa veste chic et son jerrican d'essence. Elle s'efforçait tellement de faire comme si de rien n'était qu'elle rougit. Les mensonges, ça n'était pas son style.

Les mensonges, Tommy était spécialiste, mais pas avec sa mère. Gêné, il baissa la tête, traversa le couloir et disparut dans la rue.

Pour des raisons de sécurité, on ne pouvait pas éteindre l'éclairage de plafond qui baignait les Victoria Halls d'une vive lueur blanche. C'était un très vieux bâtiment et les lampes d'appoint, qui auraient fourni un éclairage plus doux, n'avaient pas été contrôlées depuis longtemps. Malgré tout le soin qu'on avait apporté au dressage des tables, aux assiettes qui attendaient dans l'arrière-salle, malgré l'aneth ou le cresson, malgré le jus artistement déposé en bruine sur les plats, l'endroit ressemblait à la cantine d'un ferry.

Le grand hall avait un plafond en voûte couleur pêche bordé d'une bande blanche. Peut-être par souci d'authenticité victorienne, ou peut-être par pure inadvertance, à cette teinte éclatante répondaient le vert menthe et le rose des murs. Des guirlandes de ballons rouges pendaient au balcon. Les billets s'étant très bien vendus, les tables s'entassaient jusqu'au ras de la piste de danse.

La table n° 1 était installée sur l'estrade, une Cène dressée tout spécialement pour les nababs du coin et autres officiels des associations caritatives, qui mâchouillaient leurs petits pains assis en rang d'oignon, comme pour montrer l'exemple à la plèbe en contrebas.

L'œuvre de bienfaisance avait fourni deux affiches, installées de part et d'autre de la table. Une fillette chauve aux grands yeux, le tuyau d'une sonde d'alimentation collé contre sa joue, souriait tristement aux convives.

Tout le monde en ville était représenté : riches et pauvres, vieux et presque jeunes, tous réunis afin de lever des fonds pour une cause louable. Certaines des femmes, le visage orange d'autobronzant, mini robes et talons compensés, étaient plus habituées aux boîtes de nuit qu'aux dîners dansants. Les plus âgées, imperturbables, étaient davantage dans leur élément, elles sortaient de chez le coiffeur et portaient des jupes longues et des talons avec lesquels elles pouvaient danser. Les hommes étaient en blazer et pantalon de toile, ou bien en kilt, des tenues onéreuses achetées pour des mariages en grande pompe et qu'ils étaient déterminés à amortir à la moindre occasion.

Les entrées avaient eu du succès, même si la plus grande partie de l'aneth était restée dans les assiettes. Depuis la porte de l'arrière-salle, Boyd surveillait le retour des dernières assiettes vides et des corbeilles à pain. Le personnel se rassemblait peu à peu, prêt à commencer le service du plat principal.

Il se tourna vers Mlle Grierson.

— Les entrées de la table n° 1 sont revenues depuis quand ?

Elle jeta un regard sur sa planche à pince, puis sur sa montre.

— Onze minutes.

Il acquiesça du menton, tout en suivant des yeux les dernières assiettes qui arrivaient de la salle. Quatre minutes encore et ils auraient pris du retard. Il suffisait à Boyd de jeter un regard sur les têtes grisonnantes et chauves dans la vaste salle pour savoir que la plupart avaient des enfants et qu'un jour, ces enfants se marieraient. Les Victoria Halls étaient très prisés pour les mariages. Quand le jour viendrait de réserver la date et le dîner, ils penseraient à lui. C'était une chance unique de glaner beaucoup de nouveaux clients. Tout ce qu'il avait à faire, c'était servir de belles portions d'une cuisine de bonne qualité en maintenant un intervalle raisonnable entre les plats.

Il disparut dans l'arrière-salle. Plongeant une cuillère dans une machine à bain-marie électrique, il disposa de la purée et du poulet sur cinq assiettes. Une personne à la table n° 1 avait demandé de la quiche. Il envoya les serveuses.

Vingt-cinq minutes durant, il répéta le même geste, scrutant chaque assiette à la recherche d'imperfections, imaginant les regards des convives se posant sur l'assiette pour la première fois. Il s'abandonnait à la tâche qui poussait à la méditation, appréciant le roulement rythmé d'une cuillère dans l'autre quand il donnait forme à la purée, faisait couler le jus en bruine sur la viande. Il sentait son visage humide. La sueur, peut-être, ou bien la condensation qui s'échappait du bain-marie, il ne savait pas. S'épongeant à l'aide de la petite serviette accrochée à son tablier, il continua. Il entendait, derrière lui, Mlle Grierson envoyer les plats.

— Deux quiches à la 16. Un poulet, pas de purée à la 18.

Des filles interchangeables en tablier noir qui sortaient et entraient, les bras chargés, les bras vides, sans jamais s'arrêter pour boire ou discuter.

Boyd n'avait plus d'assiettes à remplir. Il leva les yeux.

— Service terminé, annonça Mlle Grierson.

Boyd désigna la salle d'un mouvement de tête.

— Vous pouvez aller vérifier ?

Elle disparut de l'autre côté de la porte, le laissant seul dans la pièce au sol moquetté. Il lui restait huit portions de poulet, ainsi qu'une bonne douzaine de quiches bio. Il pourrait vendre tout ça au café demain.

Mlle Grierson revint, souriante.

— Service terminé.

— Tout se passe bien ?

— Venez voir par vous-même.

S'épongeant le visage, il sortit jeter un coup d'œil par les portes vitrées. Une centaine de têtes penchées au-dessus de leurs assiettes dans une salle pleine du tintamarre des couverts contre la vaisselle.

Les serveuses, toutes du coin, étaient restées bavarder avec les convives qu'elles connaissaient. À la table n° 1, on mangeait et on regardait son assiette en commentant d'un air qui semblait augurer des propos flatteurs sur la cuisine. Tout le monde était heureux, Boyd était ravi.

Il repéra Tommy Farmer, souriant, à une table proche de l'estrade, penché sur son assiette pour enfourner une cuillerée de purée. Il avait posé sa veste sur le dossier de sa chaise. Boyd en eut le cœur gonflé, comme s'il avait remarqué une fille pour laquelle il avait le béguin.

— Ça s'est vraiment bien passé, dit-il.

— Oui, confirma Mlle Grierson.

Est-ce qu'il pouvait tout simplement aller trouver Tommy ? Et, une main sur le dossier de sa chaise, lui glisser quelques mots à l'oreille – « Ça va, Tommy ? Je me demandais… » Mais il était un peu moite et tout le monde était encore assis, on le remarquerait. Mieux valait attendre que les desserts soient servis.

Boyd voulait féliciter Mlle Grierson d'une petite tape dans le dos, sans vraiment la toucher, mais, les yeux sur Tommy, il ne remarqua pas qu'elle avait reculé, si bien que sa paume se trouva malgré lui posée au creux de ses reins, trop bas. Il lui touchait les fesses.

Elle leva les yeux vers lui avec un haussement de sourcils surpris.

Boyd recula aussitôt et disparut dans l'arrière-salle. Il avait envie de rentrer sous terre, et d'éclater de rire tellement il était embarrassé. Il jeta un regard derrière lui, espérant la trouver elle aussi en train de rire avec embarras.

Mais non.

Elle le regardait, le visage sans expression, mais son regard fixe lui disait oui.

Poussé par une marée humaine à l'ouverture des portes de la salle, Iain s'était trouvé relégué à une table dans un angle, sous le balcon.

Alors qu'il attendait, billet à la main, à côté des portes, il n'avait vu personne qu'il connaissait très bien. Murray était en retard, Petit Paul et les autres étaient encore au pub et Tommy non plus n'était visiblement pas arrivé. Il voulait parler à Tommy, de préférence devant Petit Paul, mais il allait devoir attendre.

Il se retrouva finalement assis à côté d'un couple qu'il avait connu des années plus tôt. Ils étaient venus accompagnés d'un neveu dégingandé qui n'avait pas décollé les yeux de la table du début à la fin du repas et s'était mis en devoir de finir les assiettes de tout le monde.

Iain ne disait rien, préférant laisser la conversation se dérouler sans lui. Des gens venaient à la table puis repartaient, posant brièvement les mains sur ses épaules. Et Iain mangeait, savourait la nourriture chaude. Il réalisa qu'il n'avait rien avalé depuis vingt-quatre heures. C'était sans doute en partie pour ça qu'il se sentait si mal.

La soirée pétillait autour de lui, dessinait des vagues avec des crêtes, puis des creux. Il remarqua alors Tommy, assis à l'autre bout de la pièce, près de l'estrade, mais les plats avaient été servis et, en allant le trouver, Iain aurait attiré tous les regards sur lui.

Il crut apercevoir le dos de Murray se dirigeant vers les toilettes, mais il n'était pas sûr.

Il vit grand-mère Eunice, qui lui adressa un petit signe. Une jambe posée sur une chaise à l'autre bout de la salle, elle lui fit une grimace exagérée, pour lui montrer qu'elle avait encore mal.

Susan Grierson apparut au moment des desserts, toute de noir vêtue, une planche à pince à la main, comme si elle bossait pour le traiteur mais ne faisait pas le service. En s'avançant pour parler à une serveuse, elle passa très près mais l'ignora ostensiblement. Ce qui lui allait plutôt bien.

Un type de l'œuvre de bienfaisance fit le tour de la salle à la fin du dessert, pour dispenser ses remerciements, mentionnant au passage les enfants malades, la mort et combien tout ça était triste.

Rassasié, Iain se sentait très calme et fatigué. Les derniers jours avaient été chargés. Ne lui restait plus maintenant qu'à affronter Tommy qui s'était attribué tout le mérite au sujet de la femme, après quoi il pourrait rentrer dormir. À cet instant précis, c'était tout ce qu'il souhaitait. Dormir, la tête dans l'oreiller, comme une masse, jusqu'au lendemain matin pour se réveiller groggy et tout endolori. La main sur l'estomac, il bascula contre le dossier de sa chaise et balaya les lieux du regard. Les fumeurs se levaient et se dirigeaient vers la sortie. Tommy, près des portes, envoyait un texto et riait à une blague d'Hank Murphy. Autant aller lui parler maintenant.

Boyd s'était réfugié dans l'arrière-salle. Mlle Grierson passa la tête dans l'encadrement de la porte et lui sourit doucement.

— Tout va bien, Boyd ?

— Oh, oui oui.

Attrapant une cuillère, il racla nerveusement la crème fraîche.

Mlle Grierson ne le quitta pas des yeux jusqu'à ce que les filles commencent à revenir avec les assiettes à dessert.

Boyd s'affaira, aida Helen à empiler les dernières grandes assiettes. Quelques convives difficiles avaient laissé le poulet, la purée ou la salade. Surtout la salade. Il y avait des fleurs dedans. Pas la bonne population pour ça. Toutes les assiettes à dessert revinrent sans que Boyd lève la tête. Helen, Kate et lui emportèrent les dernières piles dans la pièce voisine pour les poser sur un chariot en métal déjà bien chargé. Ramenez-le au café, leur dit-il, laissez-le dans la cuisine, prenez vos sacs et vos manteaux et rentrez chez vous. La vaisselle pouvait attendre le lendemain. Elles étaient payées en heures supplémentaires pour la soirée, il ne voulait pas qu'elles restent plus longtemps que nécessaire. Il les regarda pousser le lourd chariot jusqu'à la rue avant de retourner dans la grande salle.

Le café était pris en charge par les gens qui géraient le lieu, mais Boyd avait envoyé les filles déposer sur chaque table une assiette de chocolats où trônait une carte : « Avec les remerciements du Paddle Café. » Mlle Grierson s'occupa elle-même de débarrasser les dernières.

Pressé de repérer Tommy, Boyd posa son torchon et alla jeter un coup d'œil dans le hall à travers le verre biseauté des portes à double battant. Les tables se vidaient. Une pause cigarette avant la vente aux enchères, puis le bal commencerait. Il aperçut Mlle Grierson qui se mêlait à la foule, s'enquérait de savoir si l'on avait apprécié le dîner et se laissait présenter aux gens de la bonne société susceptibles de se souvenir d'elle. Les mains croisées devant elle, elle semblait à l'aise, le regard traversé de temps à autre par un éclair de tristesse, sans doute à l'évocation de sa mère. Puis un sourire gracieux et la promesse de se revoir bientôt, bonne soirée, bon bal. Elle naviguait entre les tables sans se départir de son sourire avenant.

Elle n'était en fait pas si vieille. Cinquante ans, sans doute, ou à peine plus. Boyd l'avait crue vieille parce qu'elle était plus vieille que lui quand ça comptait. Peut-être qu'aujourd'hui, ça ne comptait plus vraiment.

Sentant soudain la fatigue s'abattre sur lui, Boyd prit une grande inspiration et pencha la tête en arrière, sans quitter le hall du regard. Entre ses paupières mi-closes, les gens n'étaient plus qu'une masse floue de laque à cheveux et de vestes de costume.

Les fumeurs venaient à la porte, avec leurs chapeaux et leurs sacs, ravis de s'octroyer un moment de liberté au grand air. Tommy s'était levé de sa chaise et attrapait sa veste sur le dossier, il était sur le point de partir. Boyd se dit que c'était le moment d'aller le trouver. Alors qu'il ouvrait la porte, un gros type en kilt arriva face à lui.

— Aaah ! fit-il en empoignant Boyd au passage. Génial !

Il transpirait copieusement.

— C'était délicieux, Boyd.

Au moment même où Tommy passait, le type entraîna Boyd vers l'intérieur. Tout le monde se retourna. Une salve d'applaudissements s'éleva de la salle, un peu faiblarde selon lui, mais des applaudissements tout de même. Les remerciements viendraient dans les discours, alors peut-être que les gens gardaient leurs compliments pour plus tard. Sans l'avoir voulu, il se retrouva au milieu des tables, voguant de l'une à l'autre, plongé dans la houle paisible de la haute société. Des mains se tendaient vers lui, des paroissiens et des clients du café. Il se retrouva happé dans le tourbillon des conversations, des compliments et des présentations.

Il était sous le balcon maintenant, et on le présentait à un petit monsieur au visage couperosé qui connaissait son père. Le bonhomme se plaignait avec véhémence de la disparition du révérend Robert, laquelle avait semé la pagaille dans la congrégation, comme si son décès avait représenté un affront personnel. Gênée, sa femme changea de sujet. Elle était à l'école avec quelqu'un qui connaissait sa mère mais qui était mort, heureusement, le pauvre, et sinon tout allait-il bien pour Boyd ? Quel plaisir de le voir de retour. Combien d'enfants ? Deux garçons ? Eh bien, vous ne devez pas chômer !

Mlle Grierson fut soudain derrière lui. Sans attendre la fin du radotage du couple de retraités, elle lui murmura à l'oreille :

— J'ai de la blanche.

D'un ton détaché, comme si elle le prévenait qu'il avait une tache de sauce sur sa veste.

Boyd se figea, comme si à son tour elle lui avait mis une main aux fesses. Il acquiesça machinalement à ce que lui disait la vieille femme devant lui. La fille de quelqu'un souffrait de quelque chose, mais ne se laissait pas abattre par la maladie.

— Donnez-moi les clés du café et attendez cinq minutes, lui murmura Mlle Grierson, effleurant de ses lèvres le lobe de son oreille.

Sans quitter des yeux la dame qui poursuivait son histoire, Boyd sortit les clés de sa poche et les lui tendit.

Du coin de l'œil, il la regarda se hâter vers la sortie, en se faufilant entre les tables et les groupes de convives tapageurs. Fou de joie, il chercha autour de lui quelqu'un avec qui perdre les cinq minutes à venir.

Avec un plaisir déplacé, il sourit à une vieille femme assise à proximité. Elle lui adressa un sourire affligé, massant son genou gonflé pris dans un appareil orthopédique.

— Mon genou m'en fait voir de toutes les couleurs, dit-elle, comme s'il le lui avait demandé.

— Il faut qu'elle garde la jambe en hauteur, pas vrai, ma cocotte ? lança une autre vieille femme assise en face d'elle, elle était plus chaleureuse, plus avenante. Vous êtes le propriétaire du Puddle Café ?

— Du Paddle, oui.

— Oh, mon garçon, vos prix sont exorbitants.

Boyd fut agacé par la remarque, mais il aurait droit à un rail de coke dans une minute, alors aucune raison de s'attacher à de petits affronts sans importance. Mieux valait ne pas relever.

— Vous êtes un Fraser, n'est-ce pas ? fit la martyre-du-genou.

— Et dites-moi, lança la conne, votre famille, ça ne serait pas les Fraser de Lawnmore ?

C'était la façon dont elle l'avait dit, la même intonation que l'étrange fillette qu'il avait croisée sur le front de mer. Se rendant compte qu'il les regardait toujours, Boyd leur sourit.

— Les Fraser de Lawnmore, oui.

Les deux grands-mères approuvèrent d'un signe de tête, d'abord en se regardant, puis une deuxième fois en le regardant lui, se remémorant l'histoire de la famille et le trouvant convenable.

— Vous ne seriez pas Mamie Eunice et Mamie Annie, par hasard ?

— Oh ! Et comment savez-vous ça ?

— J'ai fait la connaissance de Lea-Anne tout à l'heure, avec son père, sur l'esplanade…

— Qui sortaient du pub, sans doute.

— Oui, fit Boyd, qui sortaient du pub en effet. Il me semble qu'elle m'a dit que l'une de vous deux devait la garder ce soir, non ?

Les deux femmes se regardèrent. Le père avait finalement décidé de ne pas sortir, expliqua l'une d'elles. Du coup, elles avaient profité de son billet pour venir ensemble, renchérit l'autre.

Boyd commença à leur raconter que leur petite-fille avait la même intonation qu'elles, mais, à côté, se tenait quelqu'un dont la sœur venait de faire une attaque, si bien qu'on ne montra guère d'intérêt pour ses observations sur la phonétique. Alors qu'il s'écartait discrètement, la martyre lui lança :

— Votre sauce aurait bien besoin d'un peu de sel, mon garçon !

Il s'éloigna. Il se sentait humilié et s'imagina Sanjay qui le regardait. Votre sauce aurait bien besoin d'un peu de sel…

Il croisa Tommy Farmer qui lui jeta un regard, mais Boyd n'en avait plus rien à foutre maintenant. Il quitta la salle sans ralentir et se dirigea vers le café.

En regardant Tommy partir vers la porte, Iain se dit soudain qu'un peu d'air frais ne lui ferait pas de mal à lui non plus. Il se leva, attrapa sa veste sur le dossier et sourit. De l'air frais, oui. Un mensonge de fumeur : il allait quémander une cigarette.

Et voilà qu'il était dehors au milieu du troupeau de fumeurs alignés le long de la rampe d'accès pour handicapés. Tout le monde était là, tous les beaux gosses et les belles filles, plus jeunes que lui pour la plupart, mais sympas. Une bande de jeunes écoutait Darren Oaky raconter une histoire en reniflant et en se marrant. Tommy sortit une clope et le regarda avec un petit froncement de sourcils jaloux. Tommy ne savait pas raconter une histoire.

En s'avançant vers lui, Iain vit son visage durcir.

— Petit Paul dit que tu dis que c'était toi, marmonna Iain.

Tommy renifla.

— Et ?

Ils se défièrent du regard. Pas de bagarre cependant, Mark n'approuverait pas, alors ils se toisèrent sans rien dire de ce qu'ils pensaient.

Tommy était persuadé que c'était vraiment lui : il s'était occupé de toute l'organisation, avait trouvé la camionnette, tout, alors c'était lui, pour de vrai.

Iain se disait qu'il avait levé le bras sur la femme. Il avait convaincu Andrew Cole de leur prêter le bateau et c'étaient ses mains à lui qui avaient tué. Lentement, les yeux de Tommy se posèrent au bout des doigts de Iain.

— T'as des mains de cinglé, dit-il.

Iain les contempla. Lainey aussi disait ça. Mais Tommy cherchait juste à le distraire.

— Tu laisses Murray Ray tranquille, dit Iain en laissant retomber sa main, ou je te défonce la gueule.

Ils se toisèrent de nouveau. Tommy décida quelque chose que Iain ne parvint pas à cerner. Il eut un sourire narquois. Puis alluma une cigarette. Iain lorgna sur le paquet.

— Passe-m'en une.

Tommy la lui tendit. Iain avait toujours ses briquets, qui tous étaient jaunes, mais ça ne le dérangeait plus trop. Ils fumèrent côte à côte le long de la rampe, une sorte de calumet de la paix.

Darren s'était lancé dans une autre histoire, et d'autres gens étaient sortis. Certaines des femmes portaient des vestes de smoking sur leurs épaules pour se réchauffer. Tommy fila.

Iain alla demander une autre cigarette à une femme qu'il connaissait. Il avait fait tout ce qu'il avait à faire. Il se sentait plutôt bien. Il resta dehors, même une fois la deuxième cigarette écrasée, sans se mêler à la foule, content d'en faire partie mais gardant malgré tout ses distances.

Il faisait plus froid, plus sombre. Les fumeurs se blottissaient dans leurs manteaux et dans leurs vestes, collés les uns aux autres pour se réchauffer. Darren et un autre jeune commencèrent à raconter à deux voix la même histoire. Ils parlaient trop fort, braillant des versions différentes à leur auditoire féminin.

Le bourdonnement était si faible qu'on aurait d'abord dit un souvenir, une complainte lointaine venue de l'est par-dessus les toits : des camions de pompier. Les bavardages autour de la porte se tarirent. La nuit parut soudain plus froide avec le son qui approchait. Il venait du front de mer.

Des gyrophares rouges dansaient au bout de Sinclair Street, peignant des traînées de lave sanglante sur la vitrine de la pharmacie Boots. Les sirènes se turent brusquement.

La foule descendit dans la rue, tous les yeux se tournèrent vers l'eau. Un nuage de fumée noire s'élevait dans les airs, plus haut que la ville, et roulait vers l'intérieur des terres tel un monstre sorti des flots.

Une voix dans la foule :

— Oh, mon Dieu, c'est le Sailor's !

Une femme se tourna vers la porte et s'écria :

— Quelqu'un, dites à Murray de venir !

Et dans le hall on cria la même chose : « Il y a le feu chez Murray ! Dites à Murray de venir ! »

Mais Murray n'était pas là.

Iain, le souffle coupé, vit Eunice et Annie arriver à la porte. Elles se figèrent là, deux silhouettes en contre-jour, serrées l'une contre l'autre, les yeux braqués vers l'eau, aussi inexpressives que des femmes de pêcheurs dans la tempête. Iain se raidit : elles étaient toutes les deux là. Pas Murray, en revanche, et Lea Anne ne restait jamais seule.

Terrorisé et hors d'haleine, il se précipita jusqu'à elles. Les petites femmes n'eurent pas besoin de parler ou de lui dire. Elles regardaient le feu d'un air horrifié.

— Où sont-ils ? cria Iain, mais il connaissait la réponse. Il faut leur dire ! Il faut téléphoner !

Mais elles n'avaient pas de téléphones sur elles. Du coin de l'œil, il aperçut un rectangle de lumière vive, quelqu'un prenait une photo de l'incendie. Il s'empara du téléphone, écarta le propriétaire indigné et le tendit à Annie : *Les urgences ! Dites-leur qu'ils sont dedans !* D'un geste maladroit, Annie tendit l'appareil à Eunice qui tapa violemment trois fois sur le clavier.

Du verre explosa au loin, le claquement terrible porté jusqu'à eux par le vent. Iain vit des flammes rouges lécher l'air au-dessus des toits, vives contre les flots noirs. La fumée venant de l'ouest était de plus en plus dense et noire. L'œuvre de Mark par procuration, la ville enchaînée à ses volontés, et Iain la regardait tournoyer autour des immeubles en front de mer.

Il bougeait, le cœur battant, sans être sûr qu'il bougeait parce que tout le monde autour de lui bougeait également, aussi inexorablement qu'une coulée de boue, vers la mer en contrebas, vers le feu.

Poussée par une bourrasque venue du large, l'épaisse fumée s'engouffra dans la vallée que formait la rue devant eux. La foule recula, mais pas Iain. Il continua, s'enfonça dans la fumée qui avait valeur de bénédiction. La chaleur et un poids granuleux lui oppressaient la poitrine. Il pressa le pas, s'emplissant les poumons de la noirceur suffocante.

Le vent changea de direction. Tel un gigantesque brûleur d'encens, il chassa la fumée de la rue étroite et la renvoya vers la mer.

Iain ralentit, tituba. Aussi subitement qu'on peut perdre la foi, il se retrouva seul devant l'épicerie Tesco. De la fumée s'élevait de sa belle veste. Il toussa et cracha du noir.

Il continua jusqu'à l'angle, d'un pas traînant, et s'arrêta lorsqu'il fut en face du pub en flammes.

L'intérieur du café avait l'air plus grand dans l'obscurité. Il avait l'air plus grand, plus splendide encore, le projet le plus intelligent qu'on ait jamais mené à bien. Boyd transpirait et, comme s'il découvrait pour la première fois la pièce plongée dans la pénombre, il sut, au plus profond de lui-même, qu'il avait réalisé là une chose digne de louanges.

Sérieusement, quand on y songeait, introduire ici du bio, local et de saison, c'était du génie. Et il l'avait bel et bien introduit en ville, parce qu'il n'y avait rien, littéralement *rien* de ce genre avant lui. Et elles, elles osaient se plaindre de la sauce qui manquait soi-disant de sel.

Il baissa les yeux vers la tête de Mlle Grierson qui allait et venait contre son entrejambe. L'espace d'un instant, il avait oublié ce qu'ils faisaient puis soudain, toutes les sensations lui avaient envahi le cerveau et il s'y était perdu : l'humidité, l'étrangeté, elle et pas une autre, ici et pas ailleurs, l'obscurité, ses yeux qui le brûlaient et son nez qui piquait. Les rideaux étaient tirés dans la vitrine.

Les brèves lueurs qui passaient, le bruit blanc venant de l'extérieur, les groupes de gens. Les restes de la soirée gisaient en tas tout autour de la cuisine. Il n'avait pas besoin de venir demainmainmain…

Des éclairs lumineux fleurirent derrière ses paupières quand il rua dans la bouche de Mlle Grierson, toute la tension accumulée jaillissant par sa queue. Il reprit sa respiration et son esprit obsédé par le boulot acheva ce qu'il s'apprêtait à se dire : il n'avait pas besoin de venir demain parce que les filles s'occuperaient de la vaisselle dans la matinée.

Putain. Il ouvrit les yeux. Putain. Même une pipe par une inconnue était foutue en l'air par l'intrusion de considérations sur le planning des employés. Il était de nouveau en rogne, sur les nerfs. Quel gâchis.

Il baissa les yeux et vit Mlle Grierson se retirer. Puis elle fit quelque chose de très étrange. Tout alla très vite, à peine une seconde. Instantanément, Boyd ferma les yeux, se repassant la scène en pensée, un mouvement après l'autre parce qu'il ne comprenait pas bien leur enchaînement : d'abord, elle s'était détournée de lui et avait fait un tour complet sur elle-même, le temps d'aller repêcher quelque chose dans sa bouche. Puis, la main le long du corps, elle s'était tournée vers lui avec une expression on ne peut plus innocente. Un sourire d'hôtesse de l'air, sans émotion, de rigueur.

Boyd rouvrit les yeux. Ce qui rendait la chose si étrange, c'était la fluidité du mouvement. Il avait l'air – le mot ne lui vint pas tout de suite – *professionnel*.

Un décalage temporel. Un glissement. Il n'avait pas pris de cocaïne depuis longtemps mais il se souvenait de ces impressions. Ça n'avait pas l'air d'être ça, cependant. Ça n'avait pas ce côté claquement de guillotine au milieu.

Mlle Grierson se releva et lui sourit. Une traînée argentée sur sa joue capta la lumière. Sa narine était cernée de petits flocons blancs.

— Allons chez moi, murmura-t-elle. J'ai des projets pour toi.

Baissant les yeux, il vit qu'elle tenait une sorte de grand préservatif.

— Une digue dentaire, dit-elle. Le sida.

Ce n'était pas vraiment une digue dentaire, cela dit. Plutôt une sorte de préservatif féminin. Mais plus court ?

Boyd retira la clé du store du magasin et se remit debout.

Là, pour le coup, il eut vraiment l'impression qu'une scène manquait. Il ne parvenait pas à saisir en quoi c'était important, jusqu'à ce qu'il la voie gravir la côte en souriant. Mlle Grierson. Bordel de Dieu. Un décalage temporel sur pattes.

Côte à côte, ils empruntèrent la large route en diagonale, les mains bien enfoncées au fond de leurs poches, se tenant à bonne distance l'un de l'autre par crainte des regards curieux. Ils bifurquèrent dans une rue secondaire. Pourquoi étaient-ils montés, se demanda-t-il alors qu'ils traversaient les ombres dessinées par la lune à travers les arbres. Sa maison était en contrebas du café. Était-ce un raccourci ?

— Vous avez vu quelqu'un en bas ? demanda-t-il.

— Quoi ?

— Pourquoi passe-t-on par ici ?

— Juste… j'aime bien, dit-elle en balayant l'air au-dessus de sa tête. Les arbres.

Elle lui adressa un sourire timide, ses yeux s'attardant sur son visage. Tout avait l'air bizarre à présent. Il avait froid, elle agissait curieusement. Était-elle une prostituée ? Elle faisait quoi en Amérique ? Et à Londres ?

— Vous faisiez quoi en Amérique ?

Il voulait lui poser la question avec désinvolture, mais c'était sorti comme s'il réclamait un dû.

— En Amérique ?

— Ouais.

Ils avancèrent en silence un instant.

— J'étais institutrice !

Elle le lança comme une exclamation, comme si c'était une blague. Mais elle ne souriait pas.

— Ah, fit-il.

Ils poursuivirent leur route, traversant la rue une première fois pour longer un grand mur donnant sur un jardin privé, sur l'accotement en gazon alors qu'il n'y avait personne alentour. Ils se faisaient le plus discret possible, elle devant et lui derrière. Elle ne voulait pas être vue avec lui. L'idée le détendit. Elle était secrète. Tant mieux.

Il la suivit le long de sa maison de famille, à travers le portail du jardin équipé d'un cadenas neuf.

Le portail se referma derrière lui. Boyd était à présent dans l'immense jardin des Grierson. Tout était mort. Un treillage de vigne desséchée était cloué au mur de derrière. On aurait dit une chambre de torture végétale.

Elle suivit son regard et laissa retomber la main le long de son flanc dans un cliquetis de clés.

— C'est charmant, fit-il en regardant le jardin plongé dans l'obscurité

Elle contempla les lieux avec une moue de dégoût.

— Vous n'aimez pas ? fit-il.

Elle haussa une épaule.

— À quoi ça sert ?

— À faire quelque chose, sourit-il. Ça sert à avoir un joli jardin.

Elle acquiesça à contrecœur.

— Ouais, on n'a jamais vu un jardinier content de son jardin, pas vrai ? C'est une histoire sans fin. Ils ne peuvent jamais s'arrêter. Le travail crée le travail. Pour moi, tout ça ne rime pas à grand-chose.

L'entendre dire ça lui fit un effet étrange. Ça paraissait tellement nihiliste, tellement contraire aux valeurs de l'endroit.

Ils se dévisagèrent dans l'obscurité. Elle tendit la tête vers lui, son regard d'abord triste devint amusé quand l'échange de regard dura trop pour ne pas être éloquent.

— Qu'est-ce qu'on fait là ? demanda Boyd.

— On s'offre une bonne petite baise salace ?

Elle rit, combinaison d'autodérision et de gentillesse. Il se rendit alors compte que son ton sinistre était juste un mélange de coke, de fatigue et d'inquiétude, parce qu'il n'avait encore jamais fait ça. Mais il aimait. Et il était déjà en plein dedans. Ça ne changerait absolument rien à la chose s'il partait maintenant. Sans compter qu'elle l'avait fait jouir, alors il lui était redevable, en quelque sorte.

— Allons dedans, dit-il.

Elle plissa les yeux vers le jardin.

— Tu es sûr ? Tu es marié. Pas moi.

— Ça vous dérange ?

Elle contempla les clés dans sa main, les étala dans sa paume, l'une à côté de l'autre.

— J'ai décidé : je m'en vais. Je ne me sens pas chez moi ici. Je ne sais pas vraiment où je suis chez moi, mais en tout cas pas ici. Ce soir, je veux juste un peu de défonce et une petite partie de jambes en l'air.

Elle le regarda, l'air implorant.

— Après ça, pas d'histoires.

Il lui était arrivé quelque chose, il le voyait dans ses yeux. Une liaison, elle s'était fait avoir. Boyd songea que le type l'avait peut-être dit à sa femme. La femme s'était mise en colère. Elle en avait voulu à Susan, qui voulait une bonne baise et un peu de tendresse. Quelle tristesse.

Quand il se baissa pour l'embrasser, il sentit une pellicule salée de sueur séchée s'écailler sur sa nuque. Son T-shirt, lourd de transpiration après la soirée de travail, se décolla de son aisselle.

Boyd voulait un autre rail. Il voulait un peu de tendresse et une bonne partie de jambes en l'air sans complications, sans rien à négocier, sans promesse d'être de retour en temps et en heure pour les cours de yoga. Il voulait tout ça à tel point qu'il ne chercha pas à savoir pourquoi Mlle Grierson était si émue de coucher avec un type marié et dégoulinant de sueur sur le sol de la véranda de sa mère, à côté d'un trou de la forme d'une tombe ouverte.

Trois camions de pompiers étaient déjà à l'œuvre sur l'incendie, mais un autre arriva. On entendait que ce quatrième venait de loin, d'une autre caserne. La sirène assourdissante fut bientôt si proche que Iain en sentit le hurlement jusque dans ses yeux.

Le Sailor's Rest crachait de la fumée et des flammes dans la nuit. Des pompiers en uniforme beige déroulaient des tuyaux, évoluaient en formations parfaitement maîtrisées autour des camions. Un signal, qui alla se perdre dans les mugissements du feu, annonça l'ouverture des vannes et l'eau fusa au-dessus du toit dans un jaillissement contrôlé.

De l'eau fraîche. Inutile.

Iain était trempé. Il ne savait pas si ça venait de la mer ou du tuyau. Il laissa aller son dos contre le mur du bâtiment, face au feu, les yeux à vif, les pieds engourdis.

Il regardait, sourd aux cris des pompiers lui ordonnant de reculer.

Il ne fit pas cas de la police qui arriva une fois que le feu fut éteint, quand il ne restait plus que d'avares filets de fumée et une rue couverte d'eau noirâtre.

Il resta là à l'arrivée des ambulances – il y en avait deux – et les regarda charger les sacs mortuaires noirs, un grand, un petit, avant de repartir.

Il était déjà trois heures du matin et il ne savait pas s'il pouvait encore tenir debout. Il ne sentait plus ses pieds. Ses genoux le lâchaient. Se laissant glisser sur une épaule le long du mur, il s'affala sur le bitume froid. Elle commença alors à lui ronger la poitrine.

22

Morrow aimait arriver au bureau dix minutes en avance pour se vider la tête, ne plus penser aux listes de courses, aux rancœurs, aux magouilles et autres foutaises, pour lire des rapports et réfléchir. La lecture et la réflexion étaient deux activités inquantifiables en termes budgétaires, alors elle devait s'y coller sur son temps personnel. Et dernièrement, pouvoir dégager du temps était rare, avec les garçons qui se levaient aux aurores, mais aujourd'hui, elle avait réussi. Elle tapota le clavier de son ordinateur pour le tirer du mode veille et ouvrit ses mails. Un rapport de la Met sur l'entretien avec Maria Arias.

Maria admettait avoir rencontré Roxanna Fuentecilla le soir précédent. Roxanna s'était présentée chez elle, ici, à Chesterfield Gardens, dans le quartier de Mayfair. Visiblement bien remontée après une dispute avec son compagnon, Robin. Ses amis londoniens lui manquaient, elle avait juste besoin de discuter avec une copine ; *Vous savez comment sont les filles ?* Morrow abhorrait les gamineries d'Arias. Elle avait la cinquantaine bien sonnée, pour l'amour du ciel ! Sur l'enregistrement, elle ne ménageait pas sa peine pour suggérer aux policiers qu'étant beaucoup plus jeune que sa compagne, Walker n'en voulait sans doute qu'à sa fortune. Arias savait que Roxanna Fuentecilla n'avait pas de fortune personnelle, mais pas les agents de la Met. Personne ne leur avait dit que c'était Arias qui avait financé l'acquisition de l'entreprise à Glasgow, alors ils n'avaient pas creusé la question. Ils n'avaient rien demandé d'utile. Ils s'étaient contentés d'écouter ses excuses, puis étaient partis.

Un addendum au rapport, classé « accès restreint », prévenait l'« Inspectrice Alec Morrow » de ne pas divulguer l'information à son équipe, ou à quiconque n'aurait pas été spécifiquement notifié par l'équipe d'enquêteurs. Elle entra son matricule et son mot de passe personnel. Le document l'informait que le bureau des fraudes était sur le point de saisir les comptes en banque des Arias, professionnels et privés. Ce département-là était au courant qu'Arias avait financé l'affaire à Glasgow et ils voulaient tout empocher. Ils exigeaient d'être prévenus dès qu'on aurait retrouvé la trace de Fuentecilla, morte ou vivante.

Morrow relut l'addendum. Police Scotland ne toucherait rien. L'argent serait alloué soit au service des fraudes, soit à la Met, elle n'arrivait pas à savoir.

Sur la dernière page du même rapport secret, figurait une réponse en deux mots à l'hypothèse que Morrow avait formulée concernant la disparition de Fuentecilla, le délai d'absence de sept ans et le transfert de propriété après la déclaration de décès selon la loi écossaise : *peu probable*. Ils n'avaient même pas pris la peine de l'écrire en majuscules.

Elle *googla* le livre qu'elle avait vu sur le bureau de Delahunt la veille – *Fiducies de placements immobiliers et succession* – et suivit un lien menant à la loi de

1977 sur la présomption de décès (Écosse). Un résumé du texte expliquait que la personne devait avoir disparu depuis sept ans sans qu'on en ait eu de nouvelles. En cas de présomptions sérieuses concernant le décès, la déclaration pouvait éventuellement avoir lieu plus tôt. Ne pouvait intenter d'action en justice qu'une personne résidant en Écosse depuis au moins un an. Elle ne voyait pas Robin Walker rester si Roxanna ne réapparaissait pas. Sans doute comptaient-ils sur Delahunt, ce qui impliquait qu'il était mouillé jusqu'au cou.

Ils avaient tout prévu à la perfection. Roxanna devait disparaître dans des circonstances assez suspectes pour qu'ils puissent soutenir ensuite qu'elle était morte, mais pas trop non plus pour ne pas risquer l'ouverture d'une enquête. La Criminelle, normalement, ne s'intéressait pas à une voiture abandonnée. Ils n'étaient impliqués cette fois qu'à cause du fric qu'il y avait à la clé. Elle avait le sentiment d'être tombée sur une arnaque dans laquelle aucun flic jusqu'à présent n'avait mis le nez, mais la Met l'avait jugée « peu probable ». Elle ferma le dossier comme il lui était demandé et regarda le système le verrouiller.

Elle n'avait plus que trois minutes à consacrer à la réflexion avant le début de son service. La tête dans les mains, elle essaya de reconstituer la chronologie de la disparition de Roxanna. Après s'être levée, Roxanna avait préparé les gosses Danny. Merde. Roxanna s'était levée et avait Danny. Merde. Danny s'était levé et avait préparé les gosses. Morrow leva la tête. Appelle, se dit-elle. Maintenant.

Elle composa le numéro de l'hôpital Southern General et demanda la réanimation. Un infirmier lui indiqua que Danny était dans un état stable. Il avait passé une « bonne nuit » : bonne respiration, pas de complications post-opératoires, mais Morrow n'écoutait plus, envahie par les souvenirs que cette expression qu'elle connaissait trop bien avaient réveillés. Son fils aîné était mort à deux ans et demi. Une « bonne nuit », c'était son vœu le plus cher à une époque. Elle rêvait qu'une infirmière ou un médecin lui sourie lorsqu'elle venait prendre le relais de Brian, que quelqu'un lui dise que Gerald avait passé une bonne nuit, au lieu de ces « hélas » et de ces « malheureusement ». Danny McGrath ne méritait pas de bonnes nuits, mais Morrow se rappela qu'en matière de santé, il n'y avait pas de justice. L'infirmier lui apprit qu'elle pouvait demander une habilitation de sécurité pour rendre visite à son frère « à l'extérieur d'un périmètre matériel délimité ».

Morrow le remercia et demanda des explications sur l'incident. Danny avait été poignardé avec un pied de chaise. On lui avait enlevé la rate. Et non, ce n'était pas un organe vital.

Morrow raccrocha, un peu moins coupable maintenant.

Trois jours auparavant, Roxanna s'était levée, avait préparé les enfants et les avait emmenés au collège. Elle s'était disputée avec eux dans la voiture : leur père avait-il une liaison ? Maria était séduisante. Après les avoir déposés, Roxanna avait filé à Londres pour une explication avec Maria. Elle était rentrée tard, avait roulé de nuit, mais n'était pas rentrée chez elle voir ses enfants et ne les avait pas appelés pour les rassurer. Elle s'était rendue dans un champ désert à Helensburgh, puis elle s'était évaporée.

Morrow passa ensuite au dossier sur le corps repêché dans le loch la veille. Elle visionna plusieurs fois le film de la caméra de vidéosurveillance du golf. Il racontait une histoire intéressante. La Scientifique avait retrouvé des touffes de cheveux de la morte coincés dans un taquet sur le pont du bateau de Cole. Ils cherchaient des résidus de sang, mais l'embarcation avait été passée au jet.

Des photos macabres du corps *in situ*, sur la jetée, puis sur une table d'autopsie. Elle avait l'air d'une maman. Elle ressemblait à toutes les femmes boulottes de toutes les queues de tous les supermarchés de Glasgow. L'équipe de nuit avait vérifié : ses empreintes n'étaient pas répertoriées et personne correspondant à sa description n'avait fait l'objet d'un signalement de disparition.

Morrow sortit les photos des effets personnels. Elle examina de nouveau le cordon Assur' Acc6dents. Sur une autre prise de vue à l'échelle, se trouvait en gros plan le collier qu'elle portait. Une chaîne en or, ordinaire, avec un crucifix et une étoile de David entremêlés. Un mariage interreligieux, à moins qu'elle ait cherché à doubler ses chances dans l'au-delà.

Le rapport sur la voiture de Fuentecilla était plus intéressant. Le sac de congélation trouvé dans la boîte à gants contenait près de deux grammes de ce qui ressemblait à première vue à de la cocaïne. Assez pour une folle nuit, ou pour un trajet nocturne depuis Londres. Mais ça restait de la consommation personnelle, pas une quantité suffisante pour un dealer. Il y avait deux ou trois empreintes exploitables à l'extérieur du sachet, qu'on avait relevées et qu'on devait traiter dans la matinée.

Morrow ne s'était pas trompée sur une chose : on avait nettoyé la voiture avec des lingettes à alcool.

Elle se laissa aller contre le dossier de son fauteuil et ferma les yeux : c'était du travail de pro, mais à peine. Ne pas laisser de traces du tout, ou de résidus d'alcool, aurait été moins maladroit. La maladresse, cela dit, était peut-être volontaire, destinée à offrir à Delahunt des « éléments suspects » susceptibles d'étayer une demande de déclaration de décès prématurée. Mais peut-être qu'elle leur accordait trop de mérite. Peut-être que tout ça était *peu probable*.

Elle composa le numéro du bureau de Simmons, avant de réaliser, à la première sonnerie, qu'il n'était que sept heures du matin. Simmons ne serait sans doute pas là. Mais elle décrocha avec un soupir résigné.

— Simmons ? Je m'apprêtais à vous laisser un message. Je ne pensais pas vous trouver déjà là.

— Je ne suis pas « déjà là », j'attends encore de pouvoir rentrer chez moi. On a eu un incendie en ville. Deux morts, un père et sa petite fille.

— Oh mon Dieu, je suis désolée.

— Ouais, fit Simmons.

— Un domicile ?

— Une propriété commerciale.

— Une déclaration de sinistre ? demanda Morrow, pleine d'espoir.

— Peu probable. Le propriétaire avait repris une hypothèque sur sa maison pour payer les travaux de rénovation du bâtiment, lesquels étaient presque achevés. Il était à l'intérieur avec sa fille et ils ont tous les deux péri dans l'incendie.

— De l'accélérateur de feu ?

— Beaucoup. Les pompiers ont dit qu'il y avait des vapeurs d'essence partout, mais on va devoir attendre l'analyse chimique pour la confirmation. Enfin bref, pourquoi m'appeliez-vous ? C'est urgent ? Parce que j'aimerais bien rentrer.

— Bien sûr, fit Morrow en s'appuyant contre le dossier de son fauteuil. Le corps retrouvé au golf a un lien avec notre affaire. On va s'en charger.

Simmons était tellement soulagée qu'elle en devenait presque agréable, mais pas tout à fait. Quand Morrow lui apprit qu'elle s'apprêtait à interroger Andrew Cole, Simmons grogna « d'accord », avant de raccrocher.

Morrow traversa le hall d'un pas pressé, longea les vestiaires pour gagner la cage.

Le sergent de garde était à son poste, guilleret et radieux malgré la longue nuit qu'il venait de passer.

— Madame.

— Andrew Cole est réveillé, George ?

Il jeta un œil sur un écran sous le bureau.

— Il boit une tasse de thé.

Morrow contourna le bureau et regarda l'écran. Assis sur un matelas en plastique sans draps, Andrew Cole buvait son thé à petites gorgées dans un gros mug en fer-blanc.

— Où sont passés ses draps ?

— J'ai dû les enlever.

George consulta le registre de la nuit sur un autre écran, faisant glisser son doigt jusqu'à la ligne qu'il cherchait :

— À… 5 h 08 ce matin, quand « M. Cole est devenu très agité, ce qui a soulevé des inquiétudes quant à sa sécurité ».

Il sourit et leva les yeux vers Morrow.

Morrow était surprise.

— Risque de suicide ?

George eut un geste dédaigneux.

— Très brièvement. Mauvais jugement sans doute, mais mieux vaut prévenir que guérir.

Sur l'écran de surveillance, Cole buvait toujours son thé. Il semblait calme à présent.

— Qu'est-ce qu'il faisait pour vous avoir laissé penser ça ?

George lut de nouveau :

— Beaucoup de « cris », de « jurons », de « coups contre la porte de la cellule ». Disait qu'il ne « pouvait pas le supporter », qu'il voulait « voir sa mère morte », des trucs dingues dans ce genre.

Il secoua la tête.

— Je me suis fait un peu de souci. Ça n'a pas duré. Il n'a pas dormi depuis.

Dans le brouillard granuleux de l'écran gris, Andrew Cole avala une autre gorgée de thé et scruta le fond de sa tasse. S'il avait été placé sous surveillance pour risque suicidaire, on lui avait servi un thé qui ne pouvait être que tiède. Mais il tenait sa tasse à deux mains pour essayer de se réchauffer.

23

Iain n'avait pas dormi. Il n'avait pas de rendez-vous. Il s'était présenté chez le Dr Neiman au petit matin. Le Dr Neiman. Le nom lui avait occupé l'esprit tout le long du trajet. C'était devenu une ancre. Le Dr Neiman. Il ne fallait pas qu'il pense à ces autres noms, à Lea-Anne et à Murray, aux sacs mortuaires. Il ne pouvait pas.

Il avait passé la nuit à marcher, d'abord sur Gareloch Road, le long du rivage. Il avait marché à l'aveugle pendant des heures, à travers les bois et les bourgades, les ports de plaisance, puis à flanc de coteau, toujours sur la même route. Il ne sentait plus ses pieds. Il pleuvait. Il était mouillé, puis sec de nouveau. Il ne se souvenait pas d'avoir fait demi-tour mais il revenait vers la ville alors que le soleil se levait.

Il s'assit dans la salle d'attente. Un bref instant, ça lui fit un bien fou, comme si ses hanches et les os de ses cuisses fondaient dans le fauteuil, mais, poussé par une décharge d'adrénaline, il se releva brusquement et se mit à faire les cent pas dans la pièce. Ce n'était pas facile de bouger. Il y avait du monde au cabinet médical, des ouvriers et du personnel de la marine, des gosses en uniforme d'écolier, autant de pieds à enjamber. Il fit deux ou trois fois le tour de l'îlot de chaises au milieu, avant que la réceptionniste appelle son nom et lui fasse signe d'entrer dans le cabinet.

En passant devant elle, il vit qu'il lui faisait peur. Est-ce qu'il marchait trop vite ? Non, se dit-il, non. Le Dr Neiman. Le Dr Neiman. Elle lui désigna la porte du médecin, au bout du couloir. Iain bougeait normalement, mais peut-être qu'il y avait quelque chose d'inquiétant. Quelque chose d'inquiétant dans son attitude parce qu'il était en train de perdre pied.

À son entrée, le Dr Neiman se leva. Lui non plus n'était pas rassuré.

— Monsieur Fraser ! fit le Dr Neiman de son accent allemand qui décomposait sèchement les syllabes. Vous avez été brûlé ?

Iain le fixa, déconcerté, cherchant à tâtons le mur derrière lui. Quand il réalisa que ses mains noires laissaient des traces sur le bois du chambranle, il s'interrompit. À la dérive, il s'approcha de la chaise, la chaise réservée aux patients, posée à l'oblique face au bureau du médecin. Saisissant le dossier, il s'en servit comme d'un câble de guidage pour se tirer vers l'avant. Il se laissa tomber sur la chaise, sentit les os de ses hanches fondre de nouveau.

— Vous étiez dans l'incendie, monsieur Fraser ?

— Non. Mais pas loin.

— Je vois ça. Vous êtes tout noir, monsieur Fraser.

— Tout noir ?

— Couvert de suie.

Le docteur restait debout. Il était très grand et mince. Iain trouva plus facile de s'adresser à son ventre. C'était dur de soutenir son regard.

— Puis-je vous examiner, s'il vous plaît ?

Le médecin inspecta ses bras à la recherche de brûlures, l'ausculta, lui prit le pouls. Iain était habitué à se laisser examiner de la sorte, à rester assis pendant que les toubibs de la prison lui faisaient des prises de sang et lui tâtaient les couilles. Se décharger de la responsabilité du chaos sur quelqu'un d'autre était, au moins provisoirement, un soulagement.

Le médecin lui demanda de soulever son polo, souffla sur le disque en métal de son stéthoscope avant de le poser sur la poitrine de Iain. Il parla de froid ou un truc comme ça.

— J'ai pas pris froid, fit Iain.

— Hum.

Le docteur écoutait. Puis il retira son stéthoscope de ses oreilles et demanda à Iain de découvrir son dos.

— Je disais que ça, c'était froid. Je souffle dessus, comme ça…

Iain l'entendit faire, sans le voir, car il était derrière lui maintenant.

— Ça le réchauffe un peu, ajouta le médecin.

Iain sentit le disque de métal contre son dos. Il la sentait là-dedans, immobile et calme maintenant. Elle était plus grande, avait pris de l'espace, un rongement sans joie. Iain imagina ses mâchoires en action, son visage tendu et fatigué.

— J'ai juste entendu un très léger crépitement, monsieur Fraser, pas bien bas. Peut-être une légère intoxication à la fumée. Comment va votre dos ?

— J'ai toujours mal. Ici.

Il leva le bras entre ses omoplates et laissa glisser la main le long de sa colonne.

— Et maintenant, j'ai aussi mal ici.

Il se toucha le flanc. Le médecin acquiesça d'un signe de tête et fronça les sourcils.

— Depuis quand, la douleur sur le côté ?

La question semblait innocente mais le Dr Neiman était un homme sérieux.

— Quelques jours.

— Vous toussez ?

— Un peu. Mais je me suis remis à fumer, alors…

— Ah non ! Il faut arrêter. Promettez-moi.

Avec un haussement d'épaules, Iain promit qu'il le ferait.

Le Dr Neiman approuva, comme si l'affaire était conclue, et alla s'asseoir dans son fauteuil. Il commença à écrire quelque chose sur son ordinateur. Iain se sentit soudain plein de fierté, il venait de réaliser qu'il avait réussi à se traîner ici, chez le médecin. La chose à l'intérieur de lui allait détester. Il avait eu la présence d'esprit de faire ça. Brusquement, il se rendit compte que le médecin le dévisageait. Il lui avait dit quelque chose et Iain ne réagissait pas.

— Pardon ? dit-il.

— Vous êtes débraillé et vous dégagez une forte odeur de fumée, répéta Neiman, en articulant bien les mots. Vous étiez sur les lieux de l'incendie, hier soir ?

Le médecin plissa les yeux. Il connaissait l'histoire de Iain. Il savait qu'il avait fait de la prison. Il le suspectait.

— J'étais au dîner dansant. J'ai vu la fumée et je suis descendu.

Le médecin acquiesça d'un signe, l'encourageant à en dire plus, mais Iain n'avait rien à ajouter.

— Je suis descendu, répéta-t-il. Mon meilleur ami. Ma nièce ? Dans l'incendie. Morte.

Il se tut, comprenant l'impossibilité d'être entendu, d'exprimer clairement un tel chagrin. Et puis il savait que de toute façon ça ne changerait rien, d'expliquer. Il resta assis là un moment, ses mains noires ouvertes sur ses genoux comme un mendiant.

Quand il finit par lever les yeux, il vit que le toubib attendait toujours, en l'encourageant de la tête. Tout le monde se plaignait que les médecins ne gardent jamais assez longtemps les patients, mais ce rendez-vous-là semblait interminable.

Neiman finit par dire :

— Bon, qu'est-ce qui vous a poussé à venir me voir ce matin ?

Une limace dans mes poumons. Des serpents. Iain ne savait pas comment l'exprimer :

— … *bouleversé*.

— Vous vous sentez déprimé, peut-être ?

Iain s'arrêta sur le *peut-être*. Il voulait attirer l'attention du médecin sur ce mot, qui dans sa bouche d'Allemand avait une sonorité tellement étrange, mais le Dr Neiman prit ça pour une confirmation.

— Et vous m'avez l'air un peu perdu, aussi.

Le médecin haussa les sourcils d'un air interrogateur.

— Ai-je raison ?

Il avait raison, oui. Iain se sentait perdu. Il confirma.

— Oui.

— Vous êtes resté sur les lieux de l'incendie toute la nuit ?

— Oui. J'étais là-bas toute la nuit. Je ne pouvais pas…

Une vague se leva à la base de sa colonne vertébrale, l'engloutissant de chagrin, projetant son torse vers l'avant et faisant jaillir de grands sanglots sans larmes d'aussi bas que ses couilles. Il attendit les larmes mais elles ne vinrent pas. Le chagrin restait coincé dans sa gorge. En se redressant, il sentit la main du médecin sur la sienne. C'était déplacé, pas le geste d'un médecin à un patient, mais une marque de gentillesse d'humain à humain, et c'était réconfortant.

— Je ne sais pas, bafouilla Iain. Je ne sais rien.

— Vous êtes bouleversé.

— Oui.

— Je crois que vous venez de passer une nuit très perturbante.

— Oui.

— Vous avez connu un épisode psychotique par le passé, lorsque vous étiez en prison ?

Soudain convaincu que le médecin allait l'hospitaliser, Iain se leva d'un bond, faisant basculer la chaise.

— Je vais bien.

Mais le médecin ne se leva pas, il n'essaya pas de le plaquer au sol. Il n'appela pas les matons de l'autre côté de la porte pour le maîtriser, ne lui injecta pas d'antipsychotiques qui ralentissaient le flot du monde et rendaient ses pieds pesants. Le médecin resta juste où il était et le regarda.

— C'est peut-être une récidive. Il faut s'y préparer. Mais peut-être pas. Cet incendie a bouleversé tout le monde. Beaucoup de patients… Il faut que vous sachiez que vous n'êtes pas seul.

Et là, Iain vit, ou crut voir, une larme au coin de l'œil du médecin. Mais celui-ci se tourna vers son écran d'ordinateur et cligna plusieurs fois des paupières, et lorsqu'il se tourna de nouveau vers Iain, la larme avait disparu.

— Monsieur Fraser, s'il vous plaît, rasseyez-vous.

Obéissant, Iain redressa la chaise, s'assit, sans savoir quoi faire de ses jambes, qu'il faillit croiser, avant de laisser tomber, l'air perdu.

— Je vais vous prescrire quelque chose juste pour aujourd'hui, d'accord ?

Iain acquiesça sans prononcer un mot.

Le médecin désigna l'écran.

— Avez-vous déjà pris ce médicament ?

Iain acquiesça de nouveau. Il en avait déjà pris et on dormait comme un bébé avec ce truc-là. On ne le lui avait jamais prescrit, cela dit.

— Bon, vous allez me prendre un cachet trois fois dans la journée, puis de nouveau demain matin et revenir me voir, d'accord ? dit le docteur en tapant l'ordonnance. On va voir si l'anxiété s'atténue. Vous comprenez ce que je veux dire ?

— Disparaît, corrigea Iain, un peu insulté.

— Oui, disparaît. Et je veux que vous preniez bien soin de vous. Faites bien attention à dormir et à manger régulièrement. D'accord ?

Une ordonnance rose apparut dans l'imprimante. Sortant un stylo plume argenté de la poche de sa veste, il la signa et la présenta à Iain.

Iain tendit la main pour la prendre mais le médecin refusait de la lâcher. Il força Iain à le regarder dans les yeux.

— Passez à la pharmacie chercher ça. Prenez-en un, et un seul. Rentrez chez vous, prenez une douche et essayez de dormir. À votre réveil, prenez-en un deuxième. Puis un troisième avant de vous coucher, ce soir. Vous m'avez compris ?

— Oui.

— Je veux que vous preniez le dernier demain matin, dès le réveil. Neuf heures. C'est clair ?

— Oui.

— Revenez me voir.

Il se leva et attrapa la poignée de la porte. Iain suivit son geste des yeux et finit par comprendre. Il fallait qu'il se lève, lui aussi. Il se mit péniblement debout.

Le médecin lui serra la main.

— Vous avez été témoin de quelque chose d'horrible, monsieur Fraser. La nuit a été mauvaise pour tout le monde. Surtout, prenez bien soin de vous aujourd'hui et soyez prudent.

Iain vit alors les yeux du médecin, il vit que le Dr Neiman comprenait l'horreur à laquelle il avait assisté et pourquoi il n'avait pas pu s'éloigner du feu. Se sentant entendu, il en fut soulagé.

Il quitta le cabinet et s'engagea dans une voie secondaire qui sentait le papier et les cheveux brûlés. L'odeur de l'incendie flottait encore partout en ville, accrochée aux murs et aux rues malgré tous les efforts du vent.

Iain descendit trouver une pharmacie, serrant dans sa main la feuille de papier, promesse écrite de soulagement. Gardant les yeux baissés, il longea une banque, une épicerie, la boutique d'une association caritative. À hauteur de la vitrine d'un marchand de journaux, il s'arrêta. L'affiche de une du journal local titrait :

DEUX MORTS DANS UN INCENDIE : HELENSBURGH EN DEUIL.

24

Avant le début de l'interrogatoire, avant qu'on lance l'enregistrement, Andrew Cole avait assuré à qui voulait l'entendre qu'il n'avait pas besoin d'un avocat. Maintenant que la cassette tournait, il n'avait plus l'air si sûr de lui.

Assis face à lui, Morrow et Kerrigan attendaient sa réponse. L'air inquiet, Cole contemplait le magnétophone : une machine noire à l'air sinistre fixée au mur. Morrow savait qu'une réponse hésitante pourrait donner l'impression à la cour qu'on avait fait pression sur lui. Parfois, les inculpés les plus malins pouvaient se montrer délibérément ambivalents ou bouleversés lors des interrogatoires, conscients de se réserver ainsi une éventuelle voie de recours pour plus tard.

Elle ne connaissait pas Andrew Cole mais se doutait qu'il avait accès à des avocats qui trouveraient le temps et la motivation pour lire le dossier avant de se présenter aux interrogatoires.

— Cole, si vous avez changé d'avis, n'hésitez pas à nous le faire savoir et nous suspendrons l'interrogatoire sur-le-champ.

— Non, finit-il par articuler. Pardon. Je suis juste, non, je n'en veux pas.

— D'accord. Vous en êtes certain maintenant ?

— Oui.

— Il est encore temps de changer d'avis.

Il sembla se détendre, comme s'il avait simplement voulu qu'on le rassure.

— C'est bon.

Adressant à Kerrigan un sourire charmant, il se laissa aller contre le dossier de sa chaise et présenta ses mains ouvertes à Morrow en signe de reddition.

— Demandez-moi ce que vous voulez.

Morrow jeta un regard sur ses notes. Étrange et puéril petit bonhomme. Il ne semblait pas avoir conscience du merdier dans lequel il était sur le point de sombrer, mais il avait déjà connu la prison. Il ne pouvait pas être complètement naïf.

— Cole, vous avez appelé la police hier…

— Et je tiens à… l'interrompit-il, en se tournant vers le magnétophone accroché au mur. Pardon, dit-il, mais je tiens à m'excuser pour hier et, hum, le, vous savez… ?

Il se tourna vers Morrow, lui demandant d'un regard s'ils devaient garder ça pour eux ? Et, peut-être, ne pas dire dans l'enregistrement qu'il avait fumé ? S'il vous plaît ?

— Vous avez appelé la police, reprit Morrow patiemment. Depuis le bateau. Vous pouvez me dire ce qui s'est passé là-bas ?

Cole acquiesça du menton en souriant chaleureusement, comme s'ils venaient de se mettre d'accord pour couvrir sa violation de conditionnelle. Il se lança dans le récit prémâché de sa matinée, leur expliqua qu'on lui avait dit de sortir dégager du bois mort qu'on apercevait flottant dans le loch depuis le golf. Des branches tombées avec une tempête plus tôt dans la semaine. Des débris qui faisaient désordre. Andrew avait fait ce qu'on lui demandait. Il était en train de repêcher des branches quand il avait aperçu un pied à la surface de l'eau, pas loin du bord. Songeant à un mannequin de vitrine, il était allé essayer de le sortir de l'eau. En s'approchant, il avait compris qu'il s'agissait de quelqu'un et avait pensé à un suicide. Mais alors, il avait vu, vous savez… Il se passa la main sur le crâne avec une grimace de dégoût. Le langage corporel donnait vraiment l'impression qu'il l'avait trouvée par hasard. Morrow se demanda s'il avait pu l'avoir tuée et avoir tout oublié.

— Qu'est-ce qui vous a laissé croire à un suicide ?

— Eh bien, l'extrême sud du lac est vraiment un endroit minuscule. Si quelqu'un disparaît, tout le monde est au courant. S'il y avait eu un accident d'une sorte ou d'une autre, on aurait tous été en train de chercher…

— Dites-m'en un peu plus sur vous, Andrew. J'ai cru comprendre que vous aviez fait de la prison ?

— Hélas, oui.

Cole accompagna ses mots d'un hochement de tête solennel.

— Pour quelle raison ?

— Eh bien, *malheureusement*, fit-il sur le ton d'un acteur travaillant sa réplique, détention de cocaïne.

Son expression fit sourire Morrow.

— C'est bien malheureux, en effet.

— Oui, confirma-t-il, l'air encore plus accablé, sans se rendre compte qu'on se fichait de lui. Quelle tristesse, je ne vous le fais pas dire.

— Quelle tristesse que vous vous soyez fait prendre ? lui demanda Kerrigan d'un ton sec.

Son numéro de charme marchait moins sur elle que sur Morrow.

— Non, madame, quelle tristesse que je sois tombé si bas. J'avais tout pour réussir, vous savez ? Une super école, une super famille.

Il leva les mains d'un air impuissant.

— J'ai tout gâché.

Morrow appréciait son petit cinéma, pas tant parce qu'il était bon comédien que parce que c'était un appel d'air par rapport aux habituels silences, insultes et autres menaces de violence. Elle aurait bien voulu l'inciter à dire encore des bêtises.

— Donc vous avez purgé trois ans sur une peine de six ans – c'est long.

— Mais je suis sorti en avance. Comportement exemplaire.

— Trois ans quand même, c'est du sérieux.

Il eut un hochement de tête ambivalent.

— Pas mal de facteurs qui n'ont rien à voir avec la justice ont joué en ma défaveur.

Kerrigan était exaspérée.

— Vous vous êtes opposé à l'arrestation ?

— Non, je parle de facteurs politiques. De raisons qui expliquent la longueur de ma peine. Ma famille connaît beaucoup de monde dans le système judiciaire. Il y avait du ressentiment dans l'air.

Kerrigan émit un petit bruit agacé. Morrow observa le regard de Cole qui courait sur la table pendant qu'il réfléchissait. En vérité, Cole avait écopé de six ans à cause de la quantité de cocaïne qu'il avait sur lui. Toutes les peines étaient contrôlées avec soin pour garantir l'équité. Les juges ne faisaient pas ce qu'ils voulaient. Mais Cole était sincère cela dit, il croyait vraiment que tout dépendait de qui connaissait qui et de ce qu'on pensait de lui et de sa famille. Il vivait dans un étrange petit monde, un monde charmant, tellement dissonant qu'il en était convaincant, comme un feuilleton diffusé dans une langue bizarre.

— Monsieur Cole, je me pose une question : qui les a fait entrer ?

Il secoua la tête en souriant.

— Qui a fait, pardon, quoi ?

Morrow parla plus lentement.

— Qui les a fait entrer ? Sur le golf. Qui leur a communiqué le code d'accès aux lieux ?

Un petit gloussement d'embarras.

— Pardon… ?

Morrow soupira et le fixa.

— Vous avez cassé votre téléphone, ce matin.

Nouveau gloussement.

— Hélas…

— Hélas, le golf ne laisse entrer personne sans le code ou une identification visuelle du personnel de sécurité. Les caméras de sécurité ont filmé une camionnette bleue aux plaques illisibles à l'arrêt devant l'entrée de service ce matin-là. On y voit un bras se tendre par la vitre et composer le code sur le boîtier.

Cole parut décontenancé. Il s'apprêta à répondre mais se ravisa.

— On a vérifié auprès de la direction. Ils ne vous ont pas demandé de sortir nettoyer le loch.

— Eh bien, dit-il, d'une voix très faible à présent, ça fait partie de ma mission.

— Vous avez dit avoir été envoyé sur le loch dégager du bois mort. Ce n'est pas vrai. Vous êtes sorti parce que vous saviez que vous alliez trouver quelque chose.

— C'est faux.

— Vous saviez qu'elle était là. C'est vous qui l'avez tuée ?

— Non ! Mon Dieu, non !

— Vous l'avez emmenée sur le loch et vous l'avez tuée ?

— Non ! J'en suis *incapable* !

— D'accord. Si vous étiez simplement allé faire un petit tour sur le loch hier pour un petit boulot, il n'y aurait pas de traces d'elle sur votre bateau. Mais la Scientifique a trouvé des cheveux lui appartenant sous un taquet. Ils cherchent des traces de sang mais disent que le pont a été lavé à grande eau. Si elle s'est ne serait-ce qu'approchée de votre bateau avant sa mort, ils trouveront.

Cole était passablement secoué. Morrow sentit que le moment était venu de lui indiquer une porte de sortie.

— Écoutez Andrew, quand quelqu'un qui n'a jamais mis les pieds en prison se retrouve derrière les barreaux, il fait des connaissances qu'il n'aurait jamais faites sans ça. Parfois, une fois la peine purgée, ces relations le poussent à faire certaines choses.

Il eut l'air hésitant.

— Des gens, insista-t-elle. Des gens pas méchants, comme vous – et on voit souvent ça –, se retrouvent mêlés à de sales histoires.

Mais Andrew refusait de franchir la porte qu'on lui ouvrait. Il savait qu'elle était là, Morrow le voyait, mais il avait décidé de ne pas vendre la mèche.

— C'est un golf très prestigieux, dit Morrow. Je suis plutôt surprise qu'ils aient confié un poste et un logement de fonction à quelqu'un affichant vos antécédents.

— Eh bien, fit-il en secouant la tête, c'était ma mère…

— Elle vous a eu le boulot ?

— Elle connaît… tout le monde. C'était une faveur.

— Vous vendez de la cocaïne aux membres du club ?

— Non, putain !

Elle savait qu'il ne mentait pas. Le club n'aurait pas toléré qu'un junkie avec un casier judiciaire joue les dealers sur le domaine. Ils pourraient à la rigueur accepter ça de la part d'un serveur ou d'un gardien, mais à condition qu'il se montre discret et fournisse aux membres ce qu'ils voulaient.

— Vous voyez, tout ça peut être compliqué pour vous, ou bien très simple. Tout dépend des informations que vous voudrez bien nous donner. À qui avez-vous fourni le code ?

Il refusait de répondre.

— Monsieur Cole, nous pouvons juste passer en revue une liste de noms à la prison de Shotts et voir avec qui vous avez été en contact. Ce que je crois, c'est que vous avez envoyé le code à quelqu'un.

Le coude sur la table, il pressa son poing fermé contre sa bouche et fixa le mur d'un air furieux.

— Vous ne voulez pas me donner de nom. Vous avez peur, peut-être ?

Il lui adressa un regard plein de colère. Elle fit mine de ne pas avoir remarqué.

— Je vois. Est-ce qu'on peut être d'accord sur le fait que vous avez communiqué le code à quelqu'un ? Ça m'évitera d'avoir à éplucher votre relevé téléphonique.

Il acquiesça d'un signe de tête. Elle lui demanda d'articuler un « oui » pour l'enregistrement, même s'ils étaient filmés. C'était bien de les pousser à s'exprimer.

— Vous êtes-vous mis d'accord avec cette personne dont vous ne voulez pas me dire le nom pour sortir sur le loch et trouver le corps « accidentellement » ?

Il s'empourpra soudain et cria, sans lever les yeux de la table :

— *Je ne savais pas ce qui allait se passer !*

Elle l'imaginait tout à fait en train de bazarder son téléphone, maintenant, coincé, désespéré et se disant qu'il n'avait plus rien à perdre. Cole était incapable d'assumer les conséquences de ses actes. C'était son talon d'Achille.

Elle tapota la table devant lui, en rythme, comme si c'était son dos.

— Andrew, tout va bien. Tout va bien.

Il la dévisagea, vit qu'elle se faisait toujours du souci pour lui. Sa panique s'amenuisa.

— Tout va bien, répéta-t-elle, en lui tendant un mouchoir qu'elle avait sorti de sa poche.

Il se moucha avec un petit *atchoum* comique qui le fit frissonner.

Tout chez Cole était petit, adorable, rassurant. Elle l'imagina en train de mettre son téléphone en pièces ce matin, de purger une longue peine, de débarrasser sa maison de tout son attirail de drogué, avant de partir à la recherche d'un cadavre dans le loch.

Les interrogatoires de police étaient intenses. Comme un entretien d'embauche ou un premier rendez-vous : les gens restaient sur leurs gardes, parce qu'une mauvaise impression pouvait avoir des conséquences à vie.

À cause de la pression, ils se présentaient souvent de façon paradoxale et, au lieu de cacher leurs défauts, ils les mettaient en avant façon gros sabots. « Personne ne me cherche la merde » signifiait généralement : « Des gens me cherchent la merde. » « Je me fiche bien de ce que les gens pensent de moi » voulait le plus souvent dire : « Je m'attache trop à ce que les gens pensent de moi. » Morrow, en y songeant, se rappela avec quelle insistance elle soutenait qu'elle se fichait de son frère. Son humeur flancha. Elle leva de nouveau la tête. Cole était là, à se présenter inlassablement sous le même jour de différentes façons : je suis un petit bonhomme inoffensif, je suis monsieur Pas-de-bol. Je n'ai péché que par omission et de bonne foi, je ne suis pas responsable et je m'excuse.

— Allez-vous me donner le nom de la personne à qui vous avez communiqué ce code ?

Il secoua la tête puis, se souvenant de la cassette, articula un « non ».

— Parce que vous avez peur ?

Il sourit.

— Non.

Il n'y avait pas de peur dans son attitude. De la moquerie peut-être, mais pas adressée à celui ou celle à qui il avait communiqué le code. C'était de Morrow qu'il se moquait.

— Pourquoi vous ne voulez pas me donner de nom ?

Du bout du doigt, il dessinait une ligne sur la table, dans un sens puis dans l'autre. Il avait la tête sur les épaules, c'était ça son paradoxe. Il était calculateur. Il allait retourner derrière les barreaux et savait ce que ça voulait dire d'y revenir en mouchard. Ça voulait dire toute sa peine à l'isolement. Des années là-dedans, sans autre compagnie que des violeurs d'enfants et des dingues qui n'auraient pas survécu au milieu des autres taulards. Il avait la tête sur les épaules et il n'avait pas l'intention de céder.

— D'accord, fit-elle doucement. Dites-moi ce que vous avez fait, vous. Vous leur avez envoyé le code par texto, vous leur avez permis d'entrer et puis quoi ? Vous les avez retrouvés quelque part ?

— Non.

Il avait passé la nuit à fignoler la version juridiquement acceptable du récit qui le ferait passer pour le pauvre pigeon.

— J'ai envoyé le code par texto à quelqu'un. Beaucoup de gens sur le domaine font ça. Mais je suis resté chez moi.

— Et ? Vous pensiez qu'il allait se passer quoi ?

— Je leur avais dit qu'ils pouvaient se servir de mon bateau. Je pensais qu'ils se débarrassaient de quelque chose…

Il s'interrompit, occupé à des considérations sur la violation de conditionnelle, sur les faits admissibles et non admissibles.

— Je me fiche de ce que vous pensiez, Andrew, fit Morrow. Je veux des faits. Que s'est-il passé ?

Il répondit, mais d'une voix plus grave et plus triste, en accord avec son âge.

— J'étais chez moi, au lit, et j'ai entendu crier. Ça m'a réveillé. Ils m'avaient demandé de laisser la clé sur le bateau. Je croyais qu'ils allaient larguer quelque chose dans le loch. Mais j'ai entendu crier cette femme et j'ai compris. Je ne suis pas sorti. J'ai entendu le bateau s'éloigner, puis revenir. Je ne suis toujours pas sorti. Je n'ai pas mis le nez dehors de toute la journée. Je suis resté planqué dans la pièce du fond. Je les ai entendus partir mais il m'a fallu la journée entière avant de me résoudre à sortir. Je suis allé voir le bateau. Il y avait du sang, partout.

— On dirait qu'il n'y en a plus.

— Je l'ai nettoyé. Au tuyau.

— Pourquoi ?

Il haussa une épaule.

— Vous la connaissiez ?

Il secoua la tête.

— Vous pouvez articuler votre réponse pour l'enregistrement, s'il vous plaît, Andr…

— Connasse, je la connaissais pas !

Il plissa les yeux si fort que ça lui amena des larmes. Il se reprit, les rouvrit et fit comme s'il n'avait rien dit.

Mais elle l'avait vu maintenant, elle avait vu le vrai Andrew Cole. Un petit bonhomme amer et en colère qui n'allait pas se laisser mener par le bout du nez par des flics comme elle.

Tombant le masque de la bienveillance, elle le contempla froidement.

— Vous retournez en prison.

Et elle lui décocha un grand sourire, parce qu'ils savaient tous les deux ce que ça impliquait : il allait devoir obéir aux ordres de flics comme elle. Des flics comme elle le regarderaient assis sur les chiottes. Il lui faudrait ramper devant des flics comme elle pour un bout de savon, du shampoing et des fourchettes en plastique Et ce, pendant un paquet de temps.

Ils se turent. Elle le regardait en souriant, perdre toute combativité.

— Pourquoi êtes-vous resté cloîtré chez vous toute la journée ?

Il prit une grande inspiration.

— Andrew ? Vous saviez forcément. Sans ça, pourquoi avoir fait tous ces efforts pour la retrouver ?

Il fixa le plafond d'un air désespéré, de grosses larmes roulèrent sur ses joues d'enfant gâté s'apitoyant sur son sort.

— Non, j'en savais rien. C'était ce cri. C'était pas un cri normal. Pas le cri de quelqu'un. Plutôt comme un animal. Un animal pris au piège.

25

Dans la pharmacie bondée, les clients dévisageaient Iain. Assis sur une chaise, les yeux sur le comptoir haut, il attendait qu'on lui délivre le médicament de son ordonnance. Il se fichait bien qu'on le fixe comme ça. Il ne ressemblait à rien mais ça lui était égal, parce que le médecin avait posé la main sur la sienne, parce que lui aussi était bouleversé. Iain n'était pas seul.

La porte d'entrée s'ouvrit brusquement. Un jeune type émacié que Iain ne connaissait pas se précipita vers le comptoir. Il boitait, agitait les bras en tous sens, écartant au passage les clientes penchées sur le maquillage.

De la méthadone !

Il se balançait d'une jambe sur l'autre, appuyé de tout son poids contre le comptoir, perché sur la pointe des pieds, avec des claquements désapprobateurs de la langue. La pharmacienne lui proposa de la suivre derrière la cloison mais – putain, vous foutez quoi, je m'endors là !

D'une gorgée, il avala le liquide vert transparent directement dans le doseur. Iain regarda les femmes s'éloigner de l'étal du maquillage et sortir en marmonnant des ragots. Elles connaissaient sans doute la famille du garçon, à quel clan il appartenait, tout le contexte.

Le jeune n'était pas épais. Même sa langue avait l'air maigre quand elle sortit lécher les parois du gobelet pour pêcher les derniers résidus de produit jusque dans les stries tout au fond. Alors qu'il allait le reposer, il aperçut une trace verte qui lui avait échappé et le porta de nouveau à ses lèvres. Puis il le lâcha sur le comptoir en fusillant la pharmacienne du regard et sortit sans demander son reste en claquant la porte derrière lui.

La pharmacienne le regarda longer la vitrine, attendit qu'il disparaisse et posa les yeux sur le gobelet doseur. Se penchant pour attraper une petite corbeille, elle y fit basculer le gobelet vide d'un coup de coude. Son regard croisa celui de Iain.

— La salive, expliqua-t-elle avec dégoût.

Elle le dévisagea d'un air plein d'espoir.

— Vous êtes pompier ?

Iain ne répondit rien. Elle en conclut que c'était le cas et se mit à pleurer.

— Oh mon Dieu, fit-elle d'une voix rauque, cette Lea-Anne Ray. Mon Dieu, c'était une petite fille fantastique.

Ils n'arrivaient pas à se regarder dans les yeux. Ils demeurèrent ainsi, immobiles, séparés par un océan, jusqu'à l'arrivée d'une cliente qui les poussa à détourner le regard.

Le médicament de Iain arriva dans un petit sachet en papier. Il en aurait bien pris un sur-le-champ mais il avait peur que la pharmacienne le prenne pour un autre junkie. Ça lui plaisait qu'on puisse croire qu'il était quelqu'un de bien. Il la remercia et s'en alla d'un pas nonchalant.

Une fois dehors, planqué dans une ruelle à côté des poubelles, il déchira le sachet en papier et en sortit le flacon en verre fumé. Appuyant sur le couvercle, il désamorça le mécanisme de la sécurité enfants, comme on remonte une pendule. Le cachet était plutôt gros mais il l'avala sans eau. Il se coinça un court instant dans sa gorge avant de descendre. Mais son fantôme lui faisait mal à cet endroit. Il déglutit de nouveau. Était-il descendu ? Probablement.

Si le produit était bon, il ferait effet dans dix minutes. Et si dans vingt minutes il ne sentait toujours rien, restait l'option d'en prendre un second. De retour dans la rue, il se mit en route d'un pas lent, le regard bas, guettant à chaque pas un changement dans son humeur. Ça allait un peu mieux. Un soleil chétif réchauffait la rue. L'odeur s'estompait. Oui, il se sentait un peu mieux.

Il était assez calme, maintenant, pour lever la tête et regarder autour de lui. Des femmes rassemblées à un coin de rue regardaient vers le front de mer, des larmes plein les yeux. Elles parlaient à voix basse, la main sur la bouche. Les clients des cafés avaient l'air tristes et épuisés. Même les chauffeurs de 4 × 4, qui tendaient le cou vers le ruban de signalisation des pompiers au bout de Sinclair Street, n'avaient pas l'air dans leur assiette.

Iain avança vers l'eau. Sur l'esplanade, à un pâté d'immeubles du Sailor's Rest carbonisé, le camion d'une unité de police mobile avait déplié son escalier en aluminium sur le trottoir. Le flic qui faisait le planton devant scrutait les environs, plein d'espoir, mais personne ne voulait croiser son regard. Les mains dans le dos et les pieds légèrement écartés, il était là depuis un bon moment. Iain vit un homme éloigner sa femme, la faire changer de trottoir. Personne ne bougerait tant que Mark Barratt ne serait pas de retour. La ville attendait ses ordres.

Iain n'avait pas le droit de se dire qu'il valait mieux qu'eux. Lui non plus ne faisait rien. Il ne faisait pas partie des justes. Il ne restait plus qu'Annie et Eunice, à présent. Iain n'en revenait pas de ne pas avoir pensé à elles jusqu'à maintenant. Les grands-mères devaient être au trente-sixième dessous. Faisant demi-tour, il obliqua vers l'est, tenant bien serré le flacon de cachets dans sa poche. Si seulement le médicament pouvait émousser la réalité.

En face, derrière les vases en cristal et les chopes en étain dans la vitrine de la brocante d'une association caritative, Susan Grierson le regardait espérer.

26

Cadogan Street était située dans le vieux district commercial du centre de Glasgow, parmi d'autres ruelles étroites bordées de bâtiments monumentaux en grès rouge de l'époque victorienne, sévères et imposants. Un terne chapelet de portes ouvrant sur les halls d'accueil lumineux de fades sociétés de commerce, la morosité de l'endroit rompue çà et là par quelques snack-bars et cafés. On entendait presque, aux fenêtres des étages, crépiter les néons rancuniers.

On accédait aux bureaux d'Assur' Acc6dents par une porte vitrée. Prévenu de leur arrivée matinale, le gardien de l'immeuble les fit entrer et traversa avec eux un hall d'accueil gris.

— Il est tôt, remarqua-t-il vaguement, en désignant sa montre du menton.

Il était huit heures moins dix. Ils devaient s'entretenir avec les employés de la compagnie d'assurances, mais deux d'entre eux, qui avaient déjà trouvé un poste ailleurs, avaient accepté de les rencontrer avant leur journée de travail.

Le gardien les conduisit à un ascenseur exigu, visiblement installé sur le tard.

— Huitième étage. Il n'y a pas d'autre porte sur le palier.

Les portes se fermèrent et l'ascenseur entama sa montée poussive. Comparé au huitième étage, le hall gris du rez-de-chaussée devenait soudain glamour. Sur la porte gris cuirassé à la peinture écaillée, une bande de métal annonçait : Assur' Acc6dents. La porte s'affaissa sur ses gonds en s'ouvrant.

Ils pénétrèrent dans un espace de réception dont l'odeur comme l'état donnaient l'impression que quelqu'un avait passé trente ans à y fumer cigarette sur cigarette. La moquette, le bureau, la chaise, tout était jauni. Même la toile de jute bleu pâle sur les murs avait viré au jaunâtre.

— Je ne m'attendais pas à ça, commenta Morrow. Pas du tout.

Elle imaginait la belle et chic Roxanna dans un environnement de travail très différent. Un bureau avec cloisons de verre, mobilier de créateur et autres signes extérieurs d'une vie luxueuse, comme de l'air respirable par exemple.

— Pas étonnant qu'ils n'aiment pas Glasgow, fit McGrain, blessé dans sa fierté citoyenne par l'état pitoyable de l'endroit.

Vu les locaux, que Fuentecilla ait toujours eu l'intention de fermer la société devenait une évidence. Si elle avait eu le projet de rester, elle aurait déménagé. Elle aurait investi dans du nouveau mobilier. Elle aurait fait repeindre ou, au moins, aurait ouvert une fenêtre.

— Il y a quelqu'un ? lança McGrain.

Un bruit d'eau qui bout retint soudain leur attention. Se guidant à l'oreille, ils tournèrent au coin de la pièce et se retrouvèrent dans une petite cafétéria. Trois tasses tachées de thé étaient alignées à côté d'une bouilloire sur le dessus d'un petit réfrigérateur, chacune munie de son infusette avachie dans un fond de lait. Assis autour d'une table ronde, les trois employés qu'ils avaient convoqués, une femme et deux hommes, tous moins de trente ans, les dévisageaient d'un air coupable. Un paquet entamé de biscuits Bourbon devant eux sur la table.

Morrow et McGrain se présentèrent et sortirent leur badge.

Maxine Bradford gardait ses mains coincées entre ses genoux, comme si elle ne leur faisait pas complètement confiance. Blonde et bouclée, elle était bien trop maquillée pour une heure si matinale, ou d'ailleurs pour n'importe quelle occasion, mis à part le bal costumé d'un club de clowns.

Lorrie Whittle leur tendit la main en se présentant, la tête basse, comme embarrassé. Alors que les deux autres étaient en tenue de bureau, il portait un pantalon de survêtement gris et un sweat-shirt. Il n'avait pas encore recommencé à bosser.

Le troisième se leva et tira sur le bas de sa veste pour la remettre en place.

— Jim Moonie, fit-il en tendant la main, avec un regard franc qui disait « faites-moi confiance », comme c'était l'usage dans son métier.

Il serra la main de Morrow, puis celle de McGrain avant d'ajouter l'habituel, mais déplacé, « ravi que vous ayez pu venir ». Se rendant compte de sa maladresse, il se sentit bête et se rassit.

— Bon, fit Morrow en prenant les choses en main. Merci beaucoup d'être venus si tôt. C'est très aimable à vous. Nous avons juste besoin de bavarder un peu. On peut s'asseoir quelque part ?

Moonie leur offrit sa chaise, puis disparut dans un bureau voisin en chercher deux autres qu'il installa autour de la table. On leur proposa du thé, qu'ils refusèrent. Puis des biscuits. McGrain en prit un.

— Vous l'avez retrouvée ? demanda Maxine, un peu excitée. Elle est morte ?

McGrain secoua la tête :

— Nous n'avons pas retrouvé Roxanna Fuentecilla.

— Nous avons trouvé quelqu'un, mais pas elle.

Morrow posa sur la table une photo de l'étoile de David et du crucifix enchâssés.

— Vous reconnaissez cet objet ?

Ils prirent quelques instants pour l'examiner.

— Peut-être celui de Hettie ? suggéra Maxine.

Lorrie toucha la photo.

— Beaucoup de monde porte ce genre de collier.

Il ramassa la photo et la rendit à Morrow.

— Beaucoup de monde porte ce genre de collier, répéta-t-il, comme si elle n'avait pas entendu.

— Beaucoup de monde ici ?

Le sous-entendu les désarçonna.

— La femme qui portait ce collier a été retrouvée morte. Elle avait ça dans la poche.

Cette fois, elle posa sur la table la photo du cordon.

La réaction ne se fit pas attendre. Maxine laissa échapper un petit cri, accompagné de trois « oh, mon Dieu » : un pour Lorrie, un pour Jim, et un pour Morrow et McGrain. Elle battit plusieurs fois des paupières pour essayer de retenir ses larmes sans pouvoir détacher les yeux de l'image.

Sortant exactement le même cordon de sa poche, Jim le posa sur la table. Son badge y était attaché, avec son nom et sa photo d'un côté, et de l'autre, une bande magnétique permettant l'accès à l'immeuble.

— C'est le badge d'accès à l'immeuble. Nous en avons tous un.

Morrow acquiesça d'un signe de tête.

— Hettie a-t-elle un dossier personnel ?

Lorrie Whittle marmonna qu'il savait où le trouver. Ils le suivirent dans une arrière-salle où étaient conservés tous les dossiers de la société. Avec son appareil photo et son œil de lynx, le comptable de la police avait déjà tout épluché sans y trouver grand-chose. Whittle sortit une chemise du placard gris des archives du personnel.

Hester Kirk avait été licenciée dès l'arrivée de Fuentecilla. Elle avait quitté la société trois semaines plus tôt, une fois son préavis effectué. Une petite photo d'identité était agrafée en haut à droite du dossier. C'était bien la morte retrouvée dans l'eau. Rondelette, seins lourds, le fameux collier autour du cou. Les cheveux teints en blond et coiffés en queue-de-cheval et la bouille ahurie de la femme surprise par le flash du photomaton, la bouche pendante, un œil légèrement fermé. L'adresse de son domicile était à Clydebank.

De retour à la cafétéria, Morrow demanda aux anciens employés qui avait la plus grande ancienneté. Jim répondit que c'était lui, il était là depuis un an et demi.

On trouva un bureau libre. Jim Moonie prit place sur une chaise inconfortable, les mains cramponnées sur les côtés.

— Jim, qu'est-ce que vous pouvez nous dire sur ce qui se tramait ici ?

Le regard de Jim alla de Morrow à McGrain.

— Que voulez-vous dire ?

— Racontez-nous juste ce qui s'est passé ici. Votre point de vue sur la question nous intéresse.

— OK, hum, fit-il, soupesant la proposition. Eh bien, le bureau a fermé. C'est tout ce qu'on sait.

— Vous étiez là avant l'arrivée de Roxanna ?

— *Aye*. La boîte appartenait à Bob Ashe avant qu'elle la rachète. La réparation des dommages corporels, c'était ça notre métier. Pas toujours très réglo, je ne vous apprends sans doute rien. Mais rien de bien méchant, pas de fraude organisée. Pas vraiment.

— On sait. On se fiche un peu de tout ça. On veut savoir ce qui s'est passé quand Roxanna a pris les rênes.

— Eh bien, fit-il avec un claquement de lèvres. Ils arrivent et *bye bye* Bob. Il nous a tous réunis, il avait l'air à cran, je vous présente votre nouvelle patronne, et puis ciao. Sans prévenir ni rien. Et hop, il part s'installer à Miami.

— Est-ce qu'il avait l'air d'avoir préparé la chose ?

— Non. Mais il a des petits-enfants là-bas. Il faisait des allers-retours. S'il devait partir quelque part, c'était forcément là-bas.

— Non, je veux dire : vendre et partir ?

— Pas du tout. Il n'a même pas encore vendu sa maison, je sais qu'elle est toujours sur le marché. Je vois passer l'annonce toutes les semaines dans le journal.

— Où vivait-il ?

— Helensburgh. Le marché est au point mort là-bas, en attendant le référendum. Personne ne sait comment ça va tourner, si ?

Morrow demanda qu'il lui note l'adresse.

— La maison était-elle déjà en vente avant l'annonce de son départ ?

— Non. Qui voudrait vendre en ce moment là-bas ? Mais on aurait dit qu'il y avait quelque chose de plus fort que lui. Comme si on lui avait donné une grosse somme pour qu'il dégage le plancher, pardonnez mon vocabulaire. Puis c'est elle qui rachète. Elle ne connaît rien au business, à part qui mouille dans les combines, car elle veut les voir partis.

— Hester Kirk ?

— Hettie était la reine des carotteuses. Je vais être franc avec vous, j'étais bien content d'apprendre qu'elle avait pris la porte. Je l'aimais bien en tant que personne, mais c'était une putain de voleuse, pardon. Je croyais qu'on allait être réglo maintenant. On peut gagner sa vie correctement si on joue selon les règles. Mais si on choisit de faire n'importe quoi, on s'en met vraiment plein les poches. Hettie était toujours sur mon dos, fais ci, fais ça, booste tes résultats, tu nous plombes. Mais c'est illégal, vous savez ? Oui, bien sûr que vous savez, vous êtes de la police. Je ne suis pas un cul-béni, ni rien. Mais je ne suis pas un putain de voleur, c'est tout. Pardon. Je ne marche pas dans ce genre de combine, point. Donc, bon, j'en ai bavé. Et là, Fuentecilla débarque, elle a l'air de vouloir faire le ménage. Se débarrasse des putains de voleurs.

— Comme Hester ?

— Exact, comme Hettie. Elle a été la première à partir. On est payés à la commission, pour les demandes d'indemnités, vous savez ? Du coup, c'est tentant de gonfler les chiffres. Hettie a cédé aux sirènes. Et aux dessous-de-table.

Il prit soudain un air coupable.

— Ce n'est pas un problème de vous raconter ça, si ? Vu qu'elle est, vous savez...

— Morte ?

— *Aye*. Morte.

— Fuentecilla vous a-t-elle expliqué ce qu'elle faisait ? Il y a eu une réunion ou quelque chose ?

— Non. Mais c'était évident, vu qui était viré. On a tous compris le message.

— Fuentecilla n'a rien dit sur les revenus, ou les sources de revenus de la société, rien de ce genre ?

— Elle n'a pas pris la peine, non. Elle est plutôt snob, pas vrai ? De toute façon, c'est sa boîte maintenant, elle en fait bien ce qu'elle veut. Mais en fait, ils ne faisaient pas le ménage, hein ? Vu que pour finir, ils nous ont tous envoyés chier. Pardon.

— Comment Hester Kirk a-t-elle réagi à l'annonce de son licenciement ?

Jim expliqua qu'Hettie était en poste depuis, disons, deux ans. Ce n'était pas une femme facile, pour commencer, vous savez ? Elle était pleine de colère. Divorcée. Son ex était un junkie qui avait tenté deux ou trois fois de la voler. Alors, ça plus le reste, elle était furieuse. Disait qu'elle ne trouverait jamais un autre boulot comme celui-ci. Elle a eu que le minimum légal en termes d'indemnités de licenciement. Elle assurait qu'elle n'allait pas se laisser faire. Elle était au courant de tout ce qui se passait dans la boîte, et pour cette connasse d'Espagnole. Pardon.

— Enfin bref, on a tous fini la semaine dernière. Le loyer est payé. Une autre société emménage dans quelques jours.

— Fuentecilla vous a tous licenciés ?

— *Aye*. La semaine dernière.

Il fit la moue.

— Elle n'a même pas pris la peine de nous le dire en face. Elle a juste laissé une lettre avec le solde de tout compte sur les bureaux. Les autres ne sont plus venus. Elle est pas maline, vraiment. Je veux dire, c'est une société en nom collectif. Si la boîte coule avec des dettes, elle va être responsable sur ses fonds personnels.

— Pour les dettes, on a vérifié. Je croyais que la société n'en avait pas ?

— Impossible, sourit Jim. Vous n'êtes pas au courant des dépenses qu'elle a faites ? De tous les achats.

Morrow balaya la pièce terne du regard.

— Et qu'achetait-elle ?

— Des terres, répondit Jim. Et je ne suis au courant que parce que Hettie m'en a parlé. Elle a forcé les tiroirs de classement un soir – elle est costaud –, elle y a trouvé des lettres d'agents immobiliers, des actes de vente.

Morrow se leva.

— Vous pouvez me montrer ?

L'administration était de l'autre côté de la réception. Fuentecilla avait installé son propre bureau aussi loin que possible du reste des employés. Jim ouvrit la porte avec précaution, comme si sa belle Espagnole de patronne risquait d'être encore là. Passant la main à l'intérieur, il alluma.

Propre. Un bureau en verre, sur lequel était posé un téléphone profilé violet de chez Bang & Olufsen. Une chaise transparente. Un mur de meubles de classement rouges équipés de tiroirs de tailles différentes, tous du même designer, dont le nom était indiqué en lettres d'acier.

Le comptable de la police n'était pas venu ici. Hester, si. Elle était en rogne au moment où elle avait fouillé le bureau et s'était servie d'un ciseau pour forcer les tiroirs. Le sol était couvert de documents éparpillés. Morrow n'aurait pas pu les consulter sans mandat mais avec les soupçons de cambriolage, elle pouvait faire ce qu'elle voulait.

Morrow et McGrain passèrent d'un tas à un autre, sans rien toucher. Ordres d'achats et actes de ventes, plans de bornage. Tous se rapportant à des terrains nus autour de la côte occidentale de l'Écosse. Vu les incertitudes qui pesaient sur le marché en ce moment, les prix étaient sans doute en forte baisse. Personne d'autre n'achetait. La spéculation immobilière n'était pas un crime mais les terrains nus comptaient parmi les rares biens qui pouvaient rester facilement dormants pendant sept ans, en n'accumulant rien d'autre que de la valeur, jusqu'à ce que les rouages juridiques se mettent en route au moment de la déclaration de décès.

Le téléphone de Morrow sonna. Elle répondit. C'était l'agent Kerrigan. Les empreintes sur le sac de cocaïne trouvé dans la voiture de Fuentecilla appartenaient à quelqu'un : Iain Joseph Fraser, actuellement domicilié à Helensburgh, après un passage par la prison de Shotts. En testant la cocaïne, ils avaient aussi trouvé des traces de biscuits Pim's. Bizarre.

D'un signe de tête, Morrow demanda à McGrain de distraire Jim Moonie.

McGrain obéit.

— Quand avez-vous remarqué pour la première fois que Hettie avait forcé l'entrée du bureau ? lui demanda-t-il.

Morrow s'éclipsa dans le couloir.

— Pourquoi était-il en prison ?

— Coups et blessures, répondit Kerrigan. Une sale agression. Je vous ai envoyé son dossier.

— Bien. Prenez Thankless. Et filez à Helensburgh voir si vous pouvez ramasser ce Iain Fraser. Et tant que vous y êtes, appelez M. Halliday, de la ferme Lurbrax. Demandez-lui s'il a vendu des terrains nus récemment.

Elle ne voulait pas lui poser elle-même la question. Elle aimait l'idée d'Halliday militant sans compter pour la jeune génération, mais elle connaissait trop bien les gens.

27

Boyd entrouvrit ses paupières lourdes de sommeil juste assez longtemps pour jeter un coup d'œil au réveil sur sa table de chevet. 8 h 10, mais ça allait : Helen et Katie venaient à 9 heures s'occuper de la vaisselle, elles ouvriraient à la femme de ménage et signeraient les bons de livraison. Tout allait bien.

Il se laissa sombrer dans un demi-sommeil, savourant le luxe d'avoir le lit entier pour lui, son mal de crâne et ses courbatures, ainsi que le bonheur qu'il y avait à ne pas être obligé d'aller bosser.

Physiquement, il se sentait vraiment mal, mais faire n'importe quoi comme il l'avait fait était exactement ce dont il avait besoin. À rebours, il se repassa le film de sa soirée d'hier : quand il s'était effondré dans le lit à côté de Lucy, qui l'avait maudit dans son sommeil. Avant ça, le whisky qu'il avait bu chez Mlle Grierson pour faciliter les choses. Et pour finir, ça n'avait même pas été un bon coup. Le jeu n'en valait pas vraiment la chandelle, maintenant que c'était fini. Sur un sol en terre battue. Avec une femme qui n'arrivait pas à la cheville de Lucy. Elle ne se sentait pas vieille, mais elle était plutôt vieille.

Pris d'un accès de nausée, il se redressa, le cerveau pulsant violemment à l'intérieur de son crâne. Il ferma les yeux le temps que la douleur se calme.

Les cris des garçons se mêlaient aux voix aiguës de l'émission de télé qu'ils regardaient dans la cuisine. Comme chaque fois, cet article sur la gueule de bois qu'il avait lu un jour dans l'*Observer* lui revint en mémoire : quelqu'un aurait apparemment prouvé que la consommation d'alcool provoquait des regrets par réaction chimique. Il avait des fourmis dans les mollets, les crampes n'étaient pas loin. Se hissant hors du lit, il gagna la salle de bains en titubant et fit couler la douche.

Debout sous le jet, alors qu'il savonnait la salive séchée de Susan sur ses cuisses, il se rappela la digue dentaire dans sa bouche et l'étrange façon dont elle l'avait ôtée, à la dérobée. Quelqu'un, un jour, s'en était-il plaint, plaint de la voir se servir de ça, alors elle s'était mise à le cacher ? Non, ça ne collait pas. Peut-être qu'elle était séropositive ? Ou pensait que lui l'était ? Non, parce que ensuite, chez elle, elle n'avait pas pris de précautions. C'était bizarre. Toute la soirée était bizarre. Il écouta Lucy et les enfants prendre leur petit déjeuner dans la cuisine. Ils avaient l'air d'être très loin.

Boyd était distant avec sa famille comme son père l'avait été avec lui. Pourtant, il n'avait pas aimé ça. Jeune, il croyait que son père ne l'aimait pas ; plus tard, il en avait voulu à la paroisse, et plus tard encore, étrangement, il avait fait porter tous les torts à sa mère. Il reconnaissait maintenant cette même froideur en lui et se demandait si les pères Fraser étaient destinés à n'être qu'aperçus, distants et pareils à des dieux. Il repensa à toutes les photos de famille, sur plusieurs décennies.

Stockées dans une valise en carton au grenier. Des générations d'enfants et de tatas tout sourire, avec les pères dans le fond qui lisaient leurs journaux, fumaient leur cigarette, toujours derrière. Il était comme ces pères de la famille Fraser. Distrait. Maussade. Distant.

Il se rappelait maintenant pourquoi il aimait se mettre la tête à l'envers de temps en temps : pour l'honnêteté que ça provoquait chez lui, une révélation.

Il se sécha, s'accrochant comme il pouvait à cette découverte, qu'il sentait déjà se dissiper comme le souvenir d'un rêve. Il était distant, comme son père. Et il ne voulait pas. Essayant de trouver une façon de le formuler, une phrase à même de capturer ce qu'il ressentait, il descendit à pas feutrés dans la cuisine.

Lucy et les garçons, même Jimbo, se figèrent à son entrée. Ils appréhendaient son humeur. Il sourit.

— Bonjour tout le monde, dit-il.

Lucy marmonna nerveusement un « bonjour » avant de se remettre à servir les céréales des enfants, masquant de son corps la boîte orange et verte. Boyd n'approuvait pas que les enfants mangent ces céréales : elles étaient pleines de colorants, de sucre et de sel. C'était une grande boîte à moitié vide. Ils en avaient déjà mangé beaucoup, visiblement, en d'autres occasions. Elle la cachait sans doute.

Ils lui cachaient leurs vies, comme lui avait fait avec son père, comme lui et sa mère quand ils conspiraient pour dissimuler le pire au révérend. Les billets pour les concerts rock. Les Reebok : « Trop cher pour des tennis en toile », avait tranché son père.

Boyd en eut un pincement au cœur de regret, la chimie de l'alcool. Il ne voulait pas de ça pour lui et ses enfants.

Il se leva brusquement, ce qui fit tressaillir Lucy. Attrapant un bol dans le placard, il le tendit à Lucy pour qu'elle le serve aussi. Les garçons le fixaient, sur leurs gardes. Jimbo s'éclipsa. Boyd essaya de croiser le regard de Lucy. Elle le servit avec un petit sourire narquois, laissant les céréales déborder du bol puis se répandre sur la table et par terre. Boyd ramassa ce qui traînait devant lui et les fourra dans sa bouche en la regardant dans les yeux. Elle sourit, encore hésitante, tandis qu'il s'attablait avec les garçons.

— Qu'est-ce qui t'est arrivé la nuit dernière ?

— Je me suis pris une belle cuite.

Il se servit en lait avant d'attraper une cuillère dans le tiroir. Les deux garçons commencèrent à se chamailler en silence pour savoir lequel des deux avait le plus de fraises.

Lucy baissa la voix.

— Tu es rentré tard.

Il vit son œil gauche sur le point de se crisper. D'habitude, c'était à ce moment-là qu'il se mettait à crier, même s'il ne se souvenait plus pourquoi. Lucy était adorable. Elle méritait mieux.

— Un exercice de développement de l'esprit d'équipe avec les filles.

Il jeta un coup d'œil vers les enfants.

— Je te raconterai plus tard.

Puis il murmura :

— J'ai trouvé de la blanche.

Lucy se mit à rire, incrédule, mais elle se laissa convaincre par ses yeux rouges et son air de chien battu. Il disait la vérité, ça se voyait.

William essayait de voler un minuscule pétale rouge dans le bol de son frère mais le petit Larry n'avait pas l'intention de se laisser faire et lui pinça le poignet. William se mit à hurler. Plongeant la main dans le paquet de céréales, Lucy en ressortit quelques morceaux rouges rabougris qu'elle lâcha dans les bols des garçons.

— Maintenant, vous mangez ce que vous avez ou je reprends tout et je le remplace par des corn flakes. Sans sucre.

Ils vidèrent leurs bols à grosses cuillerées, un œil sur leur mère et l'autre sur leur frère.

Elle murmura à Boyd :

— Garde-m'en, la prochaine fois.

— D'accord, fit Boyd, qui savourait l'inconvenance qu'il y avait à parler de ça devant les garçons. J'essaierai de t'en trouver aujourd'hui.

— Ah ben mince ! lança Lucy avec excitation avant de retourner à ce qu'elle faisait.

Boyd avala les écœurantes céréales en faisant des grimaces aux enfants, comme s'il trouvait ça délicieux.

Derrière lui, Lucy vaquait à ses occupations avec une grâce surnaturelle, nettoyant et essuyant avec des gestes de danseuse de ballet. Boyd, sur les nerfs comme il l'était, ressentait avec acuité combien c'était étrange pour tout le monde qu'il prenne son petit déjeuner avec eux, croise leur regard, sans énervement ni méchanceté. Comme un père divorcé contraint de passer la nuit chez son ex à cause d'une panne de voiture, ou autre chose. Il faisait trop d'efforts.

Il arrêta et laissa les garçons retourner à leurs céréales les yeux sur la télé. Lucy le contempla en souriant. Ça faisait longtemps qu'elle ne lui avait pas souri comme ça. Il se demanda comment c'était pour elle, ici, à Helensburgh. Elle était originaire du Devon. Là-bas, elle avait une belle bande d'amies, que des filles super, gentilles, jolies, drôles, adorables. Elle devait se sentir piégée dans cette maison, sa maison, sa ville.

Elle continua à les servir, à verser, à essuyer, à poser des maillots de corps minuscules sur des radiateurs afin qu'ils soient bien chauds quand ils les enfileraient. Bienveillante, toujours. Quand elle passa à sa hauteur, Boyd recula sa chaise, l'attrapa par la taille et l'attira sur ses genoux. Lucy se lova contre lui et il la prit dans ses bras, fourrant le visage dans son cou tandis qu'elle lui déposait un baiser dans les cheveux.

Reconnaissant, il lui serra doucement la taille et elle l'embrassa de nouveau. Quand elle voulut se relever, il la retint, joueur, essayant de manger ses céréales au-dessus des genoux de Lucy, renversant au passage des gouttes de lait sur son pantalon de pyjama et lui arrachant un rire guttural. Elle se leva et lui servit un café avec un grand sourire ravi.

Quand ses fils et lui eurent fini leur petit déjeuner, il les habilla, leur mit leurs petits maillots de corps bien chauds, leurs pull-overs, leurs salopettes. Puis leurs chaussettes et leurs bottes, avant d'ouvrir la porte et de les laisser filer à toute allure dans le jardin avec Jimbo. C'était une belle journée. Depuis la terrasse devant la maison, on apercevait l'eau scintillante.

Lucy le rejoignit dehors et s'installa sur l'une des chaises en rotin bleu délavé dénichées dans le grenier. Tirant la deuxième, Boyd s'assit à côté d'elle. Il lui prit la main et, ensemble, ils regardèrent leurs beaux garçons jouer dans leur beau jardin par un beau matin.

— T'es au courant pour l'incendie ?

Elle parlait à voix basse, les lèvres presque immobiles. Sans quitter les garçons des yeux pour s'assurer qu'ils ne pouvaient pas entendre.

— Quel incendie ?

— Le Sailor's Rest. Il a brûlé. Deux personnes à l'intérieur.

— Oh mon Dieu, dit-il, mais il pensait à Lucy, se demandait comment elle se sentait, et il pensait aux garçons, en se disant que tout allait s'arranger maintenant.

Il ne réalisa pas jusqu'à ce qu'elle ajoute :

— Le propriétaire et sa fille étaient à l'intérieur. Ils sont morts. Inhalation de fumée.

— Nom de Dieu de merde !

Il venait de se souvenir de Murray et de Lea-Anne. De l'étrange conversation tendue et de l'attitude intimidante de Tommy Farmer.

Lucy regarda vers la pelouse, les larmes aux yeux.

— Je crois qu'ils parlent d'inhalation de fumée pour ne pas dire carbonisés, tu sais, parce que c'est trop brutal.

— Je les ai rencontrés hier.

— Qui ?

— Le proprio et sa fille. Je les ai rencontrés. Et ils sont morts ?

— Ouais.

— Il y avait un type avec eux, sale gueule, Tommy Farmer. On aurait dit qu'il les menaçait.

Boyd était content de ne lui avoir rien acheté. Si Farmer était mêlé à un incendie criminel, il ne voulait rien avoir à faire avec lui.

— Ils devaient avoir des dettes, dit Lucy. Peut-être qu'ils ont voulu y mettre eux-mêmes le feu et se sont retrouvés coincés, tu sais ? Pour l'assurance ?

— Peut-être.

Lucy continua à parler mais Boyd repensait aux deux grands-mères au dîner dansant. L'une d'elles était censée garder Lea-Anne, mais Murray avait décidé de ne pas y aller et lui avait donné son billet.

— Au dîner, dit-il, la grand-mère, celle qui avait mal à une jambe, elle était censée garder la petite, mais elle était au dîner dansant, les deux grands-mères étaient là…

— Quoi ?

Les yeux toujours tournés vers la pelouse, Lucy surveillait les garçons pour qu'ils ne s'approchent pas trop de la pente raide près du mur du jardin.

Il expliqua pour la grand-mère, qui était censée rester chez elle, avec un problème à la jambe ou à la vessie, mais qu'il avait rencontrée au dîner. Putain ! Quelle horreur !

Ils regardaient tous les deux leurs fils, accroupis devant un buisson de fuchsias, qui contemplaient quelque chose dans l'herbe.

— Horrible, confirma Lucy.

— Bon Dieu, cette ville, fit Boyd en se levant trop vite, pris de fourmis dans les mollets quand il voulut tendre les jambes.

Il voulait rejoindre les enfants, mais il pouvait à peine marcher. Lucy rit de le voir descendre en boitillant la volée de marches qui menaient à la pelouse.

— T'en as pris une bonne hier soir, hein ?

— Sacré nom d'une pipe en bois ! dit-il, pour alléger un peu l'atmosphère. Tu m'étonnes. Un autre café ne serait pas de trop.

De toute façon, les garçons revenaient vers eux en courant, une dispute venait de se déclencher. Ils grimpèrent sur la terrasse, se laissèrent tomber lourdement sur les fesses et entreprirent de tirer sur leurs bottes pour les enlever. Boyd regarda Lucy les aider à se débarrasser de leurs vêtements d'extérieur. D'un air sévère, elle leur promit dix minutes de dessins animés dans la cuisine s'ils allaient d'abord tous les deux aux toilettes tout seuls.

De retour dans la cuisine, Boyd se resservit un café, qu'il avala en quatre gorgées avant de glisser un bras autour de la taille de sa femme.

— Putain que je t'aime.

— Tu me parles à moi ou au café ?

— Au café.

Quand elle se mit à rire, il sentit les vibrations de son corps se frayer un chemin jusque dans son ventre.

— Qui t'a fourni la dope ? Cette grosse serveuse ?

— Non.

Il la lâcha et baissa la tête pudiquement vers son café.

— Susan Grierson. Elle est passée au café, elle cherchait du boulot.

— Grierson ? De la grande maison de Sutherland Crescent ?

— Ouais. Une très vieille famille d'Helensburgh.

— Elle est revenue ?

— Sa mère vient de mourir, fit Boyd en avalant une autre gorgée, pressé de changer de sujet.

— Pas récemment, non, fit Lucy. Sara Haughton m'a posé des questions sur cette maison il y a un an et demi environ. Elle voulait l'acheter pour le jardin. La propriétaire était déjà morte, mais la succession n'était pas terminée, ou un truc comme ça.

C'était trop de détails pour Boyd. Il n'aimait pas Sara Haughton. Elle le prenait de haut parce qu'il était « cuistot ». Lucy vit qu'il n'écoutait pas.

— Boyd, la vieille Mme Grierson est morte il y a deux ans.

— Eh bien, elle ne vient s'occuper de tout ça que maintenant.

— De la succession ? Je vais le dire à Sara dans ce cas, si elle vend. Elle adore ce jardin.

Il prit sa femme dans ses bras et l'embrassa tendrement.

— Lucy, murmura-t-il, j'ai été pas mal grincheux ces derniers temps, je suis désolé. Je ne veux pas être comme ça.

— Tu n'es pas toujours comme ça.

Elle lui tapota le dos et tenta de se libérer de son étreinte, mais il tint bon.

— Je ne veux pas te voir tressaillir quand je rentre.

Elle changea brusquement d'humeur et repoussa son bras d'un coup d'épaule en lui adressant un regard d'avertissement.

— Alors dans ce cas, ne rentre pas de mauvais poil tous les soirs.

— Tu as raison, dit-il, au moment où elle passait devant lui. Je suis désolé.

C'était un vrai changement de ton de sa part, tous les deux en étaient conscients. Elle s'arrêta et le dévisagea.

— Tu devrais te retourner la tête plus souvent, Boyd. Les regrets te réussissent bien.

Lucy aussi lisait l'*Observer*.

28

Ils restèrent assis au chaud dans la voiture devant chez Roxanna Fuentecilla jusqu'à ce que Morrow ait fini de passer ses coups de fil. Il était encore tôt et la journée s'annonçait bien, une journée où les choses allaient avancer.

Kerrigan répondit. Elle était en route pour Helensburgh avec Thankless. D'abord réticent, Halliday avait fini par admettre avoir vendu le champ attenant à sa ferme quelques semaines plus tôt. Il le fallait, pour sa retraite, avait-il expliqué. Au terme de plusieurs années d'efforts, il avait réussi à rendre le terrain constructible. Ce qui multipliait sa valeur par dix. La société à qui il l'avait cédé s'appelait Assur' Acc6dents. Delahunt s'était occupé de la vente, Halliday avait reconnu son nom.

Kerrigan lui apprit que l'inspectrice Simmons avait appelé au sujet des empreintes trouvées sur le sac dans l'Alfa Romeo. Iain Joseph Fraser était connu à Helensburgh. Il avait un casier long comme le bras et travaillait désormais pour Mark Barratt. Il avait été plusieurs fois condamné pour des violences aux personnes. Il revenait toujours en ville après avoir purgé sa peine. Simmons leur avait communiqué une liste d'adresses où il était susceptible de se trouver.

Morrow raccrocha et contempla son téléphone. Halliday se fichait bien des prix de l'immobilier car il avait déjà vendu. Il la décevait. Elle espéra ne jamais le revoir. Elle ne voulait pas entendre ses excuses.

Il devenait clair à ses yeux que Delahunt était l'auteur de l'escroquerie. C'était son style, mais l'argent venait du couple Arias. Ils avaient forcément un lien. Ne restait plus qu'à le trouver. Bob Ashe, l'ancien propriétaire de la société parti pour Miami, était originaire d'Helensburgh. Il pouvait tout à fait connaître Delahunt. Tout commençait à prendre du sens, jusqu'à la disparition de Roxanna. Puis ça devenait la pagaille, ça ressemblait à une improvisation, comme si quelque chose avait brusquement mal tourné. Le catalyseur était la mention de Maria Arias dans le coup de fil de Vicente et la virée londonienne en catastrophe de Roxanna.

— Prête ? demanda McGrain.

Morrow rempocha son téléphone.

— Oui, allons-y.

Ils sortirent de la voiture et s'avancèrent vers l'entrée de l'immeuble de Walker et Fuentecilla. Une voisine encombrée d'une double poussette et de deux jeunes enfants, qui essayait tant bien que mal de franchir le seuil, les laissa entrer.

La vive lumière matinale ne mettait pas les lieux en valeur. Des rayons de soleil s'insinuaient à l'intérieur, réchauffant l'escalier et éclairant de vieux brins de poussière qui flottaient paresseusement dans l'air et se déposaient sur la rampe.

Morrow frappa et Robin Walker vint ouvrir.

— Vous avez trouvé quelque chose ?

Sa colère, aujourd'hui, était teintée de reproches. Morrow ignora sa mauvaise humeur.

— On peut entrer, monsieur Walker ?

— J'emmène les enfants au collège. Ils sont déjà en retard.

— Je comprends. On peut entrer ?

Croyant à tort que son insistance présageait une terrible nouvelle, Walker pâlit.

— Non, fit-elle en tendant le bras vers lui. Rien de grave. On veut vous poser des questions sur certains nouveaux détails, c'est tout.

Il avait cru Roxanna morte. Soulagé, il se frotta le visage de la paume de la main, puis s'énerva de nouveau. Le ton était plutôt vif, pour une conversation de cage d'escalier. Il changeait d'humeur sans crier gare. Morrow se demanda s'il était sous traitement ou s'il avait bu.

— On peut parler à l'intérieur ?

— Je suis désolé, entrez. J'ai cru qu'elle…

Il se tourna vers McGrain.

— Vous savez ce que j'ai cru.

— Nous sommes simplement venus vous poser des questions, rien d'autre.

Dans le salon, Robin leur indiqua le canapé.

— Je vous en prie…

Il s'assit à son tour, soudain pressé de leur rendre service. Maintenant qu'ils étaient en pleine lumière, elle se rendit compte que Walker n'était sous l'effet d'aucune substance, mais il n'avait manifestement pas dormi.

— Robin, le corps d'une femme qui travaillait pour la vôtre a été retrouvé dans le Loch Lomond. Elle a été assassinée. Elle s'appelait Hester Kirk. Vous la connaissez ?

On aurait dit qu'il ne respirait plus.

— Monsieur Walker ? Hester Kirk. Le nom vous dit quelque chose ? Vous la connaissiez personnellement ?

— J'ai entendu parler d'elle. Je crois.

— Et que savez-vous à son sujet ?

— Nous l'avons licenciée, il me semble. Non ?

— Nous ?

— Roxanna, je veux dire. Elle l'a licenciée.

Regardant Walker dans les yeux, Morrow confirma d'un signe de tête.

— Elle a été renvoyée ?

— Oui, dit-il.

— Pourquoi ?

— Hum, eh bien…

Il était trop fatigué pour inventer en urgence un mensonge. Morrow le lui épargna.

— Écoutez, monsieur Walker, soyez honnête, s'il vous plaît. Il faut que vous compreniez bien ce qui se passe ici : une femme a été assassinée et votre compagne a disparu. Nous avons trouvé la voiture de Roxanna abandonnée à Helensburgh. Nous craignons beaucoup pour sa sécurité.

Martina traversa soudain la pièce en diagonale, comme si elle venait de traverser un mur. Vêtue de son uniforme de collégienne, elle portait une tartine dans une assiette et ne fit pas attention à eux. Elle était sans doute en train de préparer le petit déjeuner dans la cuisine et s'y était retrouvée coincée à leur arrivée. Cachée derrière ses longs cheveux blonds, elle leur faisait comprendre à sa façon qu'elle ne voulait pas leur parler. Sentant tous les regards posés sur elle, elle se hâta vers la porte, pressée de disparaître.

— Martina ? lança Morrow.

Elle s'attendait presque à découvrir un œil au beurre noir.

Martina se figea et feignit la surprise, comme si elle venait de les trouver cachés sous un piano.

— J'aimerais te parler, lui dit Morrow.

Martina soupesa la demande en tripotant sa tartine.

— D'accord. Je serai dans ma chambre, dit-elle avant de poursuivre son chemin.

Morrow attendit qu'elle ait disparu.

— Elle a l'air d'un peu meilleure humeur qu'hier.

Walker la regarda s'en aller. Il avait l'air désorienté.

— Comment Hector prend-il la chose ?

— Mal. Il est dans sa chambre, dit-il. Bref, pour en revenir à Hester Kirk : elle faisait partie de la vieille garde. Ses demandes d'indemnités étaient douteuses, à la limite de la légalité. Raison pour laquelle Roxanna l'a virée.

Il étudia leurs visages, pour voir s'ils le croyaient.

— Hester Kirk s'est introduite par effraction dans les locaux il y a quelques nuits de ça, pour fouiller dans les dossiers. Vous étiez au courant ?

Manifestement, elle le lui apprenait.

— Quoi ? s'exclama-t-il pour gagner du temps.

— Nous savons que Roxanna mettait un terme à l'activité de la société. Tout fermait ce vendredi.

— Eh bien, je ne sais rien de ses affaires.

Ce n'était pas la première fois qu'il leur sortait ça.

— Voyez-vous, monsieur Walker, fit Morrow d'une voix réticente, j'ai bien l'impression que c'est un mensonge. Vous êtes seuls dans une ville que vous ne connaissez ni l'un ni l'autre. Elle ferme unc entreprise et vous n'évoquez jamais le sujet tous les deux ? Invraisemblable, vous ne trouvez pas ? Vous êtes son petit ami, pas le baby-sitter. Quand je regarde ces photos que vous avez prises, la façon dont elle vous dévore des yeux, elle est clairement amoureuse de vous. J'ai du mal à croire qu'elle ne vous dirait rien.

Il tenta de sourire.

— Pourquoi ne pas nous avoir dit que le bureau mettait la clé sous la porte ?

— Nous n'avons jamais été là de manière permanente.

— Vous partez ?

Walker secoua la tête.

— Non, hum. Je ne sais pas.

Mais il savait. Il savait mais ne comptait rien leur dire de ses projets.

— Pourquoi achetait-elle des terrains nus ?

Il leur décocha un sourire nerveux.

Morrow poussa une exclamation désapprobatrice.

— Robin, vous voulez que je vous dise ce que je crois qu'il est en train de se passer ?

Il tenta un nouveau sourire.

— Du blanchiment d'argent… dit-elle.

— Pardon, du quoi ? Quoi ?

Le physique de Robin pouvait peut-être le mener loin, mais certainement pas sur les planches.

— Nous n'avons pas trouvé de dettes en examinant les documents de la société, mais nous savons que vous achetez des terres. Nous avons trouvé ça plutôt étrange, pour une société d'assurances.

— Ça n'est pas une société d'assurances. C'est un partenariat commercial. Une structure juridique très flexible. Il n'y a, dans ce cas, voyez-vous, aucun actionnaire à prévenir en cas de changement d'activité commerciale.

Elle entendait dans sa voix l'intonation de quelqu'un d'autre. Probablement Delahunt.

— C'est Delahunt qui vous a dit ça ?

Il écarquilla les yeux.

— Pardon ?

— Votre avocat, dit-elle calmement. Vous n'êtes pas vous-même diplômé en droit écossais, si ?

— Non, non.

Il ne cilla pas.

— Bon, donc, vous avez acheté la société au comptant et financez maintenant l'acquisition d'une surface conséquente de terrains nus. Vous pouvez me dire d'où vient l'argent ?

— Je ne sais pas.

Morrow murmura un assentiment qui ne l'engageait à rien et soutint son regard.

— Roxanna s'est rendue à Londres le jour de sa disparition. Puis elle est revenue, de nuit, et a filé à Helensburgh sans s'arrêter ici. Elle devait se sentir en danger, je ne vois que ça. Et elle ne voulait pas vous mettre en danger vous aussi en rentrant à la maison.

Il écoutait attentivement.

— Que faisait-elle à Londres ?

— Elle est allée voir Maria Arias.

— *Maria* ? Je l'ai appelée trois fois. Et de nouveau rappelée hier. Elle m'a dit qu'elle n'avait pas eu de nouvelles de Rox, qu'elle ne l'avait pas vue – elle m'a dit qu'elle m'appellerait si Rox la contactait. Pourquoi Rox serait-elle allée la voir ?

— Martina ne vous l'a pas dit ?

— Ne m'a pas dit quoi ?

— Elles se sont disputées dans la voiture le matin de la disparition de Roxanna. Martina a mentionné que Miguel Vicente avait appelé. Et évoqué Maria Arias au détour d'une phrase. Pour une raison ou pour une autre, ça a mis votre femme hors d'elle.

Lui aussi était hors de lui. Se levant d'un bond, il s'écria :

— Cette… petite garce… de quoi je me mêle… elle raconte n'importe quoi !

— Qu'est-ce qui est n'importe quoi ?

— Maria et Vicente ne se connaissent pas. Comment pourraient-ils se connaître, bordel ?

Essoufflé, il se rassit sur le canapé.

— Et s'ils se connaissaient ? demanda Morrow.

Il eut l'air terrifié.

— Si, en fait, ils se connaissaient ? insista-t-elle calmement. Cela voudrait dire que Roxanna s'est trouvée victime d'amis de son ex malveillant. Amis qui l'ont mêlée malgré elle à une douteuse affaire de blanchiment d'argent. Quelle était la stratégie de sortie ?

Walker fixait le sol d'un regard vide.

— Roxanna allait mettre la société en sommeil et puis quoi ? continua Morrow.

Elle voyait qu'il voulait parler. Il voulait lui en dire tant qu'il se couvrit la bouche d'une main, de peur de le laisser échapper.

— Vous alliez tous disparaître de la circulation ? Filer quelque part dans leur jet privé et recommencer à zéro ? Avec un gros sac d'argent en guise de dédommagement ?

Il la regarda, implorant sa compassion.

— Ils l'ont déjà fait par le passé, dit-il.

— Vous êtes obligé de leur faire confiance pour que ça marche, cela dit, non ?

Il acquiesça doucement de la tête et laissa retomber sa main.

— Parce que si vous ne pouvez pas leur faire confiance, continua-t-elle, il ne reste plus qu'une option : se débarrasser de Roxanna d'une autre façon. Si elle est arrêtée, la société est laissée en sommeil et ils n'ont pas à vous dédommager. La propriété revient alors de toute façon aux investisseurs. Même chose si elle meurt.

— Vicente et Maria ne se connaissent pas, insista-t-il. Ils ne se connaissent pas.

Mais ils savaient tous les deux que c'était possible. Et si c'était le cas, Roxanna était mêlée à un jeu plus dangereux qu'elle ne l'avait réalisé.

— Juan et Maria, vous les avez connus comment ?

— Par l'école des gamins.

— Roxanna et Maria sont devenues amies ?

— Bonnes amies, fit-il avant de s'interrompre un instant, considérant la chose. De très bonnes amies.

Jetant un regard vers le vaisselier Larkin and Sons, il ajouta :

— Ils nous ont offert ça.

— Ce meuble de rangement ?

Le terme ne lui plaisait pas.

— C'est en fait un vaisselier.

— Étrange comme cadeau, vous ne trouvez pas ?

Robin évacua la question d'un geste de la main.

— Nous étions à une vente aux enchères, un dîner de bienfaisance. Ils nous ont invités, on ne les connaissait pas vraiment. En le voyant dans le catalogue, on a dit, juste comme ça, vous savez, qu'on le trouvait joli, alors ils ont demandé à un ami à la table d'enchérir en notre nom.

Il en était encore impressionné.

— Ils ont réglé en liquide.

Morrow n'avait pas l'air suffisamment éblouie, manifestement, car il ajouta :

— Soixante-quatre mille livres.

Elle prit alors une fausse expression ébahie, tout comme McGrain. En réalité, elle songeait au cynisme dont le couple avait fait preuve. Sans doute avaient-ils roulé Robin et Roxanna dans la farine dès le départ. Les fuites n'étant pas rares au sein de la Met, ils se savaient probablement surveillés le jour de la vente. C'était tellement prévisible, tellement au nez et à la barbe de tout le monde. La police, pour finir, n'en avait plus eu que pour Roxanna et Robin. Pour que la stratégie de la disparition porte ses fruits, Roxanna devait rester invisible. Dès le départ, ils lui avaient tendu un piège : ils voulaient son arrestation.

— Nous devons considérer toutes les possibilités, Robin.

— Roxanna et Vicente se disputent la garde des enfants. C'est un putain de gros enfoiré sans scrupules.

Elle voulait prévenir Robin, lui faire comprendre par une insinuation qu'il pourrait bénéficier d'une réduction de peine s'il acceptait de parler. Elle n'avait pas le droit. Le rapport de la Met l'avait prévenue. Elle n'aurait même pas dû mentionner Maria Arias, car Walker risquait de lui mettre la puce à l'oreille en l'appelant. Faire preuve de compassion n'était dans l'intérêt de personne, à cause de l'argent qu'il y avait à la clé.

— Vicente serait-il capable de vouloir lui nuire ?

Walker était trop distrait pour répondre.

— Allons encore un peu plus loin : Vicente pourrait-il participer à la mêler, malgré elle, à une activité criminelle, laquelle pourrait avoir pour conséquence son incarcération ?

Walker la regarda droit dans les yeux et confirma d'un petit signe de tête terrifié.

— Pour l'instant, nous creusons l'hypothèse selon laquelle Roxanna a appris qu'ils avaient un lien. Elle a paniqué et s'est rendue à Londres pour un face à face avec Maria. Il faut qu'on la retrouve pour la mettre à l'abri. Son téléphone mobile nous a conduits dans un champ proche d'Helensburgh le lendemain matin de sa disparition. Nous nous sommes rendus sur place et y avons trouvé son Alfa Romeo, ouverte, garée dans un champ.

Il redressa le dos, plein d'espoir.

— Delahunt, notre avocat, habite Helensburgh.

— Nous nous sommes déjà entretenus avec lui. Il ne l'a pas vue. Connaissait-elle quelqu'un d'autre là-bas ?

— Non. Personne.

— Nous avons trouvé un sac contenant de la cocaïne dans la boîte à gants.

— Ce n'est pas à elle.

— Pourquoi ?

— Roxanna ne prend pas de cocaïne.

— Robin, elle a fait l'aller-retour jusqu'à Londres en voiture en une nuit, peut-être qu'elle en sniffait de temps en temps ?

— Non, dit-il, sûr de lui. Rox a un souffle au cœur. Elle ne boit même pas de café. Si la drogue se trouvait dans la voiture et si c'est bel et bien sa voiture, c'est que quelqu'un d'autre l'y a laissée. Ils essaient de la faire arrêter, après tout, non ?

Elle confirma d'un signe de tête, un mensonge réconfortant. Le mobile lui semblait désormais un peu plus sinistre. Iain Joseph Fraser, un truand local connu de tous, avait laissé de belles empreintes sur le sac mais ça n'était pas digne d'un pro, et ça ne collait pas avec les lingettes et l'aspirateur sur le plancher. Ça ressemblait à une fausse piste, comme le magicien désignant la colombe pendant que son assistant sort de la boîte par l'arrière. Rien ne laissait penser que la famille dealait ou consommait de la drogue. Ils avaient un emploi du temps régulier, les deux parents faisaient du sport, ils fréquentaient peu de monde. La ruse était maladroite, mais Morrow ne voyait pas ce qu'on essayait de lui cacher.

Elle se leva.

— D'accord. Je veux que vous essayiez de réfléchir à des endroits où elle aurait pu se rendre. Pendant ce temps, je vais aller bavarder un peu avec Martina.

Se levant en même temps qu'elle, McGrain adressa un signe de tête compatissant à Walker avant de lui emboîter le pas vers la chambre de Martina.

Ils frappèrent. Attendirent. Morrow s'apprêtait à frapper de nouveau quand Martina vint leur ouvrir, leur bloquant le passage.

— Quoi ?

Morrow poussa la porte et entra, promenant son regard autour d'elle comme une mère soupçonneuse. Martina était en train de faire son cartable, qui était posé, plein à craquer, sur le lit.

Elle était outrée.

— Excusez-moi, vous ne pouvez pas faire irruption comme ça dans ma chambre.

Morrow s'assit sur la chaise de bureau.

— Assieds-toi, Martina.

À contrecœur, Martina s'assit sur le bord du lit. Morrow la dévisagea.

— Nous sommes agents de police, Martina. Tu comprends ce que ça veut dire ? Je ne suis ni ta mère, ni ton beau-père ou un enseignant. Quelque chose a changé, qu'est-ce qui a changé ?

Martina fit mine de ne pas comprendre.

— Depuis hier… Vous aviez si peur pour votre mère que vous avez téléphoné à la police. Tu n'as plus peur, maintenant ?

Elle hocha la tête, les larmes aux yeux.

— Si, j'ai encore… ma mère…

— Elle t'a téléphoné ?

— Non.

Ça avait l'air sincère, mais Morrow nota dans un coin de sa tête de vérifier son relevé téléphonique.

— Si tu entends quoi que ce soit, je veux que tu m'appelles.

Elle tendit sa carte à Martina.

— Tu le feras ?

— Bien sûr.

Ils sortirent et fermèrent la porte derrière eux avant d'aller frapper un coup léger contre celle d'Hector.

— Entrez, fit-il.

Ils le trouvèrent sur son lit, allongé sur le flanc, les yeux rougis et habillé pour le collège. Les rideaux étaient tirés, la chambre lugubre. Son portable, un vieil iPhone de première génération qui avait appartenu aux parents, était posé sur l'oreiller, à côté de son visage, comme s'ils se murmuraient des secrets.

— On peut te parler une minute ?

Il fit signe que oui. Il avait dû les entendre, savoir qu'ils étaient là.

— Tu ne vas pas au collège aujourd'hui ?

— Si, fit-il, les yeux pleins de larmes.

Morrow s'assit sur la chaise de bureau et McGrain resta debout à côté d'elle.

— Tu as des nouvelles de ta mère, petit ?

Il secoua la tête.

L'iPhone s'alluma, éclairant la pénombre. Morrow jeta un coup d'œil dessus. Un texto de Mart. Un mot : *cállate*. En le voyant, Hector sursauta et retourna l'appareil.

— Ça veut dire quoi, *cállate* ?

Hector mordit les couvertures, comme s'il avait peur.

— Je ne sais pas.

— Elle est en face, pourquoi est-ce qu'elle t'envoie un texto ?

— Je ne veux pas qu'elle entre. Je ne suis au courant de rien, dit-il avant de se remettre à pleurer.

De retour dans la voiture, Morrow *googla* le mot *cállate* sur son téléphone. « Tais-toi », en espagnol.

Elle avait un message : on avait montré une photo de la morte à la famille de Hester Kirk qui avait confirmé qu'il s'agissait bien d'elle. Les agents de liaison avec les familles étaient là-bas en ce moment même. Trois filles au domicile, de quatorze, seize et dix-huit ans. Pas de père.

La femme avait disparu quatre jours plus tôt. Soit, compta Morrow, deux jours avant sa mort. Si Roxanna avait été enlevée par les mêmes gens, elle était peut-être encore en vie.

Ils partirent pour Clydebank. Alors qu'ils s'engageaient dans l'allée de la propriété de Hester Kirk, elle appela le bureau. C'est un homme qui décrocha, un agent qu'elle connaissait à peine et dont elle ne retint pas le nom.

— Sur le dossier DMBR : a-t-on demandé une surveillance des portables des enfants Fuentecilla ?

— Oui.

— Vous pouvez y jeter un coup d'œil et me dire si les enfants ont reçu ou pas des appels de leur mère ?

— Je fais ça tout de suite, madame.

Il parcourut le fichier en marmonnant dans sa barbe.

— Ah, voilà ! Martina : pas d'appels de sa mère. Mais a reçu plusieurs appels d'un numéro non identifié au cours des deux derniers jours. Le téléphone est éteint pour l'instant mais il a été localisé pour la dernière fois à Helensburgh.

— Frank Delahunt ?

— Laissez-moi voir.

Il fit claquer sa langue pour combler le silence, le temps de trouver.

— Non. Triangulé au 7 Sutherland Crescent, Helensburgh.

Morrow l'informa qu'ils s'apprêtaient à aller poser quelques questions à la famille de Hester Kirk, et qu'ils se rendraient à cette adresse dans la foulée. Qu'il prévienne Kerrigan et Thankless de leur arrivée.

29

Iain arpentait la ville en attendant que le médicament fasse effet. Il ne voulait pas aller voir les grands-mères avant de s'être calmé. Il faisait peur. Il ne voulait pas leur faire peur. Des gens qui faisaient les boutiques, des touristes, des promeneurs avec leurs chiens. Sur l'esplanade, l'unité de police mobile avait vidé la rue de sa circulation habituelle. Même les voitures évitaient d'emprunter la route qui passait devant.

Alors qu'il traversait Colquhoun Square, Iain s'arrêta : une voiture propre arrivait d'en bas avec à l'intérieur deux personnes mal assorties, un homme et une femme. Ils roulaient trop lentement, scrutaient les visages autour d'eux, et ils n'étaient pas d'ici. Des flics qui cherchaient quelqu'un. Iain bifurqua dans une ruelle, vers la petite épicerie Asda, après les grandes poubelles qui le mettaient hors de vue des voitures.

— Bonjour.

Il leva les yeux.

— Susan, fit-il.

— Tu es très sale, Iain.

— L'incendie, répondit-il.

Elle pencha la tête comme une mouette lorgnant sur une frite.

— Tu es bouleversé ?

Il ne l'aimait pas du tout aujourd'hui. Elle avait dû le suivre depuis la rue.

— Qu'est-ce que vous me voulez, bordel ?

C'était trop brusque. Il aurait dû se modérer.

Mais elle ne réagit pas. Il se demanda s'il l'avait vraiment dit, elle était tellement impassible. Elle lui tendait quelque chose. Quelque chose de blanc. Une enveloppe. Elle portait des gants. Il faisait doux pourtant. Il ne comprenait pas ce qui se passait.

Elle agita l'autre main, sans gant celle-ci, vers le mur de la ruelle.

— Bouleversé à cause de cet incendie ? Quelle horreur, dit-elle.

Il y voyait flou. Il attendit que ses yeux sèchent. Mais il sentait le médicament lui envahir le corps. Il tenait une enveloppe maintenant. Il se sentit soudain si fatigué qu'il crut qu'il allait s'endormir là, à côté des poubelles. Bon sang que ça faisait du bien. Pendant une minute, il savoura la sensation. Susan ne disait rien non plus.

Une fois l'agréable état de paralysie dissipé, il vit qu'elle le regardait. Elle glissa le bras sous son coude, comme une camarade à présent, et l'entraîna chez le marchand de journaux.

Le laissant à côté de la porte, elle s'approcha du comptoir et acheta une barre chocolatée. On n'aurait pas dit qu'elle en avait vraiment envie. On aurait plutôt dit qu'elle l'avait choisie au hasard. Puis elle la paya et la glissa dans son sac.

— Du tabac ? fit-elle, comme s'ils en avaient discuté dans la ruelle.

Peut-être qu'ils en avaient discuté, il ne savait plus. En tout cas, il s'avança et en acheta. Il coinça l'enveloppe dans sa poche arrière pour libérer sa main et attraper son argent.

Maintenant, en plus des papiers, il avait du tabac qu'il était en train de régler lorsque le commerçant demanda à Susan si elle était au courant pour l'incendie au Sailor's Rest. Quelle horreur, hein ? Sa petite-fille était à l'école avec la gamine décédée.

Susan confirma que c'était terrible.

— *Aye*, fit le commerçant en lançant à Iain, d'une voix rageuse : Et tout le monde connaît le responsable, mais personne ne dira rien !

— Pourquoi ? demanda Susan en les regardant innocemment l'un après l'autre.

La main pleine de pièces, Iain cherchait l'appoint, sans se presser, pour éviter de devoir lever les yeux.

Le commerçant prit de nouveau Iain à partie :

— Pourquoi ils ne disent rien, hein ?

— Et vous, pourquoi vous ne dites rien ? dit Susan.

L'homme rougit.

— Ce n'est pas à moi de le dire…

— Vous lui reprochez quelque chose que vous ne feriez pas vous-même ?

Le commerçant maugréa.

— Vous savez ce que je trouve révoltant à propos de ce pays ? dit Susan, dont l'accent avait changé. Toutes les putains de fadaises que les gens s'échangent.

Le commerçant avait mal entendu.

— Les falaises ?

— Les fadaises, les formules toutes faites derrière lesquelles on se planque. La suffisance.

Elle avait l'accent bien plus américain maintenant. Malgré le brouillard chimique dans lequel il se trouvait, Iain l'entendait.

— C'est répugnant, termina-t-elle.

Iain savait qu'elle venait de tomber le masque. C'était la vraie Susan et elle ne s'était révélée à eux que parce qu'elle partait. Elle était maline. Elle était écœurée. Et elle partait.

Le commerçant était déterminé à ne pas reconnaître qu'il avait tort. Il haussa les épaules.

— Tous les gens sont comme ça, non ?

— Non, dit Susan, c'est un truc d'ici.

Iain avait du mal à compter l'argent. Se penchant vers lui, Susan prit une pièce de cinq cents dans le creux de sa paume et la posa sur le tas sur le comptoir.

Iain n'avait plus envie d'être là. Sans lever la tête, il ramassa le sachet de tabac et se dirigea vers la porte.

Ils étaient de retour dans la rue. Iain songea au peu de compréhension que Susan avait de la ville. Ça n'avait rien à voir avec le fait d'être moralisateur. Personne n'irait dénoncer Mark ou Tommy parce qu'ils avaient tous leur petit intérêt quelque part, eux ou un cousin. Tout le monde avait des liens avec tout le monde, tout le monde trempait dans les magouilles ou était impliqué d'une manière ou d'une autre, parce que la ville était minuscule.

— Vous partez, pas vrai ? dit-il.

Susan eut l'air surprise. Elle lui serra l'avant-bras.

— L'enveloppe, fit-elle en désignant sa poche d'un hochement de tête. Andrew Cole a été arrêté pour meurtre.

Il la regarda. Il avait dû mal entendre. D'un signe de la tête, il la pressa de répéter, alors elle insista.

— Andrew Cole. Arrêté. Pour meurtre. Au golf.

— C'est quoi cette histoire, putain ? dit-il, les yeux rivés sur ses lèvres.

— La police. Le relâchera. Si tu. Leur remets l'enveloppe.

— Pourquoi ?

— Ça vient de sa mère, mais il ne faut pas le leur dire. Ils savent que c'est une indécrottable mère poule. Donne-la à la police. Dis-leur que c'est Tommy Farmer qui te l'a remise.

— Tommy ?

— Tommy, oui. Tommy ne connaît pas la mère d'Andrew.

— Comment vous connaissez Tommy ?

Et d'ailleurs, comment elle connaissait Andrew ?

— Comment vous connaissez Andrew ?

— Je ne le connais pas. Je connais sa mère.

Iain la considéra. Elle avait l'air parfaitement calme. Elle lui sourit. Un sourire chaleureux, maternel, celui d'une bonne amie, d'une voisine sur qui on pouvait compter. Plus la vraie Susan.

— Qui êtes-vous ?

— Susan.

Elle souriait patiemment.

— Tu te souviens ? L'Akela des scouts.

— Non, fit Iain, sûr de lui pour une fois. Non, ce n'est pas vous.

Elle sourit de nouveau. Elle attendait que l'instant passe.

— La veuve Grierson est morte il y a deux ans. Ce n'est pas pour ça que vous êtes là, et qui êtes-vous ?

Elle tendit la main, lui prit le coude dans sa paume ouverte et pencha la tête de côté.

— Je suis désolée. Tu traverses une mauvaise passe, Iain. Je cherche juste à aider.

Sacré beau masque. Elle avait dans sa panoplie un geste sur mesure pour chaque éventualité mais il savait qu'il avait raison sur un point :

— Vous ne valez pas mieux que moi.

— Je n'ai jamais prétendu le contraire.

— Qui êtes-vous ?

Elle lui marmonna une gentillesse, toujours de marbre, avant de pivoter sur les talons et de s'éloigner. *À l'eau* ? C'était ça qu'elle avait dit ? Elle ne l'avait pas traité de salaud, si ?

Elle s'éloignait sans se presser maintenant, jetait des coups d'œil vers les vitrines, sa jupe virevoltant à ses chevilles, et sa chevelure de femme riche battant dans le vent. Quand il bougea, il sentit le papier de l'enveloppe se froisser dans sa poche arrière.

Il serra fort les paupières. Susan Grierson était un puzzle. Tout ça n'avait aucun sens.

Annie et Eunice. Il ne restait plus qu'elles. Ça, il fallait qu'il s'en occupe. Faisant demi-tour, il partit vers l'est, vers chez elles. Il sentait ses pieds perdre leur énergie, ils n'avaient plus envie de bouger, et tous les kilomètres parcourus cette nuit faisaient mal. À moitié sonné, il arriva sans trop savoir comment jusqu'à Hardy Hill.

De petites maisons en forme de boîtes avec de vilaines fenêtres hautes et nulle part où stocker les poubelles à roulettes puantes sinon devant la porte.

Iain frappa puis attendit, appuyé contre le béton froid. La porte d'entrée était en PVC et malgré tout, la peau de ses jointures chantait une tendre reprise du coup qu'il venait de donner. Il se demanda s'il avait une brûlure à la main mais il ne s'en souciait pas assez pour vérifier. Tout ce qui comptait c'était d'entrer, de les voir, parce que après il se sentirait mieux. Être avec elles avait toujours du sens.

Un bus passa dans la rue, le grondement du moteur se répercutant contre les façades en ciment des maisons. Les passagers au visage flou le regardaient, la bouche pendante.

La porte s'ouvrit et Annie était là, devant lui, les yeux aussi chiffonnés que des huîtres tout juste ouvertes. Reconnaissant Iain, elle recula dans la pénombre du vestibule. Mais sa main ressortit, lui fit signe d'entrer. Iain trébucha sur la marche.

Elle ferma la porte, mais sans poser les yeux sur lui. Iain comprit qu'elle le tenait pour à moitié responsable de l'incendie. Il la suivit sans savoir quoi dire et la prit dans ses bras. Annie n'était pas très tactile, Iain non plus. Étrange moment. Elle passa elle aussi les bras autour de lui et lui tapota le dos, comme elle l'aurait fait à un bébé pour qu'il fasse son rot, et elle l'appela « fils ». Elle voulait qu'il la lâche, mais il n'y arrivait pas. Il était venu chercher du réconfort, la voir comme il le faisait avant, mais on n'était plus « avant » et il n'avait pas envie de voir sa tête.

Détournant le regard, il relâcha son étreinte et vit le manteau rose de Lea-Anne sur la rampe d'escalier. Une photo de la fillette souriant dans son uniforme d'écolière. Ses baskets bariolées. Un cartable des One Direction.

Le peu de lumière du vestibule fut soudain comme aspiré. Eunice se tenait dans l'encadrement de la porte de la cuisine. Elle hocha le menton pour le saluer, avant de pivoter sur ses talons et de retourner en boitillant dans la cuisine. Annie tira Iain par la manche pour qu'il la suive.

Une petite table, placage en faux bois, poussée contre le mur. Un napperon à fleurs rose vif. Trois chaises, une pour chacune des deux grands-mères et la troisième avec son coussin One Direction. Avec une photo des membres du *boys band* bras dessus, bras dessous, souriant joyeusement aux fesses se posant sur eux. Cette chaise-là avait été reculée de la table, comme si Lea-Anne était juste partie faire pipi. Tous les trois la contournèrent prudemment.

Eunice regardait Iain, froide, les lèvres pincées. Elle se retourna.

— Du thé ?

Iain s'appuya contre le mur. Il se sentait immense à côté des vieilles dames ratatinées et du vide laissé par la fillette.

Eunice, Notre-Dame-de-la-Jambe-Folle, s'activait autour de la cuisine en roulant de la hanche, elle portait, enlevait, faisait bouillir. Elle avait un double menton, la couperose dessinait comme une carte sur la peau de ses joues. Une petite assiette de biscuits était posée sur la table, trois soucoupes, du sucre, une brique de lait. Les doigts d'Annie jouaient nerveusement avec la broderie du napperon devant elle. Dehors, le soleil disparut derrière un nuage, assombrissant la pièce. Biscuits, lait, sachets de thé, sucre, boîtes de crackers sur les plans de travail assaillaient Iain. Une cacophonie. Personne ne se regardait.

Annie tendit la main et prit la sienne.

— Fiston, fit-elle, tu as la main gonflée.

Il baissa les yeux. Le bas de son visage pleurait, menton chiffonné, souffle court et irrégulier. Le haut examinait ses mains, ses mains sales, comme si elle voyait ce qu'elles avaient fait, ce dont elles avaient été couvertes.

— De l'eau salée, commenta Iain, parce que les femmes savaient.

— Tu es sale, dit-elle en lui lâchant les doigts.

Sale. Oui, il était sale. Il contempla les deux vieilles dames en deuil d'un œil lointain, leurs corps flasques sur des os croulants.

Eunice remplit trois tasses d'eau chaude. Dans chacune, elle ajouta trois sucres et du lait. Lea-Anne prenait trois sucres. Les femmes touillèrent l'une après l'autre en se partageant la cuillère. Elles touillèrent la tasse de Lea-Anne. Elles avalèrent une gorgée, une vaine communion. Elles n'en offrirent pas à Iain. La troisième tasse resta là, devant la chaise vide.

Iain se retourna pour partir.

— La police est passée, annonça Eunice. Elle te cherchait, fiston.

Iain fit volte-face. Elle ne le regardait pas. Toutes les deux restaient penchées sur leurs tasses, concentrées sur leur rituel. Elles lui en voulaient pour l'incendie.

Annie parla.

— Mieux vaut que tu partes par les ruelles.

Elle ne leva pas la tête vers lui.

En traversant le vestibule sombre, il longea un miroir. Il ne se reconnut pas. La fumée s'était insinuée dans les moindres replis de sa peau, teintant ses cheveux de marron. Elles lui en voulaient.

Dehors, un bus passa en grondant, une femme poussait un landau, un homme téléphonait. L'odeur de fumée n'adhérait pas à l'univers dans son entier, mais elle adhérait à Iain. Il incarnait cette odeur maintenant.

Un autre. Il sortit le flacon de cachets et en avala un autre, sans eau de nouveau, heureux que ça lui fasse mal.

Leurs noms s'invitaient dans sa tête. Lea-Anne. Murray. Murray et Lea-Anne. Il vit leurs visages. Lea-Anne et Murray. Murray caché dans une crique quand ils étaient petits, à l'époque où Annie buvait et où c'était toujours la fête à la maison. Murray assis sur le lit de Iain – *ne fume pas*. Murray trimant seize heures par jour dans la cuisine de l'hôtel pour rassembler l'argent nécessaire à l'achat du Sailor's aux enchères. L'excitation quand il l'avait emporté. Tout ça, envolé. Murray et bébé Lea-Anne assise à une table basse au parloir et tournant la tête vers lui à son entrée. Ils l'attendaient.

Elles lui en voulaient. Andrew Cole avait été arrêté ? Pourquoi ? Il n'avait rien fait. C'était la pagaille, tout s'écroulait.

Il sut alors qu'il pourrait vivre libre le restant de ses jours, ou dans une cellule. Ça lui était égal. S'il n'agissait pas, s'il n'essayait pas de s'accrocher à quelque chose, il serait perdu. La police.

Il parcourut trois pâtés de maison d'un pas résolu, se roulant des cigarettes et les fumant en route.

Le soleil dans les yeux et une cigarette aux lèvres, il gravit les quatre marches qui menaient au poste de police. Il secoua la poignée. Fermé. Il sonna. Rien.

Il remarqua alors une note sous plastique sur la porte, rédigée en petits caractères. Un numéro où laisser un message. Il chercha des yeux la voiture avec le couple mal assorti, les flics aux aguets, mais elle n'était pas là. Il songea à l'unité de police mobile, mais s'il allait les trouver, Mark serait mis au courant parce que quelqu'un, forcément, le verrait.

Quelqu'un.

L'idée d'une présence anonyme, menaçante, lui rappela Susan. C'était ça qu'elle était. Elle n'était personne et elle était sinistre.

Debout sur les marches, il regardait la rue. La nicotine courait dans son corps, lui activait le cerveau. Les cachets assourdissaient ses sentiments. Une bonne combinaison. Il ne comprenait pas Susan mais savait qu'elle le manipulait. Il serait bien con de faire ce qu'elle lui avait demandé. L'enveloppe. Elle voulait qu'il la remette aux flics. Alors non. Fais autre chose avec. Fais ce qu'elle ne voulait pas te voir faire. Rends-la.

Heureusement que le poste était fermé – il avait bien failli faire une grosse connerie. Il descendit lourdement la volée de marches.

30

Le lotissement en brique jaune était récent et agréable. Il n'avait pas encore assez vécu pour révéler ses faiblesses. Les maisons, petites et bien agencées, bordaient des rues en courbe aux trottoirs assez larges pour permettre aux enfants de pédaler à l'abri des voitures. En pleine journée, comme maintenant, tout était calme : les allées étaient vides, les enfants à l'école. À la fenêtre d'un voisin, un petit chien les observait.

Malgré le plein jour, un spot baignait la marche menant à la porte des Kirk d'une lumière aveuglante. McGrain sonna, déclenchant à l'intérieur une mélodie électronique compliquée. Une policière en uniforme de l'équipe de liaison avec les familles leur ouvrit. Elle mettait son manteau.

— Je dois partir, dit-elle avec empressement en se glissant dehors.

— Quelque chose ne va pas ? demanda Morrow en entrant.

— Non, dit la femme. J'ai juste une autre visite, matinée chargée.

Elle cria vers la cuisine :

— Les filles ! Je vous appelle cet après-midi si vous ne l'avez pas fait avant.

Puis elle ferma la porte sans attendre les au revoir fatigués qu'elle lui crièrent en chœur.

Morrow traversa le vestibule pour rejoindre la cuisine, où trois filles à peine vêtues buvaient, debout, des tasses de thé grosses comme des pintes. Dix-huit, seize et quatorze ans. Les filles étaient grosses, ce qui n'était pas surprenant : la cuisine était une chapelle privée dédiée au sucre. Le moindre espace était occupé par des boîtes de biscuits, des barres de chocolat, des bonbons. Deux paquets de chips étaient ouverts sur le plan de travail à côté de la bouilloire, suggestion d'accompagnement pour le thé. Même le rebord de la fenêtre derrière l'évier était garni de bouteilles de jus de fruits rouges pétillant.

Morrow se présenta et présenta McGrain. Les filles se redressèrent pour leur serrer la main. Scarlet, la plus âgée et manifestement la plus sage, était jolie, la peau très mate. Marnie, la cadette, le crâne rasé d'un côté, des yeux verts, laissa échapper un gloussement un peu nerveux. Debbie, les cheveux rose vif, avait l'arrière des bras zébrés de vergetures rouges. Morrow nota qu'aucune d'elles n'était en colère. Elles ne pleuraient pas non plus.

Maintenant que la porte d'entrée était fermée, elle réalisa à quel point il faisait chaud à l'intérieur, d'où les tenues légères.

— Je sais ! fit Marnie. On cuit ! On ne sait pas comment régler le chauffage.

D'un signe de tête, McGrain désigna le placard de la chaudière murale.

— C'est une mixte ?

Elles n'en savaient rien.

— Laissez-moi voir, fit-il en l'ouvrant. J'en ai une du même genre. Vous voyez le bouton ici ? On dirait bien que c'est le réglage de la température.

Les filles se rassemblèrent autour de lui pendant qu'il le tournait vers la gauche.

— Voilà, dit-il en refermant le placard. Ça devrait aller maintenant

— Putain, vraiment merci ! fit Debbie. On se liquéfiait ici !

Les filles se sourirent, parce qu'elles avaient résolu un problème et parce que l'image était drôle.

Voyant que la cuisine était un peu exiguë pour tout le monde, Scarlet proposa d'aller s'asseoir au salon. Debbie et Marnie leur offrirent du thé. Ou un café peut-être ? Un verre de soda, alors ? Un petit biscuit ? Vous êtes sûrs ? Des chips ? Vraiment sûrs ? Elles pressèrent McGrain d'enlever son manteau quand même, et les entraînèrent en gloussant vers le salon encombré.

Deux gros canapés beiges poussés contre les murs se faisaient face. Au milieu, trônait un téléviseur gigantesque. Câbles, fils, manettes et consoles de jeux étaient éparpillés autour du socle comme des offrandes devant un autel, certains encore dans leur boîte d'origine.

Les trois filles s'assirent en gloussant, serrées l'une contre l'autre sur l'un des canapés. Morrow et McGrain prirent place en face d'elles.

Morrow, protocolaire, leur présenta ses condoléances. Les filles lâchèrent de petits glapissements malheureux et fermèrent les yeux, comme si elles venaient juste d'apprendre une terrible nouvelle qui s'était produite il y a longtemps.

— Mon Dieu ! fit Marnie. Quelle histoire ! Pauvre femme.

Manifestement, elles n'avaient pas encore vraiment pris toute la mesure de la chose. Morrow leur dit qu'elle avait quelques questions à leur poser mais qu'elle pouvait leur accorder un peu de temps si besoin…

— Non, l'interrompit fermement Scarlet.

Ses sœurs acquiescèrent d'un signe.

— Vous savez, c'est compliqué avec ma mère. Nous ne sommes pas… bon, allez-y, posez vos questions.

— Tu as dix-huit ans, Scarlet, c'est bien ça ?

— Ouais. Allez-y, posez vos questions.

— Et tu te sens prête à expliquer ce qui se passe à tes sœurs, à leur dire qu'elles ne sont pas obligées de répondre si elles ne veulent pas ?

Scarlet se tourna théâtralement vers ses sœurs et leur adressa un regard méfiant. Elles sourirent, pour montrer qu'elles avaient compris la blague. Morrow songea qu'ils feraient peut-être bien d'attendre l'arrivée d'une assistante sociale. Elles ne prenaient rien de tout ça très au sérieux.

— Où est votre père ? Il habite avec vous ?

Marnie poussa une exclamation désapprobatrice.

— Noonan est un toxico de merde.

— Je vais être placée en famille d'accueil ? demanda Debbie, inquiète. Parce que j'irai pas chez ce dingue. Jamais.

— Une assistante sociale va s'occuper de vous, expliqua Morrow. Elle pourra vous en dire plus.

— Je peux t'adopter.

Scarlet se tourna vers Morrow.

— Pas vrai ? J'ai dix-huit ans. Noonan est un tox. Il vient cogner contre la porte une fois par semaine comme un zombie pour gratter du fric et piquer tout ce qu'il peut vendre. Il a déterré les plantes du jardin. Il les a vendues à un pub, vous y croyez ? Le taré. S'il regarde par la fenêtre, il verra tous ces trucs que ma mère a achetés.

Elle désigna les consoles de jeu et la télé.

— Des appâts pour junkie, tout ça.

McGrain regarda le tas avec convoitise.

— Vous ne jouez pas, les filles ? dit-il.

— Non, répondit Debbie. Elle les a achetés en nous disant que c'était pour nous, mais ce n'était pas du tout pour nous.

— Exact, intervint Marnie. C'est pour que Noonan les voie de la fenêtre.

— Il l'a quittée, expliqua Scarlet calmement. Il s'est barré avec une maigrichonne et depuis, elle achète tous ces trucs pour qu'il les voie et que ça le rende dingue. On ne peut pas laisser la maison vide. Bref, allez, posez-nous vos petites questions.

— Vous avez vu votre mère quand, pour la dernière fois ?

— Dimanche soir, répondit Marnie.

Quatre jours et elles n'avaient pas signalé sa disparition.

— À quelle heure ?

— Elle est sortie. On regardait le documentaire sur la série *Docteur Who*. Chiant. C'était 22 h 30 environ. Vous vous souvenez comme c'était chiant ?

Les sœurs acquiescèrent.

— Où est-elle allée ?

Elles se regardèrent. Marnie haussa les épaules.

— Deux hommes sont venus la chercher. Elle est partie avec eux.

— Ces hommes, vous les connaissiez ?

— On les a pas vus, dit Scarlet avec regret. Elle est juste partie avec eux.

— Comment vous saviez qu'ils étaient deux, dans ce cas ?

— Elle est venue nous dire « Je file ». On regardait le truc sur *Docteur Who*.

Ça ne répondait pas à la question. Morrow se tourna alors vers ses sœurs.

— Une de vous deux les a vus ?

Debbie secoua la tête.

— J'ai vu deux gars devant chez nous, raconta en revanche Marnie, mais le spot au-dessus de la porte s'est pris un ballon de football et maintenant il est…

Elle posa sa main à plat sur le dessus de sa tête et se recroquevilla.

— Kaput, dit-elle. Et puis ils étaient dehors, je n'ai pas vu leur tête.

Elle se tourna vers ses sœurs.

— C'était juste, je sais pas, juste des types.

Les deux autres confirmèrent.

— Ils étaient habillés comment ?

— Vestes à capuche, jeans, etc.

— De quelle couleur, les vestes à capuche ?

— Chais pas. Mais quand elle est sortie, il y en a un qui s'est tourné et j'ai vu qu'il avait un jean de chez Markies, vous savez ceux avec le trait ondulé blanc sur la poche de derrière.

Morrow confirma qu'elle voyait.

— Sauf qu'il avait dû l'acheter d'occase parce qu'il avait pas la tête à faire ses courses là-bas. Il avait un petit côté taulard.

— Un petit côté taulard, c'est-à-dire ?

Scarlet haussa les épaules.

— Pâle. L'air fauché. Blond et grand. Carré.

Elle montra l'espace entre ses deux épaules.

— Plutôt beau gosse, mais aussi, un petit côté taulard.

— Et l'autre ?

— Je l'ai pas vu.

— Votre mère les connaissait ?

— Je crois pas.

— Ils l'ont menacée ?

— Non.

— Alors pourquoi les a-t-elle suivis ?

Les filles se regardèrent. Marnie marmonna quelque chose à Debbie.

— Tu leur dis…

Apparemment, elles avaient déjà évoqué le sujet ensemble et Debbie avait été désignée comme porte-parole. Alors qu'elle se lançait, les deux autres se laissèrent choir contre le dossier du canapé.

— Vous voyez ces consoles et tout ça ? Payé cash. Maman arnaquait l'entreprise où elle travaillait. Elle…

— Elle les arnaquait pas, corrigea Marnie.

Scarlet frappa le bras de Marnie sans que Debbie la voie.

— Laisse-la raconter, Marnie.

— D'accord, concéda Debbie en adressant un signe de tête à sa sœur, elle *détournait* de l'argent. Elle touchait du fric qu'elle n'aurait pas dû toucher. Alors elle devait le dépenser sur des trucs comme…

Elle ouvrit la main en direction du tas d'électronique.

— Comme ces merdes. Parce qu'il fallait qu'elle s'en débarrasse. C'était pas possible de tout mettre à la banque…

— C'est pas des merdes, dit Marnie à McGrain. Ça se revend, ces trucs.

Scarlet s'adressa à Debbie :

— Oui, ça a une valeur à la revente, carrément.

— Putain ! se lamenta Debbie. J'essaie de raconter l'histoire.

— Ben, fais-le bien, dit Marnie en adressant un sourire à Morrow.

— Bouclez-la, d'accord ? fit Debbie en levant la main pour calmer ses sœurs.

— OK.

Scarlet acquiesça d'un signe de tête, en regardant Morrow.

— Silence !

Marnie se marra.

— Ouais. Silence !

Debbie était outrée.

— Mais vous m'avez dit de raconter !

— Silence ! répéta Scarlet.

Morrow était fille unique mais elle se souvenait encore de la fébrilité dans les bandes de filles au collège et au lycée, des orages qui se levaient pour être oubliés presque aussitôt.

C'était une gentille famille, où tout le monde se voulait du bien malgré toute la tristesse et tout le désarroi. Elles ne se résumaient pas à leurs gènes et à leur infortune. Elles étaient adorables, toutes les trois. L'affection dans leurs paroles et dans leurs gestes, qui montraient qu'elles ne faisaient qu'une, leur façon de s'encourager et de se corriger, en s'envoyant de petites claques joueuses, en regardant simplement Morrow pour en faire leur témoin de ce qu'elles avaient été.

Debbie reprit son récit.

— K. Elle fait… chais pas, bref. Elle touche du fric. Elle le dépense sur des trucs qui peuvent se revendre. Elle les stocke. Il y en a plein la maison. Et puis cette Espagnole arrive et – boum – elle se fait virer.

Elle marqua une pause pour faire monter la tension.

— Elle était pas ravie.

— Qu'a-t-elle fait ?

Scarlet prit la suite.

— Elle a continué à aller au bureau. Elle n'y croyait pas, je crois. Puis, quand elle a fini son préavis, elle a bu pendant plusieurs jours. Là-haut, dans son foutoir, elle balançait tout dans tous les sens.

Elles levèrent les yeux vers le plafond, comme si Hester s'y trouvait toujours, encore en colère.

— Putain, elle était hors d'elle, murmura Marnie.

— Furax, confirma Debbie.

Scarlet se redressa pour être entendue.

— Et puis un jour, elle débarque dans la cuisine et elle se met à nous faire à manger et tout ça…

— Du hachis parmentier, précisa Debbie d'une voix de film d'épouvante.

— Ça nous a fichu les jetons, dit Scarlet. Vraiment fichu les jetons.

— Tu m'étonnes ! acquiesça Marnie. Trop flippant. Elle nous fait : « Salut mes chéries ! »

La voix stridente de fausset qu'avait prise leur sœur fit sursauter les filles qui se mirent à rire.

— Et tout ça, comme si de rien n'était, conclut-elle.

— Debbie, elle a fait genre…

Elles regardèrent Debbie rejouer son « Oh mon dieu ! » pour la police, en agitant les mains comme une folle à hauteur de sa tête. Elles éclatèrent de rire et Morrow en fit autant.

— Bref, bref, fit Marnie en leur demandant de se calmer d'un geste de la main, Hettie avait un plan, c'est ce qu'elle nous a dit plus tard. Ils n'allaient pas se débarrasser d'elle si facilement, parce que c'est comme ça qu'elle parlait, pas vrai ?

Scarlet adressa à sa sœur un sourire triste.

— C'est ça, des phrases toutes faites. Elle parlait comme ça et elle pensait comme ça, que par phrases toutes faites. Des clichés.

— « T'as vu tout ce matos, ça pèse lourd », ajouta Debbie en secouant les épaules, imitant sa mère. « Oh le boloss », comme ça.

Se rendant soudain compte qu'elle se fichait de sa mère morte, elle prit un air penaud et s'interrompit.

— Bref. Elle avait prévu de se venger. Elle disait que cette nouvelle patronne ne voudrait pas que les flics viennent fourrer leur nez dans ce qu'ils faisaient maintenant. Elle avait dit à l'Espagnole qu'elle irait tout raconter aux flics si elle ne lui filait pas d'argent. C'est pour ça que ces deux types étaient là, ils l'emmenaient quelque part pour lui remettre l'argent. Avant de passer la porte, elle nous a lancé « Je file chercher le pactole ».

— Le pactole, précisa Marnie, c'est comme ça qu'elle l'avait surnommé.

— Elle les faisait chanter ?

— *Aye.* Payez-moi ou je fais débarquer la police, ce genre de truc.

Hettie avait dû se montrer plutôt ravie de les suivre, songea Morrow en l'imaginant en train de monter à bord d'une camionnette ou d'une voiture, avec un petit sourire glouton.

— Bref, je vais pas aller vivre chez Noonan, putain, fit Marnie.

— Ils vont jamais nous demander ça, assura Debbie. Ils vont pas faire ça, Scar ?

— Je peux les adopter ? demanda Scarlet en désignant ses sœurs du pouce.

— Les services sociaux vont faire tout ce qu'ils pourront pour vous éviter les familles d'accueil. Pourquoi n'avez-vous pas signalé la disparition de votre mère ?

Les filles se regardèrent.

— Elle disparaissait souvent. Elle partait en vacances et tout. Sans toujours nous dire. On ne savait pas quand elle rentrait. Et on a de quoi manger…

Morrow imaginait les filles et leur mère, la confiance entre elles brisée depuis longtemps. Les filles étaient trop jeunes pour se sentir obligées de mentir au sujet des sentiments qu'elles éprouvaient à son égard. Elles avaient formé leur propre famille sans elle et si elles étaient tristes, c'était pour Hester, pas pour elles. Elles n'avaient pas l'air de considérer qu'elles avaient perdu grand-chose. Ça lui rappela Danny. Elle aurait aimé pouvoir se montrer aussi honnête qu'elles.

Marnie tira Morrow de ses pensées.

— Vous feriez quoi de tous ces trucs ?

Morrow regarda l'équipement, évaluant la valeur des consoles et de la télé, puis d'une grosse tête de Bouddha posée sur une table dans un coin. Ils devraient théoriquement tout confisquer au titre des biens illégalement acquis.

— Mettez-les sur eBay.

Marnie acquiesça du menton, l'air grave.

— Vous croyez ?

— Vite. Prenez l'argent et mettez-le sur un compte. Montrez aux services sociaux que vous pouvez vous débrouiller toutes seules. Votre père n'aura aucune chance dans ce cas.

Elle leur mentait. Noonan n'obtiendrait pas la garde des filles si elles refusaient, mais il risquait de les cambrioler et il ne leur resterait alors plus rien. C'était un plutôt bon conseil. Elle avait l'impression d'avoir enfin accompli quelque chose d'utile.

— Il y en a davantage ?

— Vous rigolez ? Venez voir.

Marnie s'était levée et ouvrait la marche dans le couloir. Morrow et McGrain la suivirent dans le raide escalier qui menait à l'étage. Les autres filles aussi.

Une fois sur le palier, Marnie s'arrêta devant la première chambre et attrapa la poignée. Elle la tourna, ouvrant en grand la porte du sanctuaire de sa mère, avant de s'effacer promptement, menton baissé, sur ses gardes, comme si le dieu de la convoitise risquait de surgir des ténèbres pour la dévorer.

La pièce était sombre, les rideaux tirés. Il fallut un instant à Morrow pour se faire à l'obscurité. Elle pénétra dans la pièce. Un lit double au milieu, éclairé par la lumière du palier. Défait. La trace de la tête d'Hettie toujours sur l'oreiller.

Du coin de l'œil, elle aperçut ce qu'elle prit d'abord pour une étroite armoire noire. C'était en fait un téléviseur grand comme un lit en 90 cm, encore emballé, dressé à la verticale contre le mur. Ses yeux s'habituèrent à la pénombre et elle vit soudain, tout autour de la pièce, des piles de boîtes et de sacs, des housses de costumes et des cartons de livraison jamais ouverts. Un séchoir à linge, toujours sous plastique, contre le mur. Et dessus, un autre téléviseur encore dans sa boîte, ainsi que deux lecteurs Blu-ray. Une vallée étroite menait de la porte jusqu'au lit.

— *Des trucs*… Des putains… de trucs… cracha Debbie, et encore des trucs.

— Des vêtements ? demanda Morrow.

— Des sacs, des fringues, des pompes, des T-shirts et des merdes de créateurs qu'elle était trop grosse pour porter.

Morrow regarda la tenue de Marnie.

— Nan, fit Marnie en contemplant sa veste et son short bon marché achetés chez Primark. À moins de pas avoir le choix, elle nous achetait jamais rien.

— Des trucs, répéta Debbie en contemplant la chambre. Elle pouvait pas s'empêcher. Elle pouvait pas en porter la moitié sinon ils auraient flairé le lièvre. Juste. Dingue.

Elles fixaient la pièce, hésitant à franchir le seuil de la grotte de leur mère. Puis Debbie se lança. Sur la pointe des pieds, elle franchit la barre de seuil en métal. Ses sœurs lui emboîtèrent le pas. En allumant la lumière, elle rompit le charme. Elles regardèrent autour d'elles comme dans une braderie d'usine, touchant tous les produits du bout des doigts ou des orteils.

— Vous êtes sûre que la police va pas tout emporter ? demanda Debbie d'une voix plus basse, respectueuse, comme si elle était à l'église.

— Eh bien, fit Morrow, consciente qu'étant cette police, qui avait désespérément besoin de renflouer ses caisses, elle devrait en effet être en train de tout emporter. On enquête sur la mort de votre mère. Vider votre maison ne me semble pas être notre priorité.

Elle adressa un regard à McGrain qui confirma.

— Je resterais discret à votre place, cela dit, fit-il.

— Pauvre maman, fit Debbie. Quelle pauvre tache. Qu'est-ce qu'elle voulait, putain ? Toujours plus. Elle avait besoin de rien.

— N'importe quoi.

Marnie contemplait trois postes de radio identiques toujours dans leur carton.

Scarlet passa un bras autour des épaules dodues de Debbie. Elles laissèrent échapper quelques larmes. S'approchant d'elles, Marnie serra le poignet de sa petite sœur. Elle posa un regard triste sur une pile de boîtes à chaussures et secoua la tête.

Morrow songea qu'elles ne pleuraient sans doute pas la mort de leur mère, mais l'erreur qu'elle avait faite d'en vouloir toujours plus.

Elles avaient raison de pleurer. C'était tragique.

31

Morrow et McGrain venaient d'arriver dans Sutherland Crescent, une rue en demi-cercle bordée de propriétés impeccables qu'on apercevait derrière des haies bien entretenues. Sauf au numéro 7, où des branches folles jaillissaient avec exubérance au-dessus de l'accotement herbu. Un membre de la brigade d'autodéfense des jardiniers du quartier avait agressivement mis en pièces ce qui dépassait côté rue, mais la haie, à nouveau sauvage et verdoyante, reprenait sereinement ses droits.

Les maisons qu'ils avaient vues à Helensburgh jusqu'ici étaient à flanc de coteau, tournées vers le large comme pour revendiquer une relation personnelle avec la mer. Mais ici, on se racontait des histoires différentes. Les environs étaient plats et la rue donnait sur un terrain communal faussement bucolique, censé offrir une impression de pleine campagne.

McGrain tira sur le frein à main et ils sortirent de la voiture. Les maisons étaient modestes, comparées à la surface des jardins.

Les enfants Vicente avaient appelé quelqu'un qui se trouvait à cette adresse, possiblement leur mère. Roxanna était peut-être retenue prisonnière, à moins qu'elle ait fui.

Morrow, désormais, ne savait plus sur quel pied danser. Roxanna se cachait peut-être, après tout. Mais comment pouvait-elle être au courant que la villa était inoccupée ? Aucun panneau d'agent immobilier n'indiquait que la propriété était en vente, à moins qu'elle l'ait elle-même enlevé. Ou qu'elle ait acheté l'endroit.

La haie épaisse dissimulait la maison. Morrow et McGrain trouvèrent un grand portail en bois pourrissant sur ses gonds, enfoncé dans le sol bourbeux de l'allée.

Joignant leurs forces, ils parvinrent à le soulever et à le pousser à travers un dense fourré d'orties. Ils n'essayèrent pas de refermer derrière eux le battant chancelant sur un seul gond comme un ivrogne.

C'était une petite maison tristounette que quelqu'un avait jadis beaucoup aimée. Près de la porte, des pots de fleurs bleus émaillés étouffaient sous les mauvaises herbes mortes. Le toit s'affaissait en son milieu. La peinture pelait aux fenêtres et un carreau était fendu au grenier.

Ils se frayèrent un passage à travers la végétation qui avait envahi l'allée. Ce n'est qu'en arrivant à hauteur de la porte qu'ils remarquèrent que des pas avaient tracé un chemin qui menait à un trou presque invisible dans la haie : quelqu'un était venu ici très récemment.

Morrow donna l'ordre à McGrain de contourner la bâtisse, attendant qu'il ait atteint l'arrière avant de frapper doucement. Elle coula un regard par la petite fenêtre en verre dépoli qui jouxtait la porte, à l'affût de la moindre modification dans la qualité de la lumière à l'intérieur. Attendant encore un instant, elle frappa de nouveau et ne vit rien.

En contournant la maison par l'autre côté pour rejoindre McGrain, elle trouva en travers de son chemin une voiture rangée sous une housse verte moisie. Elle enfila un gant et souleva un coin du tissu, pour découvrir le capot d'une Ford Fiesta gris métallisé. Elle en fit le tour. Une autre allée envahie par les mauvaises herbes menait à une ruelle. Des marques de pneus avaient aplati la végétation.

Il y avait à l'arrière un vaste jardin entouré d'un haut mur de briques. C'était le foutoir. De jeunes sycomores courageux avaient poussé tout en haut de l'enceinte parmi les herbes folles, plongeant les lieux dans un crépuscule permanent. Les bordures en bois des plates-bandes surélevées se désagrégeaient, des plantes mortes étaient clouées aux murs. Un rai de soleil attira l'œil de Morrow.

Il y avait une porte dans le mur de clôture. Entrouverte, encadrée par une arche en briques. Morrow s'avança et la poussa du doigt pour l'ouvrir en grand. Le système de fermeture à l'extérieur était couvert de rouille, mais pas uniformément. Un frottement l'avait usé par endroits. Elle laissa courir le doigt sur le haut du moraillon. Au milieu, les particules de rouille avaient disparu et c'était récent. Le cadenas n'était plus là.

Elle se tourna vers la maison. Une véranda à l'ancienne, attenante au bâtiment principal, penchait légèrement d'un côté. La porte de la cuisine était ouverte.

Conformément au protocole, elle appela Kerrigan pour l'informer de leur position. Si elle ne rappelait pas dans vingt minutes, ils étaient morts à cette adresse. Oh, fit Kerrigan, attendez une seconde. Thankless, qui était au volant, les emmenait de toute façon à cette adresse. Fraser avait été vu en ville ce matin en train de discuter avec la propriétaire des lieux.

Morrow contempla la ruine.

— La propriétaire ? De cette maison ?

— Oui. Susan Grierson. Grande. La cinquantaine. Mince.

Morrow raccrocha. Elle s'avançait vers la porte de la cuisine quand elle entendit une voix derrière elle.

— Qu'est-ce que c'est que ce bordel ?

La silhouette d'un homme se découpait à contrejour dans l'encadrement de la porte du jardin. Il se tenait les mains ouvertes de part et d'autre de lui comme sur un vitrail, de la suie soulignant de noir les contours de son visage. Grand, carré. Plutôt beau gosse, mais avec un petit côté taulard.

McGrain aussi l'avait reconnu.

— Monsieur…

C'était censé être un préambule, mais Iain Joseph Fraser était assez rompu aux arrestations pour reconnaître le baratin des policiers. Pris de court, il fit un pas en arrière comme s'il allait se mettre à courir. Mais non. L'indécision fit pivoter son torse, mais sans que ses pieds suivent le mouvement. Quand McGrain lui prit le poignet, il n'opposa pas la moindre résistance. McGrain lui plaqua tranquillement la main dans le dos.

— D'accord, fit Fraser en acquiesçant du menton. *Aye*, c'est bon.

Morrow était à côté de lui.

— Vous êtes Iain Joseph Fraser ?

Il acquiesça, trop lentement, les yeux vers la rue. En le voyant faire, Morrow songea à Andrew Cole.

— Vous avez pris quelque chose ? Des médicaments, monsieur Fraser ? Vos gestes sont très lents.

Il avait la respiration laborieuse.

— Des cachets, oui, dit-il. Une ordonnance.

— Quelle sorte de médicaments, monsieur ?

— Dans ma poche.

— Je vais juste les attraper, d'accord, monsieur ?

Fraser acquiesça silencieusement.

— Des aiguilles ou un objet coupant sur vous dont je devrais connaître l'existence ?

— Non.

Morrow glissa précautionneusement la main dans la poche de la veste à capuche. Rien. Dans l'autre poche, un mouchoir sec. Dans la poche arrière de son jean, une enveloppe décachetée. Ne sachant pas si elle cherchait un médicament ou simplement une feuille de papier qui lui en fournirait le nom, elle ouvrit l'enveloppe et en sortit une photo. Vieille de plusieurs années, de piètre qualité, mais nette malgré tout.

Roxanna dans la rue avec deux hommes. Vêtue d'un imperméable et portant un parapluie. La route était mouillée, mais les hommes étaient en short et T-shirt.

Morrow la mit sous le nez de Fraser.

— Qui est-ce ?

Il haussa les épaules.

— C'est la photo dont vous vous êtes servi pour la trouver ?

Iain Fraser la regarda de nouveau. Il secoua la tête.

— Pourquoi avez-vous cette photo sur vous ?

Haussement d'épaules.

— Quelqu'un me l'a donnée.

— Qui ?

Il ne répondit pas.

Elle désigna Roxanna du doigt.

— C'est elle qui vous l'a donnée ?

Il la regarda encore une fois, parut froissé, puis fronça les sourcils. Il fixait l'un des hommes en short.

— Lui ?

Suivant son regard, elle désigna l'un des visages.

— Lui ? Cet homme vous a donné cette photo ?

— Je le connais. Je l'ai vu. Où est Andrew ?

— Vous connaissez son nom ?

Il secoua la tête. Il avait le souffle court, comme s'il avait couru longtemps. Plongeant la main dans la poche avant de son jean, elle en sortit un petit flacon. Au fond, deux cachets cognaient contre le verre. Elle lut l'étiquette. Il n'y en avait eu que quatre et l'ordonnance datait de ce matin. Il n'en avait pas consommé en surdose, mais c'était un antipsychotique puissant.

— D'où tenez-vous cette photo, monsieur Fraser ?

Il leva les yeux et désigna la maison, la porte entrouverte.

— D'elle.

— La personne qui vit ici vous l'a donnée ?

— Oui.

— Cette femme ?

Elle désigna de nouveau Roxanna.

— Non. Susan, dit-il. Écoutez : c'était moi. J'ai tué une fille au loch. Ce n'est pas… juste moi.

Les genoux de Fraser se dérobèrent sous lui, il donna l'impression qu'il allait basculer. Le retenant par les bras, Morrow et McGrain l'assirent par terre. La pâleur de Fraser n'était pas juste un bronzage de taulard. Le type n'allait pas bien.

Elle l'informa de ses droits, en prenant bien soin d'articuler. S'agenouillant devant lui, elle lui montra de nouveau la photo.

— Susan Grierson vous a donné ça ?
— Ce n'est pas Susan.
— Susan n'est pas Susan.
— Elle dit être Susan mais ce n'est pas vrai.
— Pourquoi vous l'a-t-elle donnée ?
— Pour Andrew Cole.

Morrow se releva. Elle ne voulait pas qu'il en dise plus avant d'être en mesure d'enregistrer ses propos, dans un poste de police.

— On dirait bien que tout le monde ici connaît tout le monde, remarqua-t-elle, histoire de dire quelque chose.

Fraser leva le regard vers elle. Il avait les yeux injectés de sang.

— Personne ici ne connaît *personne*.

Thankless et Kerrigan apparurent au portail. Morrow leur demanda de conduire Fraser au bureau de Simmons.

— Et que le médecin de la police l'examine, dit-elle. La prise de médicaments est apparemment récente. Il fait peut-être une réaction.

Elle les suivit du regard jusqu'à la voiture et les vit expliquer à Fraser ce qu'ils allaient faire de lui. Fraser était soulagé qu'on le place en garde à vue. Il se montrait accommodant, comme beaucoup d'anciens taulards lors d'une nouvelle arrestation.

Quand Thankless lui baissa la tête pour le faire asseoir sur la banquette arrière, elle se sentit envahie d'un bref élan de tendresse. Les durs à cuire abonnés à la prison comme Fraser commettaient peut-être des horreurs, mais la plupart étaient aussi des victimes. Difficile à assumer, difficile à dire et difficile à entendre. Elle l'imagina à Shotts. Il venait à peine d'en sortir. Il était là-bas en même temps que Danny.

Quand la voiture se fut éloignée, Morrow et McGrain se retournèrent vers la maison. Si quelqu'un s'y cachait, il ou elle aurait eu largement le temps de sortir. Elle en éprouva un vif soulagement.

La porte de la cuisine s'ouvrit sans un bruit. Une odeur de dégrippant planait autour des gonds luisants. C'était une grande cuisine, lumineuse si les vitres avaient été propres, ce qui n'était pas le cas. Des courants d'air tiède en provenance de la véranda agitaient l'air poussiéreux, qui en devenait presque poisseux. Une grande table au milieu de la pièce. De vieux meubles des années 1950, une plaque chauffante électrique encastrée dans le plan de travail. Le plafond effondré dans un angle. Et tout au fond, derrière une porte à double battant : un placard humide et vide.

Le couloir était poisseux lui aussi, froid jusqu'au cœur des murs. Éclairé par une grande fenêtre sale dans la cage d'escalier. Un quart de cercle propre tracé sur la moquette du vestibule indiquait qu'on avait récemment ouvert la porte d'entrée. L'endroit communiquait avec deux pièces. La porte de l'une était ouverte, et celle de l'autre soigneusement fermée.

Et là, Morrow sut.

De l'autre côté de la porte ouverte se trouvait une salle à manger. Une table sombre en bois verni, un buffet. Une vitrine, vide.

Avant d'avoir ouvert la deuxième porte, elle savait. Elle avait senti l'odeur douce et âcre de viande avariée filtrer de l'intérieur.

McGrain aussi savait.

— Oh merde, grogna-t-il en dégainant par réflexe son taser de sa poche. Il voulut l'allumer. La batterie était à plat.

Leur gloussement se mua vite en un franc éclat de rire parce que c'était inutile et con : qu'est-ce qu'on ferait d'un taser face à un cadavre, de toute façon ?

Morrow gémit et tendit la main pour ouvrir la porte si soigneusement fermée.

La pénombre. Rideaux tirés. Un nid de tables d'appoint près de la cheminée. Un canapé. Un fauteuil. Et derrière le canapé, sur le flanc, un sac de couchage fermé. Volumineux. Suintant. La source de l'odeur.

32

Morrow restait sur le pas de la porte. La vaseline mentholée sur sa lèvre supérieure la faisait larmoyer mais, par bonheur, masquait l'odeur. Lorsqu'ils ouvrirent le sac de couchage à la lueur blanche des projecteurs sur pied, elle reconnut la masse de cheveux blonds qui encadraient le visage rouge et gonflé. Mais elle ne fut absolument sûre que quand elle vit apparaître la créole rose dorée au lobe de l'oreille. Roxanna ne s'en séparait jamais.

D'une voix indolente, l'agent responsable de l'équipe de la Scientifique arrivée sur les lieux annonça que Roxanna avait été étranglée avec un fil métallique. Lequel était encore logé dans sa chair. Elle était morte depuis au moins deux jours. L'agent expliqua que les contusions à la jointure de ses doigts, accentuées par les lividités cadavériques, indiquaient une lutte. Les mains et les bras étaient couverts de blessures de défense, les avant-bras tailladés par des fils. Un coup avait été porté à sa tête, à l'arrière de l'oreille. Elle avait probablement été attaquée par-derrière.

Morrow acquiesça d'un signe. On remonta le zip du sac de couchage, de façon à ne rien altérer pendant le transport au labo.

Retournant dans le vestibule, elle trouva Thankless qui l'attendait.

— J'ai les infos sur la propriétaire de la maison, dit-il.

Il se tenait derrière elle, trop près. Son sourire l'énervait. Elle savait qu'il faisait tout de travers et que c'était elle la responsable. Il tira son carnet de sa poche, bêtement.

— L'endroit appartient à une certaine Susan Grierson. Elle est partie vivre aux États-Unis il y a plusieurs dizaines d'années, mais sa mère est morte…

Il essaya de déchiffrer ce qu'il avait noté.

— Il y a dix-neuf mois, c'est ça ? Il y a dix-neuf mois et elle a hérité de la maison. Enfin, par le biais d'un fidéicommis à son nom, donc…

— Un fidéicommis ? dit-elle.

— Des Américains peut-être ?

Thankless haussa les épaules.

— Les impôts, expliqua-t-il en regardant le bout de ses chaussures. Ils sont rusés comme des coyotes.

La remarque, dans son genre, était plutôt drôle, elle le savait.

— Donc, elle est revenue ?

— Eh bien, Iain Fraser insiste beaucoup sur le fait qu'il l'a rencontrée. Il s'est présenté ici pour la voir. Un commerçant du centre-ville a dit qu'il l'avait aperçue en compagnie de Fraser et qu'il la connaissait comme étant Susan Grierson. Il se trouvait à un dîner de bienfaisance hier soir, avec une centaine d'autres personnes, et on la présentait aux gens. Elle travaillait pour le traiteur, apparemment.

— Qui s'occupait des repas ?

Une vive lumière bleue s'alluma dans le salon.

Morrow se demanda pourquoi diable ils cherchaient ça.

— Je vais me renseigner, promit Thankless.

Morrow entendait les marmonnements du photographe qui mitraillait la pièce. Elle ne trouvait pas la force de regarder de nouveau à l'intérieur. Elle cria :

— Bon sang, s'il vous plaît, ne me dites pas que…

— Navré, lui cria le type de la Scientifique, mais si.

Morrow se recroquevilla d'horreur. Certaines scènes de crime étaient vraiment trop macabres.

— Qu'est-ce qu'il y a ? demanda Thankless.

— Ils ont trouvé du sperme.

— Oh, grimaça-t-il. Oh ! Mon Dieu !

— Mais la trace est bizarre, lança le type de la Scientifique. Ce n'est pas une éjaculation. On dirait qu'on l'a répandu là.

Tout le scénario était bizarre. Une maison en fidéicommis au nom d'une femme qui n'habitait pas là. Iain Fraser assurait que c'était une usurpatrice. Et maintenant ça. Morrow repensa aux traces de lingettes alcoolisées sur la voiture de Roxanna et aux empreintes nettes sur le sac, celles de Fraser. Professionnel, mais pas tant que ça.

Ils entendirent le claquement du sac mortuaire en plastique qu'on ouvrait en grand pour avaler le sac de couchage. Ils allaient la faire rouler à l'intérieur, et Morrow et Thankless savaient tous les deux qu'une brume rance envahirait alors toute la maison.

Une main sur la bouche et le nez, ils traversèrent la maison où on s'activait à rassembler des preuves, et sortirent sur le perron. Ils y trouvèrent Kerrigan et McGrain en train de bavarder.

— Les gens qui ont rencontré Susan Grierson l'ont-ils reconnue ?

— Pourquoi vous posez cette question ? demanda Thankless, sourcils froncés.

La question était perspicace. Elle repensa aux lingettes et au plancher de l'Alfa Romeo de Fuentecilla.

— Du travail de pro, dit-elle. On dirait du travail de pro. Mais laisser le cadavre là, chez soi, c'est juste l'inverse.

— De l'imprudence ? suggéra McGrain.

— Sans doute. Du sperme, cela dit ? Bon sang. Thankless, appelez London Road, dites-leur qu'on pense avoir retrouvé Roxanna. Dites-leur de lancer un avis de recherche sur Susan Grierson, qu'elle ne puisse pas quitter le pays. Aéroports, ferries, tout ça. Kerrigan et vous, allez me faire un tour en ville, essayez de voir si vous pouvez dégoter une photo d'hier soir, jeter un coup d'œil sur les téléphones. McGrain et moi nous serons au poste de police avec Fraser. Envoyez le bureau de liaison avec les familles chez Robin Walker et mettez-le au courant.

Se couvrant le nez, Morrow retourna dans la maison.

Elle trouva le responsable de l'équipe.

— Restez discrets ici, d'accord ? La ville est petite. Mieux vaut que les voisins ne sachent pas ce qu'on a trouvé.

— Toujours, répondit l'officier.

Le médecin de la police était allemand. Un homme sympathique qui connaissait Iain Fraser, et lui avait même rédigé l'ordonnance ce matin-là. M. Fraser, leur apprit-il, avait connu un épisode psychotique par le passé, pendant son incarcération, mais il avait surtout enduré un choc terrible la nuit précédente en étant le témoin de la mort de deux personnes dans un incendie.

Il était complètement bouleversé et le médicament pouvait potentiellement altérer son jugement, mais il supporterait un interrogatoire.

— Si je peux vous donner un conseil ? suggéra le Dr Neiman.

— Bien sûr, fit Morrow.

— À mon avis, M. Fraser n'a pas encore dormi depuis. Peut-être serait-il judicieux de le laisser se reposer et manger quelque chose avant de le questionner.

Entre les merci et les au revoir, sans lui dire clairement d'aller se faire foutre, Morrow le lui suggéra énergiquement.

Ils emmenèrent Iain Fraser dans la salle d'interrogatoire de Simmons, au deuxième étage. L'éclatement de la canalisation avait dessiné un ruisseau noir de moisissure le long du mur. La pièce n'était pas grande et sentait l'humidité. Leur immense suspect s'assit, immobile, la bouche ouverte, les mains sur la table.

Iain Fraser ne voulait pas d'avocat. Il avait les yeux très rouges, et un débit de parole très lent, mais sur un point, il était formel : il ne connaissait pas de Roxanna Fuentecilla et ne la reconnaissait sur aucune des photos. Susan Grierson lui avait remis l'enveloppe avec la photo devant les containers à ordures à côté de la supérette Asda. Il s'escrimait à lui expliquer qu'il avait tué Hester Kirk. Que lui, et lui seul, était le meurtrier. Elle ne méritait pas ça. C'était une gentille fille. Gentille. Tellement gentille qu'elle s'était laissé faire. Lui, et lui tout seul, l'avait emmenée au golf et l'avait tuée sur l'embarcadère. Lui. Juste lui. Et oui, il répéterait tout ça pour l'enregistrement et non, il n'avait pas besoin d'avocat. Fin du sujet.

— Vous avez le permis, Iain ?

Non.

— Vous l'y avez emmenée à pied ?

Non.

— Vous avez pris un taxi ?

Il ne sut quoi répondre à ça.

— Qui vous a fourni le code pour entrer ?

Il leva les yeux.

— Quoi ?

— Qui vous a envoyé le code d'accès par texto pour vous permettre de passer le portail et de pénétrer dans l'enceinte du golf ?

— Un texto ?

Il regarda longuement la table, leva les yeux vers Morrow mais sans croiser son regard, et lui dit qu'il ne recevait pas de textos. Il n'avait pas de téléphone.

Il manque quelqu'un dans cette histoire, lui répondit-elle. Quelqu'un qui conduisait la camionnette qui a emmené Hester au bateau. Quelqu'un à qui Andrew Cole a envoyé le code d'accès au golf par texto. Oui, il manque ce quelqu'un dans votre histoire. Vous pouvez nous dire qui ?

Il secoua la tête, fronça les sourcils vers la table. Andrew ? dit-il. Andrew l'a envoyé ?

— Vous connaissez Andrew ?

Andrew Cole. Andrew Cole était à Shotts. Andrew avait envoyé le code à quelqu'un par texto ?

— Nous avons de bonnes raisons de le penser, oui. Pourquoi ?

Étrangement, la remarque parut vexer Fraser. Il répondit qu'il pensait qu'Andrew Cole était un grand gosse ou un truc comme ça.

— Cole aime bien donner de lui une image vulnérable, n'est-ce pas ?

Fraser dévisagea Morrow, le regard soudain vif. Il semblait avoir recouvré ses esprits, mais ne disait rien.

— Je ne suis pas convaincue que M. Cole soit si innocent que ça.

Il lui jeta un sourire désabusé.

— Qui est vraiment innocent, hein ?

Elle lui sourit en retour.

— Nous avons trouvé vos empreintes digitales sur un sac de cocaïne dans la voiture de Roxanna Fuentecilla, monsieur Fraser.

Cela sembla ne lui faire ni chaud ni froid. Il haussa paresseusement les épaules, comme s'il ne voulait même pas prendre la peine de répondre à de telles âneries. Morrow avait envie de lui hurler dessus, de lui ordonner d'en avoir quelque chose à foutre. Mais non, il s'en foutait. Elle le voyait. Et ce n'était pas juste à cause du médicament.

— Nous avons trouvé un corps chez Susan Grierson. Une femme. Qu'est-ce que vous avez à nous dire de ça ?

Il se contenta de hausser un sourcil. Elle n'était pas sûre qu'il l'eût entendue.

— Monsieur Fraser ? Nous avons trouvé une autre femme, morte, emballée dans un sac de couchage, dans cette maison où vous êtes passé aujourd'hui. Elle aussi, vous l'avez tuée ?

— Non.

— Qui l'a fait, à votre avis ?

— Susan.

— Qu'est-ce qui vous fait dire ça, monsieur Fraser ?

— Je ne crois pas que ce soit la vraie Susan.

— Qui est-ce, à votre avis ?

Il haussa les épaules.

— Je ne sais pas. Elle m'a dit qu'elle était Susan, mais je ne sais pas…

— Pourquoi en douteriez-vous ?

— Elle est différente.

— Comment ça ?

Il soupesa longuement la question.

— Manipulatrice.

Il s'aidait de sa main pour chercher ses mots, comme s'il espérait que d'autres allaient lui venir. Mais non.

— Êtes-vous monté à bord de la voiture de Roxanna ? Une Alfa Romeo ? Noire ?

Il secoua la tête.

— Avez-vous touché un sac Waitrose contenant de la cocaïne ? Il y restait aussi des miettes de biscuits Pim's. En avez-vous touché un ?

Il y réfléchit un moment, les yeux sur la table, puis, comme s'il n'avait pas entendu une blague plus drôle de sa vie, il se mit à rire à part lui.

— Des Pim's… s'esclaffa-t-il. Un foutu… Waitrose.

Impossible de le ramener à la conversation. Il répétait inlassablement le nom du supermarché, en reniflant d'un air endormi. Quoi qu'elle lui demande, il revenait toujours à ça, aux Pim's et au Waitrose.

Morrow appela Thankless et Kerrigan : emmenez M. Fraser à Glasgow. Gardez l'œil sur lui, je crois qu'il ne se sent pas très bien. Elle s'apprêtait à sortir quand il se redressa et l'interpella.

— Barratt, dit-il.

Morrow se tourna vers lui.

— Mark Barratt ?

— Il rentre. Demain. Sept heures quinze. De Barcelone. À l'aéroport de Prestwick. Il leur dira. À propos de l'incendie. Il leur dira qui.

— Il dira quoi ?

— L'incendie. Murray et…

Il se recroquevilla, la tête basse, posée entre ses bras, et marmonna :

— Ce n'était pas moi. Dites à Barratt de le dire à Annie. Et à Eunice.

Morrow le contempla pendant un moment. À la façon dont il reniflait, elle comprit qu'il s'était endormi.

Simmons attendait devant la salle d'interrogatoire. Elle fut ravie d'apprendre qu'il existait un lien entre la morte du loch et l'incendie du Sailor's Rest.

— Vous allez bosser avec nous, alors ? dit-elle. Parce que je suis sérieusement sous l'eau ici.

Il aurait été plus poli de prétendre qu'elle était ravie pour une autre raison, d'insister sur la perspicacité ou les compétences de l'équipe de Morrow par exemple, plutôt que de montrer qu'elle voulait en faire moins.

— Vous connaissez une femme du nom de Susan Grierson ?

— Non.

— Elle habite dans Sutherland Crescent.

— Je ne connais pas grand-monde qui vit là-bas, inspectrice Morrow. C'est chez elle qu'on a trouvé le corps ?

— Oui. On la cherche, mais sans succès. Elle a travaillé pour la société qui s'est occupée des repas du dîner dansant d'hier soir.

— Le Paddle Café ? Je les connais, ils nous diront où elle est, s'ils le savent.

— Iain dit qu'elle lui a donné ça.

Morrow lui montra la photo de Roxanna.

Simmons jeta un œil dessus.

— Ah ben, tiens, le voilà.

— Qui ?

— Lui.

Simmons posa le doigt sur le type en short.

— C'est lui le propriétaire du Paddle Café. La photo date, cela dit.

L'homme sur la gauche brandissait une médaille attachée à son cou. Morrow s'approcha pour mieux voir. Une médaille du marathon de Londres.

33

Boyd n'était arrivé qu'après le rush de midi et tout allait bien. Elles avaient fait la vaisselle, réceptionné les commandes, servi les repas, et les restes de quiche de la veille avaient été écoulés. Difficile d'être plus ravi. Leur promettant vingt livres de plus sur leur paie, il les libéra une heure plus tôt que prévu.

Il essuyait le comptoir avec un torchon, en souriant à un petit enfant à quatre dents pendu au-dessus de l'épaule de sa mère, quand il entendit :

— Boyd Fraser ?

On aurait dit des huissiers, le type et la femme qui lui bloquaient le passage, debout au bout du comptoir.

— Vous êtes Boyd Fraser ?

— Oui. Je peux vous aider ?

— Nous sommes de Police Scotland. On peut vous parler derrière, un instant ?

— On ne peut pas le faire ici ?

— C'est une affaire plutôt sérieuse…

Merde, merde. La dope. C'était la foutue dope.

— Bien sûr, je vous en prie, suivez-moi.

Traversant la cuisine, il les emmena vers le bureau, avant de réaliser, arrivé devant la porte, qu'il était trop exigu pour eux trois. Ils durent faire marche arrière en file indienne jusqu'à la cuisine.

— Asseyons-nous là, fit-il en tapotant le bord de la table en acier, avant de demander à Moira, la cuisinière employée à mi-temps : On va gêner ?

Il n'était jamais aussi poli mais voulait faire bonne impression. Moira joua le jeu.

— Oh, c'est parfait ! fit-elle chaleureusement, même s'ils ne se parlaient jamais comme ça d'habitude.

Tirant le fauteuil de bureau jusqu'à la cuisine, Boyd demanda à Moira d'aller chercher deux chaises pliantes dans le cellier, mais la blonde l'interrompit.

— Nous n'avons pas vraiment besoin de nous asseoir. C'est assez urgent. Pouvez-vous arrêter…

Votre cinéma, faillit-elle dire. Il faisait du cinéma.

— Pardon.

Il se figea, fit signe à Moira de les laisser. De toute façon, elle attendait simplement de sortir des brownies du four.

— Bien, monsieur Fraser, dit Morrow. Connaissez-vous une dénommée Susan Grierson ?

Merde. Susan ! Elle était dealer ou quelque chose. Une pute dealer ou un truc comme ça. Pire que ce qu'il avait imaginé, vu comment ça tournait. Lucy allait le tuer, putain. Elle le quitterait et puis elle le tuerait.

— Vous ne semblez pas très sûr.

— Oui, non. Si, je la connais, oui.

Il tenait le bord de la table et, en même temps que la femme flic, il remarqua que sa main tremblait. La fourrant dans sa poche, il laissa échapper un gloussement aigu ridicule. Ça avait l'air suspect. Tellement suspect qu'il se mit à transpirer un peu.

— Vous la connaissez comment ?

— Elle, hum, a travaillé pour moi hier soir. Lors d'un dîner de bienfaisance. Elle est du coin.

— Vous la connaissez depuis longtemps ?

Il confirma.

— Vous la connaissiez aux États-Unis ?

— Non ! Elle est partie s'installer là-bas quand j'étais jeune. Elle est revenue parce que sa mère est morte…

Mais il se souvint alors que, non, elle n'était pas revenue pour ça. Sa mère était morte mais ça faisait… Lucy avait dit que ça faisait un moment.

— Elle… non – sa mère – bref, elle est revenue.

— Vous l'avez revue quand ?

— Il y a deux jours.

— Elle a dit pourquoi elle était de retour ?

— Elle m'a dit que sa mère était morte et j'en ai, disons, conclu qu'elle était revenue à cause de ça. Alors qu'en fait non. Mais je ne sais pas si elle me l'a dit.

— Comment avez-vous appris que ça n'était pas la raison de son retour ? Elle vous a donné une autre raison ?

C'était Susan qui les intéressait, pas lui, tant mieux. Dans quoi avait-elle bien pu tremper ?

— Non, elle ne m'a rien dit. Elle m'a dit qu'elle était rentrée à cause du décès de sa mère, mais ma femme m'a appris que Mme Grierson, la vieille Mme Grierson, était morte il y a deux ans. Alors, j'imagine que ça n'est pas la vraie raison de son retour.

— Il y a deux jours. C'est là que vous l'avez revue pour la première fois ?

— Oui.

— Dans quel contexte ?

Alors il leur raconta l'histoire, leur dit qu'elle était venue ici, par hasard…

— Oui, elle s'est présentée et je l'ai reconnue.

— *Elle* s'est présentée ?

— Oui, et je l'ai reconnue.

— L'aviez-vous reconnue avant qu'elle dise son nom ?

Drôle de question. Il y réfléchit une seconde.

— Non.

— C'est elle qui est venue vers vous ?

— Hum, oui.

— Êtes-vous allé chez elle, dans Sutherland Crescent ?

Lucy n'était pas au courant. Est-ce que c'était grave ? Elle aurait aimé savoir à quoi ressemblait l'intérieur, pour Sara Haughton. Mais c'était la police et mentir à la police était une connerie. Il n'avait rien fait de mal.

— Oui. Hier soir.

— Pour quelle raison ?

Boyd se lécha les lèvres et regarda vers la salle du café.

— Juste, vous savez, pour boire un verre. Après le dîner de bienfaisance. Pour fêter ça. Boire un verre et tout ça, vous savez.

Il était fier de sa réponse. Honnête mais sans rien dire de précis, de toute façon la flic n'écoutait plus. Elle regardait d'un œil indiscret autour d'elle, sans essayer de le cacher comme le ferait quelqu'un de poli. Le type croisa son regard et lui sourit, comme si tout était normal.

— Nous aimerions vous montrer une photo, monsieur.

La femme continuait à tout fouiller du regard, elle se baissa même pour jeter un œil sous une étagère de marchandises, bordel de Dieu. Le type lui tendit une photo.

— Ouais, Sanjay et moi, dit-il, heureux de revoir sa tête. Quoi, c'est au sujet de Sanjay ?

La femme tendit le bras et son doigt, aussi léger qu'une mouche, se posa sur la copine de Sanjay.

— Qui est-ce ?

— La copine de Sanjay, à l'époque.

Le type demanda :

— Qui est Sanjay ?

— Sanjay Hassan. On bossait ensemble à Londres. Il était avocat stagiaire à l'époque, il exerce maintenant. On travaillait pour un traiteur tous les deux. Sur des événements.

La femme demanda :

— Vous la connaissez bien ?

Soulagé, il sourit.

— Oh, écoutez, je ne la connais pas. Je l'ai rencontrée à la fin du marathon avec Sanjay. Ils se sont séparés très vite. Elle avait deux gamins.

Le type dit :

— Roxanna Fuentecilla.

— Roxanna ! C'est ça. Je me souviens maintenant. Roxy, il l'appelait. Qu'est-ce qui se passe ?

Le policier se tourna vers sa collègue, comme s'il ne savait plus quelle question poser. Elle scrutait du regard la rangée de pots en plastique sur l'étagère. Elle donna un coup de coude au type et désigna l'une des bassines. Le plastique du couvercle était usé, à force d'avoir été trop lavé. À l'intérieur : du bicarbonate de soude, selon l'étiquette au feutre noir.

— Sanjay va bien ?

— Je peux ouvrir ça ? demanda-t-elle.

— Bien sûr !

Elle enfila des gants en latex et retira le couvercle. Une bulle bleue était posée à la surface de la poudre blanche. Quelqu'un avait fourré un sac en plastique bleu là-dedans.

— Qu'est-ce que c'est ? demanda-t-il.

Les policiers se regardèrent, avant de demander à Boyd s'il avait du papier aluminium.

— Bien sûr !

Essayant de se rendre utile, Boyd se pencha sous l'évier et en sortit un gros rouleau qu'il posa sur la table.

— Vous voulez que j'en fasse quoi ?

Ils insistèrent lourdement pour s'en charger eux-mêmes et le type enfila à son tour des gants en latex. Ils déroulèrent alors une longueur d'aluminium sur la table et la femme attrapa la bulle entre le pouce et l'index pour la sortir du pot de bicarbonate. C'était un téléphone portable, un Samsung, modèle récent.

— Qu'est-ce que ça fait là ? demanda Boyd avant de réaliser que la question était stupide : c'était dans sa cuisine, dans son café.

Les flics échangèrent des paroles muettes. Boyd vit à leurs regards que ça n'était pas bon pour lui.

— Ce n'est pas mon téléphone.

La femme aplatit le sac de congélation bleu contre le téléphone et l'alluma. Sortant un gros téléphone professionnel de sa poche, elle composa un numéro. Dans le sac, le portable s'alluma.

— C'est le téléphone de qui ? s'enquit-il

— Il appartient à la femme sur la photo que je viens de vous montrer.

— L'ex de Sanjay ?

Il se mit à rire de nouveau, pas comme un connard cette fois, juste d'incrédulité.

— Quoi ? L'ex de Sanjay ?

— Monsieur Fraser, nous allons devoir vous demander de nous suivre, j'en ai peur. Et nous allons fermer le café pour procéder à une fouille complète.

— Pourquoi ?

— Cette femme vient d'être retrouvée morte. Chez Susan Grierson.

Ils fermèrent le café. Moira mit tous les clients dehors, après avoir emballé leurs déjeuners. Elle sortit les brownies du four, qu'elle déposa sur une grille le temps qu'ils refroidissent. En bonne employée, elle appela chez Boyd pour demander à Lucy de venir car la police était en train d'interroger son mari. Puis, soulagée de sortir, elle partit. Non sans jeter un dernier regard curieux par la fenêtre en passant.

Les flics lui dirent qu'il avait le droit de garder le silence et ainsi de suite. Comme tout ça n'était qu'un malentendu, Boyd n'écouta que d'une oreille.

Quelques minutes plus tard, la double poussette franchit le seuil du café. William venait de se réveiller, l'air contrarié. Il leva les yeux vers sa mère qui ne l'était pas moins. Les flics refusèrent qu'ils se parlent. Deux de leurs collègues arrivèrent, un chauve et une femme aux dents de traviole, qui embarquèrent Boyd.

34

Morrow et McGrain passèrent le café au peigne fin, les placards, les toilettes, l'arrière des vitrines du comptoir. Debout sur une chaise, ils inspectèrent les étagères les plus hautes. Sur l'une d'elles étaient posés trois bidons d'huile d'olive, vides mais qui apportaient une touche éclatante de jaune et de vert dans la pièce. Les soulevant l'un après l'autre, McGrain les secoua. Il y avait quelque chose dans le troisième. Il la descendit et ils ôtèrent le couvercle. Un sac Waitrose, bleu, plein de poudre blanche.

— Ils doivent avoir utilisé tout le fichu rouleau de sacs de congélation, marmonna Morrow.

— Ce n'est pas à lui ! s'exclama Lucy Fraser.

Elle s'était assise dans le café avec les deux petits garçons. L'un d'eux se débattait pour descendre de la poussette, l'autre s'était endormi avec, sur la langue, un minuscule morceau des deux brownies qu'elle avait prélevés pour eux sur le bar. Morrow avait tellement envie de rentrer chez elle voir ses fils qu'elle pouvait à peine poser les yeux sur eux.

— Je vais vous dire pourquoi je sais que ça n'est pas à lui, dit Lucy Fraser. Parce qu'il n'en a trouvé qu'hier soir et m'a promis ce matin que la prochaine fois, il en prendrait aussi pour moi. Alors, ça ne peut pas être à lui. On vit ici depuis deux ans et on n'avait jamais réussi à en trouver. On vient de monter une affaire, on a deux enfants. Honnêtement, ce n'est pas à lui.

Elle avait l'air effondrée, triste, déprimée, mais elle ne se doutait pas qu'ils enquêtaient sur un meurtre, ça se voyait. Morrow se dit qu'elle ferait bien de l'en informer. Corvée dont elle se serait bien passée.

— McGrain, allez à la voiture me chercher un des grands sacs.

Posant le bidon d'huile par terre, il sortit dans la rue.

— Sérieusement, insista Lucy Fraser en fixant le bidon d'un œil triste, ce n'est pas à lui.

Morrow avait l'air sceptique.

— Je sais, dit Lucy. Les maris mentent à leurs femmes. Ce n'est pas vraiment un scoop, hein ? Mais ce n'est pas à lui. Il m'a dit qu'il n'en avait pas…

Sa voix n'était plus qu'un murmure et quand elle parla de nouveau, on l'entendait à peine.

— Je sais que j'ai l'air d'une idiote – ici avec mes gosses, je sais que j'ai l'air complètement en vrac. Mais je sais à quel genre de connard j'ai affaire, et ce n'est pas le genre de connard à me cacher quelque chose.

Lucy et Morrow se sourirent, pas chaleureusement, juste une façon de reconnaître qu'elles étaient toutes les deux là, et toutes les deux humaines.

— Lucy, je pense que je devrais vous dire que…

— Écoutez, dit Lucy en se cuirassant. Boyd n'est pas rentré hier soir. Pas avant le milieu de la nuit. On prenait souvent de la coke, à Londres, pour le fun, mais on ne le fait plus depuis des lustres. Je sais ce que ça fait, je sais voir s'il en a pris ou pas.

— À quelle heure est-il rentré ?

— Vers 4 h 30.

— Où était-il ?

McGrain était de retour, il passa devant la vitrine.

— Sans doute quelque part à se taper une putain de serveuse.

Le menton de Lucy Fraser se plissa.

— Il est plutôt à cran en ce moment.

La porte s'ouvrit, McGrain entra et le moment s'envola. Lucy reporta son attention sur les garçons dans la poussette.

McGrain tendit le sac grand ouvert à Morrow. Soulevant le bidon avec précaution, Morrow le glissa dans le sac.

— Remplissez l'étiquette et mettez-le dans la voiture, vous voulez bien ?

Morrow attendit que la porte se soit refermée derrière lui pour reprendre :

— Lucy, il faut que vous sachiez que nous n'enquêtons pas sur une affaire de drogue. Deux femmes ont été tuées. Nous ne croyons pas Boyd coupable, mais il y a pas mal de coïncidences qui laissent perplexe. Trop de coïncidences pour que ce soit un hasard.

Lucy était livide. Elle se leva, bouche bée, les yeux écarquillés.

— Qu'est-ce que je peux faire ? murmura-t-elle.

— Me dire la vérité ?

Lucy acquiesça sans lever les yeux vers elle.

— Quelle serveuse, à votre avis ?

— Susan Grierson, je pense. Ce matin, il a tressailli à la mention de son nom. Il était en descente, il était nerveux et il en faisait trop. Il essayait d'être gentil.

Elle eut un sourire misérable.
— Pas son genre…
Morrow acquiesça d'un signe de tête.
— Mis à part hier soir, est-il parfois rentré tard ?
— Non. La seule chose qu'il fait seul, c'est d'aller courir mais c'est généralement en milieu d'après-midi ou à la pause déjeuner, et seulement une demi-heure. Le reste du temps, il est ici ou à la maison.
— Il y a deux jours, mardi matin, à 5 h 30, où était-il ?
— Endormi, à côté de moi, répondit Lucy.
Morrow la crut.

Aucune Susan Grierson n'avait essayé de quitter le pays. Thankless avait déniché une photo de la femme. Chez un boucher de la place, une cliente dans la queue lui avait proposé la série de photos qu'elle avait prises avec son téléphone au dîner dansant. Elle l'avait laissé les passer en revue jusqu'à ce qu'ils en trouvent une où, de l'avis général, c'était bien Susan Grierson qu'on apercevait dans le fond. Thankless se l'était fait envoyer par texto.

Ils la regardèrent dans le bureau de Simmons. Grande et mince, Susan Grierson avait un long nez et des cheveux gris coupés au carré.

— Imprimez-moi ça, fit Morrow avant de disparaître pour passer un coup de fil.

L'équipe qui enquêtait sur l'incendie s'était installée à l'un des bureaux et se la coulait douce avec application.

Boyd Fraser lui avait communiqué le numéro de portable de Sanjay Hassan. Lequel décrocha à la troisième sonnerie. Hassan se trouvait dans une rue très bruyante. En apprenant que son ami Boyd était en garde à vue, il accepta de ne pas descendre dans le métro à Holborn afin de ne pas interrompre la conversation.

Quand Morrow lui eut envoyé la photo de l'enveloppe trouvée dans la poche arrière de Iain Fraser, il la rappela. C'était le jour du marathon de Londres, lui cria-t-il pour couvrir le grondement des bus qui passaient à sa hauteur. Je l'ai refait trois fois depuis, largement battu mon temps, c'était mortel. Morrow n'entendait que par bribes.

— Battu, vous avez dit ? Mortel ?

— Mon temps ! cria-t-il. J'ai battu mon temps. Au marathon. C'était mortel.

— Oh, vous avez battu votre temps ?

— Oui, mon temps.

Elle lui demanda s'il pouvait éventuellement trouver un endroit plus calme pour continuer la conversation. Il accepta. Un changement soudain d'atmosphère et une douce musique de fond lui indiquèrent qu'il était entré dans un magasin.

— Je suis dans un magasin, lui cria-t-il.

— Très bien, monsieur Hassan, la femme sur la photo, que pouvez-vous me dire sur elle ?

— C'est une ex à moi, Roxanna Fuentecilla. Elle avait des enfants.

— Où l'avez-vous rencontrée ?

— Oh, bon sang, je ne sais plus. Chez Brown's, peut-être ? Je travaillais comme serveur, à l'époque, à mi-temps. Pour me faire un peu d'argent pendant mon stage. Je crois que c'était chez Brown's, oui. On ne s'est vus que deux ou trois fois. Elle était espagnole.

— Boyd la connaissait ?

— Non.

Il avait l'air plutôt sûr de lui.

— Qui aurait pu avoir une copie de cette photo ?

— Boyd ne l'avait pas sur le site internet de son café ou un truc comme ça ?

— Ah bon ?

— Elle y est toujours, je crois, non ? Il m'a demandé ce que je pensais du site et, bon, je n'aime pas vraiment cette photo. Cette année-là, il m'avait battu et il a l'air plutôt fier de lui. Je suis sûr qu'il l'a mise en ligne pour m'énerver. Je fais un meilleur temps maintenant. Je crois que Boyd, pour sa part, ne court même plus.

Morrow entendit une vendeuse lui demander s'il avait besoin d'une cabine d'essayage.

— Roxanna, vous l'avez revue, depuis ?

— Que voulez-vous dire ?

— Vous ne vous êtes jamais revus par hasard, dans une soirée ou ailleurs ?

Il ne savait pas quoi lui répondre.

— Vous êtes déjà venue à Londres ? dit-il. C'est une grande ville.

35

Boyd était assis sur le banc en béton depuis quarante minutes. Chaque fois qu'il clignait des yeux, il espérait, en les rouvrant, que le monde aurait changé. Mais non. Une femme morte chez Susan.

Boyd n'avait croisé Roxanna qu'une seule fois. Sanjay n'avait jamais vraiment parlé d'elle, puis elle était devenue de l'histoire ancienne. Elle avait des gosses. Ils étaient jeunes à l'époque. Honnêtement, Boyd avait été plus surpris d'apprendre que l'ex de Sanjay était à Helensburgh que d'entendre qu'elle avait été retrouvée morte chez Susan. Sa vie à Londres semblait tellement loin de sa vie à Helensburgh. C'était comme si un personnage avait changé de film.

Un mur gris face à lui. Et sous ses pieds, un sol gris. Un froid glacial sous ses fesses. Il se pencha de nouveau en avant, plia en deux le fin matelas et se rassit. Depuis une demi-heure, il oscillait entre les deux solutions : transpirer sur le plastique de l'alèze ou se cailler les miches sur le béton nu.

Il ferma les yeux. Lui poser des questions. Ils devaient lui poser quelques questions sur une femme assassinée ? Ils l'avaient emmené sans que Lucy sache à quel point c'était sérieux. Elle croyait que Boyd s'était fait choper pour la coke. Elle lui en voulait, ça se voyait.

Il entendit la voix crispée de sa mère : exprime-toi clairement, ne marmonne pas, reste calme, ne mens pas. Putain de conseils qui ne servaient à rien dans sa situation.

Il n'arrêtait pas de fermer les yeux et de penser à Mlle Grierson. Ils disaient que deux femmes avaient été tuées. Pour lui, elle était la seule femme qui pouvait avoir disparu, la seule au sujet de laquelle il avait de quoi se sentir coupable. Elle avait dit qu'elle partait, qu'elle n'avait rien à faire ici. Il devrait le leur dire. Il aurait dû leur dire ça en premier. Il la revoyait, moins de douze heures plus tôt, dans l'encadrement du portillon de son jardin. Elle le regardait s'éloigner, après lui avoir dit bonne nuit et à bientôt d'une voix si plate et dénuée d'affection qu'elle n'engageait absolument à rien, et ça l'avait rassuré.

Si elle était morte, ils trouveraient des traces de lui partout sur elle. Même si elle avait pris un bain juste après son départ, des bouts de Boyd seraient restés partout dans la cuisine et sur le sol de la véranda. Le souvenir de la véranda lui donna la nausée. Pourquoi avaient-ils fait ça là, sur un sol dégueulasse ? La maison avait des chambres. Mais il savait pourquoi. Parce que ce n'était pas une chambre justement. Parce que ni l'un ni l'autre ne voulait de l'intimité d'une chambre. Ils cherchaient tous les deux exactement le contraire.

Des bruits de pas derrière la porte. Une serrure qui s'ouvre dans un bruit de ferraille. Une femme à l'air sévère. Veuillez me suivre, s'il vous plaît.

Ils l'avaient emmené dans la rue et fait monter dans une voiture, une voiture pourrie. Puis deux policiers en uniforme étaient montés devant et ils étaient partis pour Glasgow sans un mot.

Ils s'étaient garés dans un quartier merdique de cette ville de merde. Qui pourrait bien avoir envie d'habiter là ? C'était tellement moche. Ils avaient contourné un grand bâtiment et pénétré dans un parking protégé par une enceinte surmontée de barbelés et de caméras.

Ils l'avaient fait sortir de voiture et emmené par une rampe en béton jusqu'à une porte blindée qui donnait sur une sorte de comptoir d'accueil. Et ils l'avaient remis aux flics qui se trouvaient là, en même temps qu'une enveloppe à bulles marron qui contenait tous ses effets personnels, avant de repartir en disant qu'ils devaient aller récupérer quelqu'un d'autre à Helensburgh. Qui d'autre ? Susan Grierson ?

Une femme flic, très grande, était venue se poster à côté de lui. Le type derrière le guichet avait pris ses coordonnées, puis ils l'avaient fait avancer jusqu'à une grosse machine qui photographiait ses empreintes. Le type avait regardé son pull en cachemire et avait dit à la géante de prendre bien soin de celui-là.

Une blague. Elle était bâtie comme un tank.

Boyd comprit que la blague n'était pas méchante seulement après coup, quand ils tournèrent dans un couloir qui menait aux salles d'interrogatoire. Boyd voulait faire demi-tour et sourire au type, lui montrer qu'il avait pigé. Mais c'était trop tard. L'air penaud, il suivit la géante dans un escalier, puis dans une salle équipée d'une porte avec un vitrage de sécurité, et d'une table entourée de quatre chaises.

Elle lui dit que ce ne serait pas long, et elle le laissa seul. Dans un coin du plafond, une caméra lui adressait des clins d'œil sarcastiques.

Maintenant, la géante aussi avait disparu.

La porte s'ouvrit brusquement derrière lui. Les gens qui étaient venus au café entrèrent. Ils se présentèrent : inspecteur Alex Morrow – la femme – et agent Howard McGrain – l'homme.

— Bon, Boyd, on veut vous poser quelques questions sur Roxanna Fuentecilla. Vous l'avez rencontrée quand ?

Boyd hésita.

— Après le marathon de Londres. Il y a trois ans.

— Et ensuite.

— Je ne l'ai jamais revue ensuite. C'était la seule fois.

— Vous êtes allés manger un bout tous les trois ?

— Non.

Manifestement, elle n'avait jamais couru de marathon. Il avait envie de lui dire qu'on n'était guère d'humeur à se remplir la panse après la course, mais elle lui faisait peur.

— Lors de sa venue à Helensburg, Fuentecilla est-elle passée au café ?

— Vous savez quoi, honnêtement, c'est possible. Mais si c'est le cas, je ne l'ai pas reconnue. Je ne l'ai rencontrée qu'une fois et je venais de terminer un marathon. C'est tout. Sans cette photo, je ne m'en serais peut-être même pas souvenu. Sanjay a rompu avec elle peu de temps après. Elle avait des gosses et je crois que la seule chose qui lui plaisait chez elle, c'était sa maison. Elle habitait Belgravia. Il la croyait riche.

— Elle était riche ?

— J'imagine que non. Je pense qu'il aurait pu passer outre les enfants si ç'avait été le cas.

— Vous avez vendu des terres, récemment ?

— Des terres ?

— Vous en avez vendu ?

— Non.

— Vous connaissez Frank Delahunt ?

— Non.

— Dites-moi ce qui s'est passé avec Susan Grierson.

Il rechigna un instant mais répondit : Je la connaissais quand j'étais gamin. Elle est partie pendant très longtemps. Je l'ai revue récemment. Elle est venue me demander du boulot et a travaillé pour moi une soirée. Après le dîner, elle est venue me trouver. Elle m'a dit qu'elle avait de la cocaïne. Elle est allée m'attendre au café. Dans le café, après, eh bien, on a…

Boyd était cramoisi. C'était une chose de le faire, mais le dire en était une autre.

Visiblement, la femme avait déjà connu ça.

— Regardez la table et crachez-le, lui conseilla-t-elle. Vous ne nous racontez rien qu'on n'ait déjà entendu des dizaines de fois.

Il regarda la table et le cracha : elle m'a taillé une pipe. Bizarre. En quoi était-ce bizarre ? Elle s'était mis une espèce de sac dans la bouche. Elle a essayé de me le cacher en faisant ça – il leur montra le mouvement de la bouche et la façon dont elle avait détourné la tête, en se couvrant la bouche de sa main. Alors, bon, c'était un peu bizarre. On est allés chez elle. On a repris de la coke…

— Cette coke, elle était où ? Dans un sachet ou une enveloppe, quelque chose ?

— Ouais, un sac Waitrose. Un sac de congélation. Petit format. Comme celui dans lequel vous avez trouvé le téléphone. Je l'ai remarqué parce que ça m'a rappelé le boulot. Waitrose nous prend pas mal de clients.

— Et il s'est passé quoi, ensuite ?

— Eh bien, on est allés chez elle et, vous savez…

— Vous avez couché ensemble.

— Oui.

— Où ?

— Dans la cuisine, en quelque sorte. S'il vous plaît, ne dites rien à ma femme.

La femme le dévisagea un instant, comme si elle soupesait la chose.

— Votre femme sait. Elle me l'a dit. Elle m'a dit : « Je crois qu'il était quelque part en train de se taper une serveuse. » Où est Susan Grierson, maintenant ?

Il était trop abasourdi pour répondre. Tout ce qu'il avait dans la tête maintenant, c'était Lucy dans la cuisine avec les garçons ce matin, en train de pleurer discrètement. Il ne pouvait plus penser qu'à Lucy et à toute la tristesse qu'elle devait ressentir. Par sa faute. Et ce matin, quand il les avait rejoints dans la cuisine, quand il l'avait prise dans ses bras et tirée sur ses genoux, elle savait. Quel connard il était.

— Monsieur Fraser ? Où est Susan Grierson maintenant ?

Boyd se força à répondre.

— Elle m'a dit qu'elle partait. De nouveau. Qu'elle n'avait rien à faire ici.

Ils firent glisser une autre photo devant lui, une photo de famille, dans la serre d'un jardin botanique. Roxanna était au premier plan. Il ne l'avait pas vue depuis longtemps, se souvenait tout juste d'elle, mais elle était encore incroyablement belle.

— Vous connaissez cet homme ?

Ils pointaient le doigt sur un homme au second plan, en pantalon rouge. Le mari ? Boyd l'examina un instant.

— Je crois que c'est un client du café. En tout cas, il lui ressemble. Peut-être.

— Et la femme ?

— Eh bien…

Il avait la sensation qu'ils étaient en train d'essayer de le piéger.

— Ce n'est pas Roxanna ? La femme sur la photo avec Sanjay ?

— Si.

Ils la rangèrent. On aurait dit un test débile. Ça l'énervait. Les regrets laissaient place à la colère.

— Écoutez, comment vous avez eu cette photo de Sanjay et moi pour commencer ? C'est Sanjay qui vous l'a donnée ?

— Vous l'avez mise en ligne, sur le site du café, non ?

Oh, merde. Ils avaient raison. Il l'avait mise, comme un doigt d'honneur adressé à Sanjay. Bon, pas vraiment un doigt d'honneur, plus une pique. Quand il était devenu évident qu'il ne viendrait jamais lui rendre visite.

— La photo que nous avons trouvée est de très basse résolution, dit l'homme. Nous pensons qu'elle a été imprimée à partir de l'image de votre site.

La femme regardait ses notes et, tout d'un coup, Boyd se dit : Et puis merde !

— Je peux rentrer chez moi ?

Ils ne répondirent pas.

Elle leva la tête.

— Quelle est votre relation avec Iain Fraser ?

Boyd secoua la tête.

— Pardon, qui ça ?

— Iain Fraser. Un habitant d'Helensburgh.

— Je ne le connais pas.

— Il a le même nom de famille que vous et vit à Helensburgh.

Elle ne connaissait pas la ville. Boyd leur expliqua patiemment qu'il y avait deux familles Fraser à Helensburgh. Il y avait eu un schisme dans la famille, la génération précédente. La sœur de son père s'était convertie au catholicisme. Leur père était pasteur, comme le père de Boyd, et les deux camps ne s'adressaient presque plus la parole. Les Fraser de Lawnmore et les Fraser de Colquin, comme on les appelait. C'était bizarre d'expliquer ce genre de cuisine familiale à une inconnue dans un commissariat de Glasgow. Ça ressemblait davantage à une petite causette autour d'une tasse de thé et d'une assiette de scones.

— Donc, Iain Fraser est votre cousin ?

Boyd sentit un frisson glacial entre ses épaules. Il eut l'impression que le sol bougeait sous ses pieds.

— J'imagine. Sur le papier.

Le téléphone de la femme sonna dans sa poche. Elle l'attrapa, le regarda et sortit prendre l'appel. Quelle impolitesse, putain ! Quand elle revint, elle était dans tous ses états et pressée de partir.

— Ce sera tout pour l'instant, monsieur Fraser. Nous avons d'autres gens à aller voir, mais nous aimerions que vous restiez jusqu'à nouvel ordre. Nous serons de retour dans une heure environ, d'accord ?

— Comme vous voulez, dit-il, pas du tout de bonne grâce.

Il avait envie de faire une scène et de partir. Vraiment. Mais il ajouta :

— Tout ce qui pourra aider, vraiment.

Ils le raccompagnèrent au rez-de-chaussée et le confièrent au type en chemise au guichet. Boyd esquissa un sourire, le sourire qu'il avait voulu lui adresser tout à l'heure, quand il avait dit en blaguant à la grande femme qu'il fallait faire bien attention à lui. Le type lui sourit en retour, mais il avait sans doute oublié l'épisode.

Une sonnette tinta derrière le bureau, en même temps qu'une autre plus loin dans un couloir. Le type en chemise se pencha et parla dans un interphone. Oui ? Une tasse de thé ? Du sucre ? Deux minutes, on t'apporte ça, mon gars.

C'était le cousin. C'était lui qu'ils étaient retournés chercher à Helensburgh. Les Fraser de Colquin, corrompus par Rome, les non-élus.

36

Robin Walker avait appelé Morrow : les enfants avaient disparu.

Ils s'étaient rendus au collège après le départ de Morrow et McGrain ce matin. Robin avait attendu leur retour à l'heure habituelle, prêt à leur annoncer la terrible nouvelle au sujet de leur mère. Mais ils n'étaient pas rentrés. Il avait essayé de les joindre sur leurs téléphones, mais ceux-ci étaient éteints. En appelant une copine de Martina, il avait appris qu'elle n'avait pas mis les pieds en cours de la journée. Au collège, qu'il avait appelé ensuite, la secrétaire lui avait dit avoir reçu dans la matinée un coup de fil excusant leur absence. Une voix de femme, d'après son souvenir.

Morrow avait à peine eu le temps de lever la main pour frapper à la porte que Robin l'ouvrit en grand. Il lui jeta un regard hagard avant de retourner en titubant dans le salon. Ils lui emboîtèrent le pas.

Elle le trouva affalé sur le canapé, devant ce qui avait tout l'air d'une demi-pinte de vodka avec une pointe de soda à l'orange et un quart de citron vert pas bien gaillard. Il était ivre.

— Monsieur Walker ?

— Putain de pourritures, pourritures.

Elle prit place à côté de lui.

— Je suis navrée.

— Bon, maintenant on sait, hein ? bafouilla-t-il en attrapant son verre pour en avaler une gorgée. Il se tourna vers Morrow : On sait où ils ont partis, en tout cas.

— Qui ?

— Les gamins, putain.

Il avait l'haleine fétide. Sentait comme s'il transpirait du venin.

— Quand est-ce que ça s'est passé ?

— Ils sont partis en cours. Je suis sorti faire un jogging. Puis, quelqu'un de chez vous est venu, m'a appris pour…

Les mots ne sortaient pas. D'une main, il se poussa au bord du canapé. Puis reprit la parole, la voix brisée.

— J'attendais. Qu'ils rentrent. Je ne suis pas allé là-bas. Trop anéanti. Je me disais juste – *ces gosses, bon sang, ces pauvres gosses*. Pas *ma* Roxanna, vous savez, mais *leur* mère. C'était tout ce que j'arrivais à me dire pendant tout ce temps. Leur *mère*. Vous savez ?

Il était devenu beau-père trop tard. Il avala une autre gorgée, avec une grimace, il ne prenait pas plaisir à boire.

— Ils ne sont pas allés en cours. Je suis allé voir dans leurs chambres – tout a disparu. Leurs affaires, leur passeport. Tout, putain. Disparu. Tout pour donner l'impression que – putain d'enfoirés.

— Ils ont été kidnappés, vous croyez ?

— Foutaises.

Il se leva en chancelant, fit deux pas maladroits de côté, retrouva son équilibre et tituba vers la porte menant au vestibule. « Venez ! » rugit-il en se cognant contre un mur.

Quand ils arrivèrent dans la chambre de Martina, quelques secondes plus tard, l'humeur de Robin avait complètement changé. Assis sur le lit, il sanglotait à grosses larmes. Tous les placards étaient ouverts, tous les placards étaient vides. Martina avait fait tout ce qu'il fallait pour ne pas attirer l'attention, cela dit. Les rares bibelots qui décoraient la pièce n'avaient pas bougé. Elle avait fait son lit, comme si elle revenait. Elle avait même laissé son ordinateur portable sur son bureau.

Morrow l'examina.

— Robin, vous pensez qu'il s'est passé quoi ?

Il la regarda. Elle sentait qu'il essayait, par la simple force de sa volonté, de dessoûler. Il n'y arrivait pas, cependant, parce qu'il buvait rarement, sans doute. Il était complètement saoul, maintenant, et complètement choqué.

— Vicente lui a tendu un piège. Il l'a assassinée. Et maintenant, il a les gosses.

Il se frotta le nez du dos de la main.

— Il ferait ça à leur mère ? demande Morrow.

Il renifla.

— Vous ne le connaissez pas.

— Vous non plus.

Il considéra la remarque, laissa échapper un nouveau sanglot et se gratta le bras en promenant le regard sur les placards vides et sur le reste de la pièce.

— J'avais une vie…

Thankless sortit son téléphone et l'agita devant elle. Il l'avait mis en mode silencieux mais il avait un appel. Morrow lui ayant fait signe qu'il pouvait le prendre, il s'éclipsa dans le couloir.

Walker renifla.

— Je n'ai pas de quoi payer le loyer de ce mois-ci. Je rentre à Londres avec rien. J'ai tout lâché pour venir ici, mon boulot et tout le reste. Mis à part ce meuble.

— Une pièce d'exception, glissa Morrow.

Il lui adressa un sourire pathétique.

— Maria Arias lui a tendu un piège, pas vrai ?

Morrow acquiesça vaguement.

— Mais quelque chose ne s'est pas passé comme ils voulaient, je pense.

— Elle connaissait déjà Vicente…

Il regarda encore une fois autour de la pièce et se leva.

— Je vais aller me prendre une putain de cuite.

Elle se leva à son tour.

— Bonne idée, dit-elle.

Dans le couloir, Thankless lui fit signe d'approcher. Ils le regardèrent tituber jusqu'au salon.

— Une femme correspondant à la photo de Susan Grierson était à l'aéroport de Glasgow ce matin, marmonna Thankless. Jet privé. Elle avait deux enfants avec elle. Elle voyageait sous le nom d'Abigail Gomez.

37

Pas facile d'accéder sans encombre à l'aéroport international de Glasgow. Depuis un attentat manqué, un arsenal de moyens avait été mis en place sur toutes les voies d'accès pour ralentir le flot de la circulation. Juste avant d'arriver à l'aéroport, les automobilistes étaient brusquement redirigés vers l'arrière d'un parking de plusieurs étages. Visiblement, la zone d'embarquement des jets privés avait échappé à la prudence généralisée. Ici, les mesures draconiennes de sécurité se limitaient à une signalisation brouillonne et à quelques ronds-points grêlés de nids-de-poule. L'endroit était presque impossible à trouver.

Après avoir montré leurs badges à la caméra installée à la barrière du parking, Morrow et Thankless durent les montrer de nouveau à l'entrée du petit bâtiment en verre fumé en bordure de piste.

Les portes coulissantes s'ouvrirent sur un hall d'accueil désert décoré de plantes en plastique. Au fond : une porte à double battant et un miroir sans tain. Un jeune barbu façon hipster en costume gris apparut, hors d'haleine, dans l'encadrement d'une porte sur le côté.

— Inspectrice Morrow ? fit-il en tirant sur sa veste, tout sourire. Par ici, je vous prie.

Leur tenant la porte, il les laissa d'abord s'engager les premiers dans l'étroit couloir, puis entreprit de repasser devant en multipliant les « excusez-moi ».

— Je suis désolé, c'est un peu exigu par ici, dit-il.

Le bureau où ils entrèrent, à l'autre bout du bâtiment, était équipé d'une petite fenêtre donnant sur la piste. Juste en dessous, une rangée d'écrans de surveillance était posée sur une table. Sur la gauche, une paroi en verre fumé les séparait de la salle d'embarquement.

Une fois tout le monde à l'intérieur, il ferma la porte et s'avança vers les écrans. Tirant de nouveau sur sa veste, il sourit comme s'il les voyait à l'instant pour la première fois. Apparemment, il était seul dans le bâtiment.

S'étant enfin présenté comme le responsable du terminal des jets privés, il leur demanda le numéro du vol qui les intéressait. Alors qu'elle le lui tendait, Morrow s'aperçut qu'il faisait froid dans la pièce et que l'ordinateur était éteint. L'homme venait d'arriver. Selon toute probabilité, il n'y avait pas eu, ces derniers jours, d'autre décollage que celui du vol A7432.

Il alluma l'ordinateur et tous se tournèrent vers l'écran pour le regarder poussivement démarrer. Le manager se tournait vers eux sans arrêt avec un sourire professionnel, impatient de voir l'ordinateur s'allumer. Laissant à Thankless le soin de répondre à ses marques de sollicitude, Morrow reporta son attention sur la salle d'embarquement.

Des fauteuils carrés en similicuir noir étaient disposés côte à côte face aux grandes baies vitrées donnant sur la piste. On avait visiblement cherché, sans y parvenir, à donner une âme à la salle d'attente. Une machine à café était posée sur une table d'appoint, à côté d'une assiette de biscuits dans des sachets individuels. Un petit réfrigérateur plein de mignonnettes de vin était fermé à clé.

— Ça y est ! fit le manager, en se penchant pour attraper la souris.

Il cliqua deux fois sur le fichier le plus récent.

Ils attendirent. L'écran se scinda en deux : d'un côté, la salle d'embarquement vide et de l'autre un petit scanner à rayons X pour les bagages à main, installé ailleurs dans le bâtiment. Pendant une bonne minute, rien ne se passa. Le manager leur adressa un sourire contrit.

— Je vais faire une avance rapide, dit-il.

Ils se concentrèrent de nouveau sur l'écran. Quand l'image accéléra, le manager apparut en compagnie d'un autre homme en uniforme de douanier qui mit le scanner en marche. On les vit discuter en mouvements saccadés, puis se détourner l'un de l'autre le temps de remplir des formulaires et de regarder leurs montres. Le douanier bâilla en accéléré.

Le manager fit ralentir l'image et, langoureusement par contraste, Martina Fuentecilla et Hector apparurent à l'écran. En uniforme scolaire, tous les deux. Ils s'arrêtèrent et attendirent devant un comptoir haut. L'horloge affichait 10 heures. Morrow arrivait tout juste chez Hetty à Clydebank.

Les enfants, qu'on voyait du dessus comme observés par un dieu, restaient collés l'un contre l'autre dans la salle déserte. Le manager leur souriait chaleureusement. Morrow le vit en train de regarder son image à l'écran. Elle surprit un petit sourire qui faisait écho à celui qu'il avait adressé aux enfants, qui eux étaient restés de marbre. Embarrassé, il avait alors détourné le regard vers sa planche à pince, puis vérifié leurs passeports et noté quelque chose avant de les leur rendre avec un sourire plus formel.

— Qu'est-ce que vous notez ? demanda Morrow.

— Leurs numéros de passeport.

Le film se poursuivait. On vit Martina et Hector poser leurs sacs à dos sur le tapis roulant et leurs téléphones dans des plateaux en plastique qui disparurent dans le scanner.

Une troisième personne qui les accompagnait apparut à l'écran. Elle tendit son passeport. Elle portait une longue jupe grise, un cardigan bleu qui lui descendait jusqu'aux genoux et un béret noir. De dos, ça aurait pu être n'importe qui. Le manager désigna le béret et lui demanda de l'ôter. La femme posa son sac sur le tapis roulant et tout en s'avançant, se tourna lentement vers la caméra. Ils voyaient maintenant son visage.

Il appuya sur pause.

— Là ? dit-il. C'est la femme sur la photo ?

La femme devait avoir dans les cinquante ans, cheveux gris, coupe au carré et un long nez droit. Susan Grierson.

— C'est bien elle, assura Morrow, en voyant qu'il attendait sa confirmation. Bien vu.

Satisfait, il acquiesça.

— Elle voyage sous un autre nom.

— On dirait. Peut-on voir les dossiers passagers de ces trois personnes ?

— Bien sûr.

Il réduisit la fenêtre vidéo puis ouvrit le dossier passagers. Leur avion était le seul à avoir décollé ce jour-là, emmenant trois personnes à son bord : Martina et Hector Fuentecilla, accompagnés d'une certaine Abigail Gomez.

Gomez voyageait avec un passeport américain mais résidait en Équateur.

— Pouvez-vous vérifier la date d'entrée dans le pays de ce numéro de passeport ?

Il lui assura que oui. Pourtant, Morrow doutait qu'il trouverait quelque chose. Gomez aurait eu besoin d'un visa. Elle avait dû entrer sous une autre identité.

Le carnet de vol du jet indiquait qu'ils avaient déjà atterri à l'aéroport de Londres-City. Ils avaient un billet de première classe pour Miami sur un vol commercial. Puis un autre pour Guayaquil, en Équateur.

— Ils ont pris leur correspondance ?

Le manager vérifia sur un autre document. Ils étaient en ce moment même en route pour Miami.

— À quelle heure atterrissent-ils ?

— Dans moins d'une heure.

38

Elle avait eu beau insister, dire que c'était urgent, Morrow était en attente depuis huit minutes. Maintenant, le directeur adjoint Hughes lui demandait de tout lui expliquer de vive voix, alors qu'il avait toutes les informations dans les documents sous son nez.

— Écoutez monsieur, dit-elle, nous avons besoin d'un mandat tout de suite ou ils ne pourront pas la retenir à Miami.

Où a-t-on retrouvé Fuentecilla ? Chez une dénommée Susan Grierson. La femme qui s'était fait passer pour ladite Susan Grierson voyageait à présent sous le nom d'Abigail Gomez et atterrissait à Miami dans vingt minutes. Elle avait une correspondance pour l'Équateur avec les enfants, c'était donc leur dernière chance de la garder à vue.

Cette Susan Grierson, est-elle originaire d'Helensburgh ?

Oui, monsieur, mais Abigail Gomez n'est pas la vraie Susan Grierson.

Mais Susan Grierson est d'Helensburgh ?

Morrow hésita. Susan Grierson, oui. Mais ça n'est pas Susan Grierson.

Se faisait-elle appeler Susan Grierson ? Oui.

Habitait-elle chez Susan Grierson ? Oui.

Dans votre compte-rendu, vous indiquez que plusieurs personnes l'ont identifiée comme étant Susan Grierson et qu'elle semblait bien connaître la région.

Morrow avait en effet précisé ces détails pour attirer l'attention de Hughes sur la qualité des informations en possession de Grierson/Gomez. Elle voulait simplement lui faire comprendre qu'ils avaient affaire à des pros, avec lesquels il ne fallait pas perdre de temps.

Donc, continua le directeur adjoint Hughes, les lèvres collées au combiné, son souffle s'engouffrant dans l'oreille de Morrow, elle pourrait être d'ici ?

Morrow ferma les yeux. Elle se mordit la langue. Désespérée, elle se mit à tapoter nerveusement sa cuisse de l'index, parce qu'elle venait de comprendre. Si l'affaire était locale, l'argent d'Assur'Acc6dents serait pour Police Scotland. En revanche, s'il était établi un lien avec Londres *via* Miami, *via* Abigail, Vicente et Maria Arias, la Met empocherait tout.

Morrow trouvait la machination médiocre. Le corps avait été abandonné dans la maison, les lingettes alcoolisées avaient laissé un dépôt, même le sperme sur le corps n'était pas réaliste. Mais brusquement, tout lui sembla plus cynique que bâclé. Peu importe qui elle était, cette Gomez n'avait pas simplement tué Roxanna, enlevé les enfants et impliqué de pauvres habitants d'Helensburgh. Elle avait aussi imaginé un scénario pour la police, bâti de toutes pièces un dossier qui leur permettrait de poursuivre les cousins Fraser. Gomez avait compris que les flics avaient besoin d'une excuse pour ne pas la poursuivre à travers la moitié de la planète. S'ils la laissaient leur échapper et inculpaient à la place les deux types du coin, ils auraient bouclé une affaire et empoché une partie des sept millions. Une erreur judiciaire était dans leur intérêt.

— Monsieur, c'est urgent. Nous avons besoin du mandat d'ici vingt minutes.

Un silence sur la ligne, puis Hughes parla :

— Écoutez, les comptes des Arias ont été gelés. Le bureau des fraudes est en train de tout récupérer.

Sa voix n'était plus qu'un murmure honteux.

— Vous avez assez de preuves pour boucler les Fraser ?

L'index de Morrow sur son genou se figea. Sa colère était si vive qu'elle sentit son cœur ralentir.

— Monsieur, dit-elle, marchant sur des œufs. C'est exactement ce qu'elle attend de nous.

Il prit une profonde inspiration mais ne répondit rien.

— D'accord, ajouta-t-elle. Juste pour bien faire passer mon message, monsieur : il n'y a pas assez de preuves pour inculper ni l'un ni l'autre des Fraser. S'ils sont poursuivis, je me verrai dans l'obligation de démissionner et de remettre mes preuves à la défense.

Une menace, mais Hughes savait qu'elle mentait. Elle l'entendit émettre un petit bruit entre ses dents, puis il mentit à son tour :

— Je vais m'occuper de ce mandat de toute urgence.

Il raccrocha.

39

Dans la voiture de police qui l'emmenait à Glasgow, Iain Fraser avait sombré dans un délicieux sommeil provoqué par le Largactil. Arrivés dans un poste de police du quartier de Bridgeton, ils parvinrent d'abord à le faire avancer sans trop de difficultés, mais alors qu'ils avaient parcouru la moitié du chemin qui menait à la cage, ils durent le soutenir car il ne tenait plus sur ses jambes.

Lui ayant confisqué ses cachets, son argent et son tabac, ils l'avaient mis en cellule. Avant de s'endormir, allongé sur le dos, Iain ne pensait qu'à Andrew Cole, à l'incendie et à la chaleur sur ses doigts. Mais ce n'était pas de ça qu'il rêvait, à présent. Non. Il rêvait du son strident du verre qui éclate.

En se réveillant, il trouva ses mains engourdies sur son ventre. Il n'avait pas bougé, et ça devait bien faire deux heures qu'il était là. Il les leva, ces deux choses noires et charnues, et les regarda à travers ses paupières lourdes de sommeil. Elles étaient gonflées. On aurait dit des doigts de dessin animé.

Il sonna, demanda une tasse de thé et du sucre. Pas son genre d'habitude d'y mettre du sucre, mais il avait faim.

On n'avait plus le droit de fumer en cellule maintenant. Une torture. Il aurait dû demander un patch.

Il attendit. Longtemps. Il entendait les gens dont on s'occupait à l'extérieur.

Il sentait la femme qui pesait dans sa poitrine. Elle attendait à l'intérieur de lui. Une grosseur solide et lourde, mais ils avaient fait la paix à présent. Ils ne se battaient plus. Ils essayaient juste de trouver une issue ensemble.

Une porte s'ouvrit. Un homme lui tendit un sandwich au fromage dans une assiette jaune en plastique de marque Ikea, c'était écrit dessous. Iain mangea le sandwich et but le thé, pas très chaud mais fort. Il était habitué à accepter ce qu'on lui donnait. La prison était une bonne école.

Un homme, le même, vint le chercher et le confia à deux flics qu'il n'avait jamais vus qui l'emmenèrent à l'étage. Ils le firent asseoir et lui demandèrent si tout allait bien. Peut-être voulait-il se passer un coup sur le visage, il était affreusement sale.

— Nan, souffla Iain comme si c'était son dernier au revoir, ça va.

La femme flic et le type, ceux qui étaient chez Susan, s'installèrent en face de lui. Non. Il ne voulait pas d'avocat. Merci. Iain se frictionna vigoureusement le visage. Il lui paraissait râpeux sous ses doigts. Il prononça le mot, râpeux, et regarda ses grandes mains toutes noires. Ils avaient des lingettes, est-ce qu'il en voulait une ?

Avait-il répondu ? Il en avait une dans la main en tout cas et se frottait le visage avec le tissu humide. Ça sentait le parfum et c'était gras sur la peau. Il se nettoya aussi les mains, comme avec ces carrés d'éponge qu'ils proposaient dans les restos indiens. La lingette était noire et abîmée maintenant. Il la posa sur la table dans un coin.

Parlez-nous de la femme du loch.

Il était allé la chercher chez elle à Clydebank et elle l'avait suivi. Elle avait l'air plutôt ravie d'ailleurs. Qui vous avait envoyé la chercher ? Personne. Vous la connaissiez ? Non. D'où teniez-vous son adresse ? Chais pas. Il la sentait fourrager dans sa poitrine, l'écouter raconter son histoire. Elle approuvait et il était content parce qu'il n'avait pas envie de la mettre à nouveau en colère. Surtout pas ça.

Où avez-vous eu cette photo dans l'enveloppe ? Susan Grierson me l'a donnée. Dans l'enveloppe ? Oui, dans l'enveloppe. Qui est-ce sur la photo ? Je ne sais pas. Pourquoi vous l'avoir donnée ? Pour faire sortir Andrew Cole. Elle m'avait dit de vous dire que c'était de la part de Tommy Farmer, mais ce n'est pas vrai. Qui est Tommy Farmer ? Il bosse pour Mark Barratt. Une petite frappe. Il a jamais été en taule. Qui est Boyd Fraser ? Je sais pas. Il est d'Helensburgh, non ? Je sais pas. Qui est Mark Barratt ? Mark Barratt rentre demain à sept heures quinze. Aéroport de Prestwick.

Vous connaissez Frank Delahunt ? Iain ne connaissait personne de ce nom, mais c'était bizarre comme nom. Il le répéta. Frank Delahunt. Moitié chicos, moitié Irlandais. Non. Je ne connais personne de ce nom.

Puis il leva les yeux.

On aurait dit la jumelle de Danny McGrath. La policière, qui le fixait de l'autre côté de la table et lui parlait, il voyait sa bouche qui bougeait et c'était tellement Danny McGrath en bonne femme que ça le fit sourire. Les fossettes, les cheveux blonds, une tête plus fine mais les mêmes tics, le même visage sans expression, la même fureur dans la voix. Elle vit qu'il la dévisageait.

Je vous connais, dit Iain, votre tête.

Ah bon ? fit-elle.

Alors il sourit et dit : vous avez exactement la même tête que Danny McGrath.

C'est vrai ? Je ressemble à Danny McGrath, moi ?

Oui. Vous êtes sa jumelle et vous savez ce qui est le plus frappant ? Votre air glacial. La façon que vous avez de vous tenir et de bouger les mains. Vous êtes froide.

Et qui est Danny McGrath exactement ?

Alors Iain lui raconta : je l'ai connu à Shotts. Non, pas vraiment connu en fait. Je l'ai vu mais on peut pas dire que je le connaissais. C'est un gangster de la prison de Shotts, un vrai sale type. Un dur à cuire qui montre jamais rien, le genre qui vous bondit à la gueule sans que vous ayez rien vu venir. Et vous avez la même tête.

Alors elle répondit, eh bien, vous avez l'œil pour quelqu'un qui ne sait même pas se débarbouiller proprement, monsieur Fraser, parce que Danny McGrath est mon demi-frère.

Un grand sourire prit sa source sur le nez de Iain, traversa lentement son visage et alla lui réchauffer les oreilles. Vous, fit-il. Vous êtes ce flic qui a mis son propre frère en prison ?

Ce n'est pas à cause de moi qu'il est en prison. Il est en prison parce qu'il a été reconnu coupable de conspiration en vue de commettre un meurtre.

Elle était aussi froide que son frère. Sa voix ne tremblait même pas.

La loyauté, vous connaissez pas, fit Iain. Vous ne savez pas à quel camp vous appartenez.

Elle planta son regard dans le sien. Elle souriait, mais elle était en colère. Non, monsieur Fraser, lui dit-elle, au contraire, je sais exactement à quel camp j'appartiens. Et je sais qui je suis : je suis celle qui dit la vérité même quand la vérité me dérange. Même si elle me fait mal.

La conversation se poursuivit. Les questions aussi. On haussait les sourcils, on voulait lui faire dire des choses, mais tout ce que Iain voyait c'était cette femme devant lui qui ressemblait à Danny McGrath mais essayait de dire la vérité. Tout ce qu'il arrivait à se dire, c'était que ça serait sublime d'arrêter de mentir. Il la voyait devant des pubs en flammes, dans le vestibule de Lainey, prendre ses ordres auprès de Mark Barratt. Elle le dévisageait, lui, Iain. Elle lui posa une autre question.

Iain ouvrit la bouche et c'est la vérité qui en sortit : Mark Barratt donnait les ordres. Je l'ai tuée au loch et je suis désolé. Andrew Cole nous a prêté son bateau. Tommy conduisait la camionnette et Tommy a mis le feu au Sailor's Rest, l'incendie qui a tué Lea-Anne et Murray.

Non, je n'ai pas besoin d'avocat.

Sa bouche s'ouvrit plus grand et le flot de paroles continua, du jaune sortit d'entre ses lèvres et la femme aussi raconta la vérité : j'ai été tuée sur l'embarcadère, dans les dunes de l'embarcadère. J'ai fait confiance à des sales types. C'est pour ça que je les ai suivis sans me faire prier. Ces types sont des sales types.

— Non, Iain, fit l'honnête femme en se penchant vers lui. Hester Kirk vous a suivis parce qu'elle faisait du chantage à quelqu'un. Elle croyait que vous alliez la payer. C'est pour ça qu'elle vous a suivis.

— La payer ?

— La raison, c'était l'argent. Elle croyait que vous alliez lui donner de l'argent.

De l'argent. C'était pour ça qu'elle avait attendu si patiemment. Pour ça qu'elle n'avait pas essayé de s'enfuir ni de les convaincre de la relâcher. Pour ça aussi qu'en descendant de la camionnette, elle les avait accompagnés à travers les dunes de sable jaune. Jaune. Elle n'était pas une martyre. Elle n'avait pas dit Sheila. Elle ne s'était pas insinuée dans sa poitrine pour lui apprendre quelque chose.

Iain posa la main sur sa poitrine, mais elle n'y était plus.

Iain lui parla mais n'entendit rien. Elle n'avait jamais été là. Il n'y avait rien à l'intérieur de lui.

Il savait que quelque chose allait arriver. Une vive lumière blanche l'empêchait de voir toute la pièce. Soudain en proie à un sentiment d'urgence terrible, il la supplia : dites-leur, s'il vous plaît. Annie et Eunice, dites-leur que ce n'était pas moi. S'il vous plaît. Ce n'était pas moi. Mais ses lèvres glissaient contre ses dents, sa langue gonflait et la lumière fut soudain plus vive. Puis le monde disparut.

Une vague, aussi haute qu'une colline, le submergea lentement, sa fraîcheur touchant le troisième œil au milieu de son front puis se repliant sur lui, une vague blanche, une vague froide, une vague salée.

40

Tard dans la soirée, Alex Morrow était assise dans sa voiture, devant le Southern General Hospital, le regard perdu sur les petites fenêtres pareilles à des flammes dans la nuit. Des visiteurs allaient et venaient. Des infirmières poussaient des patients dans leurs fauteuils roulants jusqu'à un abri pour fumeurs dans le parking, puis les ramenaient. Des taxis arrivaient pour emporter ou déposer quelqu'un avant de disparaître. Danny était là-haut, derrière l'une de ces fenêtres.

Il était presque minuit. Elle voulait rentrer, mais elle restait là, dans sa voiture, si triste qu'elle se sentait paralysée.

Iain Fraser était mort. Elle les avait regardés enlever son corps sur une civière dans la salle d'interrogatoire. Crise cardiaque foudroyante, apparemment. Les secouristes n'avaient pas monté de sac mortuaire à l'étage. Le chef d'équipe avait demandé si ça ne posait pas de problème. Il pouvait aller en chercher un si elle voulait. Morrow avait répondu non, que ça allait. Ils pouvaient l'emmener, ils ne croiseraient personne ni à l'étage, ni dans le hall d'accueil. Les gens ne venaient plus dans les postes de police.

Ça l'avait soulagée de savoir qu'il y avait des caméras partout dans le bâtiment, soulagée aussi que le médecin qui l'avait examiné à Helensburgh soit son médecin traitant, soulagée d'avoir vérifié son médicament. Mais en revoyant les images, en le voyant à deux doigts de perdre connaissance à son arrivée en cellule, elle avait su que ça ferait mauvaise impression. C'était pour ça qu'elle avait accompagné le corps jusqu'à l'hôpital. Elle avait besoin de s'assurer que c'était bien une crise cardiaque. Besoin de s'assurer qu'elle ne serait pas sous le coup d'une enquête pour mort en garde à vue demain dès son arrivée.

À première vue, Iain Fraser a succombé à une crise cardiaque, lui avait expliqué le légiste, mais en fait, regardez. Regardez les doigts, là, vous voyez ça ? Au niveau des ongles ?

Elle ne voyait rien, mais ils étaient bombés. Elle avait cru entendre qu'ils étaient tombés, mais il répéta : *bombés*, de l'hippocratisme digital. Le bout des ongles était carré et gonflé. Cancer du poumon. Non traité, en phase terminale, son cœur a probablement flanché en premier. Il devait souffrir atrocement.

Fraser était un voyou, une crapule de carrière. Elle n'aurait pas dû se sentir triste, mais elle l'était, et ça la tracassait. Elle aurait dû ne rien ressentir du tout.

Le mandat pour l'arrestation d'Abigail Gomez était arrivé une heure trop tard. Ils avaient eu tous les trois leur correspondance pour l'Équateur. Elle essaya de trouver une explication rationnelle à ce raté : les mandats d'arrêt internationaux prenaient du temps. Pour de vrai. Elle le savait. Mais pas obligatoirement. Pas toujours.

Peu importe qui elle était réellement, cette Abigail Gomez avait du talent pour flaircr les failles. Tel un être doué d'omniscience, elle avait débarqué dans une ville minuscule de la côte ouest de l'Écosse et, avec juste ce qu'il fallait d'information, s'était fait passer pour une fille de retour au pays. Elle avait aussi trouvé la faille à Police Scotland. Mais tous les budgets étaient en berne. Cette faille-là n'était pas bien difficile à identifier.

Et le point faible de Iain Fraser, elle l'avait vu lui aussi. Il était déterminé à endosser tous les torts, mais il n'était qu'un rouage dans la machine. Elle avait déjà vu ça un grand nombre de fois. Cette conviction trouvait souvent sa source dans une enfance difficile, c'était tellement plus gérable de voir le mal en soi que dans le reste du monde. Elle avait beaucoup plus de mal avec les gens comme Danny. Ceux qui rejetaient toujours la faute sur les autres ou pour qui l'injustice était dans l'ordre des choses.

Iain Fraser était mort en suppliant. Il s'était effondré sur la table en marmonnant, en divaguant. Morrow n'avait pas compris ce qu'il voulait. Il l'avait implorée de dire à Annie et à sa nièce qu'il avait fait quelque chose, ou qu'il ne l'avait pas fait. Et puis il était mort. Elle pourrait de nouveau visionner l'enregistrement de l'interrogatoire, mais elle ne pensait pas que ça éclaircirait quoi que ce soit. Elle essaierait de trouver Annie ou la nièce dans son dossier demain matin. Mais pour leur dire quoi, de toute façon ?

Morrow soupira. Elle ferait mieux de rentrer chez elle, mais elle ne bougeait pas. Elle restait là, les yeux sur les fenêtres du bâtiment où Danny était hospitalisé, à se poser des questions bien trop importantes pour l'heure qu'il était et pour un parking d'hôpital sous la pluie.

Danny était là-haut, dans un lit, un respirateur chuintant à son chevet, en train de dormir comme un bébé.

Il n'avait eu aucun scrupule à laisser se déclencher une guerre civile pour faire passer un message. Elle l'injuria et appela le standard.

Une infirmière répondit. En entendant le nom de Danny, elle lâcha le téléphone. Elle le rattrapa, mais elle semblait nerveuse, le souffle court. Si Alex voulait bien attendre une petite minute, elle allait lui passer quelqu'un. Morrow pleurait déjà quand le médecin prit le combiné. Il était vraiment désolé. Alex dit qu'elle l'était aussi, mais elle mentait. Elle raccrocha.

Iain Fraser avait tort. Ils ne faisaient pas tourner le monde. Ils ne fabriquaient pas tous les mensonges et toute la merde qui venait avec. Elle ne devrait pas mentir concernant Danny : elle n'était pas triste. C'étaient des sanglots de soulagement.

En larmes et épuisée, elle alluma ses phares, libéra le frein à main et prit le chemin de chez elle, ce chemin qu'elle aimait tant, vers la chaleur de sa maison, vers son merveilleux mari, vers ses adorables enfants qui respiraient et grandissaient.

41

Dans la lumière vive du petit matin, un convoi de deux voitures franchit la crête d'une haute colline. La mer d'Irlande s'étendit soudain devant eux, vaste étendue d'eau que seule venait briser Ailsa Craig, îlot rocheux pelé aussi rond que les fesses d'un bébé.

Morrow n'avait pas dormi. Rentrée chez elle trois heures et demie à peine avant de devoir repartir, elle s'était fait un demi-litre de café et s'était assise dans la pénombre de la cuisine avec un paquet de biscuits, une veillée funèbre solitaire pour son frère décédé. Elle était restée là trois heures, dans l'obscurité, invitant le chagrin à l'assaillir. Rien ne venait. Alors elle était allée draguer le fond de sa mémoire à la recherche de souvenirs, de tendresse partagée, de gentillesses, de moments de tristesse. Toujours rien. Elle ne pouvait pas plus commander le chagrin qu'elle ne pouvait commander la mer.

L'aéroport de Prestwick était un vestige de la Seconde Guerre mondiale. Le décor idéal pour les compagnies low cost qu'il accueillait. Un panneau publicitaire sur le rond-point d'accès ordonnait aux conducteurs de partir pour Rome pour neuf livres sterling. Les passerelles pour piétons et le mur extérieur de la gare faisaient la réclame des billets d'avion, loueurs de voitures et hôtels pas chers. Tout, partout, n'était que prix réduits. Prestwick savait ce qu'il vendait.

Ils se garèrent au parking-minute, à une centaine de mètres de l'entrée, et finirent à pied, courbés face au vent âpre. Le hall des arrivées étant vaste, haut, blanc et vide. La plupart des vols atterrissaient ou décollaient de bonne heure. C'était aussi ça, le low cost : des vols pour vacanciers aux horaires de bureau et des vols pour affaires aux horaires des vacanciers. Le tableau des arrivées annonçait le vol en provenance de Barcelone pour 7 h 15.

Ils avaient dix minutes à tuer. Morrow ordonna aux agents de s'asseoir et c'est ce qu'ils firent. McGrain prit place à côté d'elle. Elle était venue accompagnée d'une équipe, au cas où Barratt serait accompagné de ses brutes.

Tout était calme dans le hall. Personne ne traînait. La plupart des passagers filaient directement aux portillons de sécurité pour l'embarquement.

De l'autre côté de la route, un train arriva de Glasgow. Les passagers traversèrent la passerelle avant de s'engager dans le long escalator qui descendait au hall. Leurs bagages déposés au comptoir de la compagnie, ils se précipitaient vers le portillon de sécurité qu'on leur avait désigné. En quelques minutes, carte d'embarquement lue, passeport vérifié, ils furent avalés dans la zone d'embarquement, laissant derrière eux un hall de nouveau désert.

Morrow prit peu à peu conscience de la présence d'un homme au coin de sa vision. Il lisait le *Times*, debout alors que les sièges vides ne manquaient pas. Elle l'imagina attendant sa fille, de retour d'une année sabbatique autour du monde, qu'elle avait passée à jouer les fauchées, avec la belle maison et le papa bienveillant et sa carte de crédit comme assurance, si quelque chose tournait mal. Mais elle remarqua le pantalon rouge. Frank Delahunt. Ça n'avait pas échappé à McGrain non plus.

— Madame ?

— Oui, je sais, marmonna-t-elle. Ne bougez pas.

Ils attendirent, immobiles, sans rien faire d'autre que transpirer. Delahunt était derrière eux, il pouvait les remarquer n'importe quand. Il était sans doute là pour Barratt, mais elle ne pourrait en être sûre qu'après les avoir vus ensemble.

Le panneau des arrivées annonça l'atterrissage du vol en provenance de Barcelone. Delahunt plia soigneusement son journal et le coinça sous son bras. Il s'avança nonchalamment vers les portes sur lesquelles il était écrit « Entrée interdite ». Il était tendu.

Ils attendirent. La porte à double battant s'ouvrit enfin, et une femme seule sortit. Tenue en coton pêche et sandales à lanières argentées, elle était parée pour dîner sur une plage d'Espagne et avait l'air épuisée et dégoûtée d'être rentrée. Derrière les portes qui se refermaient, les gens attendaient leurs bagages, massés autour du tapis roulant, ajustant leur tenue après les deux heures passées à l'étroit dans un avion. Delahunt se pencha pour jeter un coup d'œil dans l'espace entre les deux battants. Il était nerveux. Personne ne l'attendait, il avait pris tout seul la décision de venir.

— On bouge, marmonna-t-elle, en faisant signe à ses agents de se lever et de se diriger vers la sortie, de façon à ce que Barratt ne les remarque pas à peine la porte franchie.

Un homme avec un tel passé serait aux aguets, et capable de démasquer d'un seul regard les types en civil qu'elle avait avec elle : ils avaient tous des gueules de flics. Trop propres sur eux. Trop conformistes.

Ils attendirent massés entre les comptoirs d'enregistrement et les sorties menant au parking. Morrow ordonna à deux d'entre eux de tourner le dos et de faire mine de consulter leur téléphone pendant qu'elle surveillait la sortie par-dessus leur épaule.

Les passagers en provenance de Barcelone franchissaient la porte au compte-gouttes. Delahunt s'écarta pour laisser passer les chariots.

Et Barratt apparut. Petit, râblé. La peau blanche comme de la pâte à pain, comme s'il n'avait jamais quitté l'Écosse de sa vie. Elle se rendit compte qu'elle avait presque cru voir Danny. Barratt avait le crâne rasé comme lui, le même survêtement, mais elle ne ressentit rien en voyant que, bien sûr, ce n'était pas lui.

Barratt tirait une petite valise à roulettes. Incongrûment féminine avec son motif de berger allemand en tapisserie sur le devant.

En voyant Delahunt, il se figea. Puis, surpris et en colère, s'avança vers lui.

Delahunt lui glissa quelque chose à l'oreille. Barratt lui répondit deux mots énergiques et s'éloigna. Visiblement troublé, Delahunt fit mine de chercher quelqu'un d'autre dans la foule des passagers.

Barratt se rua vers la sortie, une roue de sa valise grinçant par intermittence derrière lui. Morrow fit signe aux deux agents de cueillir Delahunt, pendant que McGrain et elle s'avançaient vers les portes.

— Mark Barratt ?

Barratt s'arrêta. Il posa les yeux sur eux et sut aussitôt qui ils étaient. Il ne répondit rien.

— Monsieur Barratt, nous aimerions nous entretenir avec vous au sujet d'événements qui se sont produits pendant votre absence. Vous voulez bien nous suivre ?

— J'ai le choix ?

Sa voix était un grondement sourd, la prémonition du tonnerre.

— Je crois que nous savons tous les deux que non, monsieur Barratt.

On leur amena Delahunt, qui protestait et faisait mine de ne pas comprendre. Barratt lui rabattit le caquet d'un air menaçant.

— Très bien, fit Morrow, emmenez-moi ces deux vainqueurs dans les voitures.

Delahunt faisait le trajet avec elle, dans la voiture qui les ramenait à London Road. Il allait parler. Morrow le sentait à l'irrégularité de son souffle, au grand soupir qu'il avait poussé. Elle ne lui adressa pas la parole. S'il avait des choses à dire, elle voulait que ce soit enregistré.

À London Road, McGrain s'engagea dans le parking par la porte de derrière. Delahunt ne bougeait pas, droit comme un setter irlandais, enregistrant tout ce qui se trouvait autour de lui. L'autre voiture arriva à son tour et les doubla, leur laissant voir Barratt de profil, sans expression.

Ils les emmenèrent à l'intérieur par l'entrée de derrière, laissant l'agent à l'accueil se charger de la paperasse tandis qu'ils emmenaient Delahunt directement en salle d'interrogatoire au premier étage. On avait appelé l'avocat de Barratt, qui était en route. Une deuxième salle d'interrogatoire avait été réservée, mais Barratt allait devoir se passer de sa valise, trop volumineuse.

Tandis qu'on l'emmenait, Morrow vit le regard de Barratt s'attarder sur la valise à roulettes abandonnée derrière le comptoir. Elle attendit le retour de Mike.

— Il y a un truc là-dedans, dit-elle en se tournant vers la valise.

Mike la contempla. Impossible de l'ouvrir sans mandat. Et pas de mandat sans raison valable. Il allait falloir que Barratt parle, mais il ne dirait rien. La valise resterait fermée. Mike regarda Morrow.

— Je vais avoir besoin d'un coup de main, madame. Si vous pouviez emporter ça dans le placard ?

Morrow ne comprenait pas où il voulait en venir.

— Je veux dire, vous pouvez toucher au travers, vous savez, comme un cadeau de Noël.

Il était malin, Mike, il savait toujours comment surfer sur le règlement.

Morrow s'accroupit et tâta la valise. Elle était habillée de tissu. La tapisserie sur le devant, verte et jaune sur fond noir, était tendue sur la coque, en dur des deux côtés. Elle replia l'index et tapota. On aurait dit qu'elle avait été consolidée avec du plastique. La tapisserie sur le devant s'enfonça légèrement. L'arrière paraissait plus lourd, réagissait différemment, comme s'il y avait quelque chose de plus costaud à la base, comme s'il y avait un double fond à l'intérieur.

Mike coucha la valise pour en tapoter le fond. De nouveau, une lourdeur trop uniforme pour que du shampoing ou des sandales puissent l'expliquer. Ils se levèrent et la regardèrent.

— Il vient d'où, madame ?

— De Barcelone.

— De la cocaïne ?

— Je ne sais pas.

— Il a inscrit sur le papier qu'il était « tapissier en ameublement ». Il dit qu'il a fait un apprentissage et tout. Mais il la ferait entrer lui-même dans le pays ?

— C'est le principal point faible de toute l'opération, non ? On répugne soi-même à prendre les risques, alors on choisit quelqu'un d'autre, ce qui en réalité ne fait qu'augmenter les risques.

Ils regardèrent de nouveau la valise. Même si elle était pleine de coke, ils n'y auraient pas accès.

— Rangez-la, fit Morrow, en rogne, avant de monter interroger Delahunt.

42

Delahunt était ravi de la voir. Il se leva pour lui serrer la main, la bouche ouverte, prêt à lui déballer toute l'histoire qu'il avait inventée dans la voiture. Elle glissa les cassettes dans l'enregistreur, une main levée pour faire signe à Delahunt de retenir son galop le temps que soient déclinées sur cassette les identités des personnes présentes dans la pièce et la raison de l'interrogatoire.

— Bien, à présent, Francis Delahunt, pouvez-vous me dire, avec vos propres termes, ce que vous faisiez à l'aéroport de Prestwick ce matin ?

Elle parlait lentement, pour essayer de dompter son enthousiasme et le forcer à ralentir.

— Donc oui, commença-t-il, retenant son souffle, les yeux vers le sol. J'étais à l'aéroport en train d'attendre un ami quand j'ai vu par hasard Mark Barratt…

— Nom ?

— Nom ?

— Le nom de votre ami. Nous allons vérifier qu'il figure bien sur les listings des passagers.

— Ah, fit-il en réfléchissant, sans lever les yeux, le problème, c'est que…

— Frank.

Delahunt regarda la table.

— Frank, dit-elle calmement, Roxanna Fuentecilla a été retrouvée morte. Le corps d'une autre femme a été repêché dans le loch Lomond. Une ancienne employée d'Assur'Acc6dents. L'homme qui l'a tuée travaillait pour Mark Barratt. C'est vraiment sérieux maintenant. Vous comprenez ?

Sous le choc, il acquiesça dans un sursaut.

— Elle est morte ?

— C'est très sérieux. Ce n'est pas une petite peine qui vous attend.

— Roxanna est morte ?

— Étranglée avec du fil de fer.

Il s'enfonça dans sa chaise.

— Oh, mon Dieu.

— Il faut que vous me disiez la vérité.

Il acquiesça, la suppliant du regard de lui venir en aide.

— Je peux vous aider, mais j'ai besoin que vous m'aidiez aussi. Ça ne peut pas aller que dans un sens. Échange de bons procédés.

Il approuva d'un geste sec, il avait compris, et leur murmura à tous les deux :

— Je suis juste son contact en ville.

— Le contact de qui ?

— Roxanna. Je suis juste un intermédiaire. Je ne fais rien d'illégal en soi. Je donne des avis et je mets des gens en contact.

— Pourquoi Roxanna était-elle là ?

Delahunt prit une grande inspiration.

— D'accord, c'est un système.

Il se mordit les joues, réfléchit un instant, peut-être pour s'effacer de l'histoire.

— Des actifs dans un partenariat commercial. Si le partenariat est mis en sommeil, dit-il en levant les yeux vers elle. Quelle qu'en soit la raison.

— Parce qu'elle est morte ?

— Non !

— Parce qu'elle a disparu ? Pour être plus tard déclarée…

— Non ! Parce qu'elle est arrêtée ! Arrêtée. Ils voulaient la faire arrêter. C'est tout. L'homme, le père, il voulait récupérer les enfants. Ils n'étaient pas censés la tuer. Ça n'aurait pas dû se passer comme ça. Personne ne voulait ça, mais elle a compris.

Il ferma les yeux, exaspéré.

— Elle a compris quoi ? demanda Morrow.

Delahunt soupira.

— Un des enfants lui a dit que son père avait appelé. Quand il a mentionné Maria Arias, elle a compris qu'ils se connaissaient.

— Elle est allée la trouver à Londres pour une explication ?

— Eh bien, dit-il en secouant la tête en signe d'incrédulité, c'était idiot. Ce n'est pas le genre de gens qu'on peut menacer, je l'avais prévenue.

— Quand elle vous a appelé depuis le champ ?

Alors qu'il convoquait les souvenirs de cette matinée, il sembla vieillir d'un coup.

— Oui. Quand elle m'a dit qu'elle était allée trouver Maria, je lui ai dit de s'enfuir. Elle ne voulait pas à cause des enfants. Alors j'ai décidé d'y aller, pour la convaincre.

Delahunt cligna plusieurs fois des paupières, comme s'il essayait de se débarrasser de quelque chose qu'il avait en tête.

— C'est tout ce que vous avez fait ? Vous vous êtes habillé et vous êtes parti la *convaincre* ?

Il avait honte. Il ne pouvait pas la regarder.

— Ou bien vous avez d'abord appelé Maria Arias pour lui dire où se trouvait Roxanna ?

Il se redressa, sur la défensive.

— Maria m'a dit de ne pas aller dans le champ. Elle avait dit à Roxanna de rentrer en Écosse et de ne pas bouger, que tout irait bien. Elle m'a conseillé de me rendormir.

— Mais vous y êtes allé quand même ?

— J'y suis allé mais Roxanna n'était plus là. J'espérais qu'elle s'était enfuie. J'ai continué à espérer ça.

Il leva les yeux, cherchant l'approbation ou au moins de la compréhension.

— Eh bien, fit Morrow froidement, elle ne s'est pas enfuie. Qui l'a tuée ?

— Je ne sais pas. Je ne suis au courant de rien.

— Ça fait un petit moment que vous gérez cette arnaque de société en sommeil ici, non ?

Il haussa les épaules.

— Ce n'est pas une arnaque…

— C'est vous qui avez soufflé l'idée au couple Arias ?

— Je ne les connais pas. Bob Ashe et moi avions échangé sur le sujet. On se connaît par le Yacht Club d'Helensburgh. On n'a fait qu'en discuter. On ne peut pas inculper les gens pour avoir discuté.

Une excuse d'avocat.

— Qui vous a payé ? M. Ashe ?

Delahunt eut un sourire narquois.

— Je n'ai rien touché.

— Roxanna vous payait ?

— Je viens de vous le dire, je n'étais pas payé.

Il était content de lui. Morrow se sentait à deux doigts de se tapoter le genou.

— Ils ne vous avaient pas *encore* payé ?

— Non.

Ils se regardèrent dans les yeux un instant.

— Vous a-t-on donné, dit-elle en pesant ses mots, une rétribution d'une sorte ou d'une autre, pour les services que vous avez fournis ?

Delahunt eut un sourire chaleureux.

— Non ! Ils ne m'ont pas payé, voyez-vous. Assur'Acc6dents m'a simplement accordé un crédit patrimonial à un taux très intéressant.

— Adossé à votre maison ? Je croyais que le marché immobilier était sur le point de s'effondrer par ici ?

— Tous les sondages prédisent une victoire du non. Ça repartira et la maison est dans ma famille depuis quatre générations. L'entretien coûte très cher, et avec le krach, j'ai bien peur d'avoir investi plutôt…

— Le crédit vous a été consenti par Assur'Acc6dents ? l'interrompit-elle.

— Oui, confirma-t-il avec suffisance. C'était juste un crédit patrimonial classique adossé à la maison. Et le contrat stipulait qu'une fois le partenariat en sommeil, la dette serait effacée.

Le bureau des Fraudes allait rafler le moindre penny, et la villa de Delahunt figurerait dans le lot. Morrow garda l'information pour elle. Elle voulait la savourer.

— D'accord. Frank, vous connaissez Susan Grierson ?

Son sourire s'envola.

— Quoi ?

Il semblait soudain complètement perdu.

Il secoua la tête.

— Je la connaissais.

— Quand ?

Baissant les yeux vers la table, il secoua la tête.

— Quand elle était en vie. Pourquoi me parlez-vous de ça ?

— Susan Grierson n'est plus en vie ?

— Susan est morte il y a un an. Elle vivait en Amérique. Elle n'avait pas mis les pieds à Helensburgh depuis des décennies. Pourquoi diable me posez-vous des questions sur Susan ?

— De quoi est-elle morte ?

— Cancer du sein. Elle avait vécu des années à Long Island, elle avait épousé Walter Ashe, le fils de Bob. Ils ont des enfants. Quand le cancer… Ils sont allés s'installer à Miami, pour le traitement. Walter et les enfants y sont toujours.

— Bob Ashe, l'ancien propriétaire d'Assur' Acc6dents ? Susan Grierson était sa belle-fille ?

— Oui. Il est allé s'installer là-bas, d'ailleurs, maintenant qu'il est à la retraite. Le nom de Susan est apparu quelque part ? Sur un contrat ou quelque chose ? Qu'est-ce qui se passe ?

Elle imagina le mari de Susan Grierson et son beau-père, de l'autre côté de l'Atlantique, dans la douceur de Miami, en train de mettre Abigail Gomez rapidement au courant de l'histoire de la petite ville, lui laissant choisir son pigeon, lui décrivant le passé de l'épouse morte afin de lui fournir la couverture parfaite. Il lui aurait confié les clés de la villa de Sutherland Crescent, et le passeport de Susan pour entrer dans le pays. Il lui aurait dit juste ce qu'il fallait sur tout le monde pour qu'elle ne passe pas pour une étrangère, mais pour la fille du pays, de retour chez elle.

— Pourquoi me posez-vous des questions sur Susan ?

— Le corps de Roxanna a été retrouvé chez elle.

— Dans Sutherland Crescent ? Doux Jésus ! Cette si charmante maison !

C'était tellement bizarre, son obsession pour les maisons, que Morrow grommela :

— Ouais, bon, elle n'est plus très charmante maintenant. Elle est en ruines.

— Oui, elle est inoccupée depuis des années. Sa mère détestait Walter Ashe. Elle a légué la maison en fidéicommis aux enfants de Walter et Susan. Elle ne voulait pas que Walter en hérite.

Morrow sortit de son dossier la photo de Susan Grierson au dîner dansant et la lui montra. Il secoua la tête.

— Susan était petite et grosse, jusqu'au cancer…

Il la regarda ranger la photo.

— Ça a été pris aux Victoria Halls ? Qui est-ce ?

— Pourquoi êtes-vous allé retrouver Barratt à Prestwick ?

— Pour le prévenir.

Il se reprit, se disant qu'il aurait peut-être dû mieux choisir ses mots.

— Pour l'informer que Roxanna avait disparu. Et à propos de…

Il s'interrompit.

— D'autre chose.

— D'autre chose de quel genre ?

— Il y a eu un incendie. Je me suis dit qu'il n'était peut-être pas au courant…

— Et j'imagine qu'il savait tout. Comment connaissez-vous Mark Barratt ?

Les yeux de Delahunt s'attardèrent sur le dossier.

— C'est tout petit, Helensburgh. Tout le monde connaît tout le monde.

— Et tout le monde vient chercher tout le monde à l'aéroport ?

Il ne répondit rien. Les yeux sur le dossier, il s'interrogeait.

— Roxanna vous a-t-elle dit qu'elle avait des soucis avec une ancienne employée ? demanda Morrow.

Delahunt, qui s'apprêtait à mentir pour sa défense, cala. Morrow tapotait le dossier, lui suggérant qu'elle lui dirait qui était la femme sur la photo s'il coopérait. Mais elle n'en ferait rien. Il prit une grande inspiration et cala de nouveau, les yeux sur le dossier.

— Soit elle vous l'a dit, soit elle ne vous l'a pas dit, Frank. La question n'est pas compliquée.

— Elle l'a peut-être mentionné.

— Et vous en avez parlé à Mark Barratt ?

— Je ne lui en ai pas parlé. J'ai tout au plus mentionné au détour d'une phrase qu'une employée avait posé problème.

— Avez-vous par hasard mentionné au détour de la même phrase son adresse à Clydebank ?

— Écoutez, je suis juste un intermédiaire…

N'y tenant plus, Morrow se leva et sortit avant d'offrir à ses supérieurs une nouvelle raison de l'envoyer en stage de gestion de la colère.

L'avocat de Barratt était bien informé. À peine arrivé au poste, il demanda qu'on lui rende la valise. Il l'emporta dans sa voiture avant d'aller rejoindre son client dans la salle d'interrogatoire. Ils ne seraient pas autorisés à lui poser des questions. Barratt se trouvait à l'étranger quand Hettie avait été tuée, et aussi lors de l'incendie qui avait causé la mort de deux personnes, et ils n'avaient rien qui prouvait un lien avec Roxanna. Ils n'avaient aucune raison de le retenir plus longtemps.

Depuis la fenêtre du bureau, ils regardèrent Barratt monter dans la Mercedes gris métallisé de son avocat. L'avocat tirait si fort sur sa cigarette qu'on l'aurait dit sur le point d'avaler ses lèvres.

43

Morrow et McGrain tirèrent deux chaises du dernier rang jusqu'au fond du Victoria Halls. Ils s'installèrent contre le mur, dans l'ombre du balcon. Ils n'étaient pas venus participer à la réunion publique, juste observer la foule.

L'appel à témoins était filmé et serait diffusé au journal télévisé local, ainsi que dans une émission policière à diffusion nationale. Une énorme caméra trônait au milieu de la salle, face à la table dressée sur la scène. Des rangées de chaises en plastique avaient été disposées devant.

La mort tragique de la petite Lea-Anne Ray avait offert à l'incendie du Sailor's Rest un retentissement national. Helensburgh était horrifié, mais aucune des informations reçues par la police ne s'était révélée très utile. Beaucoup de gens savaient, semblait-il, mais étaient trop effrayés pour parler.

Morrow croisa les bras et promena son regard dans la salle qui lui était déjà familière. Grâce à la pléthore de clichés collectés après le dîner dansant, elle en connaissait presque tous les recoins. Ils comparaient des informations sur « Abigail Gomez ». Les recherches devaient se poursuivre de part et d'autre de l'Atlantique, mais Morrow sentait déjà le soufflet retomber. Police Scotland allait obtenir sa part de l'argent saisi chez Assur'Acc6dents, mais renoncerait à boucler proprement l'affaire. Attraper Gomez risquait de leur coûter cher, ils ne pouvaient pas se le permettre. Seul résultat obtenu jusqu'ici, une identification douteuse : une morte du nom d'Elizabeth Marquez. Laquelle correspondait vaguement aux photos de Gomez selon un programme de reconnaissance faciale américain. Marquez, une « consultante en sécurité indépendante » originaire du Venezuela, avait disparu au Nigéria trois ans plus tôt. Elle était présumée morte. Les traits du visage, cependant, ne correspondaient qu'en huit points : insuffisant pour passer à l'action.

La caméra de télévision était plus imposante que ce à quoi Morrow s'était attendue. Elle était actionnée par des caméramans minces et bronzés, à la coupe de cheveux trop parfaite pour la petite ville.

Derrière la petite table et les quatre chaises installées sur scène, on avait tendu un fond bleu orné du chardon et de la couronne de Police Scotland, qui clamait : *Pour une Écosse en sécurité*.

Les notables de la ville arrivaient au compte-gouttes, accueillis par un gardien qui leur indiquait d'un geste où s'asseoir. Les gens de la télé entreprirent de réarranger le public comme des fleurs dans un vase. Ils placèrent les premiers arrivés devant et sur les côtés, jetant un coup d'œil à leur écran pour évaluer le résultat avant de les faire déplacer de nouveau.

Morrow avait vue sur l'écran de contrôle à l'arrière de la caméra. Le hall y paraissait petit et chaleureux. L'image avait lc pouvoir d'un aimant. Son regard était inexorablement attiré vers le carré lumineux de réalité bien ordonnée.

Simmons arriva accompagnée de l'inspecteur principal Pittoch, en uniforme bleu de cérémonie. Ils firent ensemble le tour du hall, souriant et gratifiant d'une poignée de main l'équipe de télé et les journalistes. L'inspecteur principal Pittoch répondit aux questions d'une radio dans un petit dictaphone. Puis quelqu'un de la télé vint les équiper tous les deux d'un micro de col, faisant courir le fil dans le dos de leur veste avant de glisser l'émetteur dans leur poche. Pendant ce temps, les gens du coin continuaient à affluer, occupant les rangées de chaises en toujours plus grand nombre.

On apporta plus de chaises pour plus de monde. Le flot des arrivées ne tarissait pas, tant et si bien que la foule commença à se masser au fond, où étaient assis Morrow et McGrain.

De l'agitation près de la porte. Les plus âgés se levèrent et suivirent des yeux avec un grand respect les deux vieilles femmes qui venaient de faire leur entrée. L'une d'elles était dans un fauteuil roulant, une jambe tendue devant elle, les deux mains agrippées à son sac à main comme s'il s'agissait d'un volant. L'autre la poussait pesamment. Elles s'étaient mises sur leur trente-et-un, chemisiers bien repassés et petits cardigans.

Sur le côté de la scène, on les équipa à leur tour d'un micro avant de les aider à monter. La femme valide gravit lentement le petit escalier, et deux personnes dans le public se levèrent pour aider l'autre à s'extraire de son fauteuil et à se hisser jusqu'à la scène, une marche après l'autre. On plia le fauteuil le temps de le monter puis on le rouvrit afin qu'elle puisse s'asseoir. On la poussa jusqu'à la table et son amie prit place à côté d'elle. Un type dans le public applaudit brièvement, avant d'être remis à sa place d'une tape sur le bras par la femme assise à côté de lui.

Les gens affluaient toujours. Les retraités étaient arrivés tôt, mais c'était maintenant le reste de la ville qui franchissait le seuil en un flot continu. Des hommes en tenue de travail, des femmes pressées qui donnaient l'impression de s'être tout juste débarrassées de leur progéniture sur le parking, une femme avec un badge du National Health Service, le système de santé publique, qui saluait presque tout le monde d'un hochement de tête.

Trois jeunes hommes firent leur entrée ensemble, des badges « Oui » à la boutonnière et chargés de tracts pour le référendum. Un murmure d'agacement traversa l'assemblée. Ils n'allaient quand même pas oser, si ? Pour l'amour du ciel, pas ici ! Mais ça n'était pas leur intention. Ils s'assirent dans un coin, juste des militants en pause.

Frank Delahunt arriva seul, ignoré par tout le monde. Il s'installa à côté d'un couple de personnes âgées, qui acceptèrent à contrecœur de serrer la main qu'il leur tendait. Ce n'était pas quelqu'un d'apprécié, et Morrow savait qu'il avait appris qu'il allait perdre sa maison. Police Scotland allait la vendre aux enchères.

Boyd Fraser apparut, toujours en sarrau de chef. Il faisait sans doute juste un saut depuis son café voisin. Il n'était plus en garde à vue depuis quatre jours, mais paraissait toujours secoué. Sa femme, Lucy, lui tenait fermement la main, la mâchoire serrée, surveillant le moindre de ses pas. Elle s'inquiétait pour lui et il lui en était reconnaissant.

Brusquement, la salle se tendit. Momentanément, le silence se fit et tout le monde se tourna vers la porte. Mark Barratt était sur le seuil. Le torse bombé, acceptant l'opprobre. Morrow dut se mordre la joue pour retenir ses larmes. C'était sa façon de se tenir, les poings sur les hanches, plein de défi. L'espace d'une seconde, elle crut tellement voir Danny qu'elle eut peur de défaillir.

Le moment passa, les bavardages dans la salle reprirent et Barratt entra. Il n'était pas seul. Les deux hommes plus jeunes qui l'accompagnaient étaient habillés comme lui, survêtements sombres et crâne rasé. Ses apôtres. Un des deux avait de très lourds sourcils.

— C'est Tommy Farmer, marmonna McGrain, et Morrow acquiesça.

Le trio contourna les caméras par l'arrière, scrutant la salle pour trouver des places. Ayant repéré trois chaises contiguës, Tommy Farmer alla se poster à leur hauteur, avant de jeter un regard vers Mark pour obtenir son approbation. Mais l'autre type en avait trouvé une rangée de quatre et c'est vers lui que Mark se dirigea après avoir approuvé d'un signe de tête.

Tommy eut l'air déconcerté. Il ne bougea pas et regarda Barratt s'asseoir et se tourner vers la porte. Il y avait là-bas une femme. Barratt lui fit signe d'approcher. Le couple, si c'était un couple, était mal assorti. Elle n'était pas soignée, et traîna les pieds jusqu'à eux. Elle avait les chevilles gonflées, l'ourlet de sa jupe était déchiré et ses fins cheveux blonds étaient emmêlés à l'arrière de sa tête. Elle sourit et salua Barratt d'un signe avant de s'installer à côté de lui.

Tommy était nerveux, agité. Il se précipita vers eux, les yeux sur la femme, puis sur Barratt, cherchant visiblement une explication à quelque chose alors qu'il s'asseyait de l'autre côté de son boss. Barratt l'ignora, mais la femme lui adressa un grand sourire appuyé. Elle lui ressemblait. C'était la mère de Tommy.

La salle était pleine. On ferma les portes. Les réalisateurs télé vérifièrent leurs écrans. Les vieilles dames sur la scène lissèrent leurs coiffures, leurs cols et leurs cardigans. Simmons et son chef gagnèrent les côtés de la scène, attendant un signal. Dans la salle, le silence se fit.

Décollant les yeux de l'écran, le réalisateur fit signe à la police que tout était OK.

Tirant d'un petit coup sec sur l'ourlet de sa veste, l'inspecteur principal Pittoch posa un bref instant un regard terrorisé sur la salle, avant de s'avancer vers la table et de s'asseoir sur la chaise la plus proche. Simmons lui emboîta le pas. Elle avait l'air très à l'aise. La conférence de presse pouvait commencer.

Pittoch salua les journalistes et annonça d'emblée que l'incendie qui avait ravagé le Sailor's Rest était un acte criminel. Un habitant de la ville, Murray Ray et sa fillette, que tout le monde appréciait, avaient péri dans les flammes. Maintenant : d'aucuns connaissaient les responsables et l'heure était venue de dire la vérité. Dire la vérité, dans une ville de la taille d'Helensburgh, n'était pas chose facile, mais c'était important.

Pittoch présenta Mme Eunice Ray, la femme en fauteuil roulant, et Annie Kilpatrick. Les grands-mères de Lea-Anne avaient préparé une déclaration qu'elles souhaitaient lire.

Annie et Eunice. Morrow découvrait leurs noms. Elle n'avait même pas fait mention à Simmons des derniers mots incohérents de Iain Fraser. Dites-leur. Ce n'était pas moi.

La salle se taisait, immobile. Annie Kilpatrick, tremblante, ne leva pas les yeux lorsque Eunice sortit sa déclaration. On avait poussé si haut le volume du micro afin qu'on puisse l'entendre que la salle était pleine de son souffle et du bruissement de ses vêtements. Sur l'écran de la caméra, Morrow vit qu'elle tenait la feuille trop haut pour qu'on distingue bien son visage. Elle lit d'une voix aiguë. Son fils unique et sa petite-fille, leur princesse, avaient été assassinés dans cet incendie. Des gens en ville connaissaient le coupable. Il était de leur devoir d'aller trouver la police. S'il vous plaît, dites…

Elle se tut. La feuille devant elle tremblait. La salle était si calme, le micro poussé si haut, qu'on entendait le son de ses larmes tombant sur le papier.

Eunice baissa la feuille, dévoilant de nouveau son visage. Elle sanglotait, les yeux sur Annie, assise à côté d'elle. Annie pleurait aussi sans se cacher, menton contre la poitrine. Elle murmura dans le micro de col :

— Nos vies sont terminées.

Tout le monde attendait qu'elle ajoute quelque chose, mais elle n'en fit rien. Simmons se tourna vers son patron. L'inspecteur principal Pittoch ne s'attendait pas à ce qu'on lui demande de s'exprimer si tôt. Un instant décontenancé, il se lança.

— Donc ! Nous en appelons. À quiconque sait quelque chose. Faites-vous connaître et aidez cette famille.

Sans le vouloir, il posa les yeux droit sur Mark Barratt.

Mark Barratt, de marbre, ne bougea pas et soutint son regard. Puis il acquiesça, très légèrement.

— Non ! Mark ! Non !

C'était la femme assise à côté de lui. Elle s'était levée d'un bond et tendait les bras vers son fils, Tommy, assis de l'autre côté.

Levant le bras, Barratt l'en empêcha avant de poser une main sur son épaule pour la faire rasseoir.

Tout au fond du hall, un petit homme leva la main, sans quitter des yeux Mark Barratt, toujours impassible. Lui aussi portait un survêtement. Il voulait parler et, d'un signe de tête, Mark Barratt l'invita à le faire.

— C'est Tommy Farmer qui a mis le feu. Je l'ai vu.

Le grincement d'une seule chaise contre le sol emplit la pièce. Tommy, debout, regardait la porte.

— Ne bougez pas !

Simmons avait traversé la scène et descendait la volée de marches.

— Farmer ! Ne bougez pas !

Mark Barratt était debout. D'un geste brusque, il fit lever la femme à côté de lui et la tira violemment vers la sortie.

Farmer leur cria :

— Je n'ai jamais !…

Mais Simmons était à côté de lui maintenant et le saisissait par le poignet, tout en faisant signe à un flic de s'occuper du type qui avait parlé. Sur la scène, l'inspecteur principal Pittoch ne bougeait pas, essayant de rester digne pour les caméras. Le public acquiesçait de la tête, satisfait, consentant.

Morrow, en revanche, ne regardait pas l'arrestation. Elle était fascinée par les vieilles femmes sur l'estrade. Anek et sa nièce. Annie et Eunice. Elles non plus ne regardaient pas. Elles pleuraient, main dans la main, front contre front. Tout ce qu'elles se disaient était tellement amplifié par leurs deux micros que la pièce s'en trouvait noyée.

Annie hoquetait à travers ses larmes et Eunice sanglotait.

— Merci mon Dieu ! Merci mon Dieu ! Merci mon Dieu !

La salle était devenue un maelström, Tommy qui essayait d'échapper à la police, le petit homme à la main levée qu'on interrogeait, Boyd Fraser et sa femme serrés l'un contre l'autre dans un coin. Dans le flux et le reflux des groupes de gens qui tournoyaient, des vies changeaient de cap et des falaises s'effondraient, mais Morrow ne regardait rien. Elle écoutait.

Des grosses enceintes de part et d'autre de la scène, jaillissait le bruit des larmes de deux vieilles femmes se tendant la main, et le bruissement des chemisiers contre les micros emplit la pièce avec la même force que de l'eau.

REMERCIEMENTS

J'aimerais remercier Nicola White qui m'a si souvent invitée à Helensburgh et a pris le temps de m'expliquer les tenants et les aboutissants de la campagne pour le référendum dans la région, même si nous étions sur des rives opposées à l'époque. J'aimerais m'excuser auprès de Mlle White si j'ai par inadvertance mal rendu compte de la controverse concernant le stand. Toutes les prises de position que l'on pourrait lire de manière plus ou moins claire sur le sujet sont involontaires. J'avais, dans le temps, une opinion très arrêtée sur les stands dressés dans l'espace public à des fins politiques, mais tout cela m'est égal aujourd'hui. Pour être plus claire : je continuerai à m'opposer à vous, mais ça ne m'amuse plus.

Merci également à ceux qui donnent leur avis, guident et expliquent patiemment pourquoi tel ou tel passage ne vaut rien, m'indiquent que tel personnage semble comme sorti d'un chapeau page 355, ou me font remarquer que tout le monde dans le livre porte des lunettes. Merci, donc, à Jon Wood, Jemima Forrester, Peter Robinson. Merci aussi à Angela McMahon et à Graeme Williams, et désolée d'oublier sans arrêt tous les trucs où je dois aller. Merci également à Juliet Ewers et Susan Lamb. Et merci à Susie Murray et

Trudi Keir, les deux perles qui prennent en charge le chaos, me laissant libre de travailler.

Vous êtes tous super et tous les matins, je me réveille reconnaissante de vous avoir.

Du même auteur
aux éditions du Masque :

Sanctum, 2006
Le Champ du sang, 2007
La Mauvaise Heure, 2009
Le Dernier Souffle, 2010
Le Silence de minuit, 2011
La Fin de la saison des guêpes, 2013
Des dieux et des bêtes, 2014
La nuit où Diana est morte, 2015

PAPIER À BASE DE FIBRES CERTIFIÉES

Le Livre de Poche s'engage pour l'environnement en réduisant l'empreinte carbone de ses livres. Celle de cet exemplaire est de :
450g éq. CO_2
Rendez-vous sur www.livredepoche-durable.fr

Composition réalisée par Belle Page

Achevé d'imprimer en juillet 2018 en Espagne par
Liberdúplex
Dépôt legal 1re publication : août 2018
Librairie Générale Française
21, rue du Montparnasse – 75298 Paris Cedex 06

75/7855/9